TOD IM ALTEN LAND

Daniel E. Palu lebt in Hamburg und arbeitet als Autor und Textchef für fast alle großen Zeitschriftenverlage. »Tod im Alten Land« ist sein erster Roman. Mit seinem Ermittler teilt er die italienische Herkunft und die Vorliebe für guten Kaffee. Aktuell schreibt er an Kommissar Berlottis nächstem Fall.

DANIEL E. PALU

TOD IM ALTEN LAND

Kriminalroman

emons:

Bibliografische Information der Deutschen Nationalbibliothek
Die Deutsche Nationalbibliothek verzeichnet diese Publikation
in der Deutschen Nationalbibliografie; detaillierte bibliografische
Daten sind im Internet über http://dnb.d-nb.de abrufbar.

© Emons Verlag GmbH
Cäcilienstraße 48, 50667 Köln
info@emons-verlag.de
Alle Rechte vorbehalten
Umschlagmotiv: Wendy Stevenson/Arcangel.com
Umschlaggestaltung: Nina Schäfer, nach einem Konzept
von Leonardo Magrelli und Nina Schäfer
Umsetzung: Tobias Doetsch
Gestaltung Innenteil: César Satz & Grafik GmbH, Köln
Lektorat: Carlos Westerkamp
Druck und Bindung: Pario Print Sp. z o.o, Kraków
Printed in Poland 2025
ISBN 978-3-7408-0935-5
Originalausgabe

Unser Newsletter informiert Sie
regelmäßig über Neues von emons:
Kostenlos bestellen unter
www.emons-verlag.de

Dieser Roman wurde vermittelt durch die
Literaturagentur Bettina Querfurth, Frankfurt am Main.

In Erinnerung an
Werner Grobe und Carmelo D'Amico.

Ohne euch ist's weniger schön.

Die Realität ist noch viel härter als die wildeste Fiktion.
Hassan Blasim

Die Hölle ist leer, alle Teufel sind hier.
William Shakespeare

Montag

Der Pessimist sieht in jeder Aufgabe ein Problem,
der Optimist in jedem Problem eine Aufgabe.

Noch ehe er richtig wusste, wie ihm geschah, saß Gabriele Berlotti aufrecht im Bett. Sein Herz raste. Er suchte nach seinem Handy, konnte es jedoch nirgends finden. Folglich war der Vibrationsalarm noch nicht losgegangen, sonst hätte er ihn hören müssen. Aus der Dunkelheit drang in Intervallen ein schrilles, aber gedämpftes Piepen zu ihm durch. Jetzt kam auch sein Gehirn auf Betriebstemperatur. Mit einem Satz katapultierte er sich aus dem Bett – und landete auf einem Gegenstand, der unter seinem Gewicht nachgab. Nur dank eines abenteuerlichen Balanceaktes konnte er einen Sturz gerade noch vermeiden.

»Was zum …?«

Seine Stimme hallte von den Wänden wider. Er tastete nach einem Lichtschalter und fand ihn schließlich. Eine nackte Glühbirne baumelte von der Decke, das Licht brannte ihm auf der Netzhaut. Berlotti stöhnte auf und schloss die Augen. Als er sie wieder öffnete, fiel sein Blick auf Kartons, die sich teilweise bis unter die Decke stapelten – und ihm beim Sprung aus dem Bett im Weg gestanden hatten. Mit der flachen Hand schlug er sich an die Stirn. Er hastete barfuß auf der Suche nach dem piependen Unruhestifter durch die drei Zimmer seiner vollkommen kahlen Behausung. Der Lärm kam nicht aus seinen Räumen. Berlotti spürte eine unbekannte Panik in sich aufsteigen. So klang doch nur ein Feuermelder, der es ernst meinte. Er schnappte sich sein Smartphone und die beiden Wohnungsschlüssel, die auf einer Umzugskiste neben der Eingangstür lagen. Nur mit Boxershorts am Leib eilte er barfuß aus dem Haus, in das er keine zwölf Stunden zuvor eingezogen war.

Halb rannte, halb stürzte er über den frisch auf fünf Zentimeter gekürzten Rasen die zwanzig Schritte zur benachbarten Haustür und hielt nach Anzeichen eines Brandes Ausschau.

Dass er auf den ersten Blick keine entdecken konnte, wertete er als gutes Zeichen. Als er aufschloss, sah er seinen Vater im braun karierten Baumwoll-Pyjama im Flur auf einer Trittleiter stehen. Mit ausgestrecktem Arm angelte Alfio auf Zehenspitzen nach dem Feuermelder. »Accidenti, warum ängte das Scheißedinge auk so weit obe? Porca miseria!«, rief er gegen das ohrenbetäubende Piepen an. Als ob er wirklich glaubte, dass sich der Apparat durch Beleidigungen dazu bewegen ließe, ihm ein Stück entgegenzukommen. Dabei versuchte er, mit kleinen Hüpfern an sein Ziel zu gelangen, doch der durch Unmengen Pizza, Pasta und Salsiccia-Würste wohlgenährte Bauch zog ihn wieder Richtung Erde, kaum dass er abgehoben hatte.

Um Alfios Füße wuselte dessen noch kleinere Ehefrau Carmela. Das geblümte Nachthemd schlackerte um ihre schlanken Gliedmaßen. Wie die meisten ihrer Kleidungsstücke war wohl auch dieses aus der Kinderabteilung, mutmaßte Berlotti.

Da der Flur klein und eng war, rempelte Carmela jedes Mal die Trittleiter an, wenn sie sich mit schnellen Trippelschritten daran vorbeiquetschte, was Alfios Bemühungen zusätzlich erschwerte. Dabei warf sie die Arme in die Luft, nur um sie anschließend abwechselnd über dem lichten, schwarz gefärbten Haar oder vor dem Gesicht zusammenzuschlagen. Das aufgebrachte Murmeln seiner Mutter identifizierte Berlotti nach einigen Sekunden als aneinandergereihte Ave Marias, an deren Ende sie lautstark wahlweise ein »Oh, Dio mio!« oder auch »Gesù bambino, warum?« ausrief.

Von den visuellen und akustischen Reizen vorübergehend lahmgelegt, schlug sich allmählich der Geruchssinn bei Berlotti Bahn. Und der verhieß ebenfalls nichts Gutes. Berlotti schloss die Augen, strich sich mit der Hand durch seine widerspenstigen Locken, atmete tief durch und machte sich bemerkbar.

»Babbo, komm da bitte runter. Sag mir, wo ich einen Besen finde, damit ich endlich diesen Lärm abschalten kann. Und warum in drei Teufels Namen riecht es hier, als würden gerade fünfzig Priester weihrauchschwenkend durch euer Wohnzimmer marschieren?«

Die Antwort ging im Klingeln seines Mobiltelefons unter. Auch das noch! Er nahm unwirsch ab.

»Ja?«

»Kriminalkommissarin Katharina Meinhold, Ihre neue Kollegin. Freut mich!«

Berlotti hielt sich mit der freien Hand ein Ohr zu. »Ja?«

»Ja, hier auch ja. Stör ich, Herr Hauptkommissar?«

»Ich bin noch nicht offiziell … Ich bin mitten in einem …«

Ja, was eigentlich? Er warf einen Blick auf seinen verzweifelten Vater und die zeternde Mutter und schloss sich mit einem Seufzer im Badezimmer ein.

»So, jetzt«, begann er das Gespräch von Neuem.

»Ich wollte Sie nicht an Ihrem ersten Arbeitstag so früh stören.« Die Stimme der Kollegin in der Leitung klang entschuldigend. »Aber es ist noch niemand im Büro, und eben wurde ein Toter gemeldet.«

Berlotti stöhnte innerlich auf, das ging ja gut los. »Ich muss um halb neun bei der Polizeipräsidentin antreten.« Er unterbrach sich. Was war mit ihm los? Erst stammelte er herum, dann verweigerte er seiner neuen Kollegin die Zusammenarbeit? Er musste schleunigst die Situation wieder in den Griff bekommen. »Aber das muss dann wohl warten. Schicken Sie mir die Adresse? Ich fahre sofort los, sobald ich hier … ähm … fertig bin.«

Eine knappe halbe Stunde später lenkte er seinen dunkelgrauen Fiat 500 Cabrio aus der Einfahrt. Ja, er fuhr Fiat. Und er liebte es. Auch wenn ihm der Spott der Kollegen sicher war. Er war diesem Wagen verfallen, obwohl er mit Autos ansonsten nichts am Hut hatte. Klein, geschmeidig, und entgegen der weitläufigen Meinung hatte er ihn bislang nie im Stich gelassen. Die Sonderedition mit der italienischen Flagge, die sich einmal rund um den Wagen zog, war eine der wenigen Extravaganzen, die er sich gönnte. Und so ziemlich der einzige Bezug zu seiner

Herkunft. Er fühlte sich weder als Deutscher noch als Italiener, am ehesten noch als Norddeutscher. Aber irgendetwas Nostalgisches hatte dieses winzige Auto mit der Tricolore in ihm ausgelöst, sodass er einfach nicht hatte widerstehen können.

Obwohl die Sonne an diesem Junimorgen zwischen den Obstbäumen und reetgedeckten Häusern bereits mit ihm flirtete, war es noch zu frisch, um das Cabrio mit offenem Verdeck zu fahren.

Während Berlotti auf die idyllische Straße zwischen sattgrünen Deichen und Apfelbaumspalieren Richtung Hamburg abbog, wütete in seinen Gedanken ein Orkan. Weihrauch anzuzünden, um böse Geister zu vertreiben – was für eine bescheuerte Idee! Alfio hatte am Telefon zwar angedeutet, dass seine Ehefrau allmählich etwas tüddelig werde, doch Berlotti hatte das anfangs kaum glauben wollen. Seine Mutter mit ihrem leicht gebeugten Gang mochte vielleicht gebrechlich wirken. Aber Berlotti kannte die physische Stärke Carmelas. Sie hatte bisher noch jedes Gurkenglas und jede Wasserflasche aufgedreht, an denen gestandene Männer gescheitert waren, die halb so alt und doppelt so fit aussahen wie sie. Ihre Kraft ging einher mit einer enormen Willensstärke. Berlottis Ex-Frau hatte einmal über sie gesagt: »Sie ist fleißig wie ein ganzer Bienenstaat, hartnäckig wie ein Mafiaboss und hat einen Hang zur Theatralik wie Scarlett O'Hara.« Eine gelungene Charakterisierung, das musste Berlotti zugeben, wenn sie auch sonst selten einer Meinung gewesen waren. Doch an diesem Morgen hatte sich gezeigt, dass »tüddelig« noch untertrieben gewesen war.

In der Ferne tauchten dampfende Schlote als Vorboten des Hamburger Hafens auf. Das Tor zur Welt winkte ihm mit den Flügeln der Windkraftanlagen zu. Als er auf die elegant geschwungene Fahrbahn der Köhlbrandbrücke einbog, traf ihn die Erkenntnis, dass sich die ohnehin fundamentalistische Frömmigkeit seiner Mutter in Kombination mit einer beginnenden Demenz zu einer regelrechten Manie gesteigert hatte.

Er war sich nicht sicher, was überwog: die Sorge um seine

Eltern, der Schreck über die Ereignisse des frühen Morgens oder die aufkommenden Zweifel, ob seine Rückkehr ins Alte Land eine gute Idee gewesen war. Ohne Frage genoss er den Blick auf die Apfelbaumreihen hinter ihrem Grundstück, die von seiner Wohnung im ersten Stock aus nahezu endlos erschienen. Als Kind hatte er gemeinsam mit Fiete, dessen Vater der Apfelhof direkt neben ihnen gehörte, dort ganze Sommer lang Verstecken gespielt. Jahre später drückte ihm Nele aus der Parallelklasse hinter einem Baum in der sechsten oder siebten Reihe seinen allerersten Kuss auf. Allerdings mit derart viel Enthusiasmus, dass ihre Zähne aufeinanderprallten und er noch Tage später glaubte, sein Frontzahn wackele und würde demnächst ausfallen. Kostbare Erinnerungen, auch wenn sie die düsteren Ereignisse um seine Schwester niemals aufwiegen konnten.

Andererseits bezweifelte er seit diesem Morgen, dass sich die Beförderung in eine neue Dienststelle und ein Mord am ersten Tag gut vertrugen mit der Aufmerksamkeit, die Carmela fortan wohl nötig haben würde.

»Das Ziel befindet sich in fünfzig Metern auf der rechten Seite.« Die Navi-Funktion des Smartphones beendete seine Grübeleien. Berlotti parkte und ging die letzten Schritte über den Mittelweg im schicken Ortsteil Pöseldorf, den die Hamburger auch als »Schnöseldorf« bezeichneten. Arbeit war immer noch die beste Ablenkung!

Beim Anblick des mintgrün gestrichenen Hauses gab er sich keiner Illusion hin. Nach außen strahlte der vierstöckige Bau hanseatische Zurückhaltung aus. Doch Berlotti konnte das Geld förmlich riechen. Die Villen der Frankfurter Zuhälter, in denen Berlotti in den letzten Jahren ermittelt hatte, wurden von bronzefarbenen Löwen bewacht oder strotzten vor Blattgold und Marmor. Hamburg hingegen war wohlhabend, zeigte es aber nicht.

Die Wohnungstür im zweiten Stock stand offen, und wie üblich ging es zu wie in einem Bienenstock. Statt Pollen verteilten die Kollegen der Spurensicherung ihr Rußpulver an Schränken und Türklinken. Eine brünette Frau Anfang dreißig kam auf ihn zu. Sie hatte die gazellenhafte Gestalt einer Langstreckenläuferin. Die Ärmel ihres dunklen Blazers hatte sie etwas hochgekrempelt, was ebenso dynamisch wirkte wie ihr federnder Gang. Sie trug schwarze Sneaker mit weißer Sohle unter der ausgewaschenen Jeans und bedachte ihn mit einem herzlichen Lächeln.

»Katharina Meinhold. Sie müssen mein neuer Chef sein?« Sie lächelte ihn erwartungsvoll an.

»Sobald ich meinen Antrittsbesuch bei der Polizeipräsidentin nachgeholt habe und sie es sich nicht noch anders überlegt«, sagte er und erwiderte ihren festen Händedruck. Ihm fielen die Sommersprossen in ihrem Gesicht auf, die im Gegensatz zu ihren dunkelbraunen Locken standen. Ihr Make-up war dezent, betonte aber ihre blauen Augen, die nicht blass und dunkel waren wie die Farbe eines Zwanzig-Euro-Scheins, sondern leuchtend hell wie die Blaue Grotte der Insel Capri. Sie erinnerten ihn an jemanden, und er brauchte einige Sekunden, um erschrocken festzustellen, dass sie den Augen seiner Ex-Frau ziemlich ähnlich waren, die ihn seit jeher fasziniert hatten. Nur dass der Blick seiner neuen Kollegin deutlich weniger kühl und abweisend war als der seiner Ex-Frau seit ihrer Trennung, sondern freundlich und zugleich hellwach.

»Das Opfer, Wolfgang Scherff, ist … war Journalist und Leiter der Hamburger Journalistenschule. Ihm wurde der Kopf eingeschlagen«, sagte sie, während sie ihn durch den lang gezogenen Flur bis zu dessen Ende führte.

Im Wohnzimmer stand ein massiger Mann mit Glatze und bellte mehreren Mitarbeitern Anweisungen zu.

»Was wollen Sie hier? Das ist ein Tatort!«

»Berlotti, Hauptkommissar. Wenn überhaupt, ist das *mein* Tatort.« Diese Spielchen kannte Berlotti aus Frankfurt. Und auch hier hatte er nicht vor, sich aus der Ruhe bringen zu lassen.

»Berlotti? Mir wurde eine Gabriele versprochen. Da hatte ich auf jemanden mit mehr Rundungen und Oberweite gehofft.« Der Mann grinste anzüglich.

»Tut mir leid, Sie an meinem ersten Arbeitstag enttäuschen zu müssen. Gibt es schon DNA-Spuren?«

»Noch zu früh. Und bis es so weit ist, bringen Sie mir nichts durcheinander!«

Berlotti sah ihn ausdruckslos an. Mit seinen weißen, buschigen Augenbrauen erinnerte ihn der Mann an Meister Proper. Nur dass der seine Mitmenschen nicht anblaffte.

In diesem Moment tauchten zwei Männer in weißen Schutzanzügen mit einem schwarzen Leichensack auf einer Trage vor ihm auf. Aber er hatte nicht vor, die Tür freizugeben.

»Sie glauben doch nicht, dass Sie mit der Leiche an mir vorbeispazieren können, ohne dass ich einen Blick darauf geworfen habe?«

»Mmpfm hurrullu!« Die gedämpfte Antwort des hilflos mit den Achseln zuckenden Kollegen hätte ebenso gut Asiatisch oder Afrikaans sein können. Als der Mann merkte, dass der Ermittler aufgrund seines Mundschutzes offenbar kein Wort verstand, sah er hilfesuchend seinen Chef an. Der zögerte, rang sich aber schließlich ein knappes Nicken ab, und Berlotti öffnete den Reißverschluss. Ein unangenehm penetrantes Aroma schlug ihm entgegen. Der Geruch eines Toten war mit nichts anderem zu vergleichen. Nur der Tod roch wie der Tod. Und wer ihn einmal gerochen hatte, wurde ihn nie wieder los.

Auf den ersten Blick wirkte Wolfgang Scherff unversehrt, der weiße Dreitagebart leuchtete beinahe im sonnengebräunten Gesicht. Wenn Augen tatsächlich das Fenster zur Seele waren, dann war Scherff alles Charakteristische abhandengekommen. Sein Blick war kalt und nichtssagend. Was er wohl in seinem letzten Augenblick gesehen haben mochte? Berlotti ging in die Hocke und bemerkte, dass dem Journalisten grauweiße Hirnmasse aus dem Hinterkopf quoll. Der metallische Geruch von Blut kitzelte ihn in der Nase.

»Genug geguckt?« Meister Proper trat neben ihn. »Übrigens: interessantes Parfüm.«

Berlotti spürte, wie er rot wurde, was ihn ärgerte. Hätte er die beweihräucherte Wohnung seiner Eltern nach dem Duschen gemieden, müsste er an seinem ersten Arbeitstag nicht als Räucherstäbchen durch die Gegend laufen. Er richtete sich auf. »Ihr Name?«

»Brehm, Uwe Brehm, Leiter der Spurensicherung. Und wenn Sie nichts dagegen haben, würde ich meiner Funktion jetzt gern weiter gerecht werden.«

Berlotti schloss den Leichensack, trat zur Seite, sodass die Männer mit der Trage passieren konnten, und sah sich um. Die Einrichtung war geschmackvoll, wenn auch etwas unterkühlt: Ledersofa, Regale, der Flokati unter dem großen Glas-Esstisch in makellosem Weiß sahen unbenutzt aus. Auf dem Parkettfußboden, wo Scherff gelegen haben musste, war ein großer dunkler Fleck. Das Opfer hatte viel Blut verloren.

Da der Tatort noch nicht freigegeben war, nahm er sich zunächst das Arbeitszimmer vor, das durch eine Flügeltür zu erreichen war. Deckenhohe Regale voller Bücher füllten eine komplette Wand. Abgesehen von einem Foto in einem Messingrahmen, das Scherff und eine etwa gleichaltrige Frau vor dem Eiffelturm zeigte, gab es keine weiteren Bilder, die Rückschlüsse auf sein Familienleben zuließen. Auf dem Schreibtisch lagen aufgeschlagen mehrere Zeitschriften und Tageszeitungen. In einer Programmzeitschrift waren Sendungen mit Textmarkern verschiedenfarbig hervorgehoben und mit einem X oder einem A markiert. Berlotti fragte sich, welcher gebildete Mensch seinen Tag am Fernsehprogramm entlang strukturierte. Dann dämmerte ihm, dass Scherff vermutlich aus beruflichen Gründen Reportagen und Polit-Talkshows aufzeichnete.

»Scheint gut beschäftigt gewesen zu sein«, sagte Berlotti, nachdem er einige Artikel überflogen hatte, unter denen der Name des Opfers stand. »Viele Leitartikel.«

Katharina Meinhold trat neben ihn und strich mit einem schlanken Zeigefinger über eine der fetten Überschriften. »Ich habe Scherff vorhin gegoogelt. 'ne echte Edelfeder. Der weiß gar nicht wohin mit den ganzen Preisen.«

Berlotti sah sich um und verharrte schließlich vor einem

Bücherregal. Meinhold stellte sich neben ihn und blickte ihn fragend an.

»Haben Sie die Tatwaffe gefunden?«, rief er ins Nebenzimmer.

Aufreizend lange geschah nichts, bis schließlich Brehm in der Tür erschien und ein Kopfschütteln andeutete. Berlotti zeigte auf eine Stelle im Regal.

»Womit auch immer Scherff erschlagen wurde, könnte hier gestanden haben.«

»Wie kommen Sie darauf?«, erkundigte sich Brehm widerwillig, kam aber näher.

»Das Arbeitszimmer wurde seit Wochen nicht sauber gemacht, alles ist von einer Staubschicht bedeckt. Nur dieses Rechteck hier ist staubfrei.« Er wies auf die Stelle, ohne sie zu berühren. »Wer hat denn die Polizei benachrichtigt? Scherffs Ehefrau?«

»Soweit ich weiß, ein Nachbar aus der anderen Wohnung auf dieser Etage: Karl Renke«, antwortete Meinhold.

»Dann sollte ich mich mal mit ihm unterhalten. Befragen Sie die übrigen Nachbarn? Und versuchen Sie, Frau Scherff zu finden!«

Während Berlotti in den Hausflur trat, überkam ihn das Gefühl, etwas Wichtiges übersehen zu haben. Er konnte förmlich spüren, dass etwas nicht ins Bild passte. Hoffentlich konnte er sich auch dieses Mal darauf verlassen, dass ihm früher oder später einfallen würde, was es war.

Berlotti klopfte an die gegenüberliegende Tür. Einige Zeit geschah nichts. Dann hörte er einen Panzerriegel. Als Nächstes klapperte ein Metallbund gegen den Türrahmen, ehe im Zeitlupentempo ein Schlüssel im Schloss gedreht wurde. Als sich die Tür endlich öffnete, versperrte eine Kette den Zugang zur Wohnung. Renke wohnte in einer einbruchsicheren Festung.

»Herr Renke? Hauptkommissar Berlotti. Sie haben die Polizei gerufen. Ich würde mich gern mit Ihnen unterhalten.«

Kommentarlos wurde die Tür geschlossen, umständlich die

Kette zur Seite geschoben und wieder geöffnet. Renke musste Ende siebzig sein. Sein schlohweißes Haar war ordentlich zu einem Seitenscheitel gekämmt. Er trug einen marinefarbenen Altherren-Jogginganzug mit weinroten Strickeinsätzen. Berlotti kannte dieses unansehnliche Modell von seinem Vater. Ein freundlicher Opa ist genau der richtige Einstand, dachte Berlotti zuversichtlich. Als der Mann durch den Flur vor ihm herschlurfte, blieb Berlottis Blick an dessen Hausschuhen hängen: braune Plüschpantoffeln in Form einer Bulldogge mit hängenden Ohren und Lefzen. Entweder hatte der Mann Humor oder einen Sprung in der Schüssel.

Er folgte Renke in eine kleine Küche am Ende des langen Flurs. Sie war erstaunlich geschmackvoll eingerichtet, mit einer weißen Regalfront und modernen Elektrogeräten. Schon im Flur waren ihm die großen, gerahmten Fotografien aufgefallen. Sein Zeuge setzte sich mit einem Ächzen auf einen der bunten Schulstühle, die zu Küchensitzmöbeln umfunktioniert worden waren, und sah den Besucher erwartungsvoll an.

»Warum haben Sie die Polizei gerufen, Herr Renke?« Berlotti sprach betont laut und deutlich.

»Ich sehe vielleicht nicht so aus, aber ich höre und sehe noch ausgezeichnet«, sagte Renke. »Deshalb habe ich auch gehört, dass gegenüber die Tür mit einem lauten Knall zufiel und dann Turnschuhe auf der Marmortreppe gequietscht haben.«

»Sie haben Turnschuhe quietschen hören?«, wiederholte Berlotti.

»Hundertpro. Der Mann hatte es eilig, aus dem Haus zu kommen, und ist die Treppen hinuntergestürmt. Dabei haben seine Turnschuhe gequietscht.«

»Ein Mann?«, echote Berlotti. Warum wiederholte er immerzu alles?

»Ich bin nicht gut zu Fuß und hätte es nicht mehr zum Türspion geschafft. Deshalb habe ich aus dem Küchenfenster geschaut.« Renke zeigte auf das Fenster hinter sich.

Berlotti stand auf und sah zwei Stockwerke tiefer den Polizisten, der den Hauseingang absicherte.

»Um wie viel Uhr war das?«

»So Viertel nach sechs oder so.«

»Und wie sah er aus?«

»Ich konnte sein Gesicht kaum sehen, er trug eine Kapuze.«

»Warum glauben Sie dann, dass es ein Mann war?«

Renke zuckte mit den Achseln. Er schien eine Vermutung äußern zu wollen, blieb die Antwort aber schuldig.

»Konnten Sie erkennen, ob er groß oder klein war, stämmig oder schlank?«

Renke schüttelte den Kopf. »Ich fürchte, ich kann Ihnen da keine große Hilfe sein. Aber er hatte einen Rucksack über einer Schulter hängen.«

»Woher wussten Sie denn, dass nebenan ein Verbrechen passiert ist?«

»Das wusste ich doch gar nicht!« Berlottis Fragen schienen ihn aufzuregen.

»Aber Sie haben doch die Polizei informiert!« Mein Gott, war das mühselig. Von wegen freundlicher Opa als Einstand, so konnte man sich täuschen.

»Das habe ich Ihnen doch schon erzählt!« Renke schloss flüchtig die Augen und atmete tief durch. Dann schaute er Berlotti trotzig an. »Ich hörte die Tür von dem Scherff lautstark zuknallen, was schon strange genug ist. Denn so früh rührt sich sonst nie was im Haus. Und dann rannte jemand quietschend die Treppe runter. Das konnte unmöglich der Scherff sein, der trägt nie Turnschuhe. Hatte ich ja auch recht mit, nachdem ich aus dem Fenster gesehen habe.«

»Und weil Ihnen das *strange* vorkam, haben Sie die Polizei benachrichtigt?«

»Ich bin doch nicht debil und rufe sofort die Polizei, nur weil ein Nachbar mal Besuch hatte.« Renke bedachte Berlotti mit einem spöttischen Lächeln. »Ich bin rüber zu Scherff und habe geklingelt. Als der nicht reagiert hat, habe ich geklopft und gerufen und dann in meinem greisen Hirn eins und eins zusammengezählt.«

»Das war sehr umsichtig von Ihnen.«

Renke hatte seine Beine inzwischen übereinandergeschlagen. Berlotti versuchte, nicht auf die merkwürdigen Hausschuhe zu schauen.

»Können Sie abschätzen, wie lange der Besucher bei Scherff gewesen ist?«

»Wie gesagt, ich habe ihn nicht kommen hören.«

Warum sagten die Leute eigentlich so oft »wie gesagt«, obwohl sie es zum ersten Mal erzählten?

»Keine quietschenden Turnschuhe?«

»Ich hatte den Plattenspieler laufen. Wenn ich frühstücke, höre ich Musik. Also, *richtige* Musik. Nicht das weichgespülte Zeug von heute. Uriah Heep! Die Stones! Die wilden Sechziger und Siebziger eben. Aber kennen Sie ja nicht, sind Sie zu jung für.«

Ein Rentner, der Tierhausschuhe trug, veralteten Jugendslang sprach und laut fünfzig Jahre alte Rockmusik hörte?

»Wohnen Sie hier allein?«

»Als meine Frau vor zwei Jahren gestorben ist, ist meine Enkelin dankenswerterweise bei mir eingezogen. Ich zahle die Miete, sie leistet mir Gesellschaft und hat mir auch die Wohnung cool eingerichtet. Studiert Jura, sauschlau. Letzte Nacht hat sie aber bei einer Freundin geknackt.«

Berlotti nickte, das erklärte die hipstermäßigen Möbel und das völlig unangebrachte Vokabular.

»Wie gut kennen Sie Wolfgang Scherff?«

»Nur aus'm Treppenhaus, grüßt immer nett. Anders als seine Frau, die hat einen Stock im Allerwertesten.« Renke zwinkerte Berlotti verschwörerisch zu.

»Wissen Sie, wo sich Frau Scherff derzeit aufhält?«

Der Alte hob unbestimmt die Schultern. »Keine Ahnung.« Dann stutzte er. Irgendetwas schien ihm eingefallen zu sein, doch er verwarf es wieder. Stattdessen platzte es plötzlich aus ihm heraus: »Wenn das nicht wieder die Rumänen waren, fresse ich einen Besen!« Seine Unterlippe zitterte vor Erregung. »Verdammtes Ausländerpack!«

Berlotti zog die Augenbrauen hoch. Ruhig sagte er: »Wer

teilt schon gern seinen Liegestuhl, den er morgens am Pool auf Mallorca reserviert hat, mit einem Ausländer?« Renke, der den Sarkasmus nicht erkannte, nickte frenetisch. Berlotti seufzte und beschloss widerstrebend, Renke nicht darüber zu belehren, dass in Hamburg nur jeder zehnte Wohnungseinbruchdiebstahl von Zuwanderern begangen wurde. »Hat hier denn schon mal jemand eingebrochen?«

Wieder nickte Renke eifrig. »Allein zweimal im letzten Jahr. Die Polizei meinte, dass bestimmt marodierende Rumänenbanden dahinterstecken.«

Berlotti bezweifelte, dass das der genaue Wortlaut der Kollegen gewesen war. Aber er musste zugeben, dass Renkes Theorie plausibel klang. Ein Dieb könnte bei Scherff eingebrochen sein und war davon überrascht worden, dass jemand zu Hause war. War die Auflösung wirklich so simpel? Er hatte die Erfahrung gemacht, dass nichts trügerischer war als das Offenkundige.

»Was ist denn genau passiert?«, fragte Renke. »Ist viel geklaut worden?«

Berlotti, der den Nachbarn ursprünglich einweihen wollte, hatte es sich anders überlegt. »Ich schicke Ihnen später noch einen Kollegen vorbei, der sich eine Personenbeschreibung bei Ihnen abholen wird. Mit etwas Glück bringen wir ja doch ein Phantombild zustande.« Berlotti erhob sich. »Und übrigens: Wer was gegen Ausländer hat, stellt sich gegen die ganze restliche Welt. Schönen Tag noch, Herr Renke. Ich finde allein zur Tür.«

Kopfschüttelnd trat er zurück in den Hausflur. Einerseits wirkte Karl Renke wie ein harmloser Opa mit dem einen oder anderen Spleen. Aber seine unbeherrschten Ausbrüche ließen Berlotti zweifeln.

In dem Moment kam ihm Katharina Meinhold telefonierend entgegen. Während er wartete, dass sie das Gespräch beendete, durchfuhr ihn ein Gedanke. Einem Impuls folgend, eilte er in Scherffs Arbeitszimmer. Er sah sich um, zog sich erst Einmalhandschuhe über, die er einem Spender im Nebenraum entnahm, und dann sämtliche Schubladen des Schreibtisches auf. Auch in die braune Ledertasche, die daran lehnte, warf er einen Blick. Katharina Meinhold hatte ihr Telefonat beendet und wollte ihm gerade etwas erzählen, als er ihr mit dem Zeigefinger zu verstehen gab, dass das noch einen Augenblick warten müsse. Er ging zu Brehm, der sich eben die Handschuhe abstreifte.

»Einen PC, Laptop oder Ähnliches haben Sie wohl nicht gefunden?«

Der Leiter der Spurensicherung stutzte. »Nein, warum?«

»Wenn ein Journalist keinen Computer in der Wohnung hat, ist das schon merkwürdig, meinen Sie nicht?«

»Vielleicht im Büro gelassen«, wandte Katharina Meinhold ein.

»Das sollten wir klären. Und Scherffs Smartphone würde ich mir auch gern ansehen.«

»Das haben wir bislang auch noch nicht.«

Berlotti deutete auf den gepackten Koffer zu Brehms Füßen.

»Bislang?«

»In der Wohnung sind weder Laptop noch Smartphone. Außerdem bleiben die Kollegen noch hier und führen ihre Arbeit zu Ende.« Ohne ein weiteres Wort wandte er sich zur Tür.

»Gehen Sie von einem Einbruch aus, Herr Brehm?«

»Spekulationen überlasse ich Ihresgleichen. Wir tragen Fakten zusammen. Aber: Nein, es gibt keine Spuren eines Einbruchs.«

»Wann sind Sie mit den Laboruntersuchungen fertig?«

»Heute Abend rufe ich Sie an, dann haben wir erste Ergebnisse.« Im nächsten Moment war Brehm verschwunden.

»Super, besten Dank!«, rief Berlotti ihm hinterher. Meinhold sah ihn erstaunt an. Er zuckte mit den Schultern. »Freundlichkeit ist die Kunst, dem Menschen mehr Zuneigung entgegenzubringen, als er verdient.«

Während Katharina Meinhold sich noch in der Nachbarschaft umhörte, fuhr Berlotti aufs Revier. Er wollte herausfinden, mit wem Scherff in den letzten Stunden seines Lebens Kontakt gehabt hatte, dafür musste er die Mobilfunkdaten des Opfers anfordern. Und noch dringender: den Antrittsbesuch bei der Polizeipräsidentin nachholen. Falls die überhaupt noch Lust hatte, sich mit ihm abzugeben. Allerdings kam Berlotti nur schleppend voran, gefühlt jede Ampel stand auf Rot. Er beschloss, die Wartezeit sinnvoll zu nutzen, schob das Handy in die Halterung am Armaturenbrett, drückte aufs Mikrofon auf dem Startbildschirm und sagte betont deutlich: »Anruf Journalistenakademie Hamburg.« Er ließ sich von der Telefonzentrale mit dem Büro von Wolfgang Scherff verbinden und erkundigte sich bei dessen Sekretärin, die sich als Brigitte Radies vorstellte, über seine Termine für diesen Tag.

»Woher soll ich wissen, dass Sie wirklich von der Kripo sind? Das könnte ja jeder behaupten.«

»Da haben Sie allerdings recht.« Vorsicht war die Mutter der Weisheit und leider etwas aus der Mode gekommen. »Warum rufen Sie nicht bei der Kripo an und lassen sich meine Mobilnummer bestätigen?« Er hatte keine Ahnung, ob dort schon jemand mit seinem Namen etwas anfangen konnte, geschweige denn seine private Handynummer hatte, und hoffte, dass er damit durchkam.

»Nicht nötig, ich glaube Ihnen. Sicherheitshalber habe ich mir die Nummer von meinem Display abgeschrieben. Herr Scherff hat gestern spät abends auf Band gesprochen und sich für den Tag krankgemeldet. Seine wissenschaftlichen Hilfskräfte übernehmen die beiden Vorlesungen. Ist denn alles in Ordnung?«

»Ich melde mich später noch einmal ausführlich bei Ihnen, Frau Radies, versprochen. Aber ich muss dringend wissen, ob Ihr Chef einen Computer in seinem Büro hat.«

»Herr Scherff arbeitet mit einem Laptop, den er grundsätzlich bei sich hat.«

»Hat er ihn ausnahmsweise in seinem Büro gelassen?«

Brigitte Radies legte kurz den Hörer ab. Wenige Augenblicke später war sie wieder am Apparat. »Nein, kein Laptop hier.«

»Alles klar. Danke. Wie erreiche ich denn Frau Scherff am besten?«

»Gar nicht.«

»Wie bitte?«

»Frau Scherff befindet sich in einem buddhistischen Kloster in Indien. Und da sind technische Geräte generell verboten, weil die Strahlung die positive Energie stört.«

Ihm entging der hämische Unterton nicht.

»Sie wissen nicht zufällig den Namen dieses Klosters?«

»Ich habe nicht die leiseste Ahnung.«

»Eine letzte Frage. Kennen Sie Herrn Scherffs Arbeitszimmer zu Hause?«

»Nein. Unser Kontakt ist rein beruflich, Herr Hauptkommissar.«

Sie klang jetzt ernsthaft besorgt, und Berlotti nahm sich vor, ihr später noch einen Besuch abzustatten. Er bedankte sich und wählte die Nummer seiner Kollegin.

»Frau Meinhold, würden Sie bitte in Scherffs Wohnung nach Unterlagen über indische Klöster suchen?«

Im Hintergrund hörte er Autos und einen Bus hupen. »Über *was?*«

»Indische Klöster. Alles Weitere im Kommissariat.«

Kurz darauf parkte Berlotti seinen Fiat in der Tiefgarage. Er war eine ganze Stunde zu spät für seinen Termin bei der Polizeipräsidentin. Als gebürtiger Italiener war er Scherze über die genetisch bedingte Unpünktlichkeit seiner Landsleute gewohnt, deshalb achtete er seit jeher darauf, nicht in die Klischeefalle zu tappen. Doch bei allen guten Vorsätzen kam eines immer wieder dazwischen: das Leben – oder die Arbeit, was in seinem Fall so ziemlich dasselbe war.

In einer Sache war er sich jedoch sicher: Wenn er sich vor seinem Antrittsbesuch nicht seinem noch sträflich vernachlässigten Koffeinhaushalt widmete, wäre sein erster Tag im Kommissariat zugleich sein letzter, denn ein schlafwandelnder Hauptkommissar dürfte ziemlich sicher untragbar sein. Also ein Espresso in der Kantine. Er seufzte. Was Kaffee anging, konnte er sich in seinem Berufsstand leider keine Ansprüche leisten.

Während er auf den Fahrstuhl wartete, schweiften seine Gedanken ab: Rübke, ausgerechnet! Hatte er sich das wirklich gut überlegt, zurück in die Sechshundert-Seelen-Gemeinde im Südwesten Hamburgs zu ziehen? Und vor allem: zurück zu seinen Eltern. In die zweite Hälfte eines Doppelhauses, aus dem er sich vor mehr als zwanzig Jahren nur zu gern verabschiedet hatte. Seitdem besuchte er seine Eltern kaum öfter als zu den Feiertagen. Und auch das war in der Regel ein einziger Eiertanz, um in der kurzen Zeit des Zusammenseins möglichst keines der heiklen Themen loszutreten: Der Verlust seiner Schwester, seine misslungene Ehe, die Weigerung, noch einmal zu heiraten, seine Berufswahl und die seltenen Besuche in der Heimat waren nur einige Themen in einer endlos erscheinenden Aneinanderreihung von No-go-Areas in ihrem komplizierten Familiensystem.

Mit einem »Pling« öffnete sich die Fahrstuhltür. Berlotti stieg ein und drückte die Dreizehn. Von seinem Vorstellungsgespräch wusste er, dass die kleine, improvisierte Kantine der Hamburger Kripo im dreizehnten der vierundzwanzig Stockwerke lag. Er betrachtete sich im Spiegel der Aufzugskabine. Die dunklen Ränder unter seinen hellbraunen Augen ließen auf wenig Schlaf schließen, wovon auch seine hastige Rasur nicht ablenken konnte. Immerhin hatten sich seine mittellangen Locken zur Feier des Tages ausnahmsweise sorgfältig nach hinten kämmen lassen. Mit dem taillierten Feincordanzug hatte er einen Glücksgriff gelandet, er war bequem und saß gut. Obwohl Berlotti sich nicht als eitel bezeichnet hätte, freute er sich doch, dass man ihm seine zweiundvierzig Jahre nicht ansah.

Im Erdgeschoss hielt der Aufzug, und zwei Frauen in den Fünfzigern traten plaudernd ein. Mitten in ihren Schilderungen über einen Musicalbesuch am Wochenende stutzte die jüngere der beiden.

»Es riecht so … katholisch hier«, sagte sie und schnupperte wie ein Labrador, der Würstchen gewittert hatte.

Auch die Zweite begann, die Luft scharf durch die Nase zu ziehen. »Stimmt, wie in einer Kirche!«

Sie sahen Berlotti fragend an, der spürte, wie ihm das Blut zu Kopf stieg, und froh war, als sich endlich die Türen wieder öffneten.

Nachdem er seinen Koffeinpegel annähernd auf Normalzustand gebracht hatte, stand Berlotti vor dem Schreibtisch der Sekretärin.

»Frau Beil telefoniert noch«, ließ ihn die junge Frau wissen, die ihn neugierig musterte. Ihre weiße Bluse war so weit aufgeknöpft, dass sie die Sicht freigab auf ein üppiges Dekolleté. Berlotti wandte schnell den Blick ab. Er wusste zu gut, wohin so etwas führen konnte. Obwohl er seine Scheidung nach nur achtzehn Monaten Ehe wie eine Befreiung empfand, hatte er anschließend nicht etwa eine Frau nach der anderen getroffen, sondern sich kopfüber und rund um die Uhr in die Arbeit gestürzt. Das brachte zwar eine rasante Karriere mit sich, für ein Einwandererkind allemal, sorgte aber auch dafür, dass er keine Zeit und Gelegenheit hatte, sich neu zu verlieben. Aufgrund seiner derart strukturierten Prioritätenliste standen die einzigen Frauen, die er kennenlernte, zwangsläufig in Verbindung mit seiner Arbeit. Gerade einmal zwei kürzere Affären waren in den vergangenen Jahren zu verzeichnen gewesen – zum einen mit einer Kollegin aus einer anderen Abteilung, zum anderen mit der trauernden Witwe eines portugiesischen Tapas-Ladenbesitzers, der sich ehrenhaft geweigert hatte, Schutzgeld zu zahlen. Nachdem missgünstige Kollegen versucht hatten, Berlotti deshalb Ärger zu machen, was ihnen beinahe gelungen wäre, hatte er sich geschworen, Hamburg als Neuanfang zu verstehen und seine Extremitäten in Berufsangelegenheiten künftig bei sich zu behalten.

Mit den Händen in den Hosentaschen drehte er sich demonstrativ zum Fenster. Der beste Blick über Hamburg. So war ihm die Aussicht aus dem Emporio Tower beschrieben worden, in dem das Polizeipräsidium übergangsweise beheimatet war, bis das eigentliche Gebäude fertig saniert sein würde. Tatsächlich konnte er von hier über die Dächer der Stadt bis zur Außenalster sehen, auf der um diese Uhrzeit schon Segelboote trieben. »Frau Beil wäre jetzt so weit«, teilte ihm die Sekretärin mit. Er klopfte und hörte von der anderen Seite der Tür eine resolute Aufforderung, hereinzukommen.

Elvira Beil saß über eine Akte gebeugt an einem ausladenden Schreibtisch aus Glas. Ihre weißgrauen, schulterlangen Haare waren über einen perfekten Seitenscheitel schräg nach hinten geföhnt. In ihrem Rücken erstreckte sich hinter bodentiefen Fensterscheiben das Panorama der Stadt.

»Wenn Sie die Aussicht ausreichend genossen haben, dürfen Sie gern näher treten«, sagte sie in neutralem Tonfall, ohne zu grüßen. Ihre Stimme war tief und rau wie die einer Kettenraucherin.

Er setzte sich in einen mit schwarzem Leder bespannten Chromstuhl. Seine neue Vorgesetzte schätzte er auf Ende fünfzig. Ihm fielen die vertieften Linien um Mund und Augen auf. Lachfalten konnten das jedenfalls nicht sein. Berlotti mutmaßte, dass die Polizeipräsidentin in ihrer Position nicht viel zu grinsen hatte und allenfalls in ihrer rar gesäten Freizeit lächelte, wenn überhaupt.

»Ich habe eine Stimmbandentzündung, falls Sie sich wundern sollten«, sagte sie und sah ihn über den Rand ihrer Lesebrille an, ehe sie sie abnahm.

Berlotti deutete ein Nicken an.

»Ein Hauptkommissar mit italienischen Wurzeln«, sagte Elvira Beil. Ihr Blick, der noch auf ihm ruhte, schien für einen kurzen Moment etwas weicher geworden zu sein. »Sie haben eine bemerkenswerte Quote an aufgeklärten Fällen vorzuweisen. Verraten Sie mir das Geheimnis Ihres Erfolges?«

Berlotti hätte von seiner Vernehmungstechnik erzählen können, von seinem unabdingbaren Willen, die ihm anvertrauten Fälle zu lösen, von seiner Fähigkeit, sich in Ermittlungen so fest zu verbeißen, bis die Wahrheit aus ihnen hervorquoll wie die saure Füllung eines Center-Shock-Kaugummis. All das hatte ihm die beste Aufklärungsquote des Bundeslandes Hessen eingebracht. Doch er ging davon aus, dass die Polizeipräsidentin davon längst wusste, und sagte:»Nur wer sein Ziel kennt, findet seinen Weg.«

Beil hob die Augenbrauen.»Man hat mich vor Ihren Aphorismen gewarnt.«

Überrascht stellte er fest, dass sein Ruf als»Philosoph vom Dienst« ihm vorausgeeilt war. Da er, anders als viele seiner Berufsgenossen, weder ein Trinkproblem hatte noch Drogen spannend fand und auch keine spektakulären Neurosen zu bieten hatte – eine leicht neurotische Mutter zählte in seinen Augen nicht –, hatten sich die Kollegen eben auf seinen Spleen mit den Sinnsprüchen gestürzt. Dabei fand er einfach nur, dass sich manche Situationen im Leben am besten kurz und prägnant auf den Punkt bringen ließen.

»Ich habe den Frankfurter Polizeichef keineswegs als Freund des überschwänglichen Lobes kennengelernt. Aber er hat sich positiv über Ihre Arbeit geäußert und war gar nicht erfreut, dass Sie dort wegwollten.« Sie machte eine kurze Pause.»Warum wollten Sie denn wechseln?«

Berlotti rieb die Handflächen aneinander.»Wie so oft im Leben gibt es dafür mehr als nur einen Grund.«

»Und die mögen Sie wohl sämtlich für sich behalten?«

»Norddeutschland ist meine Heimat.«

»Das ist mir wohlbekannt. Geboren und aufgewachsen in Agrigento, Sizilien. Im Alter von acht Jahren mit einer Schwester und den Eltern nach Rübke ins Alte Land gezogen. Nach dem Abitur auf die Polizeihochschule Frankfurt am Main und dort mit Bestnoten abgeschlossen.« Dabei hatte sie kein einziges Mal in ihre Unterlagen gesehen. Sie fixierte ihn weiter mit unergründlicher Miene.»Seitdem deutliche Affinität zu Fällen im Drogen- und Rotlichtmilieu. Beschaffungskriminalität, Bandenkriminalität, später dann im Morddezernat mit Morden an Prostituierten, Zuhältern, Dealern und Drogenkurieren befasst. Ihre Aufklärungsquote ist beachtlich.«

Berlotti nickte.»Schreiben Sie das meiner Ungerechtigkeits-

Allergie zu. Überführung und Verhaftung eines Verdächtigen sind mein Antihistaminikum«, entgegnete er und schob ein Augenzwinkern hinterher, das er sofort bereute. Seine Vorgesetzte sollte nicht denken, er flirte mit ihr.

Die Polizeipräsidentin sah ihm direkt in die Augen, so als würde sie dort nach den wahren Gründen für seine Anwesenheit in ihrem Büro fahnden. Er war überzeugt, dass sie vom finanziell bedingten Beförderungsstopp der hessischen Landesregierung wusste, die ihrem neuen Hauptkommissar seine seit vier Jahren fällige Beförderung verwehrte.

Anstatt etwas zu entgegnen, schob sie ihm seinen Dienstausweis über den Tisch, den Berlotti kurz betrachtete und in seine Sakkoinnentasche steckte. Er bedachte seine Vorgesetzte mit einem »War das schon alles?«-Blick.

Beil verstand. »Dienstwaffe und Visitenkarten bekommen Sie«, sie legte eine Pause ein, die auf Berlotti verlegen oder peinlich berührt wirkte, »sobald die Abteilung wieder besetzt ist. Wir haben da einen magenvirusbedingten Engpass.«

»Aha«, war alles, was Berlotti dazu einfiel. Zwar hatte er nicht vor, seine Dienstwaffe gleich in den ersten Tagen an neuer Wirkungsstätte abzufeuern. Aber so ganz ohne? Eine komplette Abteilung unbesetzt? Berlotti wunderte sich über die Zustände, die hier zu herrschen schienen.

Elvira Beil stand auf und kam um den Tisch herum auf ihn zu. Sie war deutlich kleiner, als Berlotti sie eingeschätzt hatte. Aber ihrer Aura konnte das nichts anhaben. Und paradoxerweise vermittelte sogar ihr vergleichsweise legeres Outfit aus Stoffhose und milchkaffeefarbenem Kaschmirpulli den Eindruck von Autorität.

»Es freut mich, dass Sie für uns arbeiten, Herr Berlotti. Seien Sie herzlich willkommen bei der Hamburger Polizei.« Sie deutete ein Lächeln an. Als Berlotti ihr seine Hand reichte, die Elvira Beil sofort energisch drückte, fügte sie hinzu: »Und gutes Gelingen, denn das werden Sie benötigen.« Beim letzten Satz hatte Elvira Beil wieder ihre undurchdringliche Miene aufgesetzt.

»Der Pessimist sieht in jeder Aufgabe ein Problem. Der Optimist sieht in jedem Problem eine Aufgabe. Und: danke!« Berlotti verabschiedete sich von seiner neuen Vorgesetzten und schloss hinter sich die Tür.

* * *

Kurz darauf stand der frisch ernannte Kriminalhauptkommissar in seinem Büro. Obwohl die Sonne schien, hatte er den Deckenfluter einschalten müssen. Andere Lampen gab es nicht in dem kleinen Zimmer, und er bereitete sich gedanklich schon einmal auf düstere Wintertage vor. Berlotti versuchte, sich angesichts der gegenwärtig noch kargen Einrichtung selbst Mut zuzusprechen. Anders als in seiner Wohnung, die er erst gestern bezogen hatte, standen hier wenigstens keine Umzugskartons im Weg. Am meisten überraschte ihn, dass das Zimmer so klein war. Der Schreibtisch aus dunkelgrauer Spanplatte nahm schon die Hälfte des Raumes ein.

Er hängte sein Cordsakko über die Lehne des Drehstuhls und setzte sich. Von der sechsten Etage war die Aussicht schon weit weniger beeindruckend. Zumal der Winkel, aus dem er über die Stadt blickte, nicht gerade ihre Sahneseiten präsentierte. Er kippte das schmalere der beiden Fenster und setzte sich wieder.

Hier werde ich also meine nächsten Jahre verbringen, dachte er. Ein Führungsposten bei der Polizei – das war sein Ziel gewesen. In Frankfurt hatte er die Aufgaben eines Hauptkommissars vor vier Jahren übernommen, ohne sich als solcher bezeichnen zu dürfen. Ein Telefonat mit seinem Vater Alfio vor vier Monaten hatte dann alles verändert. Auch wenn Berlotti sich wahrhaft Angenehmeres vorstellen konnte, als zurück in den Einflussbereich seiner Mutter zu ziehen, wollte er seinen Vater unter keinen Umständen mit der Pflege Carmelas allein lassen. Daraufhin hatte sich Berlotti erkundigt, ob es offene Stellen in der Hansestadt gab. Und tatsächlich war nicht irgendein Posten zu besetzen gewesen, sondern der des Hauptkommissars, auf den er so lange hingearbeitet hatte. Jetzt würde sich zeigen, ob er die Position auch offiziell ausfüllen konnte.

Auf seinem Schreibtisch lag die Liste mit den Einzelverbindungsnachweisen von Scherffs Mobiltelefon und Festnetzanschluss. Mobil telefoniert hatte er zum letzten Mal vor zwei Tagen, vom Festnetz aus zuletzt am Vortag gegen einundzwanzig Uhr mit dem Anrufbeantworter in Frau Radies' Büro. Doch Scherff hatte heute Morgen um kurz nach sechs noch eine SMS versandt. Berlotti wählte die Nummer des Empfängers, der sofort abnahm. Der Kommissar stellte sich vor und bat um ein Treffen.

»Darf ich erfahren, warum die Polizei mich sprechen möchte?«

»Das will ich Ihnen ungern am Telefon sagen. Wann können Sie aufs Revier kommen?«

Während er wartete, schaltete Berlotti seinen Computer ein und suchte nach Informationen über Wolfgang Scherff. Der Mann hatte nicht nur die Hamburger Journalistenschule geleitet, er schrieb auch regelmäßig für den Politikteil des Tagesanzeigers, Hamburgs größter Tageszeitung. Berlotti überflog einige der Texte, die im Internet verfügbar waren. In letzter Zeit war der Journalist intensiv mit der bevorstehenden Bürgerschaftswahl befasst gewesen, die am übernächsten Wochenende stattfinden sollte. Scherff hatte überparteilich in alle Richtungen ausgeteilt. Hatte er sich damit Feinde gemacht? Feinde, die imstande waren, ihm dafür den Schädel einzuschlagen?

Als er den Namen seines nächsten Gesprächspartners in die Suchmaschine eingab und sich durch die ersten Treffer klickte, ahnte Berlotti, dass ihm alles andere als ein netter Plausch bevorstand.

Im grell erleuchteten Vernehmungsraum surrten die Neonröhren. Der Mann, der an dem grauen Tisch saß, trug ein schwarzes Polohemd unter einer abgewetzten braunen Lederjacke, eine Sonnenbrille auf dem Kopf über die dunklen Rollenlöckchen geschoben, und sah ihn missmutig an.

»Können Sie mir verraten, warum Sie mich zwanzig Minuten warten lassen? Noch dazu in einem Verhörraum, wie einen Schwerverbrecher?« Die kargen Wände warfen Timo Kowalskys genervten Ton wie ein Echo zurück.

Berlotti setzte sich, die Hände im Schoß gefaltet, wie immer bei Vernehmungen – oder als solche getarnten Gesprächen. Automatisch konzentrierte er sich auf Handbewegungen, Blicke und Mundwinkel des Mannes auf der anderen Seite des Tisches. Die Erfahrung hatte ihn gelehrt, dass Worten ebenso zu misstrauen war wie Gesten. Jeder Zweite, dem er in Zimmern wie diesem gegenübersaß, hatte versucht, ihn mit meist mittelmäßigen Lügengeschichten übers Ohr zu hauen.

»Lassen Sie sich hiervon nicht irritieren.« Berlotti deutete unbestimmt in den Raum. »Mein Büro ist nur so klein, dass keine zwei Personen gleichzeitig hineinpassen.«

Kowalskys Lippen verzogen sich zu einem schrägen Grinsen, das den Blick auf gebleichte Zahnreihen freigab. Offenbar fand er den Gedanken belustigend, dass ein Hauptkommissar in einer Legebatterie eingepfercht wurde. Berlotti konnte es ihm nicht verdenken, obwohl er die Bemerkung über die Größe seines Büros bewusst so gewählt hatte. Manchmal war es besser, unterschätzt zu werden.

»Ich habe gerade erfahren, dass Sie eine Nachrichtenseite betreiben. Leider hatte ich noch nicht die Gelegenheit, mich damit näher zu befassen«, sagte Berlotti. »Laufen die Geschäfte denn gut?«

Kowalskys mutmaßlich von der Frühsommersonne leicht verbranntes Gesicht färbte sich einen Ton dunkler. »›Faktenreport‹ ist die Top-Newspage der Stadt und hat mit den meisten Traffic in Deutschland. Leben Sie hinter dem Mond, Mann?«

Berlottis Taktik ging auf. Egomane Menschen brachte man zum Reden, indem man sie nach ihrem Lieblingsthema befragte: sich selbst.

»Ich biete den Menschen«, fuhr Kowalsky fort, »eine Alternative zu dem weichgespülten Gewäsch, das die angeblich so unabhängigen Medien verbreiten.«

»Momentan ist wohl die Wahl zur Hamburger Bürgerschaft ein heißes Thema, nehme ich an?«

»Klar, eines von vielen heißen Themen, bei denen unsere Visitors gerade derbe abgehen.« Kowalskys Locken waren so klein und perfekt gedreht, dass sie fast dauergewellt aussahen.

»Was glauben Sie, wer Bürgermeister wird?«, fragte Berlotti.

»Das korrupte Pack, das derzeit die Stadt in Grund und Boden wirtschaftet, macht bald den Abflug.« Mehrere Adern traten an seinen Schläfen hervor, was merkwürdig aussah, weil seine Stirn ansonsten völlig glatt war – ob dank Messer oder Botox, vermochte Berlotti nicht zu sagen.

»Sie mögen den Bürgermeister wohl nicht besonders. Was halten Sie von seinem Herausforderer?«

Kowalskys Wange zuckte. Sieh mal an, dachte Berlotti, da habe ich wohl einen wunden Punkt getroffen.

»Wir berichten über ihn genauso kritisch wie über alle anderen Politiker. That's it!«

»Ach, ist das so?« Die Frage war als Provokation gemeint und wurde genau so aufgefasst. Bei Kowalsky schien der Groschen gefallen, dass Berlotti bestens im Bilde darüber war, mit wem er es zu tun hatte. Der Journalist lehnte sich zurück und verschränkte die Arme. Für kurze Zeit sagte keiner der beiden ein Wort. Sie belauerten sich wie zwei Boxer im Ring vor dem ersten Schlag.

»Berlotti«, sagte Kowalsky schließlich und ließ das Wort einige Sekunden im Raum stehen. »Wo kommt der Name überhaupt her? Deutsch ist der nicht.« Umständlich faltete er die Hände so ineinander, dass alle Finger nach innen zeigten, und blickte ihn mit einer Mischung aus Interesse und Kampfansage an.

»Ebenso wenig wie Kowalsky, vermute ich.« Berlottis Worte landeten wie ein Schneeball in Kowalskys Gesicht. Der bedachte Berlotti mit einem Blick, der einen Scheiterhaufen entzündet hätte, verkniff sich aber eine Antwort.

»Herr Kowalsky«, sagte Berlotti in einem Ton, der deutlich machte, dass sich der freundliche Teil des Gesprächs dem

Ende näherte. Er legte die Hände auf den Tisch. Zeigefinger und Daumen formten dabei wie zufällig eine Waffe, die auf sein Gegenüber gerichtet war. »In welchem Verhältnis stehen Sie zu Wolfgang Scherff?« Berlotti wählte bewusst die Gegenwartsform und ließ Kowalsky nicht aus den Augen.

»Sollte mir der Name etwas sagen?«

Berlotti ließ sich nicht beirren. »Was stand in der SMS, die er Ihnen heute Morgen geschickt hat?«

»Ich habe keine Ahnung, wovon Sie reden.«

»Einer der bekanntesten Journalisten der Stadt ist tot, Herr Kowalsky. Kurz bevor er brutal ermordet wurde, hat er Ihnen etwas geschrieben. Und als Leiter der Ermittlungen würde ich wirklich wahnsinnig gern wissen, was er Ihnen zu sagen hatte.«

Berlotti hatte weder die Stimme erhoben noch seine Körperhaltung verändert. Seine Worte verfehlten aber auch so ihre Wirkung nicht. Kowalsky wirkte erschrocken. Er setzte sich abrupt in seinem Stuhl auf und blinzelte. Entweder ist er nervös, weil wir den Toten so schnell gefunden haben, oder weil er nicht wusste, dass Scherff tot ist, dachte Berlotti.

Doch Kowalsky hatte sich schnell gefangen und trug mit jeder Faser seines Körpers wieder sein enormes Ego zur Schau. »Haben Sie eine Vorstellung, wie viele Interviewanfragen jeden Tag bei mir auflaufen? Ich bin eine gefragte Person.«

Oh Mann, dachte Berlotti. Ein Profiler hätte seine helle Freude an dem Typen. Ein selbstverliebter Möchtegern-Bad-Boy mit starkem Geltungsbedürfnis. Doch Berlotti meinte zu erkennen, dass die Kälte, die den Mann umgab, aus einer selbst gewählten Isolation herrührte, mit der eine gewisse Trübsal einherging. Menschen wie Kowalsky buhlten um Anerkennung und Liebe, und sobald sie diese erlangten, reagierten sie mit grenzenloser Ablehnung und Verachtung.

»Nur dass ich das richtig verstehe: Ein renommierter Journalist, den Sie nicht kennen und von dem Sie noch nie gehört haben, obwohl er in derselben Stadt lebt, schickt Ihnen eine Interviewanfrage per SMS, anstatt Sie anzurufen. Läuft das so in Ihrem Geschäft?« Berlotti glaubte ihm kein Wort. Trotzdem unterstrich er die Notiz, sich beim Hamburger Tagesanzeiger nach Scherffs Projekten zu erkundigen.

Timo Kowalsky war nichts mehr zu entlocken gewesen. Er beharrte darauf, den Journalisten nicht zu kennen, und Berlotti konnte ihm nicht das Gegenteil beweisen. Oder jedenfalls noch nicht. Er saß im Büro und scrollte sich durch die Artikel auf Kowalskys Internetseite, als Katharina Meinhold an die geöffnete Tür klopfte. Ihr Blick fiel auf Berlottis Bildschirm.

»Ernsthaft?« Meinhold sah ihn vorwurfsvoll an.

»Eigentlich nicht, dafür ist das Zeug zu lächerlich. Trotzdem kann man sich seine Zeugen und Verdächtigen nicht aussuchen.« Berlotti berichtete ihr vom Gespräch mit dem Betreiber der Seite.

»Der Typ ist noch gruseliger als seine Seite, und das will schon was heißen«, schimpfte Meinhold. »Sollte auch mal in so ein buddhistisches Kloster fahren, kann seinem Karma nur guttun.«

Sie legte zwei farbenfrohe Broschüren auf Berlottis Schreibtisch. Die beiden Einrichtungen, die als Aufenthaltsort für Irene Scherff in Frage kamen, waren weder telefonisch noch via E-Mail zu erreichen. Das hatten ihr zwei Reisebüros bestätigt, die Meditationsurlaube »zur mentalen Reinigung« in diesen Klöstern anboten. Berlotti bat Meinhold, die indischen Kollegen einzuschalten, und erkundigte sich nach einem wirklich guten Computerexperten auf dem Revier.

»Lassen Sie das bloß nicht die Chefin hören. Bei uns arbeiten *nur* wirklich gute Leute.« Sie versuchte, ernst zu bleiben, was ihr aber nicht gelang. Berlotti musste ebenfalls lächeln. Witz ist Schaum an der Oberfläche, Humor die Perle aus der Tiefe, dachte er. Und schlechten Menschen ist Humor fremd. In diesem Moment fühlte er sich gleich ein wenig mehr angekommen in Hamburg.

Kurz darauf stand er im Büro von Peter Thies. Dessen Zimmer kam ihm noch kleiner und noch düsterer vor als sein eigenes.

Schlimmer geht also immer, dachte Berlotti und beschloss, seiner Legebatterie in Zukunft mehr Wohlwollen entgegenzubringen. Auch die Einrichtung war mehr als karg: ein Schreibtisch, der die besten Jahrzehnte hinter sich hatte, ein schmales Fenster und ein Zimmerfarn, der förmlich um Wasser bettelte. Hinter dem Schreibtisch saß ein Bulle von einem Kerl. Thies stand auf, wobei sein kariertes Hemd an Bauch und Schultern gefährlich spannte.

»Moingiorno! Hauptkommissar Berlotti, nehme ich an?«

Der angenehme Händedruck stand in starkem Gegensatz zur überwältigenden körperlichen Präsenz des Informatikers. Er überragte Berlotti um einen ganzen Kopf. Das Lächeln, das sich auf seinem Gesicht ausbreitete, strahlte aufrichtige Herzlichkeit aus.

»Wie ich höre, sind Sie unsere neueste Attraktion.«

Berlotti schaute ihn fragend an.

»Na, ein Hauptkommissar aus Bella Italia.«

So gern Berlotti gleich zur Sache gekommen wäre, bremste er sich. Es war ihm wichtig, ein gutes Verhältnis zu seinen Kollegen zu pflegen. Und wenn er an den unangenehmen Herrn Brehm dachte, konnte er gar nicht genug Verbündete gewinnen.

»Die Buschtrommeln funktionieren hier offenbar so gut wie auf jedem Revier. Streng genommen bin ich aber in Norddeutschland aufgewachsen.«

»Ach, schade, ich hatte gedacht, Sie stammen ursprünglich aus dem schönsten Land der Erde.«

»Falls Sie damit Italien meinen: eigentlich schon, aber ich habe in Hamburg Abitur gemacht. Ich bin also eher ein Hamburger Italiener als ein waschechter.«

»Verstehe«, antwortete Thies, und als er fortfuhr, wurde das Lächeln auf seinem Gesicht sogar noch breiter. »Wissen Sie, ich liebe Italien! Das Land, die Menschen und vor allem das sensationelle Essen. Vom Wein ganz zu schweigen.«

»Genießen können sie«, pflichtete Berlotti ihm bei. »Die Fähigkeit, genießen zu können, was mit Geld nicht zu kaufen ist, müssen manche sich erst erarbeiten. Italienern steckt es im

Blut.« Erst jetzt bemerkte er die Espressokanne, die auf einer einzelnen Herdplatte unterhalb des Schreibtischs auf einem Rollcontainer stand. Daneben mehrere Packungen Grissini und Amarettini. Der Anblick der italienischen Requisiten rührte Berlotti, trotz oder gerade wegen des trostlosen Bühnenbildes, in dem sie standen. »Allerdings gibt es dort genügend Dinge, die einem auf den Magen schlagen.«

»Sie meinen die Mafia?«

»Mafia, Regierung, Korruption, unfähige Behörden, historische Gebäude, die der Staat verrotten lässt. Ich weiß gar nicht, wo ich anfangen soll.«

Thies schenkte sich und seinem Gast ein Glas Wasser ein. San Pellegrino, natürlich. »Nein, nein, nein, Commissario, Sie werden mir Italien nicht madig machen. Wenn wir Deutschen sagen, die Lage ist ernst, aber nicht hoffnungslos ...«

»... sagen die Italiener, die Lage ist hoffnungslos, aber nicht ernst«, führte Berlotti Thies' Gedanken zu Ende.

Beide Männer grinsten wie Jungs, die beim Cowboy-und-Indianer-Spielen soeben Blutsbrüderschaft geschlossen hatten. Berlotti hob das Glas und prostete Thies zu. Als Polizist in Italien arbeiten? Nur über meine Leiche, dachte er bei sich. Aber ihm war ein verklärender Romantiker lieber als ein Ausländerfeind wie Karl Renke.

Er stellte das Wasser zurück und rutschte auf die vordere Kante des Stuhls. »Sie haben von unserem toten Journalisten gehört?«

Thies nickte und setzte eine professionelle Miene auf.

»Smartphone und Laptop sind verschwunden, und möglicherweise ist der Grund dafür in seinen Mails oder auf seiner Festplatte zu finden.«

»Ich kann sein Handy orten und prüfen, ob Daten in der Cloud gespeichert wurden. Allerdings ...«

»Gibt es ein Problem?«

Nach einer kleinen Pause antwortete Thies: »Ich muss das offiziell beantragen, Formulare ausfüllen, auf Genehmigung warten. Sie kennen die Prozedur.«

Berlotti nickte, seufzte aber innerlich. So froh er war, dass in Deutschland nicht die gleiche Korruption und Vetternwirtschaft herrschten wie in Italien, war die Bürokratie hierzulande manchmal zum Haareraufen. In Italien wurden Menschenrechte mit Füßen getreten, weil überall die falschen Leute an den wichtigen Schaltstellen saßen. In Deutschland wurden sogar die Persönlichkeitsrechte von Toten gewahrt, anstatt der Polizei die Möglichkeit zu geben, zügig ihre Arbeit zu erledigen.

»Ich weiß, was Sie denken. Ich verspreche, in der Sache auf die Tube zu drücken.«

Berlotti erhob sich. »Ich freue mich, von Ihnen zu hören. Und zeitnah setzen wir unser Gespräch über Bella Italia fort, wenn Sie mögen.«

Thies grinste. Er zwängte sich aus dem Stuhl, der wie erleichtert aufseufzte, weil er eindeutig zu schmal für den massigen Körper war. Dann drückte er Berlotti die Hand. »Das machen wir unbedingt. Viel Erfolg, Commissario.«

Nachdem sich das Getriebe der Ermittlungen ächzend in Gang gesetzt hatte, traf Berlotti sich am späten Nachmittag mit Katharina Meinhold im Besprechungsraum. Sie hatten bisher kaum Gelegenheit gehabt, über den Vormittag zu reden. Seine Kollegin saß verkehrt herum auf einem Stuhl. Ihren Blazer hatte sie über die Lehne gehängt, darunter trug sie ein weißes T-Shirt. Ihre trainierten, sonnengebräunten Arme ließen darauf schließen, dass sie viel Sport im Freien trieb. Ihre Hand drehte unbeirrt an dem schmalen Silberring ihres linken Ringfingers.

»Wie der Mann umgebracht wurde, ist doch überstürzt und irgendwie amateurhaft.« Sie biss sich nachdenklich auf die Unterlippe.

Berlotti hatte das schon am Tatort beobachtet. Er schätzte sie als Energiebündel ein, das ständig unter Strom stand. Und wenn sie gezwungen war, still zu sitzen, dann suchte sich ihr Körper andere Wege, um Anspannung abzubauen.

»Für mich spricht viel für eine Tat im Affekt.«

»Mit Ihrer Beobachtungsgabe könnten Sie eine gute Polizistin werden«, stichelte Berlotti.

»Schmeicheleien bringen bei mir gar nichts, nur dass Sie es wissen«, erwiderte sie mit einem Lächeln und strich sich eine widerspenstige Strähne hinters Ohr. Ohne es zu wollen, aber auch ohne es verhindern zu können, fragte er sich, ob Meinhold liiert war. Schnell versuchte er, den Gedanken loszuwerden. »Renke, der Nachbar, meint, einen Mann gesehen zu haben. Außerdem war die Tat reichlich brutal. Können wir eine Frau deshalb ausschließen?«, fragte er stattdessen.

»Weil Frauen subtil und stilvoll morden?«

»Statistiken zufolge jedenfalls meistens planvoll«, erwiderte Berlotti.

»Ich sehe ja ein, dass Frauen nicht unbedingt die besseren Menschen sind, auch wenn ich glaube, dass die Welt unter weiblicher Führung eine bessere wäre.«

»Das hätte Alice Schwarzer nicht besser formulieren können.«

»Hey, ich bin keine Feministin. Es gibt schließlich auch genügend Arschlöcherinnen auf diesem Planeten.«

»Arschlöcher kennen kein Geschlecht, beide haben eins!«

Katharina Meinhold grinste. »Trotzdem bin ich der Ansicht, dass Frauen weniger kacke sind als Männer. Allein schon, weil bei uns der lästige Schwanzvergleich wegfällt.«

Berlotti nickte. »Dagegen lässt sich wenig sagen. Aber die Frage ist doch: Bringt eine Frau die Kraft für so einen Schlag auf?«

»Wenn man mich provoziert, bis mir die Sicherungen durchbrennen: kein Problem. Aber keine Sorge, ich verhaue nur Männer, die es verdient haben.« Sie lachte, als sie Berlottis gespielte Entrüstung sah. Er zweifelte nicht daran, dass in dieser schlanken Person eine enorme Kraft steckte, die in Verbindung mit einem starken Willen einige Durchschlagskraft entwickeln konnte. Eine gute Kombination für eine ambitionierte Ermittlerin. »Außerdem wissen Sie doch, was man sagt: Nichts ist trügerischer als eine offenkundige Tatsache.«

Berlotti nickte anerkennend. »Man darf nicht das, was uns unwahrscheinlich und unnatürlich erscheint, mit dem verwechseln, was absolut unmöglich ist.«

Wieder lachte sie. »Sie müssen wohl immer noch einen draufsetzen?«

»Es fällt mir eben schwer, mit der Wahrheit hinterm Berg zu halten«, sagte er und ergänzte: »In diesem Sinne stellen wir also fest: Frauen sind doch nicht die besseren Menschen, weshalb wir vorerst offen in alle Richtungen ermitteln.« Berlotti sammelte seine Unterlagen zusammen und stand auf.

Meinhold blieb demonstrativ sitzen und musterte ihn unverhohlen. »Apropos Frauen: Muss ich mich auf Drohanrufe gefasst machen, weil Sie mehr Zeit mit mir verbringen werden als mit Ihrer Herzensdame?«

Berlotti zögerte. Arbeit und Privates strikt zu trennen war seit jeher sein Leitgedanke. Wer Kollegen nichts erzählte, machte sich nicht angreifbar – so die Idee. Doch hinter seinem Rücken war natürlich trotzdem geredet worden. Also konnte er genauso gut seine Deckung etwas senken, zumal er seine neue Kollegin sehr sympathisch fand.

»Meine Herzensdame trägt den verführerischen Namen ›Arbeit‹«, sagte Berlotti und ließ sich wieder auf seinen Stuhl fallen. »Meine Ex-Frau redet seit Jahren nur das Nötigste mit mir, und die einzige Frau in meinem Leben ist meine Mutter, bei der ich vorgestern wieder eingezogen bin. Und ja: Ich weiß, wie das klingt. Aber glauben Sie mir, ich kenne alle Sprüche und Witze über die Unzulänglichkeiten italienischer Muttersöhnchen.«

Meinhold grinste. »Es geht eben nichts über ein gutes Klischee. Apropos: Was zeichnet einen italienischen Panzer aus?«

»Ein Vorwärtsgang für Paraden und vier Rückwärtsgänge fürs Gefecht«, antwortete Berlotti wie aus der Pistole geschossen.

»Und woran erkennt man italienische Kampfstiefel?«, unternahm Meinhold einen neuen Versuch.

»Die Absätze sind vorn angebracht!«

»Ich geb's auf, Sie Spielverderber!«

»Es sind die Klischees, die die Wahrheit erst genießbar machen.« Nun grinste auch Berlotti. »Und welche Vorurteile erfüllen Sie? Außer, dass Sie Männer verhauen, wie man es von einer Kriminalkommissarin erwarten darf, die etwas auf sich hält?«

Sie verdrehte die Augen. »Ärger mit Typen hatte ich für drei Leben, mir reicht's!«

Er überlegte, ob er nachhaken sollte, entschied aber, dass sie selbst erzählen sollte, so viel sie wollte. In der Hoffnung, dass sie das nicht als Desinteresse deutete.

»Wer braucht schon 'nen Kerl«, fuhr sie fort, »wenn er einen eh nur vom Wesentlichen abhält?«

»Vom Wesentlichen?«

»Nach einer gewissen Zeit wird man gemeinsam so lethargisch in einer Beziehung, bleibt zu Hause und glotzt Fernsehen, anstatt Freunde zu treffen oder Sport zu treiben.«

»Sie meinen, sportliche Betätigung *neben* dem Verprügeln von Männern?«, frotzelte Berlotti.

»Das wird auf Dauer ja auch langweilig.« Sie zwinkerte ihm zu. »Beim Sport bin ich ebenso unstet wie bei meinen Beziehungen. Die einzige Konstante ist das Joggen um die Außenalster jeden zweiten Tag. Ansonsten bin ich durchaus experimentierfreudig.«

Berlotti strich sich unbewusst über den Bauch, der einmal flach und trainiert gewesen war, mittlerweile aber eine kleine Fettschicht angelegt hatte. Ein Fitnessstudio hatte er das letzte Mal vor einem halben Jahr von innen gesehen, nicht zuletzt, weil er jedes Mal fast gestorben war vor Langeweile. Vielleicht war etwas Abwechslung genau das Richtige für ihn und seine drohende Wampe. »Falls Sie mal Lust auf einen Trainingspartner haben, sagen Sie Bescheid.«

»Geht klar«, sagte Meinhold und stand auf. »Ich fahr dann noch mal zu unserem Tatort. Mal sehen, ob die Befragung der Nachbarn was Brauchbares ergeben hat.«

»Gut. Und reden Sie auch mit Kollegen und Studierenden.

Vielleicht bringt das zur Abwechslung mal Antworten statt immer nur neue Fragen.«

Nachdem sie sich verabschiedet hatten, warf er sein Sakko über und machte sich auf in die Tiefgarage. Auf dem Heimweg wollte er noch eine Sache erledigen.

***

Vor einem zweigeschossigen Flachdachbau auf dem Unigelände am Dammtorbahnhof parkte Berlotti seinen Fiat und ging hinein. Der Fußboden war aus Linoleum, und am Eingang auf einer großen Anschlagtafel fand er die gesuchte Zimmernummer. Er folgte der Beschilderung und stand drei Gabelungen später vor einer Tür, neben der auf einem Schild der Name »Scherff« stand. Er klopfte.

»Frau Radies?« Er trat ein.

Eine Frau tauchte hinter dem Schreibtisch auf, ein Paar hochhackiger Schuhe in der Hand. Das meiste an ihr war grau: das zu einem Dutt hochgesteckte Haar, die Augenbrauen, ihr Kostüm, sogar ihr Hautton. Nur der lila Lippenstift und gleichfarbige Nagellack passten nicht ins Bild.

»Guten Tag, wir haben heute früh telefoniert.«

In ihrem Blick sah er, dass sie sich bestens erinnerte.

»Ich hatte Sie mir älter vorgestellt.«

Berlotti hatte das schon oft gehört. »Glauben Sie mir, so alt, wie ich mich manchmal fühle, werde ich in diesem Leben wohl nicht mehr werden.«

Der Spruch, den er sich für diese Situationen zurechtgelegt hatte, verfehlte auch bei Brigitte Radies nicht seine Wirkung. Sie lächelte.

»Entschuldigen Sie, ich wollte gerade nach Hause.« Sie deutete auf die Schuhe in ihrer Hand.

»Wenn Sie noch einen Moment hätten …«

Sie zögerte kurz, nickte dann und ließ sich in den Stuhl sinken, der die kleine Person zu verschlucken drohte.

»Erst hat mich Ihr Anruf sehr beunruhigt, aber dann habe

ich mich zusammengerissen. Ich will nicht immer sofort vom Schlimmsten ausgehen.« In ihrem Blick lagen Trotz, Furcht sowie der Wunsch, endlich bestätigt zu bekommen, dass doch alles gut war.

Berlotti setzte sich ebenfalls. Er kannte keinen Kollegen, ob Mann oder Frau, dem bei dem nächsten Satz nicht unwohl gewesen wäre. Unabhängig von seiner Erfahrung und trotz aller psychologischer Kurse. Es ließ niemanden kalt. Egal, wie oft man es aussprach.

»Ihr Chef ist Opfer eines Gewaltverbrechens geworden.« Er machte eine Pause, damit Brigitte Radies versuchen konnte, sich für den nächsten Satz zu wappnen. »Herr Scherff ist tot. Es tut mir leid.«

Zunächst wirkte die Sekretärin wie in einer Schockstarre. Ihr Gesicht war völlig ruhig und ausdruckslos. Dann sackte sie, als hätte man ihr den Stecker gezogen, in sich zusammen. Ausdruckslos sah sie ihn an, während sich ihre Augen mit Tränen füllten. »Heute Morgen war er doch noch auf meinem Anrufbeantworter«, flüsterte sie. »Warum?«

»Das würde ich mit Ihrer Hilfe gern herausfinden«, sagte Berlotti behutsam.

Sie zog mit zittrigen Fingern ein Papiertaschentuch aus einem Ärmel ihres Blazers und tupfte sich die Tränen aus den Augenwinkeln. »Wie ist er gestorben?«

Er schüttelte den Kopf.

Die Trauer in ihrem Gesicht wich einem ungläubigen Staunen, das sich binnen Sekunden zu aufrichtiger Empörung steigerte. Mit der flachen Hand schlug sie auf die Stuhllehne und betonte jedes einzelne Wort: »Wie – ist – er – gestorben?« Ihre Augen funkelten zornig.

Sieh an, die Katze fährt die Krallen aus, dachte Berlotti. »Während der laufenden Ermittlungen darf ich keine Details preisgeben, tut mir leid.«

Radies' kleiner Wutausbruch überraschte ihn nicht. In diesen Situationen hatte er schon fast alles erlebt. Eine Frau hatte ihn geohrfeigt, als er ihr die Nachricht überbracht hatte, dass sich ihr neunzehnjähriger Sohn den goldenen Schuss gesetzt hatte. Ein Bodybuilder war vor ihm auf die Knie gesunken, weil eine konkurrierende Motorradgang seine siebzehnjährige Tochter erst missbraucht und dann getötet hatte. Der Mann hatte Berlottis Beine umschlungen und eine halbe Stunde lang nicht losgelassen. Der Kommissar sah hinterher aus, als wäre er in einen Regenschauer geraten, so tränendurchtränkt waren seine Hosenbeine gewesen.

Berlotti ging um den Schreibtisch herum und hockte sich vor den Stuhl, auf dem Brigitte Radies saß. Erst jetzt fiel ihm auf, dass die Sekretärin unter dem keuschen Kostüm eine gar nicht so keusche Netzstrumpfhose trug.

»Etwas verrate ich Ihnen, wenn Sie mir auch etwas verraten.«

Sie nickte, erst langsam, dann entschlossen.

»Er wurde erschlagen«, sagte Berlotti, so sanft er nur konnte. »In seiner Wohnung.«

Brigitte Radies schlug sich die Hand vor den Mund.

»Aber jetzt müssen Sie mir auch etwas verraten, was Sie unter normalen Umständen vielleicht für sich behalten würden.« Da keine Einwände kamen, fuhr er fort. »Wer könnte Professor Scherff so etwas angetan haben? Hatte er Feinde?«

Frau Radies schüttelte entschieden den Kopf.

»Sie müssen gut überlegen, Frau Radies. Jede Kleinigkeit könnte wichtig sein. Was können Sie mir über Frau Scherff sagen?«

Sie zögerte. »Nichts«, sagte sie dann. »Ich kannte sie kaum.«

Berlotti musterte sie aufmerksam. »Es geht hier nicht darum, schlecht über Ihren Chef zu reden. Wenn Sie bei der Ergreifung seines Mörders helfen wollen, dann sagen Sie mir, was Sie wissen!«

Brigitte Radies schien zu überlegen. Sie schloss die Augen für einen Moment. Als sie sie wieder öffnete, sah sie an Berlotti vorbei auf den Boden und sagte: »Er war wohl recht beliebt bei der Damenwelt.«

Berlotti lächelte innerlich, angesichts der altmodischen Wortwahl. »Die Damen rannten ihm hinterher oder er den Damen?«

Noch immer traute sich die Sekretärin nicht, ihm in die Augen zu sehen. Fast schien es, als würde sie sich schämen.
»Das weiß ich nicht. Möglicherweise beides.«
»Wusste seine Frau davon?«
Sie zögerte erneut.
»Sie helfen Ihrem Chef, indem Sie mir helfen.« Berlotti nahm sanft ihre Schultern in seine Hände und drehte sie so, dass sie ihn anschauen musste. Er entdeckte aufrichtige Trauer in den katzengrünen Augen – und noch etwas anderes. Ihm fiel etwas ein, das seine Ex-Frau einmal zu ihm gesagt hatte. Damals, vor Jahren, als sie an einem verregneten Wochenende im Bett liegen geblieben waren und sich gegenseitig aus ihren Lieblingsbüchern vorgelesen hatten: »In den Augen liegt das Herz. Sag nichts mit Worten, wenn deine Augen Bände sprechen.« Brigitte Radies hatte ihren Vorgesetzten geliebt, daran bestand kein Zweifel. Ob er ihre Liebe erwidert hatte?

Die Sekretärin nickte. Das war ein gutes Zeichen, selbst wenn Berlotti nicht wusste, ob sie ihm damit Bereitschaft signalisieren wollte oder es eine Antwort auf seine Frage war. Er konnte sie zunächst kaum verstehen, so leise begann sie zu sprechen.

»Vor einem halben Jahr tauchte sie hier auf und machte eine fürchterliche Szene. Noch im Vorzimmer, bevor sie die Tür zu seinem Büro erreicht hatte, schrie sie: ›Du bist ein mieser, kleiner Wurm. Ein dummes, dummes Schwein!‹ Es war mir sehr unangenehm. Sie war so … gewöhnlich … für die Ehefrau eines Hochschuldozenten. Aber an dem Tag war sie außer sich und … wirklich ordinär. Noch nachdem der Professor die Tür geschlossen hatte, konnte ich sie toben hören.«

»Sie war hinter eine Affäre ihres Mannes gekommen?«
Wieder nickte sie. »Sie warf ihm vor, es hinter ihrem Rücken mit einer Studentin … *getrieben* zu haben, das war der Begriff, den sie verwendete.«

»Hat sie gesagt, woher sie es wusste? Einen Namen genannt?«
»Nein.« Dann stutzte sie kurz, als ihr noch etwas einfiel. »Aber gedroht hat sie ihm.«

Berlotti richtete sich auf. »Womit?«

»Dass ihm ein eifersüchtiger Ehemann oder Freund den Schädel spalten soll, weil sie dazu nicht in der Lage sei. So was in der Art«, entgegnete sie. Und riss plötzlich die Augen entsetzt auf, als würde sie erst jetzt begreifen, was sie da erzählte. »Glauben Sie ...«

Berlotti hob beschwichtigend die Hand. »Noch wissen wir nichts, und glauben können wir in der Kirche. Aber bevor ich gehe, würde ich mir gern noch Scherffs Nachricht auf dem AB anhören.«

»Oh.« Die grellen Fingernägel wurden auf den nicht minder grellen Lippenstift geschlagen, und Berlotti ahnte, dass ihm nicht gefallen konnte, was er als Nächstes hören sollte. »Die habe ich gelöscht!«

»Warum?« Er hob fragend eine Augenbraue.

»Ich wusste ja nicht ... Ich lösche immer sofort Ansagen, die ich abgehört habe. Genauso, wie ich bearbeitete Mails sofort lösche.« Brigitte Radies bemühte sich, ihn betreten anzuschauen, und zum ersten Mal während ihres Gesprächs hatte er das Gefühl, dass sie ihm etwas vorspielte.

»Wie war denn der genaue Wortlaut der Nachricht?« erkundigte sich Berlotti.

Nun gab sie vor, nachzudenken. Ganz so, als hätte sie die Nachricht nicht vor wenigen Stunden abgehört, sondern vor mehreren Wochen.

»Seine Stimme klang rau. Er hatte schon den ganzen gestrigen Tag über Halsweh geklagt. Deshalb habe ich mir auch nichts dabei gedacht.«

»Der genaue Wortlaut?«, insistierte Berlotti, nun schon strenger. Ihr nachdenklicher Blick blieb, doch er hatte den Eindruck, er habe etwas Aufgesetztes bekommen.

»›Brigitte, ich bleibe morgen zu Hause. Sven und Paul sollen meine Vorlesungen übernehmen, den Lehrplan kennen sie so gut wie ich.‹«

Während sie sprach, ging Berlotti zu dem Gerät, drückte ein paar Knöpfe, nur um festzustellen, dass sich weder neue noch gespeicherte Nachrichten darauf befanden. Er drehte sich zu ihr um.

»Sonst nichts?«

Erneut schüttelte Brigitte Radies den Kopf. Berlotti bedankte sich bei der Sekretärin, die soeben zwar nicht zwangsläufig zu einer Augenzeugin in einem Mordfall geworden war, aber doch zu einer Zeugin in einem Streit mit möglicher Todesfolge, wenn auch einige Monate zeitverzögert. Andererseits war er sich sicher, dass sie ihm nicht die ganze Wahrheit gesagt hatte. Konnte sie etwas mit dem Ableben ihres Chefs zu tun haben? Hatte sie den Verdacht bewusst auf dessen Ehefrau gelenkt? Sobald er die Tür hinter sich geschlossen hatte, notierte er sich beide Fragen in seinem Notizbuch.

※※※

Eine milde Brise fuhr ihm durch die Locken. Er hatte das Stoffdach seines Cinquecento heruntergelassen. Berlotti liebte diese Momente. Die Ruhe im Auto. Die Aussicht, nach einem aufreibenden Arbeitstag nach Hause zu kommen. Die Fahrt durch die Dämmerung, während der Wind ihm ein Lied erzählte. Zeit zu haben, seine Gedanken zu sortieren, ohne dass eine Besprechung die nächste jagte oder Telefonanrufe ihn aus der Konzentration rissen. Mehr als einmal zu solchen Gelegenheiten hatte sein Unterbewusstsein entscheidende Beobachtungen oder Satzfetzen ins Bewusstsein befördert. Und jetzt, wo er zurück im Norden war, würde ihn diese Landschaft wieder auf seinen täglichen Fahrten mit ihrer Schönheit beschenken, die er all die Jahre so vermisst hatte: der Hafen, in dem Ozeangiganten aus dem Wasser ragten, stolz, unnahbar. Turmhoch vollgepackt mit Containern. Tausende Kräne, die in einer undurchdringlichen Choreografie den Himmel abtrugen. Und die Apfelplantagen des Alten Landes, die bis an das Stadtgebiet heranreichten und wo inmitten kleiner Wassergräben rund fünfzehn Millionen Bäume das rot schillernde Gold des Nordens zur Welt brachten.

Er kannte niemanden, der einen schöneren Arbeitsweg für

sich beanspruchen konnte. Wie konnte etwas, das er vor einer Ewigkeit hinter sich gelassen hatte, sich nach vierundzwanzig Stunden schon wieder so vertraut anfühlen, nach Heimat? Er gab sich selbst das Versprechen, diesmal nicht wieder das Leben eines Einsiedlers zu führen. Betrieb sein alter Freund Fiete eigentlich noch die »Kaffeeklappe« am Deich an der Elbe? Als er ihn vor fünf Jahren das letzte Mal besucht hatte, wollte er gar nicht mehr dort weg. Seinen Lieblingsplatz im Alten Land würde er so bald wie möglich wieder aufsuchen. Doch zuvor wartete eine Mordermittlung auf ihn.

Berlotti fuhr über die Köhlbrandbrücke und freute sich in dreiundfünfzig Metern Höhe über den unbezahlbaren Blick auf die Skyline der Stadt. Dann begann er, seine Fragenliste durchzugehen: Was stand in der Nachricht, die Scherff Kowalsky geschickt hatte? Wie weit lagen das Absenden der Nachricht und der Todeszeitpunkt auseinander? Vom zuständigen Gerichtsmediziner hatte er bisher nichts gehört. Und warum hatte sich eigentlich Brehm von der Spurensicherung noch nicht bei ihm gemeldet?

»Dieser verrunzelte Elefantenarsch!« Berlotti schlug aufs Lenkrad. Er war den Tag über im Autopilotmodus gewesen und hatte einen Punkt nach dem anderen abgearbeitet, ohne seine Kollegen in die Pflicht zu nehmen. Wenn er es nicht besser wüsste, müsste er annehmen, dass sie einen schnellen Fahndungserfolg verhindern wollten. Kurz überlegte er, Brehm noch mit einem unfreundlichen Anruf den Feierabend zu vermiesen. Stattdessen beschloss er, ihm später eine SMS zu schicken und ihn zu einer frühen Besprechung auf das Revier zu bestellen.

Er ließ den Hafen und die verschlungenen Nebenarme der Elbe hinter sich und widmete sich wieder seiner Liste. In welcher Beziehung könnten ein ermordeter preisgekrönter Journalist und der Betreiber einer populistischen Internetseite stehen, der Meinungen und Falschmeldungen als Nachrichten verkaufte? Oder war das alles unerheblich und die Lösung viel simpler? Bei mehr als zwei Dritteln aller Morde waren die Übeltäter im Familien- oder Bekanntenkreis zu finden. Also auch hier? Hatte die Ehefrau nur vorgetäuscht, nach Indien zu reisen, und stattdessen ihren Ehemann umgebracht? Hatte Scherff einer seiner studentischen Liebschaften das Herz gebrochen und sie ihm im Gegenzug die Schädeldecke? War Brigitte Radies aus unerwiderter Liebe zu weit gegangen? Er erhoffte sich von den Kollegen in der Morgenbesprechung neue Erkenntnisse.

Die Sonne hing schon tief hinter seinem alten, neuen Zuhause, das ihn in der Ferne erwartete. Auf der großen Rasenfläche, die zum Rübker Moor gehörte, standen ein Dutzend Reiher beieinander und schlugen klappernd die Schnäbel zusammen wie eine Gruppe Flamencotänzer ihre Kastagnetten. Er bog in den schmalen Weg ein, an dem neben dem Haus seiner Eltern nur zwei weitere Gebäude standen – der Apfelhof von Fietes Eltern und das windschiefe Backsteinhaus des Ehepaares Bauer, dessen reetgedecktes Dach bis fast auf den Boden reichte.

Seitdem sein Vater in Rente war, sah das Grundstück aus wie aus einer Baumarktwerbung: Kieseinfahrt, akkurat auf einen Meter achtzig gestutzte Buchshecke auf drei Seiten des Hauses, ein strahlend weißer, kniehoher Holzzaun zur Straße hin, dazu die beiden weißen Vordächer über den Eingängen auf beiden Seiten des Hauses.

Während er sein Auto auf dem Kiesparkplatz abstellte, verspürte er ein Donnergrollen aus seiner Körpermitte. Erstaunt wurde ihm bewusst, dass er seit dem Espresso am Morgen nichts mehr zu sich genommen hatte, von dem Glas Wasser bei Peter Thies einmal abgesehen. Schon oft hatte er den Entschluss gefasst, in dieser Hinsicht besser für sich zu sorgen. Doch die Arbeit stand über allem, das hatte schon seine Ex-Frau in immer kürzer werdenden Abständen pikiert angemerkt, bis sie sich schließlich einem neuen Paarungspartner zuwandte. Nicht, dass der mehr Zeit mit ihr verbrachte, im Gegenteil. Aber wenigstens verfügte er über ein üppig gefülltes Bankkonto, das sie über die einsamen Stunden und Tage hinwegzutrösten vermochte.

Da sein Kühlschrank noch nicht an den Strom angeschlossen,

geschweige denn gefüllt war, entschloss er sich, seinen Eltern einen späten Besuch abzustatten. Er wollte es zwar langsam angehen lassen nach Jahrzehnten der familiären Fernbeziehung, aber er hatte keine Lust, noch einmal ins Auto zu steigen und zum nächsten Imbiss zu fahren. Lieber in den sauren Apfel beißen als eine Taube auf dem Dach, wie sein Vater zu sagen pflegte, weil er auch nach so vielen Jahren in Deutschland nicht nur mit der Grammatik, sondern auch mit den Redewendungen durcheinanderkam.

Er betrat die Haushälfte seiner Eltern, in der sich seit Jahrzehnten kaum etwas verändert hatte. So vertraut ihm die Räume noch aus seiner Kindheit waren, so aus der Zeit gefallen kamen sie ihm heute vor. Zu oft wenig erfreulichen beruflichen Anlässen hatte er viele Wohnungen seiner Landsleute gesehen, und wie Alfio und Carmela hatten sie versucht, mit bescheidenen Mitteln ein Stück Heimat an ihrem neuen Aufenthaltsort zu konservieren.

Das mit kindlich anmutenden, groben Pinselstrichen angefertigte Gemälde des antiken Teatro Greco in Taormina mit Blick auf den Ätna dominierte das Esszimmer, was nicht zuletzt am überdimensionierten barock-goldenen Rahmen lag.

Die mit kräftigen Terrakottatönen überstrichene Raufasertapete im Wohnzimmer sollte ursprünglich wohl bei norddeutschem Schmuddelwetter für sonnige Stimmung sorgen, doch die Farbe war an vielen Stellen verblichen, und die amateurhaft angebrachten Papierbahnen lösten sich wie um Erlösung ringend allmählich von der Wand.

Die Krone setzte dem für deutsches Geschmacksempfinden nur schwer zu ertragenden Zimmer aber die Mini-Kapelle auf, die Carmela in einer Ecke eingerichtet hatte. Eine einen Meter große Madonnenstatue thronte auf einem ebenso hohen Sockel im dafür viel zu kleinen Raum. Seine Mutter hatte sie einer Kirchengemeinde, die wegen enormen Mitgliederschwundes geschlossen werden musste, gegen eine großzügige Spende abgekauft. Davor brannte rund um die Uhr ein Grablicht. Jeden zweiten Tag wurde die »Madonnina« von Carmela mit frischen

Blumen beschenkt und mit Weihrauch eingenebelt, um sie – und sich selbst – vor dem Einfluss dunkler Mächte zu bewahren. Der beißende Rauch war verflogen, nichts erinnerte an das Chaos vom Morgen. Seine Eltern saßen auf dem unter Stoff-, Strick- und Spitzendecken-Überwürfen vergrabenen pastellrosa Ledersofa und schauten italienisches Fernsehen. Gut, dass die Grundstücke der Nachbarn in sicherer Entfernung lagen, dachte Berlotti. Sonst würden sie entweder jeden Abend die Kollegen von der örtlichen Dienststelle wegen Ruhestörung bemühen oder selbst Sturm klingeln, weil ihr eigenes TV-Programm vom Geschrei italienischer Moderatoren übertönt wurde. Vom Lärm des Rauchmelders am frühen Morgen ganz zu schweigen.

»Ah, meine Sohne! Wie war deine Tag?«, brüllte Alfio gegen die Musik an. Berlotti erschrak, als er auf den Fernseher sah. Für einen kurzen Moment befürchtete er, er hätte seine Eltern dabei erwischt, wie sie sich gemeinsam einen unanständigen Film anschauten. Dann realisierte er, dass die fünf Frauen im knappen Glitzer-Bikini, die sich lasziv vor dicken Männern räkelten, Teil einer Quizshow im öffentlich-rechtlichen Programm waren.

»Gut, danke!«, rief Berlotti zurück.

»In die Kühlschrank iste Lasagne von deine Mamma für dich!« Alfio deutete auf die Küche, für den Fall, dass sein Sohn ihn nicht verstanden hatte.

Carmela saß neben ihm auf der Couch, starrte aber wie in Trance auf den Fernseher. Erst der »Pling«-Ton der Mikrowelle riss sie aus ihrer Abwesenheit. Als hätte jemand einen Duracell-Hasen aufgezogen, lief sie voller Elan in die Küche und setzte sich neben ihren Sohn an den Esstisch.

»Gibt es gute Frauen an der Arbeit?«, eröffnete sie das Gespräch.

Berlotti hätte es kommen sehen und sich eine Antwort zurechtlegen müssen. In seinen besseren Momenten hatte er Verständnis für Carmelas Übermutterung. Es war der verzweifelte Versuch, die Ereignisse von vor zweiunddreißig Jahren zu verdrängen. Oder zumindest so weit zu kompensieren, dass ein halbwegs erträglicher Alltag möglich war. Was grandios scheitern musste. Nichts konnte den Tod eines Kindes aufwiegen, das war unmöglich. Niemand wusste das besser als Berlotti, der sich an dem Verschwinden seiner Schwester die Schuld gab. Er war gerade zehn Jahre alt gewesen, Santina zwei Jahre älter. Eben war sie noch da, und dann von einem Augenblick auf den anderen für immer verschollen. Anstatt gemeinsam nach Hause zu radeln, hatte Gabriele noch mit Fiete auf dem Schulhof Fußball spielen wollen, und Santina war vorausgefahren. Das Fahrrad hatte er eine Stunde später an der Straße zwischen Neu Wulmstorf und Rübke im Graben gefunden. Er schrie sich die Seele aus dem Leib, bis er keine Stimme mehr hatte und ihm die Kehle so wund brannte wie niemals wieder. Doch Santina blieb verschwunden.

Angemessen trauern konnte er damals nicht. Sein Vater und er waren vollauf damit beschäftigt, die hysterischen Anfälle von Carmela zu überwachen, die nachts wild heulend durch den Garten rannte und dadurch die Nachbarn weckte, aber auch mal den Versuch unternahm, sich vor ein vorbeifahrendes Auto zu stürzen. Da blieb nicht viel Zeit, den eigenen Verlust angemessen zu verarbeiten. Der junge Gabriele verließ so oft wie möglich sein Elternhaus, das zu einer Trauerkapelle geworden war. Er verbrachte mehr Zeit in der Schule, als nötig gewesen wäre, ging anschließend zu Freunden und trat gleich drei Sportvereinen bei. Es war seine Art der Bewältigung: Sobald er das Haus verließ, konnte er aufatmen. Wenn er nicht zu Hause war, fühlte er sich lebendig. Und so hatte er konsequenterweise das Alte Land zwei Wochen nach seinem achtzehnten Geburtstag hinter sich gelassen.

»Mütter beschreiten manchmal Wege, die Engel befürchten, zu gehen.« Jedes Mal, wenn Carmela eine Entscheidung für ihn über seinen Kopf hinweg traf, hatte sie diesen Spruch als Begründung angeführt, als wäre damit alles zu rechtfertigen.

Er atmete tief durch und antwortete dann so ruhig, wie es ihm möglich war. »Mutter, das ist kein Basar, auf dem man sich aufgrund des Zustands des Gebisses geeignetes Nutzvieh zulegt. Ich arbeite da!«

Sie rückte ihren Stuhl näher an ihn heran. »Arbeit ist nicht alles im Leben. Was du brauchst, ist eine anständige italienische Ehefrau. Sieh dir deinen Babbo und mich an. So viele Jahre so glücklich verheiratet. Das wünscht sich deine Mama auch für ihren Sohn!«

Er legte eine Hand auf den Arm seiner Mutter. »Mir geht es gut. Ich liebe meine Arbeit. Und deine Lasagne. Und die würde ich gern in Ruhe essen, wenn es dir nichts ausmacht.«

Entschlossen schüttelte Carmela ihren kleinen Kopf. »Wenn du nicht für dich sorgst, muss ich es tun.« Sie bedachte ihn mit einem vielsagenden Blick und begab sich wieder ins Wohnzimmer, um in die Welt der Halbnackten und Brüllaffen abzutauchen.

Noch ahnte Berlotti nicht, dass er die Worte seiner Mutter weniger als Fürsorge denn als Drohung hätte auffassen müssen.

Dienstag

Man muss nicht erst sterben, um ins Paradies zu gelangen, solange man im Alten Land lebt.

Eine Maschinengewehrsalve schreckte Berlotti aus dem Schlaf. Reflexartig warf er sich von der Matratze, jeden Muskel angespannt. Das Adrenalin schoss ihm nur so durch die Glieder. Er brauchte einige Sekunden, um zu realisieren, dass sein Körper erneut seinem Verstand vorausgeeilt war. Das Gewehr war nichts weiter als sein Handy, dessen Vibrieren durch den Umzugskarton, auf dem es lag, akustisch verstärkt worden war. Laut Display war es kurz nach zwei Uhr. Was ihm wohl morgen den Start in den Tag versauen würde? Mit einem Stöhnen nahm er den Anruf an.

Am Apparat war Irene Scherff, die von der indischen Polizei im Kloster aufgespürt worden war. So behutsam er es am Telefon und unter diesen Umständen vermochte, informierte Berlotti die Anruferin über das unfreiwillige Ableben ihres Mannes. Am Telefon herrschte Stille. Sekundenlang. Gerade als er sich versichern wollte, dass die Leitung nicht unterbrochen war, sprach Irene Scherff. »Da kann ich ja froh sein, dass ich in Indien bin. Somit scheide ich als Verdächtige wohl aus.«

Nicht gerade die Reaktion, die Berlotti erwartet hatte. Aber Sarkasmus war etwas, mit dem er arbeiten konnte.

»Wen wir verdächtigen, entscheide immer noch ich«, sagte er streng. »Aber Sie können mir sagen, wer Ihrem Ehemann etwas antun wollen könnte.«

Wieder ließ sich Irene Scherff Zeit mit einer Antwort. Viel Zeit. Also half er ihr auf die Sprünge und sprach sie auf ihren Wutausbruch vor einem halben Jahr an der Uni an.

»Der fremdgehende Bastard!«, platzte es aus ihr heraus. Sie klang eher resigniert als wütend. »Danke, dass Sie mich noch einmal daran erinnern. Gerade deshalb bin ich hier – um Abstand zu gewinnen und das ganze Elend zu vergessen!«

»Ich würde Ihnen das lieber ersparen, aber wer bei einer

Mordermittlung zu rücksichtsvoll vorgeht, hat schon verloren.«

»So gern ich Ihnen helfen würde, Herr ... äh ... Hauptkommissar. Aber es waren zu viele Affären. Ich habe schlichtweg den Überblick verloren.«

Trotz allem Sarkasmus merkte Berlotti an der belegten Stimme, dass ihr der Tod ihres Mannes nicht gleichgültig war. Unter der kaum unterdrückten Wut lag auch Trauer über den Verlust, die sich wohl erst nach dem Telefonat so richtig einen Weg bahnen würde.

»Ich will ein besserer Mensch werden, deshalb der Indien-Aufenthalt. Nach meiner Rückkehr wollte ich mich von meinem Mann trennen.« Sie stutzte, dann sagte sie bitter: »Na, wenigstens diese leidige Aufgabe hat er mir abgenommen.«

Berlotti konnte kaum glauben, dass Irene Scherff sich in Indien aufhielt. Die Verbindung war hervorragend, ihre Stimme so klar, als läge sie neben ihm im Bett. Aber die Nummer im Display war sehr lang und wirkte sehr exotisch.

»Ein Name würde mir weiterhelfen. Gern auch zwei oder sämtliche Affären, von denen Sie wissen.«

Sie lachte trocken auf. »Glauben Sie etwa, eine Verflossene ...?«

»Wir ermitteln noch in alle Richtungen.«

»Soso. Auch hierbei kann ich Ihnen nicht helfen. Mein Mann war gut darin, Geheimnisse zu bewahren, und ich hatte kein großes Interesse daran, mich mit Studentinnen konfrontiert zu sehen, die halb so alt und doppelt so knackig sind wie ich.«

Ihm war klar, dass er aus der Ehefrau keinen Namen herausbekommen würde. Wäre ja auch zu einfach gewesen.

»Aber eine wichtige Frage hätte ich noch, Frau Scherff ...«

***

Am Morgen war es frisch. Schwerfällig drang die Sonne durch den Nebel, der über der Stadt lag. Nur im Tempo einer Schnecke auf Melatonin war Berlotti vorangekommen. Am liebsten hätte er jedem übervorsichtigen Pendler vor ihm zugerufen: Auch zu viel Vorsicht kann tödlich sein!

Als Berlotti in den Besprechungsraum kam, merkte er sofort, dass die Stimmung gereizt war. Katharina und der Gerichtsmediziner Ove Schwan sahen ihn zwar erwartungsvoll an, aber Uwe Brehm hatte einen dicken Hals, und das war mehr als nur eine naheliegende Metapher. Oberhalb des eng anliegenden Hemdkragens wölbten sich Hautlappen über den kleinkarierten Stoff. Er war direkt auf Konfrontationskurs, noch ehe Berlotti sich auf seinen Platz gesetzt hatte.

»Ich weiß ja nicht, wie das da üblich ist, wo Sie herkommen. Aber ich lasse mich nicht hierherzitieren, als wäre ich einer Ihrer Schergen!«

»Wo ich herkomme? Meinen Sie das Alte Land? Oder die Kripo in Frankfurt am Main?«

Brehm brachte ein trockenes Lachen hervor, bei dem sich seine Mundwinkel allerdings keinen Millimeter verzogen.

»Das wäre nicht nötig gewesen, wenn Sie sich an Absprachen halten würden«, fuhr Berlotti kühl fort. »Sie wollten mir gestern Abend erste Ergebnisse durchgeben.«

»Es gibt noch keine Ergebnisse«, antwortete der Mann von der Spurensicherung unwirsch.

Berlotti sah ihm so lange schweigend in die Augen, bis Brehm gereizt fragte: »Was denn?«

»Können wir uns darauf einigen, dass wir uns nicht gegenseitig in den Ermittlungen behindern? Sonst müsste ich mich nämlich fragen, ob jemand in dieser Runde gar nicht möchte, dass der Fall aufgeklärt wird, weil ihm Kompetenzgerangel wichtiger ist. Oder weil ich herkomme, wo ich nun einmal herkomme.« Berlotti klang verärgerter, als er es im Grunde war. Er kannte solche Grabenkämpfe zur Genüge.

Seine Worte zeigten offenbar Wirkung. Brehms Gesichtsfarbe hatte eine bedrohlich dunkle Farbe angenommen, aber er entgegnete nichts außer einem halbherzigen »Unverschämtheit«.

»Haben Sie noch etwas zu sagen, das ich wissen müsste?«, erkundigte sich Berlotti.

»Nur dass bei Scherff definitiv nicht eingebrochen wurde«, murmelte Brehm.

»Also hatte der Täter – oder die Täterin – einen Schlüssel, oder Scherff hat ihn – oder sie – freiwillig in die Wohnung gelassen. Das ist doch eine schöne Information, mit der wir arbeiten können, nicht wahr?«

Ohne eine Antwort abzuwarten, wandte Berlotti sich Ove Schwan zu. Wie Brehm hatte Schwan kein einziges Haar auf dem Kopf. Ob eine Vollglatze Einstellungsvoraussetzung in Hamburg war? Oder eine berufsbedingte Folgeerscheinung? Er dankte dem Gerichtsmediziner für dessen Teilnahme an der Einsatzbesprechung und konnte sich nicht verkneifen zu betonen, dass dies keineswegs selbstverständlich sei, weil die Gerichtsmedizin in einem anderen Stadtteil lag.

Die Tatzeit grenzte Schwan auf zwischen fünf und sieben Uhr in der Früh ein. Der Gerichtsmediziner brummelte, grummelte und schnaufte wie eine in die Jahre gekommene Dampflok oder wie Ottfried Fischer zu seinen besten Zeiten. Zur Tatwaffe selbst konnte er keine Angaben machen. Es waren keine Spuren, keine Splitter oder Fasern in der klaffenden Kopfwunde zu finden gewesen. Immerhin hatte der Schlag, womit er auch ausgeführt worden war, zum sofortigen Tod geführt. Wolfgang Scherff hatte nicht leiden müssen.

»Dann wird es Sie sicher freuen«, warf Berlotti ein, »dass ich mit ziemlicher Sicherheit sagen kann, womit Wolfgang Scherff erschlagen wurde.«

Schwan und Katharina Meinhold sahen den Hauptkommissar erstaunt an, und auch Brehm konnte seine Überraschung nur schlecht verbergen. Berlotti zog einen Ausdruck aus seiner Mappe. Abgebildet war ein faustgroßer Granitsockel, in dem eine gravierte Glasplatte steckte. »Großer Preis der Jury«, war darauf zu lesen und kleiner darunter: »Journalistenpreis der deutschsprachigen Zeitschriftenverlage«. Einen Moment betrachteten sie das Bild, und alle schienen dasselbe zu denken: wie es sich anfühlen musste, diesen Granitsockel mit brachialer Wucht in den Schädel gerammt zu bekommen.

»Seine allererste Auszeichnung, stand als einzige in seinem Arbeitszimmer, aus sentimentalen Gründen. Mit großer Wahrscheinlichkeit unsere Tatwaffe. Zumal sie seit der Tat verschollen ist, wie ich annehme?« Allein für Brehms Blick hatte es sich gelohnt, von Irene Scherff mitten in der Nacht aus dem Bett geworfen worden zu sein, dachte Berlotti zufrieden.

»In der Wohnung war das Ding nicht«, nuschelte Brehm. Auf seinem kahlen Kopf glänzten Schweißperlen. Er machte auf Berlotti den Eindruck, als wäre seine Anwesenheit in dieser Runde unter seiner Würde. Und da war noch etwas: als würden die anwesenden Kriminalbeamten seine Arbeit nicht nur permanent hinterfragen, sondern insgeheim als gescheitert ansehen, und damit auch ihn selbst. Doch im Augenblick hatte Berlotti keine Lust, Brehms Ego zu streicheln.

Katharina Meinhold berichtete von ihrem Gespräch mit den indischen Behörden, die die beiden Klöster nach Irene Scherff absuchen wollten.

»Ich habe heute Nacht mit ihr telefoniert«, sagte Berlotti, »sie ist tatsächlich in Indien. Was nicht bedeutet, dass sie als Verdächtige automatisch ausscheidet. Wer ständig beschissen wird, dem reißt vielleicht irgendwann der Geduldsfaden.«

»Ein Auftragskiller?« Meinhold klang nicht überzeugt.

Berlotti zuckte mit den Schultern, als wollte er den Gedanken, so unwahrscheinlich er auch sein mochte, noch nicht aufgeben. »Bislang die Einzige, von der wir wissen, dass sie unserem Opfer gedroht hat. Was ist mit den Nachbarn?«

Meinhold strich sich eine Strähne aus dem Gesicht. »Zur Tatzeit haben fast alle Bewohner des Hauses noch geschlafen. Außer Karl Renke war nur eine Mutter wegen ihrer grippekranken Tochter wach. Und die hat nichts mitbekommen.« Auch in den Nachbarhäusern hatte niemand etwas Hilfreiches beizusteuern gehabt.

Schade, dachte Berlotti. »Also gut«, sagte er. »Dann auf an die Arbeit.«

Brehm sprang auf und stürmte aus dem Raum. Schwan verabschiedete sich ebenfalls.

Berlotti wandte sich an Meinhold. »Sie überprüfen bitte, ob es Überwachungskameras in der Nähe des Tatortes gibt, an öffentlichen oder privaten Gebäuden, die etwas aufgezeichnet haben könnten. Und erkundigen Sie sich, ob dem alten Renke noch etwas eingefallen ist, das uns weiterbringt.«

Kaum dass er in sein Büro trat, klingelte das Telefon.

»Beil hier«, sagte eine Frauenstimme knapp.

Die Polizeipräsidentin. Berlotti wurde schlagartig heiß. Sie rief wohl kaum an, um sich nach seinem Wohlergehen zu erkundigen.

»Würden Sie mal hochkommen?«

Etwas nervös trat Berlotti kurz darauf in ihr Büro. Wie bei seinem ersten Besuch saß sie hinter ihrem Schreibtisch und las in einer Akte. Der weißgraue Seitenscheitel saß perfekt, fast wie zementiert. Bei seinem ersten Besuch war ihm allerdings ihre hohe Stirn nicht aufgefallen.

»Setzen Sie sich«, sagte sie ohne aufzusehen. Ihre Stimme klang weniger kratzig als am Vortag. Dann sah sie ihn an. »Sie haben heute gewiss noch nicht die ›Faktenreport‹-Homepage besucht?«

»Nein …« Berlotti hatte keine Ahnung, worum es ging. Innerlich wappnete er sich für das, was folgen sollte.

Mit einem Seitenblick auf den Computermonitor las sie vor: »›Italiener stümpert sich durch Mordermittlung an Top-Journalist!‹ Das ist die Hauptmeldung des Tages, die schon mehr als hunderttausend Aufrufe hatte. Sie ahnen, von wem der Artikel stammt?«

»Scheiße!«, entfuhr es Berlotti. »Kowalsky.«

»Mit beidem haben Sie recht. Nicht nur, dass er den Mord an Scherff öffentlich gemacht hat, den Sie bisher vermutlich aus taktischen Gründen nicht publiziert haben. Er kritisiert auch Ihre Ermittlungsarbeit und hat es fertiggebracht, Ihre mangelnden Fortschritte in Verbindung mit Ihrer Nationalität zu bringen.«

Berlotti konnte es nicht fassen. »Wie bitte?«

»Das habe ich beim Lesen auch gedacht«, antwortete Elvira Beil trocken.

Berlotti berichtete in knappen Sätzen, warum er Kowalsky aufs Revier bestellt hatte. Die Polizeipräsidentin hörte aufmerksam zu. Als er zum Ende gekommen war, sagte sie: »Nicht dass wir uns falsch verstehen, ich hinterfrage keineswegs Ihre Ermittlungsmethoden. Aber sobald andere Medien davon Wind bekommen, dürfen Sie eine Aufmerksamkeit von der Hamburger Medienlandschaft erwarten, wie sie sonst nur dem Trainer des HSV zuteilwird – wer auch immer das diesen Monat sein mag. Das will ich unter allen Umständen vermeiden. So scharf meine Vorgänger auch darauf waren, ihr Gesicht in Fernsehkameras zu halten, ich möchte die Arbeit der Kripo lieber nicht in der Öffentlichkeit debattiert sehen. Das wollte ich Ihnen nur sagen.«

Sie widmete sich wieder ihrer Akte. Erst nachdem Berlotti ihr Büro verlassen hatte, spürte er, wie sein Herz raste. Er schloss kurz die Augen und atmete einige Male tief durch.

»Verfluchter Schmierfink!« Berlotti schlug mit der flachen Hand auf die Tischplatte. Kowalsky hatte wirklich ganze Arbeit geleistet.

»Ist ein Italiener mit fragwürdigen Ermittlungsmethoden wirklich der Richtige, um einen Mord an einem deutschen Journalisten zu lösen?«

Das konnte der doch nicht ernst meinen!

»Warum geht niemand den zahlreichen Morddrohungen von radikalen Linken nach, anstatt einen unbescholtenen Journalisten des ›Faktenreport‹ grundlos zu verdächtigen und zu verfolgen?«

Der Gipfel war ein Foto, das Berlotti zeigte, wie er am gestrigen Abend vor seinem Haus aus dem Auto stieg. Darauf war nicht nur das Kennzeichen vollständig zu erkennen, sondern auch das Haus seiner Eltern. War das überhaupt rechtmäßig? Er war doch kein Prominenter, den man einfach so ablichten durfte! Berlotti überflog die Hunderte von Kommentaren unter dem Artikel. Die angebliche Ausbreitung der italienischen, albanischen und chinesischen Mafia in der Hansestadt wurde thematisiert und als Beweis angeführt, wie Ausländer die Stadt in ihre Gewalt brachten. Artikel über korrupte Polizisten in Italien wurden gepostet. Darunter das Foto eines italienischen Polizeibeamten, der sich laut eines Spiegel-Online-Artikels in Unterhose zum Dienst einstempelte, um sich danach wieder zu Hause ins Bett zu legen.

»Bombardiert den Innensenator mit Beschwerdemails, das lassen wir uns nicht bieten! Kampf dem Unrecht-Staat! Vielleicht sollte man dem Mafia-Cop mal einen Besuch abstatten?«

Berlotti griff sein Sakko und ging die sieben Stockwerke nach oben zu Fuß, um seine Wut an den Stufen auszulassen.

***

Er saß in der Cafeteria des Präsidiums und studierte seine Notizen. Die Ermittlungen kamen langsamer voran, als ihm lieb war, das konnte er nicht von der Hand weisen. Gedankenverloren biss er in den passablen Versuch eines italienischen Tramezzinos mit Thunfisch und Remoulade. Es war die erste Mahlzeit des Tages und eine mehr, als er am Vortag um diese Uhrzeit im Magen gehabt hatte. Ein unbedeutender Fortschritt für die Menschheit, ein großer für mich, befand Berlotti.

Am Nebentisch tuschelten zwei jüngere Kripo-Beamtinnen über die »Braut, die sich nicht traut« in der Mordkommission. Als der Name Katharina Meinhold fiel, wurde er hellhörig. Zwar verstand er nicht alles, konnte sich aber doch so viel zusammenreimen, dass seine Kollegin in den vergangenen fünf Jahren dreimal verlobt gewesen zu sein schien. Die erste Verlobung hatte sie wieder gelöst, weil ihr Verlobter angeblich betrunken mit einer anderen Frau geknutscht hatte. Die beiden anderen Männer hatte sie demnach abgesägt, weil sie eifersüchtig waren und sie zu sehr einengten.

»Jetzt poppt sie sich durch die Gegend und hat keine Lust mehr auf was Festes«, zischte die eine der anderen zu, allerdings nicht sehr darauf bedacht, von niemand anderem gehört zu werden. Berlotti fragte sich, wie viel davon wohl der Wahrheit entsprach und was bloß als üble Nachrede einzuordnen war.

»Hält sich wohl für Julia Roberts«, kicherte die andere und verstummte hastig, als sie den Gegenstand ihrer Unterredung den Raum betraten sah. Wenn sie Turnschuhe trug, verwandelte sich Meinhold wie selbstverständlich in eine sich lautlos fortbewegende Raubkatze. Berlotti konnte nicht umhin, sie für diese Eigenschaft zu bewundern. Unwillkürlich kamen ihm die Zeilen eines bekannten Gedichts in den Sinn: »Der weiche Gang geschmeidig starker Schritte, der sich im allerkleinsten Kreise dreht, ist wie ein Tanz von Kraft um eine Mitte, in der betäubt ein großer Wille steht.«

»Sie sind ja doch einer von uns!«, sagte sie nun zu ihm.

Er sah Katharina Meinhold fragend an.

»Na, Sie nehmen feste Nahrung zu sich. Es hat nicht viel gefehlt, und ich hätte Sie für einen Vampir gehalten, der sich gerade Menschenblut abzugewöhnen versucht, so laut wie Ihr Magen gestern geknurrt hat.« Sie schmunzelte und setzte sich ihm gegenüber.

Berlotti war für einen kurzen Moment zu verlegen, als dass er darauf etwas zu antworten gewusst hätte. Stattdessen wechselte er das Thema und erzählte von den Hetz-Kommentaren im Netz. Die Beamtinnen am Nebentisch standen unterdessen auf und warfen erst ihm und dann einander vielsagende Blicke zu.

»Arschloch! 'tschuldigung, aber ist doch wahr. Ich habe echt für vieles Verständnis. Aber für die Scheiße, die manche Leute abziehen, hab ich im Grunde nur Ziegelsteine. Mit Presse- und Meinungsfreiheit hat das doch nichts mehr zu tun!«

Er spürte, dass ihre Erschütterung ihm guttat.

»Wann können wir eigentlich mit Scherffs Frau sprechen?«, wollte Meinhold nun wissen, griff sich die zweite Hälfte seines Tramezzinos vom Teller und biss ohne zu fragen hinein.

»He, Mundraub ist immer noch strafbar. Das gilt auch und erst recht für junge Kriminalbeamtinnen!«

Sie steckte sich den Rest in den Mund und zeigte ihm mit erhobenen Armen die Handflächen, wie um zu belegen, dass alle Beweismittel erfolgreich vernichtet worden waren. Berlotti sammelte die letzten Krümel von seinem Teller.

»Sie ist telefonisch nicht erreichbar und erst in einigen Tagen zurück.«

»Was?« Meinhold riss überrascht die Augen auf. »Warum macht sie sich denn nicht sofort auf den Weg? Ihr Mann ist tot!«

»Sie wollte den Bestatter bitten, Scherff noch einige Tage länger kalt zu stellen. Das waren ihre genauen Worte.« Als Meinhold den Kopf schüttelte, fügte er hinzu: »Ich habe sie aber gebeten, ihren Aufenthalt zu verkürzen.«

»Ich kenne wen, der wen kennt, der 'ne Menge hört. Den werde ich mal fragen, ob er was von 'nem Auftragskiller gehört hat, der auf einen Journalisten angesetzt wurde. Das Szenario ist zwar nicht sehr wahrscheinlich, aber das Verhalten der Ehefrau finde ich einigermaßen abgefahren.«

Als Berlotti nichts gegen den Vorschlag einwandte, fuhr sie fort: »Apropos abgefahren: Irene Scherff kann ich noch toppen.«

Mit leuchtenden Augen klappte sie ihren Notizblock auf und fasste die Ergebnisse ihrer Gespräche zusammen, die sie mit Uni-Kollegen und Bekannten von Wolfgang Scherff geführt hatte. Demnach war Scherff ein kluger Kopf gewesen, noch dazu unbescholten und rechtschaffen. Sein Cousin hatte ihr erzählt, wie Scherff als junger Mann einen Polizisten angeschwärzt hatte, der ihn in einer Verkehrskontrolle wegen eines defekten Rücklichts angehalten, aber nicht verwarnt hatte. Scherff fand, dass ihm eine Strafe zustehe, und zeigte später nicht nur sich an, sondern gab auch das nachsichtige Verhalten des Polizisten zu Protokoll.

»Hart im Umgang mit anderen und hart gegen sich selbst«, resümierte Berlotti.

Die Männer, die Katharina Meinhold befragt hatte, hatten Scherff vielsagend als »Teufelskerl« bezeichnet, was sie mit einem Schnauben kommentierte. Befragte Frauen, darunter eine

Tante, eine Studentin und eine Kollegin von der Uni, hatten ihn wahlweise einen Schatz, einen Kotzbrocken und »professionell, aber unangenehm« genannt.

»Wie es selten Komplimente ohne Lüge gibt, so finden sich selten Grobheiten ohne jede Wahrheit«, sagte Berlotti. »Wir sollten uns mal intensiver unter seinen Kollegen und den Studierenden umhören. Denn mir erscheinen die weniger netten Kommentare glaubwürdiger. Zumal er mit mindestens einer Studentin eine Affäre gehabt haben soll.«

Katharina Meinhold nickte zustimmend. »Ich habe mir auch seine Artikel angesehen.«

»Ach!«, entfuhr es Berlotti.

»Nicht gut?« Sie sah ihn erschrocken an. »Hätte ich das vorher mit Ihnen absprechen sollen?«

»Nein, im Gegenteil. Sehr gut!« Die Kollegin wartete nicht nur auf Anweisungen, sondern zeigte Eigeninitiative. Berlotti nickte anerkennend, und Meinholds Gesichtszüge entspannten sich wieder.

Scherff war der Karl-Valentin-Preis für ein humoristisches Porträt über einen hochrangigen CSU-Politiker verliehen worden. Darin hatte er ihn als »Saubazi« und »gerissenen Hund« bezeichnet, weil der in dessen eigene Tasche gewirtschaftet und das seinen Wählern dazu noch als »Gewinn fürs Gemeinwohl« verkauft hatte, was die ihm blauäugig abnahmen.

»Scherff scheint seinen Mitmenschen gern ans Bein gepinkelt zu haben, im beruflichen wie im privaten Umfeld«, meinte Berlotti nachdenklich. »Das liefert uns zwar kein unmittelbares Motiv, aber einen enormen Verdächtigenkreis, den wir schleunigst eingrenzen sollten.«

Seine Kollegin setzte ihren Bericht fort mit dem wichtigsten Reportagepreis der Republik, der Auszeichnung als »Investigativjournalist des Jahres«, die Scherff 2015 für seine Recherchen vor Ort an den Grenzkontrollen während der Flüchtlingskrise bekommen hatte. Mit drastischen Worten hatte er die unwürdigen Bedingungen beschrieben und geschildert, was alles verkehrt lief.

»Was war denn der Tenor des Artikels?«, hakte Berlotti ein.

»Im Grunde, dass es ein gutes Recht der Menschen ist, angesichts von Krieg, Terror und Verfolgung Schutz zu suchen. Aber auch die Pflicht der Regierung, ihre eigenen Bürger zu schützen.«

»Also weder besonders liberal noch populistisch, sondern pragmatisch.« Berlotti war enttäuscht.

»Ich bin noch nicht fertig«, sagte sie.

In den vergangenen zwei Wochen waren zehn Porträts über Hamburgs gegenwärtig wichtigste Politiker erschienen. Keine Lobeshymnen, wie Meinhold betonte, sondern eine kritische Auseinandersetzung mit ihren Errungenschaften, aber auch den negativen Folgen einiger Entscheidungen für die Stadt und ihre Bürger. Zum Abschluss der Serie hatte Scherff sich den amtierenden Bürgermeister, Roland van der Heide, vorgeknöpft. Obwohl Scherff ihm insgesamt ein befriedigendes Zeugnis ausstellte, ließ er doch durchblicken, dass dessen Ziele oft nicht astrein erreicht worden seien.

»Scherff hat ihm Vetternwirtschaft und Veruntreuung von Staatsgeldern vorgeworfen, weil er seine Frau und Teenagertochter über Jahre als parlamentarische Mitarbeiter beschäftigt und mit insgesamt mehr als hundertfünfzigtausend Euro entlohnt haben soll«, schloss Katharina Meinhold.

Berlotti entfuhr ein Pfiff. »Süditalienische Verhältnisse! Konnte er das beweisen?«

»Er hat sich auf Indizien berufen. Van der Heide betont seitdem unbeirrt, nicht gegen das Gesetz verstoßen zu haben. Aber Scherff hatte für die Samstagsausgabe Beweise für seine Aussagen angekündigt.«

»Das hat sein Mörder ja zu verhindern gewusst.«

»Sie glauben doch nicht …?« Sie sah ihn mit großen Augen an. Berlotti winkte aber sofort entschieden ab.

»Der Erste Bürgermeister wird wohl kaum ein Mordkommando auf einen kritischen Journalisten gehetzt haben. Wir sind nicht in Italien oder der Türkei und erst recht nicht in Russland.« Er steckte sein Notizbuch in die Innentasche seines

Sakkos und schob die vor ihm ausgebreiteten Dokumente zusammen. »Möglicherweise ist in den Artikeln aber das Motiv zu finden.«

»Dann kümmere ich mich um Scherffs Liebschaften und versuche, seine Affären ausfindig zu machen. Bei einem Casanova liegt ein Verbrechen aus Leidenschaft immer im Bereich des Möglichen«, sagte Meinhold vielsagend.

»Apropos Verbrechen aus Leidenschaft: Suchen Sie sich schon mal ein gutes Alibi«, gab Berlotti ihr mit auf den Weg. »Denn wenn ich tot vor Hunger am Straßenrand zusammenbreche, wird der Verdacht früher oder später auf Sie fallen, da in meinem Magen nur ein halbes Tramezzino gefunden werden wird.«

Meinhold grinste und sagte im Weggehen: »Ich lebe mein Leben wild und gefährlich.«

✳✳✳

Wenig später parkte er auf dem Burchardplatz unterhalb des Chilehauses, in dem sich die Redaktion des Hamburger Tagesanzeigers befand. Das Kontorhaus sah aus wie ein Ozeandampfer. Seine Spitze imitierte einen Schiffsbug, und die Staffelgeschosse erinnerten an eine Reling. Der Backsteinbau war eines seiner Lieblingsgebäude. Berlotti nahm sich vor, wieder mehr in das Stadtleben einzutauchen, sobald er den Fall abgeschlossen hatte.

Die Redaktionsräume lagen im obersten Stockwerk. Er ließ sich von der Rezeptionistin den Weg zu Chefredakteur Mathias Webermann zeigen.

Von seiner Ex-Frau, die eine Zeit lang Schicksalsreportagen für Illustrierte geschrieben hatte, wusste er, dass ein Chefredakteur nur so bedeutend war wie seine Auflage. Und wenn die nichts taugte, dann so bedeutend wie sein Umsatz, den er vor allem durch Anzeigenverkäufe erzielte. Und wenn auch das nicht allzu rosig war, fanden Chefredakteure garantiert einen anderen Grund, um sich sehr bedeutend zu fühlen. Berlotti hatte sich erkundigt: Die Auflage von Hamburgs größter Tageszeitung befand sich im Sinkflug. Die Beförderung des ehemaligen stellvertretenden Chefredakteurs vor einem halben Jahr hatte die Abwärtsspirale sogar noch beschleunigt.

Webermann war nicht der erste Chefredakteur, auf den Berlotti in seinem Leben traf. Aber er war das bisher unscheinbarste Exemplar dieser speziellen Spezies. Sein Händedruck fühlte sich an, als würde man in Glibbermasse greifen, mit der kleine Kinder so gern spielten. Auch sein Gesicht war nichtssagend, blass, großporig. Der Mann wirkte nervös, als er sich in seinen Chefsessel fallen ließ. Erst faltete er die Hände unterm Tisch, dann besann er sich anders und fuhr sich durch die halblangen, in der Mitte gescheitelten Haare.

»Furchtbar«, begann er. »Wer ist nur zu so was Abstoßendem fähig?«

Berlotti fürchtete kurz, dass der Chefredakteur gleich in Tränen ausbrechen würde. Ihm fiel der dunkle Haaransatz auf. Das Blond, das dem Mann nicht einmal gut stand, war noch dazu unecht.

Berlotti mochte Webermann auf Anhieb nicht. Auch, weil er für die weinerliche Selbstgerechtigkeit nichts übrig hatte, von der er bereits nach den ersten Sekunden ihres Aufeinandertreffens ahnte, dass sie ihm bevorstand. Er konnte nicht umhin, sich zu fragen, ob diese Abneigung, die er immer mehr Leuten gegenüber empfand, wirklich nur auf einer gesunden, berufsbedingten Skepsis beruhte. Oder ob er allmählich zu einem Menschenfeind wurde. Wie ein Charakter aus der Welt dieser klischeeüberfrachteten Grantler-Krimis, die er nicht leiden konnte. Ein Misanthrop, der im Haus seiner dominanten Mutter lebte – ein Fest für jeden Psychoanalytiker.

»Mit welchen Themen war Herr Scherff denn zuletzt beschäftigt?«, erkundigte sich Berlotti, ohne auf die Frage einzugehen, die ohnehin wohl eher rhetorisch gemeint war.

»Aktuell war er vor allem auf die Bürgerschaftswahl fokussiert. Seine letzten Leitartikel setzten sich jeweils mit der Wahl und den beiden Kandidaten auseinander.« Webermann blähte die Wangen auf und blies die Luft dann geräuschvoll heraus. »Letzte Artikel ... Oh Gott, wie das klingt.«

»Sehen Sie mir meine nächste Frage nach, aber da gibt es etwas, das ich nicht verstehe: Sind es nicht in der Regel die Chefredakteure, die Leitartikel schreiben?«

Webermann sah Berlotti einige Sekunden lang an. »Stört es Sie, wenn ich rauche?«

»Ist Ihr Büro«, erwiderte Berlotti, der Zigarettenrauch nicht ausstehen konnte, seitdem er mit sechzehn nach einer wenige Monate dauernden Laufbahn als Kettenraucher den Glimmstängeln für alle Zeit abgeschworen hatte.

Der Chefredakteur zündete sich eine an und nahm zwei tiefe Züge. »Leitartikel werden in der Regel von dem Redaktionsmitglied verfasst, das am kompetentesten die Meinung der Redaktion wiedergeben kann. Und das ist normalerweise ein Mitglied der Chefredaktion.« Als Berlotti nicht die Frage stellte, die sein Gegenüber offenbar erwartet hatte, seufzte Webermann und fügte hinzu: »Meine Stärke sind die Finanzen. Ich habe den Tagesanzeiger in wenigen Monaten zu Deutschlands wirtschaftlichster Tageszeitung gemacht. Das Seitenfüllen überlasse ich lieber unseren Edelfedern. Sie werden bundesweit keine besseren Journalisten finden.«

Berlotti nickte. Nicht weil er zustimmte, aber weil Webermann ihn nicht enttäuscht und gleich zwei Gründe geliefert hatte, warum er ein wirklich bedeutender Chefredakteur war.

»Was können Sie mir zu den Vorwürfen gegen den Bürgermeister sagen?«

Webermann seufzte. »Als Sie sich vorhin angekündigt haben, wusste ich schon, dass Sie sich danach erkundigen würden. Da ich dazu nichts sagen kann, habe ich den Ressortleiter Politik gefragt, was der darüber weiß.«

»Und?«

»Nicht viel, leider.« Webermann erweckte tatsächlich den Eindruck, als sei es ihm unangenehm, wie wenig er in die Abläufe seiner Redaktion eingebunden war. »Scherff hat auf eigene Faust gehandelt, aber immer betont, dass die Sache brandheiß sei. Allerdings hat er sich nicht in die Karten schauen lassen und keinen der Kollegen eingeweiht.«

»Ihre Zeitung veröffentlicht Korruptionsvorwürfe über den amtierenden Bürgermeister, ohne dass jemand in der Redaktion vorher die Beweise zu sehen bekommt?« Berlotti wusste nicht, ob er lachen oder Webermann einen Vogel zeigen sollte.

Webermann sah zerknirscht aus, und dass er hilflos mit den Achseln zuckte, machte es nicht besser.

»Wo sind denn die Beweise, die Scherff veröffentlichen wollte?«

Der Chefredakteur schüttelte den Kopf. »Werden Sie hier nicht finden.« Als Berlotti ihn fragend ansah, fühlte Webermann sich zu einer Erklärung genötigt. »Ich habe das Office der Zukunft mit flexibler Arbeitsplatzgestaltung eingeführt«, sagte er mit stolzgeschwellter Brust.

»Ihre Mitarbeiter haben keinen festen Arbeitsplatz und müssen abends ihre Schreibtische leer räumen?«, hakte Berlotti nach.

Webermann nickte. »Clean Desk hat nur Vorteile für die Mitarbeiter und fördert ihre Kreativität. Aber das bedeutet, dass Wolfgang seine Unterlagen mitgenommen hat.«

»Falls es diese Beweise tatsächlich gibt«, murmelte Berlotti, »wird er misstrauisch genug gewesen sein und sie nur in seinem Laptop abgespeichert haben.« Er hatte mit einem solchen Rückschlag nicht gerechnet. Doch selbst wenn der Chefredakteur keinen Plan zu haben schien, was unter seiner Führung vor sich ging, verfügte er dennoch über Informationen, die weiterhelfen konnten. »Wo würden Sie Scherff politisch einordnen?«

Webermann stutzte. Hatte Berlotti sich das nur eingebildet, oder war der Chefredakteur bei der Frage erschrocken?

»Möchten Sie einen Kaffee?«, erwiderte der.

Berlotti hatte erneut das Gefühl, dass Webermann Zeit gewinnen wollte, um sich eine Antwort zu überlegen. Er beschloss, das Spiel mitzuspielen, und bat um einen Espresso. Webermann schloss sich an und orderte sie über die Gegensprechanlage. Schweigend warteten sie, bis die Getränke serviert worden waren. Webermann kippte den Tasseninhalt wie einen Schnaps herunter, bevor er antwortete.

»Er hat die konservative Linie des Verlages und unserer Zeitung mitgetragen, war in seinen Artikeln hart, aber fair und überparteilich. Deshalb habe ich keinen Grund anzunehmen, dass Wolfgangs Ansichten andere waren, als er im Blatt geäußert hat.«

»Danke für das Statement, aber ich bin an offiziellen Pressemitteilungen nicht interessiert«, sagte Berlotti freundlich, aber bestimmt. Er nippte, musste sich Mühe geben, das Gesicht nicht zu verziehen, und stellte die Tasse schnell wieder ab. Falls sich von der bitteren Automatenbrühe auf die finanzielle Situation des Blattes schließen ließ, dann war der Tagesanzeiger nicht mehr zu retten. »Ich ermittle in einem Mordfall. Einem Mord an einem Ihrer renommiertesten Mitarbeiter. Eine aufrichtige Einschätzung von Ihnen als sein Vorgesetzter wäre wirklich hilfreich.«

Wieder zögerte Mathias Webermann, ehe er antwortete. »Ich würde lügen, wenn ich behaupten würde, Wolfgang Scherff sei ein Linker gewesen. Aber alles andere ist Spekulation, und im Gegensatz zu den Kollegen der Klatschpresse halte ich es lieber mit den Fakten.«

Er hatte während der letzten Sätze mehrfach Richtung Tür geblickt. Falls der Chefredakteur der Ansicht war, dass seine Edelfeder eine rechte Gesinnung hatte, würde er es nicht zugeben, da war sich Berlotti inzwischen sicher. Vermutlich, um Scherff zu schützen, in jedem Fall aber, um sein Blatt nicht in ein falsches Licht zu rücken. Oder interpretierte er in Webermanns Reaktion nur etwas hinein, das ihm bei den Ermittlungen gelegen käme?

»Was glaubte Scherff denn, wer die Wahl gewinnt?«

»Wolfgang hat betont, wie wichtig und möglicherweise entscheidend das TV-Duell heute Abend für den Wahlausgang sein würde, weil beide Kandidaten gleichauf liegen.«

Berlotti nickte. Er hatte wenig erfahren, aber genug gehört. Zeit zu gehen, dachte er, sah aber sicherheitshalber noch einmal in seine Aufzeichnungen. Sein Blick fiel auf zwei Worte, die er eingekreist hatte.

»Wurde Wolfgang Scherff bedroht?«

»Nicht dass ich wüsste.«

»Keine Drohungen, zum Beispiel von radikalen Linken, denen Scherffs Kommentare nicht liberal genug waren?«, fragte Berlotti und nahm damit Bezug auf Kowalskys Artikel.

»Nicht mehr, als jeder andere unserer Schreiber regelmäßig Anfeindungen ausgesetzt ist. Leider! Ich fühle mich schließlich für jeden einzelnen meiner hervorragenden Mitarbeiter verant–«

»Welcher Art?«

»Bitte?«

»Welcher Art waren die Beleidigungen?«

»›Konservativer Penner‹, ›rechte Journalistensau‹, die ganze Bandbreite.« Webermann seufzte. »Wir sind ein meinungsstarker Verlag, der seinen überwiegend konservativen Lesern Orientierung im Alltag geben möchte. Da bleibt Gegenwind nicht aus, alles andere wäre eine Bankrotterklärung. Wenn wir mit unserer Meinung künftig hinterm Berg halten, nur um nirgends anzuecken, dann können wir uns gleich einäschern lassen.«

Webermann hielt daraufhin einen längeren Vortrag darüber, woran es den Konkurrenzzeitungen seiner Ansicht nach am meisten mangelte – »Mut und Haltung« – und warum es seinem Blatt vergleichsweise angeblich so gut ging – »Mut und Haltung«. Er redete sich regelrecht in Rage, seine Wangen hatten etwas Farbe bekommen. So viel Enthusiasmus hatte Berlotti dem Rechenschieber gar nicht zugetraut. Ihm kam kurz der Gedanke, ob so jemand in der Lage wäre, im Affekt auch mal zuzuschlagen. Doch dafür gab es bisher weder Anzeichen noch einen Anlass. Er bat den Chefredakteur, ihm sämtliche Leserpost der vergangenen Wochen, elektronische und analoge, zur Verfügung zu stellen. Webermann versprach, das umgehend zu veranlassen.

»Glauben Sie, ein durchgeknallter Leser könnte …?«

Berlotti erhob sich. »Danke für Ihre Unterstützung. Wir melden uns, falls sich noch Fragen ergeben.«

Webermann sah ihn angesichts des abrupten Endes der Befragung irritiert an, nickte dann aber und erhob sich schwerfällig aus seinem Sessel. Wie Atlas aus der griechischen Mythologie, der das Himmelsgewölbe auf seinen Schultern trägt, dachte Berlotti. Vielleicht täuschte er sich, aber er würde wetten, dass der Chefredakteur binnen Jahresfrist seinen Job los war.

**

»Man muss nicht erst sterben, um ins Paradies zu gelangen, solange man im Alten Land lebt.« Unwillkürlich musste Berlotti auf der Heimfahrt an diesen Spruch seines Vaters denken. In der Tat begann für Berlotti das Paradies, sobald er das Ortsschild von Neu Wulmstorf hinter sich ließ und auf das Alte Land zusteuerte. Denn besonders schön war die Gemeinde nun wirklich nicht.

Auch wenn der Verkehr auf der B 73 von der nahen Metropole kündete, hatte Berlotti Neu Wulmstorf stets wie ein Dorf empfunden. Ein- und Zweifamilienhäuser aus rotem Backstein standen dicht an dicht, und Berlotti wunderte sich auch nach all den Jahren noch, wie sich mehr als zwanzigtausend Menschen auf so kleinem Raum auf-, über- und nebeneinander stapeln konnten – und wollten! Das hatte wohl auch die Gemeindeverwaltung erkennen müssen und warb auf ihrer offiziellen Internetseite aus Mangel an Sehenswürdigkeiten für die praktischen Vorzüge mit dem Spruch: »Eine Gemeinde, die alles hat.« Sein Vater hatte damals einiges richtig gemacht, ein Haus im äußersten Südosten des Alten Landes zu bauen, nur wenige Meter hinter der Grenze, die das Naturschutzgebiet vom Rest Niedersachsens trennte.

Nach der Grundschule war Berlotti nicht seinen Freunden und Klassenkameraden wie selbstverständlich aufs Gymnasium Neu Wulmstorf gefolgt, sondern hatte sich für ein renommiertes Gymnasium in der Hansestadt entschieden. Mit dieser Entscheidung war er viele Jahre lang in den Genuss gekommen, das Beste aus beiden Leben zu leben: zu wohnen, wo andere ihren Urlaub verbrachten, dabei fünf Tage in der Woche die Vorteile des Großstadtlebens zu nutzen, noch dazu in der für ihn schönsten Stadt der Welt. Und auf dem Hin- und Rückweg die Panoramastrecke – wie er sie nannte – durch das Alte Land und den Hafen nach Hamburg mit dem Bus fahren zu können.

Bereits zwei Kilometer hinter Neu Wulmstorf, in seinem Heimatort Rübke, säumten Apfelbaumplantagen die Straße nach Hamburg, so weit das Auge reichte. Doch wie lange noch? Erdhügel kündeten die Vertreibung aus dem Paradies weithin sichtbar an. Die Bauarbeiten für einen Streckenabschnitt der A 26 waren in vollem Gange. Die Autobahn sollte keine zweihundert Meter vom Ortsschild entfernt enden. Und solange kein Anschluss an die A 7 geplant war, würde sämtlicher Verkehr hier auflaufen. Berlotti wollte sich die Autokolonnen gar nicht ausmalen, die dann Äpfel und Bevölkerung rund um die Uhr in Abgase hüllten.

Um auf weniger finstere Gedanken zu kommen, beschloss er, seinen alten Schulfreund Fiete zu besuchen und mit ihm ein Bier auf dem Ponton seiner »Kaffeeklappe« zu trinken, als sein Handy klingelte. Die Mobiltelefonnummer auf dem Display sagte ihm nichts.

»Weller vom Kommissariat St. Georg.«

»Was kann ich für Sie tun?«

»Ich hab 'nen Einbruch in eine Wohnung am Berliner Tor. Sie ermitteln doch wegen dem Scherff, oder?«

Der Dativ ist dem Genitiv sein Tod, dachte Berlotti. »Korrekt.«

»Ich glaub, ich hab hier 'ne Verbindung zu dem Mordfall von Ihnen.«

Berlotti konnte sich keinen Reim auf den Anruf machen. Weder was das für eine Verbindung sein sollte, noch woher ein Streifenpolizist von den Ermittlungen wusste.

»Sagen Sie mir, wo ich hinmuss, ich mache mich auf den Weg.«

Fiete, das Bier und die Elbe mussten noch warten. Er rief Katharina Meinhold an und ließ sich ihre Adresse geben. Auf dem Weg nach St. Georg würde er sie aufsammeln, während Weller den Mieter der Wohnung benachrichtigte.

Eine halbe Stunde später passierte er den Horner Kreisel. Hinter der ehemaligen Kapernaumkirche bog er rechts ab. Das stillgelegte Gebäude hatte bundesweit Aufmerksamkeit erlangt, weil es auf Initiative der Anwohner hin zur Moschee umgebaut wurde. Der Pragmatismus und die Weltoffenheit der Hamburger hatten Berlotti imponiert, als er in einem Radiobeitrag des Hessischen Rundfunks davon erfahren hatte.

Nach hundertfünfzig Metern bog er in eine Sackgasse. An deren Ende wartete Katharina Meinhold vor einem Torbogen, der zwei dreistöckige Rotklinkerhäuser miteinander verband. An beiden Hausfassaden waren die für Hamburg so typischen gemauerten Vorderhausloggien zu sehen. Wozu sollte ein Balkon gut sein, fragte er sich, der von allen Seiten derart zugepflastert war, dass die Sonne weder Gewächse noch Menschen darauf beglücken konnte?

Als sie die Beifahrertür öffnete, roch es nach Gülle. Horn lag zwar nicht mehr ganz zentral, aber bis zu den nächsten Äckern waren es noch etliche Kilometer. Dann fiel sein Blick auf die von Hecken umringten Blechtonnen und die nachlässig verschlossenen Müllbeutel davor. Was sich darin befand, war definitiv schon mehrere Tode gestorben. Unwillkürlich musste er an das Sprichwort denken, mit dem einige seiner Klassenkameraden einst gehänselt worden waren: »Billstedt, Hamm und Horn schuf Gott im Zorn.«

Meinhold verzog das Gesicht, während sie sich auf den Beifahrersitz plumpsen ließ. »Nächsten Monat bin ich hier weg.«

»Wer wäre ich, zu urteilen? Ich wohne bei meinen Eltern!«

»Da sind Sie aber nicht hingezogen, weil Sie über Nacht bei Ihrem Verlobten ausgezogen sind und das Erstbeste genommen haben, das der Markt so hergab.«

»Einen *Verlobten* hatte ich in der Tat noch nie«, sagte Berlotti augenzwinkernd, während er sie durch den dichten Hamburger

Verkehr manövrierte. Und schob kurz darauf nach: »Übrigens bin ich weltzuverlässigster Kistenschlepper, für den Fall, dass Sie Hilfe brauchen.«

Beim Aussteigen schaute Berlotti zum Himmel, wo sich dunkle Wolken über ihnen auftürmten. Nirgendwo strahlt der Himmel so schön grau wie in Hamburch, dachte er.

Der Mieter kam zeitgleich vor dem Haus in St. Georg an und stellte sich als Frederik Lohheim vor. Er trug eine dieser Hornbrillen, die derzeit in Mode waren, obwohl ihre Träger damit immer aussahen wie SED-Funktionäre. Seine schulterlangen silbergrauen Haare hatte Lohheim streng nach hinten gegelt. Berlotti schätzte ihn etwa gleich alt, auf Anfang bis Mitte vierzig. Gemeinsam nahmen sie die Stufen in dem schmalen Treppenhaus, das trotz Beleuchtung düster und bedrückend wirkte. Berlotti, der hinter Lohheim ging, fiel dessen breitbeiniger Gang auf. Entweder hatte ihm jemand kürzlich einen Tritt in die Familienjuwelen verpasst, oder Lohheim legte Wert auf einen betont maskulinen Gang.

Im zweiten Stock empfing sie ein junger Mann in Uniform. Er gab zunächst Katharina Meinhold die Hand und musterte sie interessiert – unnötig lang, stellte Berlotti mürrisch fest. Sebastian Weller war größer als sie alle, zwar kein Schönling, sah aber dank seiner kantigen Gesichtszüge und der hellblauen Augen ganz passabel aus, wie Berlotti zugeben musste. Seine Kollegin schien das jedoch ebenso zu ignorieren wie die übertriebene Aufmerksamkeit, die ihr zuteilwurde.

Frederik Lohheim gab dem Polizisten halbherzig die Hand, ehe er sich an ihm vorbei in seine Wohnung schob. Zu viert war das kleine Ein-Zimmer-Apartment auch schon mehr als gut gefüllt. Während er seinen Blick über das Chaos schweifen ließ, färbte sich sein Gesicht kalkweiß. Die Schubladen des Rollcontainers unter dem Schreibtisch waren herausgezogen und der Inhalt auf dem Fußboden ausgekippt. Zu den Papieren gesellten sich Bücher, die aus dem billigen Furnierregal geräumt worden waren. Ein Stapel T-Shirts, eine Handvoll Hosen, Boxershorts und Tennissocken vervollständigten das Stillleben auf dem abgewohnten Sisalteppichboden.

»Fehlt was?«, wollte Weller wissen.

Lohheim zuckte mit den Schultern und stürzte unvermittelt ins Badezimmer. Durch die geschlossene Tür waren Würgegeräusche zu hören.

»Kotzen ist eine Entscheidung aus dem Bauch heraus«, bemerkte Berlotti trocken. Meinhold schmunzelte, sagte aber nichts. »So, Herr Weller, warum sind wir hier?«

Weller zog seine blaue Polizeimütze mit dem eingestickten Hamburger Stadtwappen ab und verstrubbelte seine hellblonden, kurzen Haare, bevor er zum Schreibtisch in der Zimmerecke ging. Berlotti war überzeugt, dass auch das eine Spezialeinlage für die Kollegin war. Weller deutete auf einen DIN-A4-großen Glasbilderrahmen an der Wand. Auf dem Foto strahlten Frederik Lohheim und Wolfgang Scherff um die Wette.

»Woher wissen Sie, dass wir uns für Scherff interessieren?«, erkundigte sich Berlotti.

»Ich bin regelmäßig bei ›Faktenreport‹ auf deren Seite. Da ist der Mord an dem Scherff großes Thema. Deshalb kam mir dem sein Gesicht gleich bekannt vor, als ich es hier an der Wand hängen sah.«

Berlotti nickte, doch ehe er etwas entgegnen konnte, trat Lohheim ins Zimmer. Er war leichenblass, schien sich aber gefangen zu haben. Berlotti erkundigte sich nach der Verbindung zu Scherff.

»Er war mein Mentor an der Journalistenschule.«

»War?«, hakte Berlotti nach. Woher wusste Lohheim, dass Scherff tot war? Las er etwa auch diese dämliche Internetseite?

»Bin vor einem halben Jahr abgegangen und hab ihn seitdem nicht mehr gesehen. Warum fragen Sie? Und was hat das mit dem Einbruch zu tun?«

Lohheim hatte die Fäuste in die Hüften gestemmt. Seine Art, sich künstlich Raum zu verschaffen, erinnerte Berlotti an Cristiano Ronaldo, kurz bevor er einen Freistoß trat. Ein Imponiergehabe wie aus dem Lehrbuch. Außerdem überraschte ihn, dass Lohheim offenbar noch vor Kurzem Student gewesen war. Frisur und Haarfarbe ließen ihn fünfzehn Jahre älter aussehen, als er anscheinend war. Berlotti wählte seine nächsten Worte besonders sorgfältig.

»Das versuchen wir gerade herauszufinden. Sie wissen, dass Ihr Mentor gestern Opfer eines Gewaltverbrechens wurde?« Und nach einer kleinen Pause ergänzte er: »Herr Scherff ist tot.«

Lohheim klappte die Kinnlade herunter. Die silbernen Aluminium-Lamellen des nicht ganz geschlossenen Rollos ließen waagerechte Linien des Dämmerlichts ins Zimmer. Ein Lichtstreifen legte sich wie eine Binde über Lohheims Gesicht, sodass er aussah wie ein Panzerknacker mit weißer Maske.

»Warum? Und wer …?« Lohheim schnappte nach Luft, und Berlotti fürchtete, dass er gleich wieder ins Bad rennen würde.

»Von wann ist denn dieses Foto?«, unterbrach Katharina Meinhold ihn.

Das Bild, erfuhren sie, wurde bei einer Veranstaltung vor einem Jahr aufgenommen, bei der Lohheim der Deutsche Reportagepreis für Nachwuchsjournalisten verliehen worden war. Offenbar sah Scherff in Lohheim einen zweiten Peter Scholl-Latour und hatte ihn unterstützt, wo er konnte. Auch der Musterschüler sang Lobeshymnen auf seinen Förderer. Dann schluckte er. »Ich kann es nicht fassen, dass Scherff tot ist.«

»Worauf könnten die Einbrecher es denn abgesehen haben?«, erkundigte sich Berlotti.

»Ich habe keine Ahnung, bei mir gibt's nichts zu holen«, kam die prompte Antwort. »Ich habe keinen Fernseher, keine Wertsachen in der Wohnung. Handy, Laptop und Geld hatte ich im Rucksack, und die Nacht hab ich bei einem Kumpel im Schanzenviertel verbracht.« Er sah sich im Zimmer um. »Auf den ersten Blick fehlt nichts.«

Bloß dazustehen schaffte Frederik Lohheim nicht. Immer wieder klatschte er mit der Faust in die flache Hand oder fuhr sich durch seine graue Betonfrisur. Berlotti erkundigte sich, für welche Redaktion er derzeit arbeite. Lohheim hielt sich mit

Gelegenheitsjobs über Wasser und jobbte in einer Kneipe. Es schienen keine einfachen Zeiten für angehende Journalisten zu sein.

Berlotti betrachtete noch einmal das Bild mit den beiden grinsenden Männern, dann wandte er sich wieder an Lohheim.

»Der Einbruch bei Ihnen kurz nach dem Mord an Ihrem Mentor kann ein Zufall sein, aber vielleicht besteht ein Zusammenhang, und dann wären Sie in Gefahr. Sofern Sie sich entschließen sollten, anderswo unterzukommen, teilen Sie uns das bitte mit. Wir schicken jetzt erst einmal die Spurensicherung durch Ihre Wohnung. Und bleiben Sie in jedem Fall erreichbar!«

Lohheim rückte zum wiederholten Mal seine Hipster-Hornbrille zurecht, überlegte kurz und willigte ein. Berlotti bat seine Kollegin um eine Visitenkarte, da er noch keine eigenen hatte, und schrieb seine Telefonnummer auf die Rückseite. Dann reichte er ihm die Karte.

»Falls Ihnen jemand verdächtig erscheint, lassen Sie es mich wissen.« Wieder nickte Lohheim, diesmal heftiger, die Fäuste in die Hüften gestemmt. Kurz darauf verabschiedeten sie sich.

Vorm Haus bebte der Asphalt zu ihren Füßen. Das Berliner Tor war einer der Knotenpunkte im Bahnnetz des Hamburger Verkehrsverbundes. S- und U-Bahnen sowie jede Menge ICEs rüttelten hier im Sekundentakt an Gebäuden und Nerven der Anwohner. So betulich es im Alten Land auch war, sofern seine Mutter nicht gerade wieder eine ihrer fixen Ideen auslebte, so wenig wollte er hier wohnen. Falls er jemals nach Hamburg umziehen würde, dachte Berlotti, dann müsste es ein Mittelweg sein zwischen Landidylle und einem innerstädtischen Erdbebengebiet.

»Na, was denken Sie?«, erkundigte sich Weller.

»Dass Lohheim offensichtlich zu viele Fußballspiele von Real Madrid und Juventus Turin gesehen hat«, entgegnete Meinhold in Anspielung auf deren Star Cristiano Ronaldo. Zufrieden registrierte Berlotti, dass sie dieselben Assoziationen herstellte und sie auf einer Wellenlänge lagen. Nicht die schlechtesten Voraussetzungen.

»Sie meinen, weil er zwei Bowlingkugeln in der Hose mit sich herumträgt?« Weller wollte noch einen draufsetzen, offensichtlich, um einen Punkt bei der Kollegin zu landen, mutmaßte Berlotti.

»Mich würde interessieren, was *Sie* denken, Herr Weller«, sagte er. »Schließlich lesen *Sie* die ›Faktenreport‹-Seite und sind auf dem Laufenden.«

»Halte deine Kumpels eng und deine Gegner enger, oder wie geht der Spruch? Von dem her kann es doch nicht schaden zu wissen, was der Feind denkt.«

»Also aus rein professionellem Interesse?«, hakte Meinhold nach.

»Joa. Wobei nicht alles verkehrt ist, was die schreiben.«

Berlotti merkte, dass seine Kollegin ihm einen Blick zuwarf.

»Wie dem auch sei, danke, dass Sie so schnell geschaltet und uns benachrichtigt haben. Das war wirklich hilfreich.«

Weller freute sich wie ein Dreijähriger, der auf dem Hamburger Dom beim Entenangeln gerade eine Wasserpistole gewonnen hatte. »Wenn Sie mal 'ne Stelle zu besetzen haben oder ein gutes Wort bei Ihrer Chefin einlegen, wären wir schon wieder quitt.«

Berlotti war erleichtert, als er mit Katharina Meinhold im Wagen saß.

»Sie konnten wohl gar nicht schnell genug da wegkommen.« Meinhold grinste breit, als sie wieder Richtung Kommissariat fuhren. Sie hatte vorgeschlagen, dort das TV-Duell der Spitzenkandidaten gemeinsam anzusehen. Und Berlotti, der keine Lust hatte auf ein weiteres Verhör durch seine Mutter, wann denn nun endlich mit einer Schwiegertochter zu rechnen sei, hatte sofort zugestimmt.

»Schätze, ich habe mir keine große Mühe gegeben, das zu verbergen. Das hat gar nicht so viel mit Weller persönlich zu tun. Allerdings geht mir diese Das-wird-man-ja-wohl-noch-sagen-dürfen-Attitüde auf die Nerven!« Er sah weiter auf die Straße, spürte aber, wie seine Kollegin ihn musterte. »Von wegen ›ist nicht alles verkehrt, was die schreiben‹. Kann er doch gleich sagen: Unter Adolf war nicht alles schlecht! Man kann sich doch aus einer Ideologie nicht die Rosinen rauspicken. Germany first, das war super. Die Autobahnen sowieso, alle hatten Arbeit, und unsere Frauen waren abends auf den Straßen noch sicher. Angeblich. Aber hey, dass sechs Millionen Juden enteignet und ermordet wurden, das war nicht so optimal.«

»Einen links-liberalen Hauptkommissar sieht man nicht alle Tage«, bemerkte sie belustigt.

»Tut mir leid, wenn ich Ihre Gefühle verletzt habe«, sagte Berlotti, der keine Ahnung hatte, wo seine neue Kollegin politisch stand. »Aber manchmal muss es einfach raus.«

»Nur keine Hemmungen. Mein Vater sitzt für die CDU im Hessischen Landtag. Ich bin Reibung gewohnt.«

»Ach du Scheiße!«

Mit seiner impulsiven Reaktion hatte Berlotti sich selbst überrumpelt, und er bemühte sich nun um Schadensbegrenzung. »Sorry, ist mir so rausgerutscht.«

Meinhold sah ihn erstaunt an, dann seufzte sie. »Schon gut. Man kann sich seine Familie ja nicht aussuchen.«

»Ich habe die letzten zwanzig Jahre in Frankfurt gelebt. Kommt Ihre Familie auch daher?«, erkundigte sich Berlotti.

»Nee, leider nicht. Ich durfte in einer Kleinstadt bei Wiesbaden aufwachsen«, sagte sie und verzog dabei das Gesicht.

Berlotti konnte nicht anders, als nachzufragen. »Nicht dass wir uns falsch verstehen: Ich habe ganz und gar nichts gegen die CDU. Aber ist die Hessen-CDU nicht der ultrakonservative Haufen vom Rechtsaußenflügel der Bundespartei?«

»Spielen Sie auf Roland Koch an, der mit seiner Unterschriftenaktion gegen Ausländer Ministerpräsident von Hessen wurde? Oder auf Alfred Dregger vom ›Stahlhelm-Club‹ innerhalb der CDU, der der Ansicht war, dass Europa selbst schuld gewesen ist, von Hitlers Kriegsmaschine zerstört worden zu sein?« Mit jedem Halbsatz wurde Katharina Meinhold lauter, sie redete sich regelrecht in Rage. »Oder meinen Sie Martin Hohmann, der uns aufforderte, sich vom ›wahnwitzigen Schuldwahn‹ zu befreien, weil wir Deutschen mehr Opfer als Täter im vergangenen Jahrhundert gewesen seien, und dessen größte Errungenschaft eine antisemitische Rede war? Der immer noch von meinen Eltern sonntags zu Kaffee und Kuchen eingeladen wird, obwohl er längst aus der Partei ausgetreten ist und jetzt für die Rechtspopulisten im Bundestag sitzt?«

Berlotti musste an einer roten Ampel halten, was ihm Gelegenheit gab, seine Kollegin anzusehen. Ihre Wangen glühten. Waren das Tränen der Wut in ihren Augen? Ihm fiel nichts ein, was er sagen konnte.

»Das wusste ich nicht. Tut mir leid.«

»Schon gut, können Sie ja nicht ahnen, dass ich ein beschissenes Verhältnis zu meiner Familie habe.« Sie wischte sich unauffällig über die Augen. »Meine Mutter hasst, dass ich einen ›gefährlichen Männerberuf‹ habe, anstatt Nachwuchs zu produzieren und eine gefügige Ehefrau zu sein wie sie.« Ihr Blick wurde noch düsterer, als sie weitersprach. »Meine drei Schwestern sind so konservativ, dagegen ist die Deutsche Bischofskonferenz ein liberaler Haufen. Und ich bin das schwarze Schaf, weil ich meinen eigenen Weg gegangen bin und mir meine eigene Meinung gebildet habe. Ganz zu schweigen von dieser Sache, die mir das wahre Gesicht meiner Familie gezeigt hat …«

Als sie nicht weitersprach, bedeutete ihr Berlotti, der sich wieder auf den Verkehr konzentrierte, mit einem Seitenblick, fortzufahren. Doch Meinhold schien sich wieder gefangen zu haben, schüttelte kaum merklich den Kopf und räusperte sich.

»Egal. Was mich aber wundert: Bei der Polizei in Hessen müsste es für Sie doch wie im Schlaraffenland gewesen sein. Die wurde von der CDU doch weitgehend in Ruhe gelassen und mit allen möglichen und unmöglichen Befugnissen ausgestattet.«

»Als Einwandererkind, überzeugter Humanist und Kriminalpolizist stand ich tatsächlich mehr als einmal an der Schwelle zur Schizophrenie«, entgegnete er vielsagend. »Aber Lebensphilosophie geht vor Privilegien, finde ich.«

Es stimmte zwar, dass der Landtag die hessische Polizei mit einer Vielzahl von bundesweit einmaligen Befugnissen ausgestattet hatte. Dass Berlotti viele Beschlüsse, wie etwa heimlich Computer unbescholtener Bürger anzuzapfen und deren Smartphones abzuhören, als zutiefst demokratiefeindlich empfand, würde er ihr nicht auf die Nase binden. Ebenso wenig den Umstand, dass er vermutlich der einzige Polizist Deutschlands war, der schon einmal die Grünen gewählt hatte, obwohl die gern gegen die Polizei wetterten. Aber Berlotti sah sich in der politischen Mitte beheimatet. Das kritisierten heutzutage viele Menschen als einfachen Standpunkt. Für Berlotti war es das nicht, ganz und gar nicht. Denn in der Mitte sah man immer alle Seiten und musste Argumente stets mühsam abwägen. Da war gegen die Leute mit den einfachen Lösungen links und rechts davon oft nur schwer anzukommen.

Er wechselte das Thema. »Wie könnte denn der Mord mit dem Einbruch zusammenhängen?«

»Tja …«, war das Einzige, das sie dazu sagte.

»Welchen Eindruck hatten Sie von Lohheim?«, hakte er nach.

»Ein Blender. Er wirkt unsicher und versucht, das zu überspielen. Solche Leute haben oft übersteigerte Ambitionen, um ihr mangelndes Selbstbewusstsein durch Erfolg im Beruf zu kompensieren.«

»Das war auch mein Eindruck«, sagte Berlotti. Gab es eine Verbindung zwischen Scherffs Tod und dem Einbruch bei Lohheim? Der eine schrieb gelegentlich Artikel für Illustrierte und zapfte die meiste Zeit Bier, der andere verfasste politische Leitartikel für Tageszeitungen. Bei Scherff war augenscheinlich nicht eingebrochen worden, bei Lohheim schon. Er hoffte, dass die Spurensicherung eine Verbindung herstellen konnte.

Jeder in seine eigenen Gedanken versunken, legten sie die kurze Fahrt zum Revier schweigend zurück.

✳✳✳

Auf dem großen Flachbildfernseher lief ein Vorbericht zum Bürgermeisterduell, als Peter Thies, der italophile Computerexperte, am Konferenzraum vorbeiging. Er sah erstaunt durch die Glasscheibe und steckte seinen Kopf durch die Tür.»Ich wollte gerade gehen und hatte keine Ahnung, dass noch jemand hier ist.«

»Wollen Sie mitschauen?«Berlotti wies mit dem Kopf auf den Bildschirm.

»Warum nicht?«, sagte Thies.»Alberta wird auch noch zwei Stunden länger ohne mich auskommen.«

»Ihre Ehefrau?«

»Meine Schildkröte. Meine Freundin heißt Alessandra und studiert in Bologna. Wir skypen heute Nacht.«Thies setzte sich und schlug vor, die beste Pizza der Stadt aufs Revier liefern zu lassen.»Der Teig ist so dünn wie in Neapel und saulecker belegt.«

Nachdem sie ihre Bestellungen telefonisch durchgegeben hatten, wandte sich Thies an Berlotti.

»Ich war heute in Scherffs Wohnung und habe einen Ordner mit privaten Dokumenten mitgenommen.«

Berlotti sah ihn erstaunt an.

»Ich weiß, offiziell arbeite ich nicht an dem Fall. Aber ich habe die Quittung für den Laptop gefunden, auf dem die Seriennummer des vermissten Gerätes stand.«

Berlotti zog fragend die Augenbrauen hoch.

»Das ist deshalb relevant, weil in einem Schrank im Arbeitszimmer die Verpackung einer Software namens LocateMe lag. Sollte das Gerät, auf dem sie sich befindet, einmal gestohlen werden, sendet das Programm heimlich eine Mail mit den aktuellen Standortinformationen an den Besitzer. Dafür muss Scherff – oder in diesem Fall ich – nur die Seriennummer auf der Homepage der Software eingeben.«

Berlotti klatschte in die Hände.»Obwohl ich davon noch nie gehört habe, klingt es, als würde Ihre Entdeckung uns direkt zu unserem Mörder führen.«

Thies hob eine Hand, als wollte er den Pferden Einhalt gebieten, die mit Berlotti durchzugehen drohten.»Dafür müsste sich der Laptop in ein Netzwerk einwählen.«

»Das heißt, wir müssen uns Zugang zu Scherffs Mailprogramm verschaffen und nur warten, dass der mordende Dieb online geht?«, schaltete sich Katharina Meinhold ein. »Oder der diebische Mörder, wobei das nicht wirklich besser klingt.«

»Ich habe den Zugang zum Mail-Account beantragt, aber das kann sechs Stunden oder sechs Wochen dauern – je nachdem, wie kooperativ der jeweilige Provider ist. Notfalls muss ich einen Staatsanwalt bemühen.«

»Sechs Wochen?« Ihre Miene schwankte zwischen Entsetzen und Empörung.

»Schwach, oder? Aber gehen Sie mal davon aus, dass wir nicht sechs Wochen warten werden«, sagte Thies vielsagend und wandte seinen Blick dem Fernseher zu. Während der Wetterbericht das Ende der »Tagesschau« einläutete, fügte er noch hinzu: »Die Kurznachricht, die Scherff um sechs Uhr sechs an Kowalsky verschickt hat, wird nicht ohne Weiteres zu knacken sein.«

»Sie können von Glück sagen, dass wir nicht mehr in der Antike leben. Sonst wären Sie als Überbringer schlechter Nachrichten jetzt einen Kopf kürzer«, sagte Berlotti.

»Der Mobilfunkanbieter ist nicht zur Zusammenarbeit verpflichtet und hat wenig Lust, sich vom Betreiber einer populistischen Nachrichtenseite auseinanderpflücken zu lassen.«

»Nachvollziehbar«, meinte Katharina Meinhold und handelte sich einen mürrischen Seitenblick Berlottis ein.

»Deshalb muss ich selbst die Chiffrierung auflösen, was kein Kindergeburtstag wird.« Thies verstummte, als der Vorspann zum TV-Duell startete.

Das Duell verlief alles andere als staatstragend. Bernd Krause, der Bürgermeisterkandidat der DNP, ging den amtierenden Bürgermeister überaus aggressiv an und überrumpelte Roland van der Heide mehr als einmal. Vorwürfe wie die millionenschwere Verschwendung von Steuergeldern, eine steigende Neuverschuldung und angeblich vermehrt in angrenzende Bundesländer abwandernde Betriebe konnte van der Heide nicht überzeugend entkräften. Zudem bezichtigte ihn sein Herausforderer mehr als zwei Dutzend Mal der Lüge. Man konnte nicht umhin festzustellen, dass Krause hervorragend vorbereitet war und dem Bürgermeister sorgfältig geplante Fallen legte. Wenn es einen Teufel gibt, dann sitzt er mit einer Tüte Chips vorm Fernseher und reibt sich zufrieden die Hände, lautete Berlottis grimmiges Fazit. Oder die Hufe – je nachdem, an welche Version der Hölle man glauben wollte. Alle Umfragen im direkten Anschluss an das Duell sahen Krause als Sieger. An dieser ernüchternden Erkenntnis konnte auch die Pizza nichts ändern, die mit der seines Vaters mithalten konnte. Und das sollte etwas heißen.

Kaum dass er diesen Gedanken zu Ende gedacht hatte, klingelte sein Mobiltelefon. Berlotti glaubte nicht an Gedankenübertragung, aber auf dem Display erschien die Festnetznummer seiner Eltern. Er nahm ab.

»Gabbi!« Es war sein Vater. Im Hintergrund hörte Berlotti seine Mutter wehklagen.

»Ist was mit Carmela?«

»Ja! Oda neine. Die Fensta …« Alfios Stimme brach. Berlottis Puls beschleunigte sich.

»Babbo!«, rief Berlotti. »Was ist los?«

»Abense Steine durch die Fensta geworfe. Alle kaputt. Und deine Mutta … überalle Blut!«

»Ich bin schon unterwegs, Babbo.«

***

Mit quietschenden Reifen hielt Berlotti neben dem Notarztwagen des Arbeiter-Samariter-Bundes. Sein Fiat, der erbarmungslos durch das Alte Land gejagt worden war, protestierte knackend und knisternd. Das Haus sah aus wie nach einer Explosion. Die vier großen Fenster im Erdgeschoss waren zerborsten – Wohnzimmer und Küche seiner Eltern sowie zwei Fenster zu Räumen seiner Haushälfte.

Er wollte klingeln, doch sein Vater kam ihm zuvor und öffnete die Tür. Anstatt seinen Sohn hereinzulassen, steckte er bloß den Kopf durch den Spalt, das Gesicht weiß wie ein Laken. Berlotti fiel auf, dass seine Hände zitterten.

»Geht es dir gut, meine Sohn?«, erkundigte er sich flüsternd. Ohne die Antwort abzuwarten, fügte er hinzu: »Deine Mamma geht es wieder gut, abe Angst, zu gut. Sie at den ganze Tag telefoniert und italienische Familie besukte. Vielleikt mösstest du eute lieba nikt mehr reinkomme und lieba glei zu dir nak Ause?«

Berlotti konnte sich das seltsame Verhalten seines Vaters nicht erklären. Hinter Alfio war Carmela zu vernehmen, die unverdrossen plapperte.

»Papa, jemand hat Steine auf unser Haus geworfen. Natürlich gehe ich *nicht* gleich zu mir!« Er schob sich an seinem Vater vorbei.

Auf dem Wohnzimmerteppich lag ein Pflasterstein – die Drohung der Straße. Scherben übersäten den Fußboden. Aus der Küche hörte er seine Mutter: »Letzte Woche erst hat der Pfarrer im Gottesdienst vom barmherzigen Samariter erzählt. So ein guter Mensch. Er hat die Wunden eines verletzten Juden versorgt. So wie Sie meine. Also, ich bin keine Jüdin, aber Sie sind doch Samariter und ich ...«

»Mutter, wie geht's dir?« Berlotti gab seiner Mutter einen Kuss auf die Stirn und dem Sanitäter die Hand, der mit einer Pinzette an der Unterseite ihres Fußes zugange war. Carmela wechselte übergangslos das Thema.

»Da bist du ja endlich, tesoro! Habe dir dein Lieblingsessen gemacht, steht in der Küche. Lass es dir schmecken!«

Alfio verharrte auf der Schwelle, unschlüssig, ob er seinem Sohn beistehen oder lieber in Deckung gehen sollte. Beide wussten, dass erhöhte Alarmbereitschaft herrschte, wenn Carmela Scaloppine al vino bianco auftischte.

»Mutter, dein Fuß blutet! Jemand hat Steine auf euer Haus geworfen! Was glaubst du wohl, an welcher Stelle meiner Prioritäten da Essen steht?«

»Du arbeitest viel zu viel«, wandte sie sich an ihn. »Du musst entspannen, dein Beruf ist so anstrengend.«

Er ging neben seiner Mutter in die Knie, ignorierte den vielsagenden Blick des Rettungssanitäters, packte ihre Schultern und sagte so eindringlich er konnte, ohne sie anzuschreien: »Was. Ist. Passiert?«

Sie zog ihn zu sich heran und schloss ihn in ihre Arme, als wären sie Schraubstöcke und er ein Stück Holz.

»Ich bin so glücklich, ich freue mich so für dich!« Berlotti war irritiert. »Glücklich? Freuen? Für wen? Mutter, ist alles okay mit dir?«

Er befreite sich so gut es ging und sah sie ratlos an. War seine Mutter jetzt von allen guten Geistern verlassen? Er hatte erwartet, dass sie ein dramatisches Schauspiel aufführen würde, voller Wehklagen und Vorwürfe.

»Du kennst noch Faustina, Orazia und Addolorata?«

Berlotti antwortete mit einem unbestimmten Schulterzucken und einer sich potenzierenden inneren Unruhe.

»Sooo liebe Mädchen. Und im besten Alter. Keine ist geschieden.« Scheidung war für seine Mutter mit das Schlimmste, das einem Menschen passieren konnte. Insofern war er ohnehin nicht mehr zu retten und würde in der Hölle schmoren. »Und jede Einzelne würde sich glücklich schätzen, von dir ausgeführt zu werden.« Carmela lächelte, als hätte sie gerade eine Herde lahmender Kamele zu einem Superpreis an den Nordpol verkauft. Der mitleidige Blick des Sanitäters war einem unverschämten Grinsen gewichen, das zu ignorieren Berlotti zunehmend schwerfiel.

Berlotti entschied, das Spiel seiner Mutter mitzuspielen, da sie ohnehin eher keine Ruhe geben würde. »Ist Orazia nicht Ende fünfzig, hat mehr Bart als ich nach einer Woche Urlaub und wiegt so viel wie du, Papa und ich zusammen?«

Jetzt war es Carmela, die mit den Schultern zuckte. »Dafür ist sie eine hervorragende Köchin und hat in den siebenunddreißig Jahren, die sie schon Witwe ist, mit keinem Mann mehr ein Techtelmechtel gehabt.«

»Und hast du nicht letztes Jahr Weihnachten von Addoloratas tragischer Speiseröhrenerkrankung erzählt, wegen der sie schrecklichen Mundgeruch hat, gegen den kein Kraut gewachsen ist, und dass man sich ihr deshalb ohne Atemschutz besser nur auf maximal zehn Meter nähert?«, erkundigte er sich mit geheucheltem Interesse.

Carmelas Geduld schien zur Neige zu gehen. »Du bist nicht mehr der Jüngste und musst nehmen, was übrig bleibt.«

»Sosehr es mich freut, dass die Suche nach einer Schwiegertochter deine Lebensgeister weckt, liebe Mutter, aber du wirst dir ein neues Hobby suchen müssen. Dein Sohn ist hinter einem Mörder her.« Und dann, mit Nachdruck: »Ich. Bin. Nicht. Auf. Der. Suche. Nach. Einer. Ehefrau!« Sein Blick fiel auf die notdürftig zur Seite geschobenen Scherben. »Hoffentlich gibt's in der Nähe einen Glasernotdienst.«

Er ignorierte seine Mutter, die gerade die Worte Faustina, Orazia, Addolorata, Brautkleid und Hausfrau im selben Satz verwendete, füllte ein großes Schnapsglas bis zum Rand mit Grappa, schob seinen Vater mit einer Hand auf dem Rücken ins Wohnzimmer und setzte sich neben ihn aufs Sofa. Alfio ergriff dankbar das Glas und stürzte es hinunter. Sein Gesicht nahm allmählich wieder Farbe an. Als er erzählte, musste er erschöpft nach jedem Satz eine Pause einlegen, so sehr schien ihn die Situation anzustrengen.

»Abe wir Fernseh geguckt. Plötzlich großer Krack in die Küche. Dann laute Knall auk hier inne Wohnzimmer. Schwere Stein at zerbrocke der Fensta. Mamma aufgeregt rumgelaufe isse – kennstese ja – und getrete in Scherbe. Dann abe ick dir angerufe.«

Berlotti streichelte seinem Vater über den Rücken. »Hast du gesehen, wer das war?«

Alfio schüttelte den Kopf. So zusammengesackt, wie er auf dem Sofa saß, tat ihm sein Vater fürchterlich leid. Nein, das hatte der Mann, der zeit seines Lebens hart gearbeitet und keiner Fliege jemals etwas zuleide getan hatte, wirklich nicht verdient. Er, der zunächst Doppelschichten in der Molkerei geschoben hatte, dann in die Papierfabrik gewechselt war, wo sie zwar mehr zahlten, aber die Kollegen sich weigerten, mit dem Gastarbeiter zu reden. Und der schließlich seinen Traum vom eigenen Restaurant verwirklicht hatte, in dem er sechs Tage die Woche in der Küche stand und Carmela sich um Service und die Gäste kümmerte. Das Gastarbeiter-Restaurant in Neu Wulmstorf, in das vor dreißig Jahren zunächst niemand hatte gehen wollen. In dem Moment hörte er einen Wagen vor dem Haus halten. Blaulicht spiegelte sich an der Zimmerdecke. Berlotti trat vor die Tür, um die Kollegen in Empfang zu nehmen. Da die Polizeistation Neu Wulmstorf nicht rund um die Uhr besetzt war, hatte Berlotti der automatischen Ansage folgend auf dem Kommissariat in Buxtehude angerufen. Die drei Beamten entschuldigten sich für ihr spätes Kommen. Sämtliche Bereitschaftspolizisten waren von einem illegalen Autorennen in Anspruch genommen worden, das mit einem Schwer- und einem Leichtverletzten ein abruptes Ende gefunden hatte.

Berlotti berichtete knapp, was passiert war. Dann gab er ihnen eine Zusammenfassung über seine Ermittlungen und die Kommentare im Internet, die zur Gewalt gegen ihn aufgerufen hatten.

»Sie glauben, dass eine Sachbeschädigung in Rübke mit Ihrer Mordermittlung in Hamburg zu tun hat?« Die Polizistin, die die Schirmmütze tief ins Gesicht gezogen hatte, sah ihn zweifelnd an.

»Meine Eltern leben seit Jahrzehnten unbehelligt in diesem kleinen Ort. Zwei Tage nachdem ich hier einziehe und im Internet gegen mich gehetzt wird, fliegen Steine durchs Fenster. Klingt für mich nicht nach einem Zufall«, entgegnete Berlotti so ruhig, wie es ihm unter den Umständen möglich war.

Die Polizistin nahm die Mütze ab und tauschte Blicke mit ihren beiden Kollegen. Sie kratzte sich am Kopf, was ihren dunkelblonden Pferdeschwanz eigenartig tanzen ließ.

Berlotti unternahm einen neuen Anlauf. »Ich will Ihnen nicht vorschreiben, wie Sie Ihre Arbeit zu machen haben. Aber meine Eltern sind offensichtlich in Gefahr, was mich beunruhigt. Das verstehen Sie doch sicher?« Es war, als müsste er für jedes Wort einen Spaten in einen gefrorenen Acker rammen.

Jetzt nickte die Kollegin. »Lassen Sie uns die Spuren sichern und mal bei den Nachbarn nachfragen, ob die etwas gesehen oder gehört haben. Wir reden später.«

***

Als er die Tür seiner Eltern ins Schloss zog, war es dunkel im Haus. Alfio und Carmela lagen endlich im Bett. Er hatte notdürftig die Scherben entsorgt, ein Glasernotdienst hatte die Scheiben ausgemessen und mit Pappe abgedeckt. Über die Steinplatten schlurfte Berlotti zur anderen Haushälfte. Vor seiner Tür schlug die Müdigkeit mit voller Wucht zu. Plötzlich fühlte er sich zu erschöpft, um auch nur die Hand mit dem Schlüssel zu heben.

Er nahm all seine Willensstärke zusammen und schaffte es, sein Haus zu betreten. Im Flur machte er kein Licht, sondern ertastete sich den Weg in die Küche. Sakko und Schuhe zog er aus und öffnete das Bier, das er aus dem Kühlschrank seines Vaters mitgenommen hatte. Er schob drei übereinandergestapelte Kartons zur Seite und setzte sich auf die nackten Stühle an den nackten Esstisch in der nackten Küche. Die Dunkelheit umhüllte ihn wie ein Mantel aus Stille. Ohne Gefühl dafür, wie viel Zeit verstrich, trank er sein Bier in kleinen Schlucken, schloss die Augen und wartete darauf, dass die Bilder in seinem Kopf – die zerborstenen Fenster, die Scherben auf dem Fußboden, seine überdrehte Mutter mit dem dicken Verband am Fuß, das gespenstisch weiße Gesicht seines Vaters, die zweifelnden Blicke der Streifenpolizisten – endlich erloschen.

Mittwoch

*Der Weg des geringsten Widerstandes ist immer auch
der Weg, auf dem es bergab geht.*

Noch ehe er die Augen aufschlug, fragte er sich, warum er überhaupt einen Wecker stellte. Um halb fünf war er mit dem Kopf auf dem Tisch liegend aufgewacht und hatte sich ins Bett geschleppt. Eine halbe Stunde später hatte Carmela begonnen, in allen an Berlottis Haushälfte angrenzenden Zimmern Möbel zu rücken. Anschließend goss sie im Garten vor seinem Schlafzimmerfenster die Blumen und stimmte dabei lautstark italienische Kirchenlieder an. Was ihr an Stimmbildung fehlte, wusste sie durch überbordenden Enthusiasmus wettzumachen. Wie sie das alles mit einem Verband um den Fuß bewerkstelligte, war ihm ein Rätsel.

Er stand auf, ging ins Bad, schaltete das Licht aber nicht an, damit seine Mutter nicht sah, dass er schon munter war. Keine dreißig Sekunden nachdem er die elektrische Zahnbürste in Betrieb genommen hatte, klingelte es, und kurz darauf hörte er, wie sie mit dem Zweitschlüssel seine Haustür öffnete. Er wusste nicht, wie sie das machte, aber ihrem sechsten Sinn war nicht beizukommen. Sie humpelte in sein Badezimmer, setzte sich auf den Rand der Badewanne und versuchte, die Zahnbürste zu übertönen, was ihr mit Leichtigkeit gelang.

»Du hast noch keine einzige Kiste ausgepackt!«, begann sie in dem larmoyanten Tonfall, den niemand so perfekt beherrscht wie sizilianische Mütter.

»Ich bin doch erst vor zweieinhalb Tagen eingezogen!«, nuschelte Berlotti, während er die hinteren Backenzähne schrubbte.

»Eben!«

Berlotti spülte sich den Mund aus. »Bist du so früh hierhergekommen, um dich über die Unordnung in der Wohnung deines erwachsenen Sohnes aufzuregen?«

»Wenn du eine Verlobte hättest, könnte sie dir ein schönes Zuhause machen!«

»Mutter, ich lege mir nicht irgendeine Frau zu, nur damit sie für mich Umzugskisten auspackt. Ehefrauen sind keine Haushaltshilfen. Und du solltest dich wirklich schonen!«

»Weißt du, ich habe in letzter Zeit viel gebetet. Noch mehr als sonst!« Berlotti bezweifelte, dass das möglich war. »Gott wird dir eine gute Ehefrau schicken. Ich weiß –« Der Rest des Satzes ging im Klingeln seines Smartphones unter.

»Sorry, Chef!« Meinhold klang aufgeregt. »Aber ein weiterer Journalist ist tot, und laut Gerichtsmediziner ist er nicht freiwillig abgetreten.«

»Wie heißt er?«

»Markus Horn, ein Fernsehjournalist. Die Polizeiinspektion Stade hat um Unterstützung gebeten –«

»Moment, sagten Sie Stade?« Berlotti hielt sich mit der freien Hand das Ohr zu, weil Carmela nicht aufhörte, Hochzeitspläne zu schmieden und über die Vorzüge einer Ehefrau bezüglich »Hausputz«, »anständiges Essen« und »endlich Babys« referierte. »Das liegt doch gar nicht mehr in unserer Zuständigkeit.«

Er hörte Katharina durchs Telefon hupen und den Autofahrer vor sich unflätig beschimpfen. »Dessen sind sich die Kollegen wohl bewusst. Aber zum einen hat der Magen-Darm-Virus nicht nur bei uns, sondern auch bei der Kripo in Stade und Buxtehude gewütet ...«

Reifen quietschten, dann folgte ein lang gezogenes Hupen.

»So, jetzt reicht's!«, rief Meinhold. Kurz darauf war das Martinshorn zu hören. »Sonst komm ich nie ans Ziel ... Sorry, wo war ich?«

»Magen-Darm«, sagte Berlotti ungeduldig, und dieser Kommentar ließ sogar Carmela für einen Moment verstummen.

»Stimmt. Die Kripo in Stade und Buxtehude ist seit Jahren chronisch unterbesetzt. Für größere Ermittlungen haben sie schon länger keine Kapazitäten. Die Amtshilfe aus Hamburg ist inzwischen zur Gewohnheit geworden. Und jetzt, da Montezumas Rache auf den Revieren wütet und wir uns mit toten Journalisten so gut auskennen, dachten die, sie fragen uns. Ich habe gesagt, wir kümmern uns.«

»Gut gemacht. Bin schon unterwegs.«

»Weit haben Sie es nicht.«

Berlotti ließ sich die Adresse geben. Katharina Meinhold hatte nicht zu viel versprochen: Markus Horn wohnte nur eine Viertelstunde von ihm entfernt, in Estebrügge im Landkreis Stade.

Er warf sich in Jeans, Hemd und Cordsakko, schob seine zeternde Mutter sanft, aber bestimmt aus dem Haus und machte sich auf den Weg.

***

Es war halb acht, als er nach kurzer Fahrt die Buxtehuder Moore mit ihren großflächigen Wiesen, Weiden, kleinen Wäldern und Naturschutzgebieten hinter sich gelassen hatte. Er passierte das Ortsschild von Estebrügge. Berlotti konnte sich nicht erinnern, jemals hier gewesen zu sein, obwohl die Ortschaft allenfalls rund drei Kilometer Luftlinie vom Haus seiner Eltern entfernt war, nur getrennt von schmalen Wassergräben und endlosen Obstbaumreihen.

Sein Navi dirigierte ihn an Häusern vorbei, die so typisch für diese Gegend waren und die es nur hier gab: reich verziertes Fachwerk mit weißen Holzstreben. Dazu wunderbare Prunkpforten, die die Hofeinfahrten zu den feudalen Höfen der Obstbauern zierten.

Zwischen zwei besonders üppig dekorierten Fachwerkhäusern bog er in eine schmale Gasse ab – und stand vor einer rot-weißen Bahnschranke, obwohl weit und breit keine Bahnschienen zu sehen waren. Stattdessen brach die Straße kurz hinter der Schranke einfach ab. Er stieg aus und brauchte einige Sekunden, um zu verstehen, was hier vor sich ging. Er stand vor einer Drehbrücke, deren Fahrbahn sich um neunzig Grad gedreht hatte und nun parallel zum gegenüberliegenden Ufer darauf wartete, dass ein Segelboot die Este unter der Estebrücke von Estebrügge passierte. Berlotti hatte nichts gegen Folklore einzuwenden, solange sie nicht seine Ermittlungen behinderte.

Da er das Flüsschen schlecht mit seinem Fiat durchschwimmen konnte, war er zum Warten verdammt.

Die einzige Wolke am Himmel gab die Morgensonne wieder frei, und prompt glitzerte das Wasser so hell, dass es in den Augen schmerzte. Häuserreihen auf beiden Seiten schauten verschlafen den Enten beim Planschen zu, während ein Mann mit weißen Haaren, den Wind und Regen offenbar ebenso in Schieflage gepeitscht hatten wie sein Wärterhäuschen, in Seelenruhe per Knopfdruck Fahrbahn und Brücke automatisch wieder an ihren angestammten Platz manövrierte.

Die Straße, in der sich das Haus des toten Journalisten befand, war so schmal, dass zwei Autos unmöglich aneinander vorbeifahren konnten. Die Häuser auf der linken Seite standen auf einer Art Deich, zwei Meter höher als die auf der gegenüberliegenden Seite. Berlotti parkte unweit der örtlichen Gaststätte, deren Betreiber es beim Namensschild »"Atemlos " durch die Nacht"« mit den Anführungszeichen mehr als gut gemeint hatten. Horns Haus war eines jener riesigen reetgedeckten Fachwerkhäuser, in die das Haus von Berlottis Eltern mindestens dreimal hineingepasst hätte. Moosbrocken waren vom verwitterten Dach vor die rot-grün geschnitzte Eingangstür aus Holz gefallen, über der etwas in Sütterlinschrift stand, das Berlotti nicht entziffern konnte. Er trat ein und stand in einer Diele, in der spielend Etagenbetten für eine ganze Schulklasse Platz gehabt hätten.

Er folgte dem Stimmengemurmel und entdeckte Katharina Meinhold in der Küche.

»Chef, was ist passiert? Wie geht's Ihrer Mutter?« Sie sah ihn mit besorgter Miene an. Er hatte sie vergangene Nacht mit einer knapp gefassten Textnachricht notdürftig über den Zwischenfall informiert.

»Leider noch ganz die Alte. Da muss schon Schlimmeres passieren, um meine Mutter aus der Bahn zu werfen.«

»Beschreien Sie es nicht!«

»Sind Sie etwa abergläubisch?« Berlotti sah sie belustigt an.

Sie antwortete mit einer wegwerfenden Handbewegung.»Ob das wegen ›Faktenreport‹ ist?«

»Die Kollegen vom Revier haben starke Zweifel. Aber glauben Sie etwa an einen Zufall?«

»Definitiv nicht«, entgegnete Katharina Meinhold entschieden.»Das war ein Anschlag mit Ansage.«

»Ich werde der ganzen Drecksgeschichte später auf den Grund gehen. Aber wir haben hier einen Job zu erledigen. Also los!«

Auf dem Weg in den zweiten Stock versorgte Meinhold ihn mit Informationen.»Horns Freundin Sabine ist heute Morgen neben seinem leblosen Körper aufgewacht. Ein Alptraum, wenn Sie mich fragen. Auf den ersten Blick gab es keinen Hinweis auf Fremdeinwirkung, aber der Notarzt hat trotzdem den Gerichtsmediziner benachrichtigt. Die Details kenne ich noch nicht.«

Das Erste, was Berlotti von der Leiche sah, war das ausgemergelte Gesicht, das leicht bläulich angelaufen war, der Mund weit aufgerissen. Der stark behaarte Körper lag unnatürlich gekrümmt auf dem Rücken. Am meisten beeindruckten Berlotti aber Horns Finger der linken Hand, deren Spitzen und Nägel gelb und braun verfärbt waren, was der chemischen Zusammensetzung von Teer und Nikotin geschuldet war.

»Kein schöner Anblick, was?«, brummelte unvermittelt Gerichtsmediziner Ove Schwan, der sich zu ihnen gesellt hatte.

Berlotti und Meinhold schüttelten einträchtig den Kopf.

»Der Mann lebt seit drei bis vier Stunden nicht mehr. Todesursache deutet auf Ersticken hin, auch wenn es bislang keine Hinweise für ein Fremdeinwirken gibt. Weder Würgemale am Hals, Zyanose oder Dunsung des Gesichts infolge der Stauung noch Exkoriationen im Gesicht oder Einblutungen der Lippen, die durch einen Verschluss von Mund und Nase mit einem Kissen oder einer Hand entstanden sein könnten. Die Ursache wird also an den inneren Organen zu finden sein.«

Gerade als Berlotti zu einer Frage ansetzte, klingelte sein Mobiltelefon.

»Beil hier!«

Berlotti verdrehte die Augen. So viel Aufmerksamkeit einer Vorgesetzten war er aus Frankfurt nicht gewohnt.

»Halten Sie es wirklich für eine gute Idee, noch einen zweiten Fall zu übernehmen, wo Sie beim ersten noch keine Fortschritte vorweisen können?«

Die Frau war bestens informiert und Berlotti drauf und dran, sich zu erkundigen, ob er dem Verein für betreutes Arbeiten beigetreten sei. Doch er widerstand und sagte stattdessen: »Zwei Journalisten sterben binnen achtundvierzig Stunden, da wäre es fahrlässig, nicht parallel zu ermitteln.« Er berichtete ihr von dem Einbruch bei Lohheim, den er ebenfalls im Zusammenhang mit dem Mord an Scherff sah.

»Ich bin skeptisch angesichts des Arbeitspensums, aber ich stehe zu meinem Wort. Solange Sie in beiden Fällen ermitteln, bekommen Sie Unterstützung. Ab sofort gehören Bernd Jensen und Peter Thies zu Ihrem Team«, sagte die Polizeipräsidentin mit Nachdruck. »Sie wissen, dass Sie bald Ergebnisse liefern müssen.« Letzteres hatte sie nicht als Frage formuliert.

Berlotti legte auf und wandte sich wieder dem korpulenten Gerichtsmediziner zu, der in seinem weißen Kittel aussah wie ein Fleischereifachverkäufer.

»Es gibt also kein Fremdeinwirken? Kein Klebeband über Mund und Nase? So was war in meinem Frankfurter Ermittlungsmilieu eine beliebte Lebensbeendigungsmethode.«

»Dann gäbe es Rötungen im Gesicht oder Reste des Klebers. Außerdem wird das Opfer dann meist an den Händen fixiert, und auch das ist hier nicht der Fall«, schnaufte Schwan kurzatmig.

Ein Journalist erstickte im Bett neben seiner Freundin, die davon nichts mitbekommen haben wollte und seelenruhig weiterschlief, während der Mann neben ihr qualvoll verendete? Wer sollte diese absurde Geschichte denn bitte glauben?

Eingebrochen sei nicht worden, gab Katharina Meinhold in diesem Moment die Informationen der Spurensicherung weiter. Berlotti legte die Stirn in Falten. Sein Aufenthalt in der alten und neuen Heimat erschien ihm wie ein anhaltendes Kopfzerbrechen. Er besann sich auf die Erfolge in seiner Vergangenheit, um sich nicht wie ein blutiger Anfänger zu fühlen. Einem inneren Impuls folgend, bat er einen jungen Kollegen von der Spurensicherung, ihm das Smartphone des Toten auszuhändigen. Dann ging er zurück ins Erdgeschoss zu Horns Freundin, die gerade von einem Sanitäter ein Beruhigungsmittel gespritzt bekam. Er ließ sich den PIN-Code nennen, und sie bedachte ihn mit einem Blick aus verheulten Augen, der ihm zu verstehen gab, dass seine Anwesenheit nicht nur nicht willkommen, sondern in diesem Moment völlig unzumutbar war. Gedankenverloren knibbelte sie die Farbe von ihren künstlichen Fingernägeln und fuhr sich durch ihre etwas ausgefransten Extensions.

Bevor Berlotti sie befragte, wollte er noch eine Sache klären. Eilig scrollte er durch die Kontaktliste.

»Wusste ich es doch!«, rief er und streckte seiner Kollegin triumphierend das Display entgegen. »Scherff und Kowalsky sind unter den Kontakten von Horn.«

»Das heißt, die drei kannten sich«, sagte Katharina Meinhold.

»Abwarten. Bisher heißt es nur, dass Horn beide kannte. Was nicht zwangsläufig bedeutet, dass es eine Verbindung zwischen Scherff und Kowalsky geben muss.« Berlotti war mit der Lektion seiner Polizeiausbildung, jederzeit für alle Möglichkeiten offen zu bleiben, stets gut gefahren. »Falls sie Nachrichten ausgetauscht haben, wurden sie gelöscht. Und auch in der Anrufliste tauchen beide Nummern nicht auf.«

»Ein Fall für den IT-Profi?«, schlug seine Kollegin vor.

Berlotti nickte. Sie würden Peter Thies die Verbindungsnachweise überprüfen lassen.

✳✳✳

»Moingiorno, Capitano.« Thies war aus dem Grinsen nicht herausgekommen, als er erfuhr, dass er ab sofort das Team verstärken würde.

»Capitano dürfen Sie zu mir sagen, falls wir wegen Erfolglosigkeit nach Venedig auswandern müssen, wenn wir hier nicht allmählich vorankommen«, sagte Berlotti augenzwinkernd. Er wollte sich die Anspannung nicht anmerken lassen, die er seit dem Mord an Scherff im Bauch spürte und die sich nach dem zweiten Todesfall von dort aus im ganzen Körper ausgebreitet hatte wie ein Virus. Er durfte seinen ersten Fall hier nicht vor die Wand fahren. Scheitern war schlichtweg keine Option. Den neuen Kollegen Bernd Jensen wusste er noch nicht einzuschätzen. Bei der Begrüßung hatte der kleine, schlanke Mann Ende dreißig in sich gekehrt, fast scheu gewirkt. Dennoch war Berlotti froh über diese weitere Verstärkung. Jede zusätzliche Hirnzelle konnte sie nur voranbringen.

Sie standen zu dritt in Thies' kleinem Büro, wo Jensen eine technische Einweisung erhielt. Er sollte die Fernsehbeiträge von Markus Horn sichten, die in den Mediatheken der Fernsehsender verfügbar waren, und nach Verbindungen zu Scherff oder Kowalsky durchsuchen. Jensen rückte seine randlose Brille zurecht, richtete sich das Haargummi, das sein schulterlanges Haar zu einem Zopf zusammenhielt, und machte sich Notizen. Die porzellanfarbene Haut verlieh ihm einen keltischen oder skandinavischen Teint. Sobald er mit Horns Reportagen fertig war, sollte er die Drohnachrichten an die Adresse des Tagesanzeigers auswerten. Da Thies' Büro zu klein war, um mehr als eine Person dauerhaft zu beherbergen, würde Jensen eine fensterlose Kammer zwischen den Toiletten und dem Putzraum beziehen, die mit dem nötigen technischen Equipment ausgestattet worden war.

Katharina Meinhold war noch in Estebrügge, befragte Horns Nachbarn und telefonierte mit dessen Angehörigen. Berlotti erhoffte sich ein detailliertes Bild vom Opfer und seiner Freundin. In Gedanken ging er noch einmal das eigenartige Gespräch mit Sabine Muffat durch.

Dreiundzwanzig Jahre waren sie und Horn liiert gewesen, hatten davon einundzwanzig gemeinsam gearbeitet, waren deshalb meist ununterbrochen als Zweierteam unterwegs, so gut wie nie getrennt und jetzt ohne Abschied für immer. Er hatte die Beiträge konzipiert und geschrieben, sie bei der Planung und als eine Art Produktionsassistentin vor Ort geholfen. Am Vortag von einem Dreh in Marokko zurückgekommen, war er sofort zum Sichten des Materials ins Arbeitszimmer gegangen. Nein, er sei nicht anders gewesen. Oder doch, am Abend habe er über eine pelzige Zunge geklagt. Ach so, auch über Herzrasen und Schwindel. Aber als starker Raucher habe er das häufiger gehabt und es deshalb wohl schlicht ignoriert. Die vier Tage zuvor hätten sie viel gearbeitet. Deshalb habe es sie auch nicht gewundert, dass er derart müde gewesen zu sein schien. Eine Mütze Schlaf würde helfen, hatte er gesagt und war früh zu Bett gegangen. »Konnte ja keiner ahnen, dass er kurz vorm Herzinfarkt stand«, brachte Sabine Muffat unter Schluchzen hervor.

»Warum haben Sie nie geheiratet?«, wollte Berlotti wissen.

»Wir sind doch keine Spießer!«, fuhr sie ihn an, und ihr Blick sagte: Untersteh dich, über uns zu urteilen.

»Haben Sie oft gestritten?«

»Nie!«

»Ach, kommen Sie, das passiert doch in den besten Familien.«

»Nee, wirklich. Wir waren wie Seelenverwandte. Sonst hätten wir doch nicht so lange zusammen arbeiten können. Klar konnte er in stressigen Phasen mal ruppig werden. Aber wir haben das getrennt.«

Berlotti legte die Stirn in Falten. Sollten diese beiden schrägen Gestalten all die Jahre in perfekter Harmonie miteinander verbracht haben? Er rügte sich für den vorurteilsbehafteten Gedanken. Seelenverwandtschaft zeigte sich schließlich nicht in Äußerlichkeiten, sondern war allein eine innere Haltung. Wie Klebstoff, der einen in schwierigen Zeiten zusammenschweißte. Eine starke Verbindung, die es erlaubte, als eigenständige Persönlichkeit zu wachsen. Das hatte er sich damals mit Tanja gewünscht. In den ersten Monaten hatte alles danach ausgesehen: Der eine hatte die Sätze des anderen beendet, sie hatten einander öfter gleichzeitig angerufen, und er hatte jede Minute mit ihr genossen. Doch dann war vieles anders gekommen.

Berlotti riss sich aus seinen bitteren Erinnerungen und widmete sich wieder der frischen Witwe, der er fortan mehr Wohlwollen entgegenbringen wollte.

»Wird Markus jetzt aufgeschnitten?«, fragte Sabine Muffat und schüttelte sich, als müsste sie diesen Gedanken schnell wieder loswerden. Für einen kurzen Moment blieben ihre Blicke aneinander hängen, und es war, als gestattete sie ihm Einsicht in ihre innere Welt. Er sah den Schmerz, den sie in sich trug, den sie mit Worten niemals hätte formulieren können.

Berlotti erklärte ihr, dass eine Obduktion unerlässlich war. Als er den Wunsch äußerte, sich einen Überblick über die Arbeit des Verstorbenen verschaffen zu wollen, und deshalb gern Laptop und Festplatten mitnehmen würde, wich ihr Kummer einem massiven Misstrauen.

»Haben Sie denn einen Durchsuchungsbeschluss?«

»Solange wir keine unnatürliche Todesursache nachweisen können, besteht dafür kein Anlass«, sagte er und wunderte sich über ihren Stimmungswechsel.

»Was gehen Sie dann unsere Privatangelegenheiten an?«, blaffte sie.

»Menschen ersticken nicht grundlos im Schlaf. Je mehr wir über den Toten erfahren, desto eher finden wir heraus, was passiert ist«, versuchte er, ihr Vernunft einzuimpfen. »Es wirft jedenfalls kein gutes Licht auf die Frau, die neben ihrem angeblichen Seelenverwandten gelegen hat und nicht mitbekommen haben will, wie er stirbt.«

Sabine Muffat stieß einen spitzen Schrei aus. »Wenn Sie damit andeuten wollen, dass ich schuld an Markus' Tod bin, täuschen Sie sich!« Sie funkelte ihn wütend an. »Ich habe wie jede Nacht zwei Baldriantabletten genommen. Hätte ich gemerkt, dass Markus keine Luft bekommt, hätte ich alles getan, um ihm zu helfen. Da können Sie Ihren Arsch drauf verwetten. Zeigen Sie mir einen offiziellen Durchsuchungsbeschluss oder lassen Sie mich in Ruhe!«

»Wir müssen Sie dringend darauf hinweisen, dass …«, hatte Meinhold noch einen Versuch unternommen, zu der Frau durchzudringen, aber ohne Erfolg. Die Witwe hatte die Arme verschränkt und danach kein Wort mehr gesprochen.

Wieder verfluchte Berlotti die Bürokratie. Er konnte eine Verbindung nachweisen zwischen einem Toten und einem Ermordeten, wurde aber ausgebremst, weil ein offizielles Stück Papier angefordert werden musste. Nicht auszudenken, was Sabine Muffat in der Zwischenzeit alles an Beweisen beseitigen konnte!

Kurzerhand hatte er beschlossen, Katharina Meinhold bei Sabine Muffat als Aufpasserin zu parken, bis der Durchsuchungsbeschluss genehmigt war. Sie würden die Wohnung nicht ohne Horns Computer verlassen, schwor sich Berlotti beim Leben seines Kanarienvogels Beppo, den er als Siebenjähriger so innig geliebt hatte, bis die Nachbarskatze in ihr Haus eingedrungen war, wie auch immer den Käfig geöffnet, Beppo verspeist und sich demonstrativ in seine Behausung gesetzt hatte. Noch heute erfüllte es Berlotti mit einer grimmigen Genugtuung, dass der blöde Kater drei Tage später gestorben war, vermutlich weil er sich überfressen hatte.

In der Zwischenzeit war Berlotti zum Abwarten verdammt. Eine Situation, die ihm gar nicht behagte.

***

»Das ist abgefahren!«

Die Worte drangen als Gemisch aus Nuscheln und Schnaufen an sein Ohr.

»Schön, dass Sie sich so schnell melden, Herr Schwan.«

»Entschuldigen Sie meine unangemessene Euphorie. Aber so etwas habe ich in dreiundzwanzig Dienstjahren nicht erlebt.«

Berlottis Herzschlag beschleunigte sich.

»Horn ist an einer Vergiftung gestorben.« Schwan ließ die Nachricht einige Sekunden im Raum stehen, als müssten sich die Rauchschwaden nach dem Zünden der Bombe erst einmal legen. »In seinem Blut haben wir Aconitin gefunden.«

Berlotti hielt es nicht auf seinem Bürostuhl. Er stand auf.

»Ich war nicht gut in Chemie.«

»Wenn Sie den Blauen Eisenhut kennen, dann sind Sie Aconitin zumindest schon einmal begegnet«, erklärte Schwan. »Das Bemerkenswerte daran ist aber, dass der Stoff nicht chemisch gewonnen, sondern in seiner ursprünglichen Form verabreicht wurde.«

»Moment, wollen Sie mir sagen, dass Horn giftige Blumen gegessen hat?« Berlotti fuhr sich aufgeregt durch die Locken.

»Die extrem giftigen Wurzeln wurden fein gemahlen und dem Mageninhalt nach zu urteilen mit einem Getränk oder einer Mahlzeit eingenommen. Kurz: Horn ist erstickt, ohne etwas dagegen unternehmen zu können. Sind Sie noch da?«

»Ich frage mich … Heißt das, jemand wollte den Journalisten umbringen, ohne sich die Hände schmutzig zu machen?«

»Wahrscheinlicher als ein Selbstmord. Dafür hätte er sich den Aufwand sparen können und nur ein paar Schlaftabletten einzuwerfen brauchen.«

Nachdem Berlotti aufgelegt hatte, blieb er eine Weile reglos in seinem Bürostuhl sitzen. Ein Gang in die Kantine hatte sich erledigt, Koffein war nach dem Telefonat nicht mehr nötig. Hier passierte etwas, das über eine herkömmliche Mordermittlung hinausging. Zwei Morde an Journalisten, und während der erste auf archaische Weise aus dem Leben befördert worden war, steckte beim zweiten deutlich mehr Raffinesse dahinter. Berlotti wurde schlagartig bewusst, dass sein erster Fall in Hamburg ein entscheidender werden könnte. Kameras, Mikrofone, überdrehte Boulevardjournalisten, ein Übermaß an Aufmerksamkeit. Nichts war risikoreicher für seine weitere Karriere, als gleich zu Beginn einem Serienmörder das Handwerk legen zu müssen. Sofern es sich denn tatsächlich um ein und denselben Täter handelte, was noch zu beweisen war.

Er wählte die Nummer von Elvira Beil. Jetzt, da es bei Horn auf eine Mordermittlung hinauslief, war der Durchsuchungsbeschluss reine Formsache. Natürlich ging auch dieses Gespräch trotz seiner Kürze nicht ohne eindringliche Aufforderung Elvira Beils zu Ende, sehr zeitnah Ergebnisse zu präsentieren. Keine

Frage: Die Einschläge kamen näher. Und Berlotti hatte nicht vor, noch während seiner sechsmonatigen Probezeit Anlass zur Klage zu geben.

Tatsächlich hatte es keine Stunde gedauert, bis Meinhold der weiterhin entschlossen schweigenden Sabine Muffat das offizielle Schreiben unter die Nase halten konnte. Die komplette Hardware von Markus Horn wurde umgehend zu Peter Thies gebracht, der sich sofort an die Arbeit machte. Berlotti entschied, Horns Freundin einen zweiten Besuch abzustatten. Höchstwahrscheinlich kannte sie beide Opfer und war damit tatverdächtig. Selbst für den Fall, dass die Morde nicht zusammenhingen, konnte sie einen Grund haben, ihren Freund loszuwerden.

Er war bereits aus der Tür, da klingelte das Telefon in seinem Büro. Berlotti zögerte, nahm aber ab.

»Das müssen Sie sich ansehen, Commissario!«

»Sie klingen, als hätten Sie gerade den Lotto-Jackpot geknackt.«

»So was in der Art!«

Berlotti rief Katharina Meinhold an, die noch in Horns Wohnung Beweismaterial sicherte. »Sie müssen Sabine Muffat ohne mich befragen.«

»Das bekomme ich hin.«

Er erklärte ihr, was er von Schwan, dem Gerichtsmediziner, erfahren hatte. »Wichtig sind die letzten Stunden, bevor Markus Horn ins Bett gegangen ist. Wo war er und mit wem? Was hat er wann mit wem gegessen und getrunken? Und auch wenn es unwahrscheinlich erscheint: Welche Gründe könnte seine Freundin haben, Horn aus dem Weg zu räumen? Sie machen das schon.«

Kurz darauf trat Berlotti in Thies' Zimmer. Er konnte sie zwar nicht sehen, hörte aber, wie eine Espressokanne gerade braunes Gold durch ihre Eingeweide presste. Dieses Röcheln, das Meeresrauschen der arbeitenden Bevölkerung, war einer von Berlottis bevorzugten Klängen überhaupt.

Neben Thies lagen mehrere externe Festplatten auf einem Stapel. Mit geröteten Wangen winkte der IT-Experte ihn zu sich. Berlotti stellte sich hinter ihn und sah auf den Monitor. Das Video war nachts an einer Straße aufgenommen worden und so grobkörnig, dass keine Details der Umgebung zu erkennen waren. Dann erschien Markus Horn im Blickfeld der Kamera. Er warf sich eine schwarze Bomberjacke über, zog eine Maske über Mund und Nase, wie sie Motorrad- oder Skifahrer trugen, und setzte sich ein schwarzes Basecap auf. Nachdem er den Daumen Richtung Kamera gehoben hatte, ging er mit zwei weiteren vermummten Gestalten zur Hecktür eines Transporters. Afrikanisch aussehende Männer wurden aus dem Fahrzeug getrieben und verschwanden tief gebeugt, die Gesichter vor der Kamera verbergend, zwischen dichten Bäumen.

Berlotti sah den Kollegen fragend an. »Ganz ehrlich, ich steh auf dem Schlauch.«

»Gleich nicht mehr, wenn ich Ihnen den fertigen Beitrag zeige. Das hier war das Rohmaterial.«

Tatsächlich erschien als Nächstes Markus Horn in Zivilkleidung mit einem Mikrofon in der Hand und blickte ernst in die Kamera. »Die Bundesregierung will uns weismachen, dass sie ihre Bürger schützt und niemanden ins Land lässt, der hier nicht hingehört. Das ist aber nur ein kleiner Teil der Wahrheit. Wir haben einen europaweit operierenden Schleuserring ausfindig gemacht, der sich darauf spezialisiert hat, afrikanische Wirtschaftsflüchtlinge von den Grenzen in Südeuropa und den Balkanländern nach Deutschland zu schmuggeln.«

Nun waren die Vermummten vor dem Transporter zu sehen, allerdings so geschnitten, dass nicht mehr ersichtlich war, wer unter den Masken steckte. Horns Stimme war jetzt aus dem Off zu hören. »Gut organisierte und bestens vernetzte Schleuser klappern die mittlerweile geschlossenen Grenzen in Spanien sowie in Ungarn, Tschechien, Polen und der Slowakei ab und bringen afrikanische Männer nach Deutschland. Diese achtundzwanzig Männer aus Kamerun, Algerien und Mali wurden an den Flüchtlingszäunen der spanischen Städte Ceuta und Melilla kontaktiert und gegen eine Zahlung von jeweils tausendfünfhundert Euro in diesem kleinen Lieferwagen über die französische Grenze in den Schwarzwald transportiert.«

»Nicht Ihr Ernst!«, entfuhr es Berlotti.

»Der Beitrag lief auf ›Deutschland Aktuell‹«, erklärte Thies, »und die sind eigentlich für die Qualität ihrer Reportagen bekannt.«

»Gibt's davon etwa noch mehr?«

Thies nickte. »Eine Frau ist für einen Beitrag über die rapide wachsende Verschleierung des Abendlandes in eine Burka gesteckt worden. Kurz davor hat sie mit Horn vor laufender Kamera noch Zungenküsse ausgetauscht.«

»Platinblond, Haarverlängerung, künstliche Fingernägel?«

»Woher wissen Sie?«

Berlotti ging um den Schreibtisch herum und setzte sich Thies gegenüber. »Horns Lebensgefährtin.«

»Der Beitrag lief als Einspieler in der Polit-Talkshow ›Gnadenlos, aber gerecht‹ im öffentlich-rechtlichen Fernsehen. Ich bin gespannt, wer noch alles auf Horns Fake-Beiträge reingefallen ist.«

»Mich interessiert dabei, ob es Auftragsarbeiten waren oder ob das alles auf Horns eigenem Mist gewachsen ist.«

»Horn war vorsichtig. Er hat seine gesamte Kommunikation verschlüsselt. Ich kann auf keine seiner Mails zugreifen.«

»Dann werden wir bei seinen Auftraggebern nachhaken. Gibt es denn schon weitere Erkenntnisse zu Scherff?«

»Ich habe unterschiedliche Quellen angezapft, offizielle und inoffizielle. Leider müssen wir davon ausgehen, dass auch Scherff über eine Art digitalen Tresor für vertrauliche Dokumente inklusive E-Mail-Verschlüsselung und Spurenvernichter verfügte. Jedenfalls habe ich in Scherffs Arbeitszimmer eine entsprechende Software-Verpackung gefunden, übrigens dieselbe, wie sie Horn verwendet. Aber ich habe die Hoffnung, dass ich zumindest einen Teil seiner Nachrichten und Mails entschlüsselt kriege.«

Berlotti stutzte. »Horn und Scherff haben dasselbe Verschlüsselungsprogramm genutzt?«

»Wenn man bedenkt, dass es eine Unzahl an Lösungen zur Verschlüsselung von Daten gibt, ist das schon auffällig. Zumal es sich nicht gerade um die gängigste Software handelt. Außerdem wissen wir jetzt, dass in Horns Kontakten sowohl Scherff als auch Kowalsky gespeichert waren, andererseits knapp dreihundertfünfzig weitere Personen, darunter zahlreiche Journalisten. Kann also Zufall sein.«

Berlotti nickte nachdenklich. »Kein Beweis, aber verdächtig.«

»Ich bin weiter an Scherffs Provider dran, um Zugang zu seinem Mail-Account zu bekommen. Über den Provider läuft das LocateMe-Programm, mit dem wir hoffentlich die Person zu fassen kriegen, die Scherffs Laptop hat.«

Berlotti verfiel in stummes Grübeln. Er wollte keine voreiligen Schlüsse ziehen, aber er ahnte – nein, er wusste –, dass Horn, Scherff und Kowalsky in einem Zusammenhang standen. Bloß, wie sollte er das nachweisen, wenn einer nach dem anderen umgebracht wurde und der, der noch lebte, schwieg? Von der verschlüsselten Kommunikation gar nicht erst zu reden. Seine einzigen Verdächtigen zum gegenwärtigen Zeitpunkt waren Sabine Muffat und Timo Kowalsky. Und die Hoffnung auf Fingerabdrücke in Frederik Lohheims Wohnung. Wie weit die Kollegen wohl damit waren?

»Käffchen?«, riss Thies den Hauptkommissar aus seinen Gedanken.

Berlotti rang sich ein Lächeln ab und beobachtete, wie Thies den Espresso aus der Alu-Caffettiera in die kleinen Tassen goss. Die Flüssigkeit musste hochkonzentriert sein, so pechschwarz, wie sie war. Folgerichtig war nur eine Menge von der Breite eines kleinen Fingers nötig. Als der Espresso zur Ruhe kam, bildete sich sofort eine dichte goldbraune Schaumkrone. Ein Espresso ohne Crema war schlichtweg kein richtiger Espresso, fand Berlotti. Und offenbar war sich Thies ebenfalls darüber im Klaren. Berlotti wusste, dass herkömmliche Espressokannen nicht in der Lage waren, genügend Druck zu erzeugen, um eine ordentliche Crema zu bilden. Es gab nur eine einzige Caffettiera, die das konnte. Eine als handelsübliche Espressokanne getarnte Hochleistungs-Konstruktion mit speziellem Druckventil, der Rolls-Royce unter den Espressokochern.

Berlotti nickte anerkennend, und Thies grinste erfreut. Sie schlürften beide ihre Tassen aus, dann nahm der Computerfachmann das Gespräch wieder auf. »Wir reden hier möglicherweise von Hunderten Stunden Videomaterial, die zu sichten sind. Wir werden da sicher noch die eine oder andere Sauerei finden.«

Berlotti hing seinen eigenen Gedanken nach. »Horn produziert fingierte Fernsehbeiträge, um Stimmung zu machen gegen … tja, was eigentlich? Ausländer? Flüchtlinge? Muslime? Die Bundesregierung? Irgendwie steht er in Verbindung zu Timo Kowalsky, dem Betreiber einer rechtspopulistischen Internetseite, die Stimmung gegen Globalisierung macht, überaus nationalistisch ist und sich gegen ›die da oben‹ positioniert. Man könnte ein Muster erkennen, wenn da nicht Wolfgang Scherff wäre: ein etablierter Journalist, konservativ, aber vermutlich nicht extremistisch. Das passt doch nicht!«

»Wir sollten tiefer graben, um herauszufinden, welche gemeinsamen Feinde sie sich gemacht haben«, schlug Thies vor.

»Kollege Jensen gräbt sich gerade durch Horns Werk. Was halten Sie davon, im Tandem zu arbeiten und das gesamte Material gemeinsam zu sichten? Dabei könnten Sie sich auch Scherffs Texte noch einmal vornehmen. Bei Kowalskys Möchtegern-Nachrichtenblog wissen wir wenigstens, woran wir sind.«

Berlotti kam es so vor, als hätte Thies kurz gezögert. Oder er hatte es sich nur eingebildet, denn Thies sagte: »Unterstützung kann sicher nicht schaden.«

＊＊＊

»Schön, dass die Runde sich verdoppelt hat«, eröffnete Berlotti das abendliche Treffen. Er hatte die Kollegen zu einer ersten gemeinsamen Besprechung gebeten. Der einzige freie Konferenzraum befand sich in der Mitte der Etage und war rundum verglast, weshalb Berlotti die provisorisch angebrachten Lamellenrollos aus Plastik heruntergelassen hatte, damit sie sich nicht vorkamen wie Guppys in einem Aquarium. In der Mitte waren vier weiße Tische aus Spanplatte zusammengeschoben, auf denen ein ramponiertes Telefon stand. Außer einem noch jungfräulichen Flipchart war der behelfsmäßige Konferenzraum im behelfsmäßigen Übergangsrevier leer.

Berlotti begann mit dem Fund auf Horns Festplatten. Thies hatte noch längst nicht das gesamte Material sichten können, aber vieles deutete darauf hin, dass mehrere TV-Sender auf Horns gefälschte Dokumentationen hereingefallen waren. Das führte unweigerlich zu Katharina Meinholds Gespräch mit dessen Freundin. Sabine Muffat hatte darauf bestanden, dass weder sie noch Markus Horn rechtsradikal oder gar Nazis gewesen seien. Aber mit der Flüchtlingskrise sei so viel Schlechtes übers Land gekommen, dass die Menschen einen großen Bedarf verspürt hätten, die Wahrheit zu erfahren.

»Und die Wahrheit besteht aus Fake News?« Berlotti schüttelte den Kopf. »Die Menschen glauben viel leichter eine Lüge, die sie schon hundertmal gehört haben, als eine Wahrheit, die ihnen völlig neu ist.«

»Sabine Muffat hat beteuert, dass es keine Hintermänner gibt und Horn stets alleine gearbeitet hat«, fuhr Meinhold fort. »Sie hat ihrem Freund zwar geholfen, sich aber nichts Illegales zuschulden kommen lassen – behauptet sie jedenfalls.«

»Nichts Illegales außer ein kleines bisschen Volksverhetzung«, machte auch Thies seinem Unmut Luft.

Katharina Meinhold blätterte in ihrem Notizblock und arbeitete den Fragenkatalog ab, den ihr Berlotti ins Telefon diktiert hatte. Vier Tage war Markus Horn mit seiner Freundin zu Dreharbeiten in Marokko gewesen. Zeit genug also für den Täter, in die Wohnung einzudringen. Nach ihrer Rückkehr hatten beide diese nicht mehr verlassen und Käsebrote gegessen, deren Zutaten sie im Supermarkt am Flughafen besorgt hatten. Daraufhin hatte sich Horn eine Kanne Kaffee gekocht und ins Arbeitszimmer zurückgezogen, bis er seiner Freundin verkündet hatte, sich unwohl zu fühlen, und ins Bett gegangen war. Meinhold schlug vor, Horns Rechner nach Spuren einer Affäre zu untersuchen, hinter die seine Freundin gekommen sein könnte. Man wusste schließlich nie. Allerdings hatte Sabine Muffat den Eindruck einer aufrichtig trauernden Partnerin gemacht.

Meinhold sah in die Runde, und ihr Blick schien kurz beim neuen Kollegen Jensen hängen zu bleiben. »Andererseits«, beeilte sie sich nachzutragen, »was ist zu diesem frühen Zeitpunkt der Ermittlungen schon ein Gefühl wert?«

»Intuition ist ein innerer Kompass, der einem die richtige Richtung weisen kann. Solange man Verstand und Konzentration dabei nicht komplett ignoriert«, erhob Berlotti Einspruch. Mehr als einmal hatte ihn sein Instinkt auf die richtige Spur in einer Ermittlung gebracht. Im Privatleben hatte ihm dieser Kompass allerdings auch schon den einen oder anderen üblen Streich gespielt.

Jensen hatte der Unterhaltung schweigend beigewohnt und sich nur gelegentlich einige Notizen gemacht. Gerade als Berlotti ihn nach seinen Erkenntnissen fragen wollte, klingelte die Telefonanlage in der Mitte des Konferenztisches.

»Das wird Ove Schwan aus der Gerichtsmedizin sein«, mutmaßte er und stellte den Lautsprecher an. Sofort dröhnte eine Stimme aus der Anlage, die keinen Hehl daraus machte, dass ihr Besitzer genervt und dieser Anruf höchst lästig war.

»Brehm hier. Als Leiter der Spurensicherung habe ich entschieden, mich in die Ermittlungen einzuschalten, bevor alles endgültig im Chaos endet.«

»Herr Brehm, schön, Sie zu hören«, grüßte Berlotti freundlich, den Tonfall des Kollegen vorsätzlich ignorierend. »Sie wollen uns bestimmt mitteilen, dass Sie die Mordwaffe mit den Fingerabdrücken des Täters darauf gefunden haben und noch dazu Scherffs Laptop und Mobiltelefon?«

Damit hatte er Brehm offenbar für einen Moment aus dem Konzept gebracht. Jedenfalls brauchte der kurz, um sich zu sammeln.

»Wir haben tatsächlich eine Mordwaffe gefunden«, erwiderte Brehm etwas trotzig. »Allerdings die von Horn. Im Kaffeepulver haben wir große Mengen fein gemahlener Pflanzenbestandteile entdeckt, Aconitum napellus.«

»Blauer Eisenhut«, warf Berlotti ein.

Wieder entstand eine kurze Pause in der Leitung. Brehm schien es nicht gewohnt zu sein, dass Menschen verschiedener Abteilungen an ihm vorbei miteinander kommunizierten.

»Bereits in geringen Dosen lähmt das Aconitin sämtliche Nerven im Körper«, fuhr er nun deutlich weniger dröhnend fort. »Die tödliche Dosis für einen Menschen liegt bei fünf Milligramm. Unter das Kaffeepulver war so viel der zerstoßenen Wurzel gemischt, dass wir in Horns Blut mehr als das Doppelte der letalen Menge vorgefunden haben.«

»Und wie wirkt das Gift genau?«, wollte Katharina Meinhold wissen.

»Wie ich bereits sagte: Aconitin lähmt sämtliche Nerven im Körper.« Dann besann er sich offenbar seiner Kinderstube und fügte hinzu: »Der Tod erfolgt durch die daraus resultierende Atemlähmung und Herzstillstand – bei vollem Bewusstsein.«

Horn hatte also gewusst, dass er sterben würde, konnte sich aber weder dagegen wehren noch seine neben ihm liegende Freundin um Hilfe bitten. Ein grausamer Tod.

Meinhold brach als Erste das betretene Schweigen. »Ich hatte kürzlich eine aufschlussreiche Unterhaltung darüber, dass Frauen die perfideren Mordwaffen benutzen. Demzufolge könnte es also doch Sabine Muffat gewesen sein.«

»Schön, dass Sie mitdenken, liebe Kollegin. Aber Sie sollten mich ausreden lassen«, unterbrach Brehm sie. »Obwohl die Kollegen am Tatort keine Spuren gefunden haben, bin ich selbst noch einmal in der Wohnung gewesen.« Er machte eine Pause. Berlotti mutmaßte, dass er mit diesem billigen Trick die Spannung hochhalten wollte.

»Am Schloss haben Sie Einbruchsspuren gefunden?«, kam Berlotti ihm zuvor.

Falls Brehm sich ärgerte, dass Berlotti ihm in die Parade gefahren war, ließ er es sich nicht anmerken. »Wie kommen Sie darauf?«

»Intuition«, entgegnete Berlotti und warf seiner Kollegin einen kurzen Seitenblick zu.

»Herzlichen Glückwunsch«, entgegnete Brehm, und Berlotti war sich nicht sicher, ob es Sarkasmus war oder etwas anderes, das in Brehms Stimme mitschwang. »Jedenfalls habe ich das Türschloss im kriminaltechnischen Prüflabor untersuchen lassen, und die Spezialisten haben unter dem Rasterelektronenmikroskop winzige Kratzspuren gefunden.«

Als Berlotti darauf nichts entgegnete, fuhr Brehm fort: »Es sieht danach aus, als habe der Einbrecher einen Elektropick New Generation verwendet. Dieser Schlossknacker rüttelt im Zylinder mit einer Frequenz von fünftausend Schlägen pro Minute gegen die Sperrstifte, die normalerweise von den Zähnen des Schlüsselbartes niedergedrückt werden. Damit bekommen Sie in Sekundenschnelle fast jedes Türschloss geknackt, ohne dass auf den ersten Blick etwas nach Einbruch aussieht.«

»Obwohl ich ein vertrauensvoller Mensch bin, sollte ich in Zukunft also besser skeptisch sein, wenn mir Ihre Männer sagen, es gäbe keine Einbruchsspuren.« Während aus der Leitung nichts als ein Schnauben zu hören war, ging Berlotti in Gedanken seine Optionen durch. Von seinen ehemaligen Frankfurter Kollegen wusste er, dass dieses hochmoderne Einbrecherwerkzeug verbreitet war. In Hamburg waren davon sicher Tausende in Umlauf.

»Haben Sie bei der Gelegenheit auch das Türschloss von Wolfgang Scherff ins Labor geschickt?«, erkundigte er sich.

»Na klar, was denken Sie denn?«, entgegnete Brehm.

Was für eine mühselige Angelegenheit das schon wieder war, dachte Berlotti, entschied aber, professionell zu bleiben und sich nichts anmerken zu lassen.

»Und?«

»Nichts.«

»Wie, ›nichts‹?«

»Na, nichts, niente. Keine Einbruchsspuren bei Scherff.«

»Außer mechanischen Spuren am Türschloss haben Sie bei Horn aber wohl keine DNA gefunden, die auf jemand anderen als die beiden Bewohner schließen lässt?«, ging Katharina Meinhold dazwischen.

»So ist es. Zumindest keine frischen aus den vergangenen Tagen, die einem Täter oder einer Täterin zuzuordnen wären. Da aber sowohl Türklinke als auch Schranktür und Kaffeedose nicht abgewischt wurden, muss der Einbrecher Handschuhe getragen haben.«

Sie bedankte sich für die Informationen und verabschiedete nach einem rückversichernden Blick auf Berlotti den Leiter der Spurensicherung.

»Was für ein Glück für Frau Muffat, dass sie augenscheinlich keinen Kaffee mag. Entweder wusste das der Täter, oder er hat sie als Kollateralschaden in Kauf genommen«, meinte Thies.

»Oder er oder sie hatte es auf beide abgesehen, aber nur einen erwischt«, warf Meinhold ein.

»Unsinn«, fuhr Jensen zwar leise, aber doch in einem Ton dazwischen, der wie ein »Du hast echt keine Ahnung« klang.

Meinhold wirkte erschrocken, hatte sich aber sofort wieder im Griff. »Ach! Und warum?«

Jensen lehnte sich in seinem Stuhl zurück und schlug die Beine raumgreifend übereinander, indem er den rechten Knöchel auf den linken Oberschenkel legte.

»Wer so viel Hirnschmalz in einen Mord investiert, aufwendig Grünzeug ausgräbt und klein raspelt, sich dann Profi-Einbruchswerkzeug besorgt und unbemerkt in ein Wohnhaus mit mehreren Mietparteien einsteigt, der hat sich im Vorfeld wohl informiert, wo er das Zeug reinmischen muss, damit es genau die Person aus dem Weg räumt, die es soll«, schloss der Kollege seinen Kurzvortrag.

Berlotti musste ihm beipflichten, doch die Stimmung im Team hatte sich verändert. Es war, als wäre die Temperatur im Raum gesunken.

Kurz darauf verließen Thies und Jensen den Raum, um weiter Artikel und TV-Beiträge zu sichten, als Berlotti noch etwas einfiel. Mit zwei Schritten war er bei Katharina Meinhold und fragte: »Wie weit sind Sie mit der Suche nach Scherffs Gespielin?«

Sie wirkte ungewohnt angespannt, als sie sich umdrehte, die Stirn in Falten gelegt. »Ich hatte die Liste seiner Studierenden zu zwei Dritteln abtelefoniert, aber dann kam Horn dazwischen. Ich mache mich gleich wieder dran und gebe Bescheid, sobald ich einen Namen für Sie habe.«

Noch ehe Berlotti etwas entgegnen oder fragen konnte, war sie davongerauscht.

***

Gegen halb sieben flaute das hektische Treiben im Präsidium allmählich ab, was Berlotti die Möglichkeit gab, in Ruhe nachzudenken. Er hatte seinen Bürostuhl nach hinten gekippt, die Beine auf den Tisch gelegt, sah durch das Fenster und ließ den Blick schweifen. Die Abendsonne tauchte die Glasfassaden der umliegenden Gebäude in flammende Rottöne und erweckte den Eindruck, als stünden sowohl das noble skandinavische Hotel als auch der ehemalige Springer-Verlag, in dem jetzt eine Behörde untergebracht war, in Flammen.

Seine Gedanken kamen ins Stocken. Er hatte es bisher nicht wahrhaben wollen, musste sich aber eingestehen, dass er es wohl mit einem Serienmörder zu tun hatte. Er musste dringend die Verbindung zwischen den Männern finden. Nur dann konnte er dieses Geflecht entwirren. Und verhindern, dass der Täter sein Treiben fortsetzte.

Widerwillig rief er die »Faktenreport«-Homepage auf. Er fand zwar keine neuen Artikel zu seiner Mordermittlung, aber zu den ohnehin schon reichlich vorhandenen Kommentaren waren Dutzende weitere hinzugekommen:

»Habe gehört, unserem Obermafioso hat jemand einen Besuch abgestattet?« – »Hehe, gut so. LOL. Vielleicht verpisst er sich ja endlich!« – »Falls nicht, müssen wir eben nachhelfen.« – »Jo, mit Nachdruck.«

Woher wussten die von dem Anschlag auf sein Haus? Hatten die Polizisten von der Streife geplaudert? Hatten ihn die Steinewerfer aus sicherer Entfernung beobachtet? Berlotti ahnte, dass sie die User nicht identifizieren würden. Deshalb beschloss er, dass es an der Zeit war, alle Vorsicht über Bord zu werfen. Stillstand war keine Option mehr. Lieber wollte er in vollem Tempo auf eine Wand zufahren und schauen, ob er sie durchbrechen konnte. Notfalls würde er einen Totalschaden riskieren, aber alles war ihm lieber, als mit verbundenen Augen unentwegt im Kreis zu kurven.

Er kippte noch den Espresso hinunter, den er sich in der Cafeteria besorgt hatte, und rief Timo Kowalsky an.

✳✳✳

Das Café Elbgold in Winterhude war gut besucht. Dennoch waren die Stimmen nicht mehr als ein unbeschwertes Gemurmel, aus den Lautsprechern klang Lounge-Musik.

»Sie haben mich vorgestern wohl auf dem falschen Fuß erwischt. Wollen wir noch einmal von vorn anfangen?«, spielte Berlotti wie geplant seine Rolle des guten Cops.

Kowalsky schien seit ihrem letzten Gespräch im Solarium gewesen zu sein. Zumindest kam Berlotti sein Teint noch dunkler vor, als er ihn in Erinnerung hatte. Von der Überheblichkeit, die er auf dem Revier zur Schau gestellt hatte, war nicht mehr viel übrig. Er sah müde aus, dunkle Ringe rahmten seine Augen ein und ließen ihn alt aussehen. Da half auch keine Kunstsonne.

»Meinetwegen«, entgegnete Kowalsky und schien tatsächlich gleichgültig zu sein. Berlotti konnte keinerlei Anspannung oder Nervosität an seinem Gegenüber entdecken, was ihn fast ein wenig enttäuschte. Aber er beschloss, an seinem Plan festzuhalten.

»Nettes Lokal haben Sie ausgesucht. Ihr Stammcafé?«, erkundigte sich Berlotti.

»Probieren Sie den Kaffee, Sie werden keinen anderen mehr trinken wollen. Sortenrein, vor Ort geröstet, mehr geht nicht.«

In der Luft lag der unvergleichliche Geruch frisch gemahlener Bohnen. Berlotti hatte überrascht zur Kenntnis genommen, dass das Café zwanzig verschiedene Sorten im Angebot hatte, darunter wahre Raritäten. Er hatte sich einen Americano aus einer Hawaii-Kona brühen lassen. Er roch an der Flüssigkeit und bekam unmittelbar Gänsehaut. Als er daran nippte, bedauerte er, dass man einen Espresso nicht streicheln konnte. Er unterdrückte ein Seufzen und besann sich, warum er hier war.

»Sag ich doch«, sagte Kowalsky, der ihn beobachtet hatte. Heute hatte er offenbar beschlossen, seine charmante Seite zu zeigen, stellte Berlotti fest. Dann blickte Kowalsky wieder prüfend an sich herab, knöpfte seine braune Lederjacke erst zu, dann wieder auf und ließ nur die beiden unteren Knöpfe geschlossen.

»Sind Sie gern Journalist?«

Kowalsky sah ihn erstaunt an. Vermutlich hatte er eine andere Frage erwartet. »Sagen wir mal so: Ich kann nix anderes.«

»Ach, kommen Sie …«

»Nein, ehrlich. Für mich gab es nie was anderes als das Schreiben. An einer Journalistenschule haben sie mich nie angenommen, total korrupt, das System.«

Berlotti hatte seine Zweifel, ob das der Wahrheit entsprach, wollte Kowalsky aber nicht unterbrechen.

»Also habe ich ein Volontariat bei einem Zeitschriftenverlag gemacht. Das war zwar weit weniger glamourös, dafür haben sie mich da in Ruhe gelassen. Ich konnte schreiben, was ich wollte. Gerade bei Promiheften war das extrem angenehm. Ich verfasste den gleichen Trash wie alle, aber deren Trash war langweilig. Und dann die Interviewtermine mit nichtssagenden Prominenten, boah, das war am schlimmsten. Wir wurden wie Vieh nacheinander durch ein Hotelzimmer geschleust. Da bist du ein Schaf in einer Herde, nichts weiter. Das hält nur aus, wer selbst ein Schaf ist. Schauspieler-Interviews sind sterbenslangweilig, da musst du kreativ werden.«

»Ich verstehe nicht so richtig, was Sie mir sagen wollen.«

»Sänger und Schauspieler sind die langweiligsten Menschen überhaupt, verstehen Sie? Ein Interview mit Sharon Stone oder Madonna hat nicht die Aufgabe, eine Informationspflicht zu erfüllen. Das ist Entertainment. Aber du kannst niemanden unterhalten, wenn du nur Worthülsen diktiert bekommst. Also füllte ich die Hülsen von Prominenten, indem ich mein eigenes Drehbuch schrieb.«

»Sie haben Interviews erfunden?« Berlotti wunderte sich, dass der Journalist so offen darüber redete.

»Ich dachte, darauf wollten Sie hinaus. Das ging doch vor einigen Jahren durch die Presse. Ich habe keine Lust, mich deshalb zu verteidigen. Mein Job war es, für gute, smarte Unterhaltung zu sorgen. Ich habe niemals die Reputation von Menschen beschädigt, und wenn man bedenkt, für welche Magazine ich geschrieben habe, hatten meine Auftraggeber auch keinen Ruf mehr zu verlieren. Im Gegenteil, deren Auflage war nie so hoch wie zu der Zeit meiner Exklusiv-Interviews.« Kowalskys Miene hatte sich aufgehellt, ein stolzes Lächeln breitete sich auf seinem Gesicht aus. »Jedenfalls wollte mich niemand mehr buchen, als Promis damit drohten, die Magazine zu verklagen. Dabei bin ich noch der ehrlichste Lügner von allen Journalisten.«

»Und als sich der Promi-Journalismus als Sackgasse erwies, haben Sie beschlossen, am großen Rad zu drehen und eine Nachrichtenseite über Politik und Gesellschaft aufzubauen?«, fragte Berlotti ungläubig.

»Ich sehe mich als Avantgarde-Journalist, will Sachen ausloten, Grenzen sprengen. Du musst die Sehnsüchte der Leute bedienen, sie bei ihren Ängsten und Hoffnungen packen. Dann bleiben sie dran, fühlen sich in ihren Vorurteilen bestätigt. Wenn man es von diesem Standpunkt aus betrachtet, unterscheiden sich Artikel über Politik gar nicht so sehr von Artikeln über fremdgehende Promifußballer. Emotionalität, das ist, wenn Sie so wollen, das Erfolgsrezept von ›Faktenreport‹. Jetzt kennen Sie meine Lebensgeschichte.«

So schnell lasse ich dich nicht vom Haken, dachte Berlotti.

»Noch einen?«, erkundigte sich Kowalsky. »Den Maravilla

müssen Sie unbedingt probieren, schmeckt nach schwarzen Kirschen, Mandel und Schokolade. Da schnallen Sie ab!«

Berlotti wurde aus dem Mann nicht schlau. Mal erschien ihm der leicht übergewichtige Normalo wie der sympathische Durchschnittsjunge von nebenan. Dann wechselte er unvermittelt in den Angriffsmodus und bekam durch die dunklen Augen etwas Raubvogelhaftes. Obwohl Kowalsky unerwartet freundlich auftrat, war Berlottis Unwohlsein mit jeder Minute gewachsen. Er konnte nicht den Finger darauf legen, ob es etwas war, das er in den vergangenen Tagen gesehen oder gehört hatte, oder etwas, das Kowalsky gesagt hatte. Aber die Gewissheit war nahezu mit den Händen greifbar geworden, dass Kowalsky nicht nur entscheidende Informationen zurückhielt, sondern selbst ein zentraler Baustein im Tausend-Teile-3D-Puzzle dieses Falles war. Etwas in diesem Zerrbild der Nicht-Aussagen wird dabei helfen, die unsägliche Geschichte zeitnah zu beenden, dachte Berlotti. Er musste nur endlich darauf kommen, was es war.

Er beobachtete Kowalsky, wie er am Tresen seine Bestellung aufgab. Die Kellnerin passte so gar nicht zur Hipster-Kundschaft des Ladens. Überall tätowierte Bartträger, die in ihre Smartphones starrten oder auf ihre Laptops einhackten, Seite an Seite mit jungen Müttern, die Latte Macchiato neben ihren schnittigen Kinderwagen tranken. Die Mitarbeiterin mochte Ende fünfzig sein und hatte vergeblich versucht, sich einige Jahre davon wegzuschminken, um inmitten ihrer Kundschaft nicht wie ein Fossil zu wirken.

Alle paar Minuten ging die Tür auf, neue, unverbrauchte Gesichter wehten herein, denen man ansah, dass es das Leben bisher gut mit ihnen gemeint hatte. Er bekam seine Gedanken aufs Verderben nicht geordnet und wusste nicht einmal, was gerade sein Problem war. Der Dezibel-Jahrmarkt und Bohnenduft in seiner Nase überreizten seine Sinne und lähmten seinen Denkapparat. Plötzlich fragte er sich, warum Kowalsky sofort zugesagt hatte, sich mit ihm zu treffen, und so zugewandt war. Verfolgte der eine eigene Agenda, und er hatte ihn nur noch nicht durchschaut?

»Was müsste ich mitbringen, um für Sie zu arbeiten?«, erkundigte sich Berlotti, als Kowalsky sich wieder gesetzt und die frisch gebrühten Kaffees verteilt hatte.

Kowalsky sah ihn einen Moment lang an und schien zu überlegen, ob er einen sarkastischen Ton anschlagen sollte. »Eine journalistische Grundausbildung wäre hilfreich, ist aber keine Bedingung. Sie müssen mittendrin sein, statt nur dabei. Nur wer weiß, wie die Menschen ticken, kann über Themen schreiben, die sie bewegen.«

»Haben wir dafür nicht die BILD-Zeitung?«

Kowalsky schnaubte. »Glauben Sie es oder nicht, aber die ist genauso gleichgeschaltet wie alle anderen Medien. Keinen Arsch in der Hose. Seitdem die CDU an der Regierung ist, haben die keine richtigen Feindbilder mehr. Mit der Amtsübernahme von Bundeskanzlerin Annemarie Kerker hat die BILD ihre Arbeit eingestellt. Und mit der SPD in Hamburg ist es das Gleiche. Die Partei hat die Bürger eingelullt und die Journalisten gleich mit.«

»Das heißt, ich brauche vor allem Arsch in der Hose, um für Sie zu schreiben?«

»So könnte man es ausdrücken«, sagte Kowalsky und grinste. »Das waren Ihre Worte, nicht meine.«

»Wo wir so nett beieinandersitzen ... Würden Sie mir ein Exklusiv-Interview geben und einige Dinge klarstellen, die meine Kollegen möglicherweise falsch wiedergegeben haben?« Kowalsky holte sein Smartphone aus der Jacke, rief eine Voice-Recorder-App auf, stellte sie auf »Pause« und legte das Gerät vor sie auf den Tisch. Berlotti bedachte ihn mit einem Blick, als sei der von allen guten Geistern verlassen.

»Denken Sie in Ruhe noch einmal darüber nach. Von einer Zusammenarbeit können wir beide profitieren.« Der Journalist stand auf und verschwand Richtung Toilette. Jetzt begriff Berlotti, warum Kowalsky einem Treffen sofort zugestimmt hatte. Andererseits konnte es ihm egal sein, was dieser sich versprach. Wichtiger war, dass ihn selbst dieses Gespräch nicht weiterbrachte. Es half nichts, er musste in die Offensive gehen, oder die Aktion war reine Zeitverschwendung.

Als Kowalsky zurückkam, deutete er auf die noch volle Tasse, die vor dem Kommissar stand. »Nicht kalt werden lassen, sonst wären all die Bohnen umsonst gestorben.«

Berlotti schob das Getränk demonstrativ zur Seite. »Haben Sie noch einmal darüber nachgedacht, ob Sie Wolfgang Scherff eventuell doch kannten?« Er forschte im Gesicht seines Gesprächspartners nach Anzeichen eines Täuschungsversuchs, allerdings erwartete er nicht, dass Kowalsky es ihm so einfach machte.

»Ich habe mir das Hirn zermartert, Herr Hauptkommissar, aber ehrlich, der Name sagt mir nichts.«

»Und die Nachricht, die er Ihnen am Morgen seines Todes geschickt hat, sagt Ihnen auch nichts?«

Der Befragte bemühte sich, so auszusehen, als versuche er noch einmal angestrengt in seinen Hirnwindungen zu graben, verneinte dann entschlossen und zuckte entschuldigend die Achseln. »›Wer immer die Wahrheit sagt, kann sich ein schlechtes Gedächtnis leisten.‹«

»Sie schätzen Theodor Heuss? Dann wissen Sie bestimmt, was unser ehemaliger Bundespräsident außerdem noch Kluges gesagt hat: ›Vergessen ist Gnade und Gefahr zugleich.‹«

Kowalsky hob eine Augenbraue. Sein Blick hatte etwas Maskenhaftes bekommen, ganz so, als würde er überlegen, welchen Gesichtsausdruck er als Nächstes aufsetzen sollte. »Wie steht's mit meinem Interview?«

Berlotti wusste, dass das Gespräch ab sofort eine unerfreuliche Wendung nehmen würde. Er nickte erst und schüttelte dann den Kopf. »Ich habe bestimmt nicht so viele Kontakte in meinem Handy wie Sie und bekomme wesentlich weniger Nachrichten, aber ich betreibe auch keine gut laufende Nachrichtenseite. Trotzdem könnte ich mich daran erinnern, wenn ich eine SMS über einen verschlüsselten Nachrichtendienst erhalte. Zumal sie nichts Banales enthalten haben dürfte, da der Absender kurz danach unfreiwillig abgetreten ist.«

Kowalsky verzog keine Miene, was Berlotti dazu veranlasste, seine nächste Frage abzusetzen. »Wo waren Sie vorgestern Morgen gegen acht Uhr?«

Kowalsky zögerte. »Zu Hause, in meinem Bett. Ich bin Langschläfer. Wieso?«

»Gibt es dafür Zeugen?«

Kowalskys Blick verfinsterte sich. »Haben Sie mich gerade gefragt, ob mir jemand beim Schlafen zugesehen hat?«

»Gibt's dafür Zeugen oder nicht?«

»Natürlich nicht! Ich lebe allein. Und ich würde das Gespräch an dieser Stelle gern beenden.«

»Das wird nicht möglich sein, sonst muss ich meine Befragung auf dem Revier fortsetzen.«

Kowalsky wurde unruhig. »Befragung? Ich verstehe nicht ...«

»Wie gut kennen Sie Markus Horn?«

Kowalsky gab wieder vor nachzudenken. »Sagt mir nichts.«

»Herr Kowalsky, ich bin Ihnen dankbar, dass ich diese Rösterei kennenlernen durfte, aber ich muss Sie leider festnehmen.«

Zum ersten Mal während ihres Gesprächs wirkte Kowalsky ehrlich überrascht. »Wollen Sie mich verarschen? Wenn das etwas mit dem Artikel über Sie auf ›Faktenreport‹ zu tun hat –«

»Ich bin zwar ein Mann mit einem gewissen Sinn für Humor, aber der stößt spätestens bei einem Doppelmord an seine Grenzen.«

»Doppelmord? Wer –«

»Es wird Sie bestimmt nicht weiter interessieren, weil Sie das zweite Opfer ebenso wenig kennen wie das erste. Nach Wolfgang Scherff wurde jetzt auch Markus Horn umgebracht.«

Kowalskys Hände begannen zu zittern. Wenn er nicht so stark gebräunt gewesen wäre, hätte man ihm den Schreck garantiert an seiner Gesichtsfarbe ablesen können.

»Fühlen Sie sich frei, Ihren Anwalt anzurufen, während ich uns zum Präsidium fahre.«

***

»Sind Sie sicher, dass das eine gute Idee war?« Katharina Meinhold hatte ihre Augenbrauen bis zum Anschlag hochgezogen.

»Sie haben keine Beweise und nicht viel mehr als lose Anhaltspunkte.«

»Aber wir haben eine eindeutige Verbindung zwischen den beiden Toten und Kowalsky!« Berlotti hatte das Gefühl, sich verteidigen zu müssen, und das schmeckte ihm gar nicht. »Ich will Ihnen da wirklich nicht reinreden. Von wegen ›Sie Chef, ich nix‹ und so. Aber haben Sie sich da nicht in etwas verrannt?« Jetzt rümpfte sie die Nase. »Der Typ ist ein selbstverliebter Populisten-Kotzbrocken, aber das allein ist noch nicht strafbar.«

»Er wird uns Antworten geben, eher lasse ich ihn hier nicht raus. Und weil ich ein netter Mensch bin, bekommt er eine ganze Nacht zum Nachdenken.«

»Sie lieben es gefährlich, was?« Sie seufzte.

»Der Weg des geringsten Widerstandes ist immer auch der Weg, auf dem es bergab geht«, entgegnete er und klang dabei, als würde er sich selbst Mut zureden.

⁂

»Herzlich willkommen zur Kaffeeklappe«, empfing ihn das Schild über dem schmalen Steg. Doch schon vom asphaltierten Weg auf dem Deich war abzusehen, dass er umsonst hergekommen war. Der schwimmende Anleger schaukelte verlassen auf den Wellen. »Wegen Krankheit vorübergehend geschlossen«, stand mit Kugelschreiber geschrieben auf dem Schmierpapier, das innen an der Glastür klebte. Fiete krank? So krank, dass er seinen geliebten Imbiss schloss? Ohne zu zögern wählte Berlotti Fietes Nummer, aber es sprang sofort die Mailbox an. Er überlegte, zurück zu seinem Wagen zu gehen. Doch das friedliche Plätschern der Elbe schien ihn regelrecht aufzufordern, einen Augenblick zu verweilen.

Er folgte dem Ruf der Natur und setzte sich an die Kante. Die braunen Segelschuhe aus Leder und die Socken zog er aus und legte sie neben sich, dann ließ er die Füße ins angenehm kühle Wasser baumeln. Keine Menschenseele war zu sehen. Nichts als Wiese und Bäume. Der perfekte Ort für Menschen, die sich selbst genug waren, dachte Berlotti. Wer brauchte schon die Ostsee, wenn er am Deich im Alten Land sitzen konnte?

Wie zur Bestätigung – oder um ihm zu widersprechen – kreischte eine Möwe über ihm und schien auszuloten, ob sich ein Überraschungsangriff lohnte. Vermutlich hatte sie hier schon Dutzende Bratwürste aus den Händen nichts ahnender Touristen erbeutet.

Was war mit Fiete, und warum wusste er nichts von einer Erkrankung? Wie konnte es sein, dass man seinen besten Freund das letzte Mal vor fünf Jahren gesehen und gehört hatte, von einer gelegentlichen Nachricht zum Geburtstag oder zu den Feiertagen einmal abgesehen? Bei seinem letzten Besuch hatten sie bis weit nach Sonnenuntergang in Liegestühlen auf dem Anleger gesessen, ein herbes Bier nach dem anderen getrunken und nach ungefähr dem fünften begonnen, das Spiel ihrer Kindheit zu spielen und lustige Schimpfworte und Flüche zu erfinden. *Du Kackebrocken, ich werde gegen deinen Hals furzen!* Ach ja: *Frohe Weihnachten*, hatte Fietes letzte Nachricht gelautet, auf die Berlotti nach kurzem Überlegen geantwortet hatte: *Gleichfalls, du magere Knochengeige. Mögen alle deine Gläubiger immer deine Adresse haben.*

In diesem Moment schob sich ein Riesenfrachter in sein Blickfeld, dessen Länge er auf unfassbare drei- bis vierhundert Meter schätzte. Obwohl das mit zigtausenden Containern beladene Schiff in sicherem Abstand an ihm vorbeizog, brachten die verdrängten Wassermassen den Ponton gehörig ins Wanken. Berlotti musste sich an den Holzbohlen festhalten, eine Welle schwappte mit Schwung über die Kante und durchnässte ihn bis hinauf zu den Oberschenkeln. Er betrachtete das Missgeschick und seufzte. Jetzt fehlte nur noch, dass ihm eine Möwe auf den Kopf machte, dann wäre sein Glück komplett.

»Wellenmöwenpupsloch«, murmelte er und musste grinsen. Er holte sein Handy raus und schickte Fiete kommentarlos seine Neukreation. Der Haken hinter dem Eintrag blieb grau, die Nachricht vorerst ungelesen.

Eine Minute dauerte das Schaukelabenteuer, dann kehrte die Idylle zurück, als wäre nie etwas gewesen. Ohne es zu wollen, überkam ihn eine Woge der Zuneigung zu seiner Heimat, die so viel mehr zu bieten hatte als Postkarten-Klischees, obwohl die zweifelsohne auch ihren Reiz hatten. Kurz spürte er ein Bedauern in sich aufkeimen, dass er Augenblicke wie diesen mit niemandem teilen konnte.

Ob er deshalb so ein Einzelgänger war, weil er den Verlust seiner Schwester nie verarbeitet hatte? Ob sie es war, die er an seiner Seite vermisste, sodass er sich auf niemand anderen so richtig einlassen mochte? Er spürte einen Stich in der Brust, als er sich vorstellte, wie sie hier mit ihm sitzen würde. Ein verpasstes Leben, ein mysteriöses Verschwinden. Und alles seine Schuld. Santina war tot, daran bestand für ihn kaum ein Zweifel, schließlich hätte sie sich doch gemeldet, wenn sie damals nicht gestorben wäre. Oder?

Zweiunddreißig Jahre Abwesenheit waren eine lange Zeitspanne. Vielleicht war es endlich an der Zeit, Santina loszulassen und sich auf das Leben im Hier und Jetzt zu konzentrieren? Niemand konnte auf Dauer allein leben, ohne einzugehen wie eine Primel. Er würde sich wieder Freundschaften aufbauen müssen, falls es dafür nicht zu spät war. Sein Beruf war für Freunde oder Partnerschaften zwar nicht eben zuträglich. Wenn sich doch die Gelegenheit ergeben sollte, wünschte er sich Klugheit, Weisheit und Weitsicht, um einmal pünktlich Feierabend zu machen und dem Leben eine Chance zu geben.

***

Als er den Fiat vor dem Haus parkte, sah er, dass bei seinen Eltern noch Licht brannte. Alfio saß allein am Esstisch und schaute bedröppelt drein.

»Babbo, was ist passiert?« Berlotti nahm sich einen Stuhl und setzte sich neben seinen Vater.

Der redete, wie meistens, wenn er aufgewühlt war, mit einem so starken Akzent, dass Berlotti sich die Geschichte beim besten

Willen nicht zusammenreimen konnte. Nachdem seine Familie ausgewandert war, hatte Berlotti sich geweigert, weiterhin Italienisch zu reden. Zu groß war sein Ehrgeiz gewesen, schnell im neuen Leben anzukommen. Und zu abschreckend das Beispiel vieler Migranten, die ihren Aufenthalt als vorübergehend ansahen und deshalb den Anschluss verpassten. Alfio hatte sich bald damit abgefunden, dass sein Sohn seine Fragen auf Deutsch beantwortete. Seitdem galt ein germanisches Einvernehmen zwischen ihnen, auch wenn Alfio mit Grammatik, Redewendungen und Satzbau täglich Kämpfe ausfocht.

Berlotti stand auf und schenkte sich und seinem Vater jeweils ein großes Glas Grappa ein. Sie tranken es auf einen Schluck aus. Angewidert verzog er das Gesicht. Sein Vater schüttelte sich und sah dabei aus wie ein regennasser Rauhaardackel, der sich mit dem Wasser auch gleich all seiner Sorgen entledigen mochte. Er räusperte sich.

»Deine Mamma att mich geschlage!«

Unwillkürlich legte Berlotti seine Hand auf die seines Vaters. »Wie bitte?«

Alfio nickte. »Abe ich meine Becka nicht sofort gestellt in die Spülmaschine, da att sie mich geschlage auf die Arm.« Er senkte seine Stimme. »Davor att sie gesagt, ich schlafe mit die Nackbarinne.«

»Du?« Berlotti musste lachen, so absurd war der Gedanke. »Und mit welchen Nachbarinnen überhaupt?« Fietes Mutter war ausgezogen und wohnte seit Jahrzehnten in Nordhessen, Fietes Oma war fast blind und saß im Rollstuhl. Frau Bauer war dreißig Jahre jünger als Alfio und glücklich verheiratet, soweit er die Gespräche seiner Eltern richtig gedeutet hatte. Und mehr Nachbarinnen, die sein Vater hätte beglücken können, gab es nicht in ihrer Straße.

Alfios Blick verdüsterte sich. »Abe ich gedreht Runde umme Block. Und alse ich zurücke war, lag Carmela in die Bett, atte disse Schlaftablette genomme und geschlafe.« Er fuhr sich durch sein schütteres Haar, das er wie üblich nach hinten gekämmt hatte.

Berlotti schwieg einen Moment. Dann sagte er, wie so oft,

wenn er seinen Vater auf andere Gedanken bringen wollte: »Erzähl mir von früher. Wie war das noch mal, als du damals dein Restaurant eröffnet hast und erst niemand kommen wollte?« Dankbar folgte Alfio der Aufforderung und erzählte. Von ihrem ersten Vermieter, der von Ausländern grundsätzlich zwanzig Prozent mehr Pacht verlangte. Von den anfänglichen Vorbehalten der Bevölkerung. Von Carmela, wie sie beharrlich Bibelgruppe und Gebetskreis der katholischen Gemeinde zu Kaffee und Tiramisu ins Restaurant einlud, und wie er die Sommerfeste des örtlichen Gemeinderates mit kostenloser Pizza sponserte. Und von dem Tag vor drei Jahren, als sie ihr Restaurant verkauften und sich eigentlich mit einer kleinen Feier von ihren Stammgästen verabschieden wollten. Stattdessen war halb Neu Wulmstorf auf den Beinen gewesen, Tränen flossen, und sogar der Bürgermeister war unangekündigt aufgetaucht und hatte mit einer improvisierten Rede ihre Verdienste für die Gemeinde hervorgehoben.

Mit jedem Satz verschwand eine Sorgenfalte auf Alfios Stirn, bis er wieder jungenhaft aussah.

»Ich begreife bis heute nicht, wie du es daneben noch geschafft hast, ohne fremde Hilfe ein zweigeschossiges Zweifamilienhaus zu bauen.«

Alfio zuckte die Schultern, als wäre das keine große Sache. »Woche att siebe Tage, jede Tag vierundzwanzig Stunde. Von nix kommte nix.«

Berlottis Blick fiel auf die beiden fehlenden Finger an Alfios linker Hand, die er bei einem Autounfall verloren hatte. Kurz nach der Amputation wirbelte Alfio wieder am Herd und knetete unverdrossen Teig, sechs Tage die Woche, nie weniger als zwölf Stunden. Für ihn kam stets das Wohl der Familie an erster Stelle. Bis zur völligen Erschöpfung, wenn es sein musste.

Berlotti gab seinem Vater ein Glas Leitungswasser und schenkte noch einmal nach, nachdem er das erste gierig ausgetrunken hatte. Alfio hatte manchmal tagelang vor dem heißen Pizzaofen gestanden und vergessen zu trinken. Daran hatte sich offenkundig nichts geändert.

Berlotti erhob sich und legte eine Hand auf Alfios Schulter. »Jetzt bin ich ja da. Zusammen bekommen wir das mit Mama schon hin.«

Die Zweifel in Alfios Blick waren Dankbarkeit und einer neuen Zuversicht gewichen. Er tätschelte die Hand seines Sohnes.

»Geh in Bett, meine Sohn. Kriegste keine Verbrecka, wenn du müde biste. Und nicht vergesse bei Arbeit: Wo keine Gerechtigkeite is, kann au keine Friede sein.«

Donnerstag

Allem hat die Natur eine Grenze gesetzt,
nur bei der Dummheit zeigt sie sich großzügig.

Berlotti öffnete die Augen und hatte das Gefühl, dass etwas nicht stimmte. Keine Katastrophe hatte ihn aus dem Schlaf geholt, sondern die Abwesenheit jeglicher Ruhestörung. Er lauschte, doch was er hörte, war nicht mehr als der geschwätzige Gesang der Stare, die versuchten, durch die engmaschigen Netze an die Kirschen zu gelangen, die der Nachbar zusätzlich zu den Äpfeln auf dem Feld hinter ihrem Haus anbaute. Es musste die erste Nacht seit Tagen, wenn nicht Wochen gewesen sein, die er durchgeschlafen hatte. Acht Stunden sollte man mindestens Schönheitsschlaf abbekommen, pflegte seine Mutter zu sagen. Neun, wenn man hässlich ist. Womöglich hatte der Umzug in die Provinz doch seine guten Seiten, wagte Berlotti einen dezenten Zweckoptimismus an den Tag zu legen. Und formulierte mit einem inneren Lächeln einen neuen Sinnspruch: Glück ist die Abwesenheit von Lärm.

Als er aus der Tür trat, hatte die Sonne den Morgentau größtenteils von den Grashalmen gebrannt. Ein Stieglitz schmetterte hemmungslos seine gute Laune heraus. Die ersten Aurorafalter eroberten den kleinen Vorgarten und warben mit ihren orangenfarbig gefleckten und grün-weiß marmorierten Flügeln um potenzielle Paarungspartner.

Auf Höhe des Airbus-Geländes klingelte sein Telefon. Es war Katharina Meinhold, die ihn bat, direkt zum Untersuchungsgefängnis zu kommen. Kowalsky hatte es sich nach Rücksprache mit seinem Anwalt wohl anders überlegt und eine Aussage angekündigt.

»Na endlich!«, sagte er und legte auf.

***

»Na endlich!«, sagte er und sah die beiden Ermittler wütend an. »Von wegen Kripo, Mafia trifft es wohl eher!« Die Adern an Kowalskys Schläfe pulsierten heftig.

»Wer im Glashaus sitzt, Herr Kowalsky … Na, Sie wissen schon«, entgegnete Berlotti kühl.

»Wer hier im Glashaus sitzt, werden wir noch feststellen.« Der Anwalt lächelte, aber seine Augen lächelten nicht mit. Er redete mit einer gepresst-heiseren und etwas zu hohen Stimme.

Dass sowohl Kowalsky als auch sein Anwalt derart in die Offensive gingen, beunruhigte Berlotti. Entweder war es der Mut der Verzweifelten, oder sie hatten tatsächlich etwas in der Hand, das Kowalsky entlastete. Er warf seiner Kollegin, die neben ihm saß, einen Blick zu. Sie biss sich unentwegt auf die Unterlippe. Offenbar war sie angespannt. Oder nervös. Oder wütend. Oder alles auf einmal. Dann wären sie schon zu zweit.

»Wären Sie so nett, uns den Grund der Verhaftung meines Mandanten mitzuteilen?«, krächzte der Jurist.

»Wären Sie so nett und stellen sich erst einmal vor?«, entgegnete Berlotti.

Der Rechtsbeistand verdrehte demonstrativ die Augen. »Günter Hanisch, Anwalt.«

»Ausweis?« Wenn Berlotti schon in die Defensive zu geraten drohte, dann wollte er wenigstens so lange wie möglich die Oberhand behalten. Hanisch, dessen Haare deutlich weißer waren als seine Zähne, kramte in seiner Aktentasche und hielt dem Hauptkommissar wortlos die Zulassung der Anwaltskammer unter die Nase.

Berlotti lehnte sich in seinem Stuhl zurück und sagte mit fester Stimme: »Wie ich Herrn Kowalsky gestern mitgeteilt habe, steht er im Verdacht, Wolfgang Scherff umgebracht zu haben.«

»Dann können Sie mir bestimmt Ihre Beweise dafür nennen«, sagte Hanisch mit einem Anflug von Spott in der Stimme.

Berlotti legte noch einmal die Argumente dar, warum Kowalsky in seinen Augen höchst verdächtig war. »Letztendlich sitzen Sie aber nicht hier, weil Sie mich mehrfach angelogen und Beweise zurückgehalten haben, sondern weil Sie kein Alibi für die Tatzeit vorweisen können«, schloss Berlotti und sah dem Journalisten – oder Blogger oder was zum Teufel er war – direkt in die Augen. Der hielt dem Blick stand und entblößte sein gebleichtes Gebiss, sagte aber nichts. Das übernahm der Wadenbeißer mit der heiseren Stimme.

»Dann wird es Sie sicher freuen, Herr Hauptkommissar, dass sogar mehrere Menschen bezeugen können, wo mein Mandant zu der betreffenden Uhrzeit gewesen ist.«

Berlottis Eingeweide zogen sich zusammen. Äußerlich ließ er sich aber nichts anmerken. »Warum erst jetzt? Das nennt man Behinderung polizeilicher Ermittlungen und ist strafbar, das wissen Sie als Advokat natürlich«, sagte er an Hanisch gewandt.

»Höchstwahrscheinlich würden Sie damit an seiner Stelle auch nicht unbedingt hausieren gehen.«

Berlotti wurde ungeduldig. »Wovon reden Sie? Rücken Sie endlich raus mit der Sprache!«

Kowalsky, das Grinsen unerschütterlich ins Gesicht getackert, räusperte sich. »Ich hatte Besuch. Und da wir nicht gerade leise waren, können das die Nachbarn bestimmt bestätigen.«

»Da Sie so geheimnisvoll tun, war Ihr Damenbesuch entweder verheiratet oder ein Escort«, folgerte Berlotti.

»Wir brauchen den Namen der Frau«, sagte Meinhold.

»Den richtigen Namen kenne ich nicht, falls Sie verstehen …« Mit dem massiven Kinn und den braunen, fast schwarzen Augen erinnerte Kowalsky Berlotti mehr denn je an eine Figur aus der »Muppet Show«: Sam, den Adler. Kowalsky nannte den Namen und nach einem Blick auf sein Smartphone auch die Telefonnummer des Escorts.

»Das werden wir selbstverständlich überprüfen.«

»Tun Sie das«, erwiderte Hanisch. Er erhob sich und teilte seinem Mandanten mit, dass er ein freier Mann sei und nach Hause gehen könne.

»Warum die Hektik?«, fragte Berlotti. »Wo ein bisschen Eile ist, ist immer auch ein bisschen Furcht. Solange wir das Alibi nicht überprüft haben, geht Herr Kowalsky nirgendwohin.

Wenn es richtig dumm läuft, wird der ermittelnde Kollege die Zeugin nicht sofort antreffen. So könnte sich die Bestätigung des Alibis bedauerlich lange hinziehen.«

»Das werden Sie noch bereuen, Sie italienischer Hur–« Kowalsky sprang auf und spuckte die Worte förmlich hervor. Hanisch legte seine Hand auf seinen Unterarm und drückte fest zu.

Berlotti war noch nicht fertig mit Kowalsky. Jetzt oder nie. »Ich will Antworten. Wenn Sie kooperieren, sind Sie schneller auf freiem Fuß, als Sie sich eine neue Dauerwelle legen lassen können.« Weder der Angesprochene noch dessen Anwalt antworteten. »Warum verheimlichen Sie Ihre Beziehung zu Wolfgang Scherff und Markus Horn?«

Sam, der Adler, zögerte, ehe er seinem Anwalt etwas ins Ohr flüsterte. Der zuckte mit den Achseln und nickte. Kowalsky seufzte. »Na schön. Auf dass wir unsere kurze, aber intensive Freundschaft endlich auf Eis legen können.«

Berlotti hielt den Atem an. Er konnte förmlich spüren, dass seine Kollegin ebenfalls unter Strom stand.

»Wir kannten uns, Scherff, Horn und ich. Wir waren eine Art Bürogemeinschaft ohne Firmenhomepage oder eigenes Büro. Gelegentlich haben wir miteinander gesprochen, und wenn die Situation es erforderte, uns gegenseitig den Rücken freigehalten. Das ist alles. Vermutlich nicht die wilde Enthüllung, die Sie sich erhofft hatten.«

Berlotti wollte einhaken, doch Katharina Meinhold kam ihm zuvor. »Was meinen Sie damit, ›den Rücken freigehalten‹?«

»Na, was gerade an der Tagesordnung war. Mal einen Interviewpartner vermitteln, mal eine Drehgenehmigung organisieren, nichts Wildes.«

Berlotti meldete sich zu Wort. »Wenn Sie so eng miteinander gearbeitet haben, wissen Sie vermutlich, dass Horn einen Großteil seiner TV-Beiträge komplett erfunden hat. Haben Sie ihm dabei auch den Rücken freigehalten?«

»Ich habe keine Ahnung, wovon Sie reden.« Kowalsky hatte sich auf seinem Stuhl zurückgelehnt, die Arme vor der Brust verschränkt, und gab damit zu verstehen, dass das Gespräch für ihn beendet war.

»Das hätten Sie mir längst sagen müssen. Warum haben Sie mich angelogen?«

»Aus Gründen, sich nicht selbst belasten zu müssen, sieht mein Mandant von der Beantwortung dieser Frage ab«, antwortete Hanisch und deutete ein zufriedenes Lächeln an.

***

Auf der Fahrt vom Untersuchungsgefängnis zum Emporio Tower schwiegen sie lange. Berlotti hatte einen Klassiksender eingeschaltet. Normalerweise hatte Johann Sebastian Bach eine beruhigende Wirkung auf ihn und half ihm beim Nachdenken. Heute nicht.

»Jetzt haben Sie sich Kowalsky endgültig zum Feind gemacht«, sagte Katharina Meinhold.

»Schlimmer ist, dass mein Hauptverdächtiger aller Voraussicht nach ein Alibi hat und wir von vorn anfangen können.« Insgeheim war Berlotti froh, dass seine Kollegin ihm keinen Vortrag darüber hielt, wie sehr sie recht und er unrecht gehabt hatte.

»Trotzdem finde ich, Sie hätten Jensen nicht auch noch sagen müssen, dass er sich mit der Befragung der Zeugin Zeit lassen soll. Jede Minute länger in Untersuchungshaft wird Kowalskys Wut nur noch steigern.« Meinhold klang eher besorgt als vorwurfsvoll.

Doch Berlotti war bereits in die Tiefen seines Ermittlerhirns abgetaucht. Er versuchte zu ergründen, was ihn mehr wurmte: dass Kowalsky die Ermittlungsarbeit behindert hatte oder dass der Journalist ein Alibi hatte und er ihn von der Liste der Hauptverdächtigen streichen musste.

Kowalsky hatte Dreck am Stecken, da war sich Berlotti so sicher wie nur irgendwas. Aber mit Scherffs Tod hatte er nichts zu tun. Denn Berlotti hatte keinen Zweifel, dass das Alibi wasserdicht sein würde. Fakt war, dass ein mehrfacher Mörder frei herumlief und niemand wusste, wann er das nächste Mal zuschlagen würde. Ein Ziehen in der Magengegend machte ihm schmerzlich bewusst, dass er sich lange nicht – wenn überhaupt schon mal – so festgefahren gefühlt hatte.

Als er spürte, dass seine Kollegin ihn musterte, riss er sich aus seinen Grübeleien. Fragend sah er sie an.

»Willkommen zurück auf Planet Erde. Ich habe während Ihrer geistigen Abwesenheit darüber spekuliert, welche Optionen wir haben.«

»Und welche Optionen haben wir?«

»Anstatt im Trüben zu fischen, würde ich mich an das halten, was wir wissen. Horn, der tote Fernsehjournalist, ist eine Schnittstelle zwischen den dreien. Aber: Waren die Fakes Auftragsarbeiten? Wenn ja, von wem und warum? Hat Horn aus Geldgier gehandelt, oder war er Überzeugungstäter? Und warum musste er sterben? Beschränkt sich die Verbindung innerhalb der Journalisten-Combo auf gelegentliche Kontakte, wie Kowalsky behauptet, oder steckt da doch mehr dahinter? Zwei der drei Beteiligten scheinen sich irgendwo zwischen rechts und rechts außen wohlzufühlen. Purer Zufall, oder hat das etwas zu bedeuten?«

»Damit haben Sie einen der beiden Äcker, die ich als Nächstes umzupflügen gedenke, schlüssig abgesteckt«, sagte Berlotti. Gerade als er die nächsten Schritte mit ihr besprechen wollte, klingelte sein Mobiltelefon. Im Display erschien die Nummer der Polizeipräsidentin.

»Das gibt's doch nicht!«, stöhnte Berlotti, bevor er das Gespräch annahm. Elvira Beil kam direkt zum Punkt, noch ehe er auch nur »Hallo« hätte sagen können.

»Es ist so weit: Die Hamburger Journaille hat Wind von der Sache bekommen und sucht hysterisch den Journalisten-Serienkiller.«

Berlotti wollte etwas entgegnen, doch die Polizeichefin war noch nicht fertig.

»Da ist es nicht gerade förderlich, einflussreiche Journalisten über Nacht festzuhalten und wieder laufen lassen zu müssen.

Wir dürfen davon ausgehen, dass ›Faktenreport‹ daraus Profit schlägt. Sie ziehen sich besser schon einmal warm an, Herr Berlotti.«

Am liebsten hätte er geantwortet:»Wer nicht genügend vertraut, wird kein Vertrauen finden. Außerdem gebe ich einen Scheiß auf Kowalsky, und wenn Sie mir nicht ständig wie eine Gouvernante auf die Finger hauen würden, käme ich sogar dazu, meine Arbeit zu machen.« Stattdessen bedankte er sich für den Hinweis und fasste das Gespräch mit Kowalsky und die neuen Erkenntnisse zusammen.

Elvira Beil hörte zu, ohne ihn zu unterbrechen. Dann sagte sie:»Ab sofort sitzt uns nicht nur die Presse im Nacken. Auch der Innensenator wird nicht glücklich darüber sein, dass am Medienstandort Hamburg die Journalisten in Panik geraten. Die Zeit läuft uns davon. Wir brauchen Ergebnisse. Unverzüglich! Am besten noch heute!«

Berlotti biss die Zähne zusammen.»Das versteht sich von selbst. Danke für Ihr Vertrauen.« Er wollte noch etwas hinzufügen, besann sich aber eines Besseren.

»Für gewöhnlich schalte ich mich nicht so oft in laufende Ermittlungen ein. Und das sollten Sie nicht als Kompliment verstehen«, sagte sie und legte auf.

»Anschiss?«, fragte Meinhold und sah ihn mitleidig an.

»Vertraue nur dir selbst, wenn andere an dir zweifeln, aber nimm ihnen ihre Zweifel nicht übel«, entgegnete er. Allerdings sah es in ihm deutlich weniger cool aus. Elvira Beil hatte angespannt gewirkt. Als ob sie ihm bezüglich des Drucks aus der Politik auf die Ermittlungen nicht die ganze Wahrheit gesagt hatte.

☙❧

»Wir haben zwei Großbaustellen, die wir dringend organisieren müssen«, eröffnete Berlotti die Konferenz, die er kurzfristig anberaumt hatte, nachdem die Escort-Dame Sabrina alias Tamara Walther bestätigt hatte, die Nacht mit Kowalsky verbracht zu haben, und er seinen Hauptverdächtigen aus der U-Haft hatte entlassen müssen.

»Die eine lautet Scherff, die andere Horn. Und solange wir keine Beweise haben, dass die Morde miteinander zusammenhängen, selbst wenn vieles dafür spricht, behandeln wir sie als separate Fälle. Renke hatte seiner Aussage wohl nichts hinzuzufügen? Und für ein Phantombild hat es offenbar auch nicht gereicht, sonst hätten wir längst eine Fahndung gestartet, nehme ich an?«

Die Frage war an alle Kollegen gerichtet. Meinhold meldete sich zu Wort.

»Leider. Offenbar hat er nur die Kleidung des Täters gesehen und ist der Meinung, dass es sich um einen männlichen Einbrecher handelt, kann aber nicht sagen, woher er das ableitet. Außerdem hält er an seiner Behauptung fest, dass es eine Bande aus Rumänien war. Immerhin stimmt es, dass im Haus schon mehrfach eingebrochen wurde. Die Täter sind nie ermittelt worden, aber es gibt keine Hinweise, die nach Osteuropa führen.«

Trotzdem erst mal schön mit dem Finger auf die Ausländer zeigen, dachte Berlotti. Einbruch? Das müssen Osteuropäer gewesen sein. Vor zwanzig Jahren wären es *die* Türken gewesen oder *die* Itacker, waren ja eh alles Mafiosi. Die Reflexe blieben die gleichen, nur das Feindbild wandelte sich. In Gedanken steckte er sich einen Finger in den Hals. Eilig fragte er weiter, bevor seine Laune endgültig in den Keller sank. »Scherffs Türschloss hat unser geschätzter Kollege von der Spurensicherung inzwischen im Labor untersuchen lassen?«

Meinhold nickte. »Keine Einbruchsspuren. Scherff hat seinem Mörder wohl freiwillig die Tür geöffnet.«

Berlotti kritzelte etwas in sein Notizbuch. »Also ist unser Täter im ersten Mordfall im Umfeld des Opfers zu suchen. Das grenzt den Bereich zumindest ein, wenn auch nicht gerade auf einen überschaubaren Rahmen.«

Meinhold war noch nicht fertig. »Apropos Spurensicherung: Weder bei der zweiten Leiche, Markus Horn, noch bei unserem

Nachwuchsjournalisten Frederik Lohheim haben die Kollegen Hinweise gefunden, die Rückschlüsse auf die Einbrecher geben. Lohheim hat mittlerweile bestätigt, dass die Einbrecher nichts gestohlen haben. Entweder wollte man ihm Angst einjagen, oder man hat es auf etwas abgesehen, das sich nicht in der Wohnung befand.«

»Oder auf jemanden, nämlich Lohheim«, mutmaßte Peter Thies.

»Das ist wohl eher unwahrscheinlich«, murmelte Jensen und fügte, als ihn Berlotti mit einem fragenden Blick bedachte, hinzu: »Wer einbricht, informiert sich vorher, ob derjenige sich in der Wohnung aufhält, dem ich entweder begegnen will oder gerade nicht.«

Thies und Meinhold blickten drein, als wäre gerade jemand gestorben. Berlotti fragte sich, was es mit der Beziehung zwischen den Kollegen auf sich hatte, und beschloss, sich bei Gelegenheit danach zu erkundigen. Doch das musste warten. Berlotti wandte sich an Jensen.

»Konnten Sie die Leserpost vom Tagesanzeiger schon sichten?«

»Volle Kapelle, habe alle Mails, Twitter-Nachrichten, Facebook-Posts und Leserbriefe ausgewertet. War eine Menge Holz.«

»Sind Sie auf brauchbare Spuren gestoßen?«

»Wie man es nimmt. Könnte einige Zeit dauern, den ganzen Schwachmaten nachzugehen. Scherff hatte Fans in allen politischen Lagern, bei linksradikalen Gruppierungen ebenso wie bei den Reichsbürgern«, referierte Jensen, wobei er bei »Fans« mit den Fingern Anführungszeichen in die Luft malte.

»In einem Leitartikel hat er die angebliche Vergewaltigung einer dreizehnjährigen Russlanddeutschen durch Flüchtlinge thematisiert«, fuhr Jensen fort. »Doch die Polizei hat ihre Aussage angezweifelt. Scherff hat, sehr vernünftig, wie ich finde, zu einer zurückhaltenderen Berichterstattung aufgerufen und dazu, Quellen kritisch zu prüfen, bevor man sie zu Nachrichten verarbeitet. Daraufhin hat es Hasskommentare auf der Facebook-Seite des Tagesanzeigers gehagelt. Von ›Genickschuss‹ war da die Rede. ›Du gehörst gequält‹, ›Du solltest freiwillig aus dem Leben scheiden‹, ›Man sollte dir in dein dreckiges Lügenmaul schlagen‹ – Kommentare von dem Kaliber waren zu lesen.« Berlotti stöhnte unwillkürlich auf.

»Nicht besser sind die Tweets einiger Muslime, die sich auf Artikel von Scherff beziehen: ›Ihr Kuffars vom Tagesanzeiger, es werden Hausbesuche gemacht. Wolfgang Scherff, renn um dein Leben!‹, hat ein Nutzer geschrieben und die Fotomontage eines arabisch aussehenden Mannes mit Sprengstoffgürtel vor dem Verlagsgebäude gezeigt.« *Kuffar*, erklärte Jensen, während er seine Brille am klein karierten Hemd putzte, sei ein arabisch-islamischer Begriff für »Ungläubige«. Nachdem der Twitter-Account gesperrt worden war, war derselbe Nutzer mit einem neuen Account-Namen umgehend wieder online gewesen und hatte nur einen Tag später erneut Drohungen veröffentlicht: »Inschallah werden die Ungläubigen geschlachtet.«

»*Inschallah* ist eine geläufige arabische Redewendung und bedeutet sinngemäß ›so Gott will‹«, ergänzte Jensen. Irrte Berlotti, oder hatte sich ein zunehmend abfälliger Tonfall in seine Stimme geschlichen?

Die Identitäre Bewegung und die Reichsbürger dagegen, fuhr Jensen fort, seien nicht so dumm gewesen, öffentlich gegen die Zeitung zu hetzen. Sie hatten vielmehr eine Liste von Aspekten in den sozialen Medien veröffentlicht, bei denen Scherff ihrer Meinung nach in seinen Artikeln falschgelegen hatte.

»Also eine Art öffentliche historische und gesellschaftspolitische Nachhilfestunde?«, erkundigte sich Berlotti.

»Wenn Sie so wollen. Diesen Absendern würde ich gern einmal auf die Finger schauen. Außerdem gibt's da diverse Facebook-Posts, in denen Scherff explizit gedroht wird, ihn umzubringen, wenn er nicht aufhört – ich zitiere –, ›so eine konservative Scheiße‹ zu schreiben.«

»Ehrlich gesagt ein Unding, dass der Verlag sich damit nicht an die Polizei gewandt hat«, sagte Berlotti. »Gute Arbeit, gehen Sie den Drohungen und ihren Urhebern nach.« Und an

Meinhold gewandt: »Arbeiten Sie weiter die Liste mit Scherffs Seminarteilnehmerinnen ab?«

»Was versprechen Sie sich denn davon?«, wollte Jensen wissen.

»Der Herr Dozent wäre nicht der Erste, der von einer abservierten Liebschaft bestraft worden wäre.« Jensen zuckte unbestimmt mit den Schultern. »Für mich deutet sehr viel auf ein politisches Motiv hin.«

»Glauben und Wissen verhalten sich wie die zwei Schalen einer Waage: In dem Maße, wie die eine sinkt, steigt die andere«, erwiderte Berlotti freundlich. »Lassen Sie uns einfach für alle Möglichkeiten offen bleiben, damit wir uns hinterher nichts vorwerfen müssen. Okay?«

Jensen sah ihm in die Augen und schien zu überlegen, ob er erneut widersprechen sollte, entschied sich offensichtlich dagegen und nickte stattdessen. Berlotti nickte wie zur Bestätigung und erhob sich. Der neue Kollege stand ebenfalls auf und verließ den Raum. Meinhold folgte ihm mit einigem Sicherheitsabstand, jedenfalls kam es Berlotti so vor. Als auch Thies den Raum verlassen wollte, hielt Berlotti ihn am Unterarm zurück und schloss die Tür. Thies sah ihn erstaunt an.

»Gibt es etwas, das ich in Bezug auf Jensen wissen müsste?«

Thies überlegte kurz, zeigte dann aber auf die Stühle am Konferenztisch. Berlotti setzte sich und schaute erwartungsvoll.

»Im Grunde sollte Katharina Ihnen das selbst erzählen, aber dafür ist sie zu professionell. Sie und Jensen haben tatsächlich eine Vorgeschichte.«

Berlotti, der sich nicht vorstellen konnte, dass die beiden eine gemeinsame romantische Vergangenheit hatten, wartete gespannt.

»Ein Kollege aus der Abteilung für Banküberfälle hatte ein Auge auf Katharina geworfen, Samuel Pollersbeck. Aber sie wollte nichts von ihm wissen. Da wurden seine Sprüche verzweifelter und ... tja ... auch dümmer.«

»Und sie hat ihn bei seinem Vorgesetzten gemeldet?«

»Sie hat das Gesetz der Omertà gebrochen, wie Ihre Landsleute den Schweigekodex bezeichnen. Pollersbeck hat eine Abmahnung wegen sexueller Belästigung bekommen. Das haben ihr die Kollegen übel genommen, sogar viele der weiblichen Beamtinnen. Und Jensen ist Pollersbecks bester Kumpel.«

Berlotti stöhnte leise auf. »Na, herzlichen Glückwunsch!«

»Ich will hier nicht zwischen die Fronten geraten, Commissario. Aber da gibt es noch etwas: Jensen hatte sich ebenfalls auf Ihren Posten beworben, und ich bin mir nicht sicher, wie gut er die Niederlage verkraftet hat.«

War das der Grund für Jensens latent aggressives Verhalten? Warum hatte die Polizeipräsidentin ausgerechnet Jensen seinem Team zugeteilt, wo doch zwei stichhaltige Gründe dagegengesprochen hätten? Eine Art Test, eine Bewährungsprobe? Andererseits hatte Jensen gute Argumente vorgebracht, und Berlotti war keiner jener autoritären Vorgesetzten, die keine kritischen Einwände duldeten. Im Gegenteil: Es konnte nie schaden, das eigene Vorgehen regelmäßig zu hinterfragen. Dennoch würde er ab sofort noch wachsamer sein.

»Danke für die offenen Worte. Ich kümmere mich um das Zwischenmenschliche, sobald wir unsere Pflicht erfüllt haben.« Bevor Berlotti die Tür hinter sich schloss, fügte er hinzu: »Wussten Sie eigentlich, dass das Leben wie Eiskunstlaufen ist? Es besteht aus Pflicht und Kür, und oft fällt die Entscheidung schon bei der Pflicht.«

***

Berlotti kippte das Fenster in seinem Büro und füllte die Lungen, bis es beinahe schmerzte. Gerade hatte er den Stapel regionaler und überregionaler Zeitungen durchgeblättert. Die Reporter stocherten noch mehr im Dunkeln als er selbst: »Panik unter Hamburgs Journalisten – Erste Medienschaffende ergreifen die Flucht! Wer bringt untadelige Journalisten um? Warum tut die Polizei nichts?«

Kein Wort von Fake News, von Rechten oder linksradikalen Gruppierungen, nur allgemeine Spekulationen und Schuldzuweisungen. Er lehnte die Stirn an das kühle Fensterglas. Wenn Kowalsky, die einzige Schnittstelle zwischen den beiden Toten, ein Alibi hatte – wer zum Teufel hatte dann ein Interesse daran, die Männer aus dem Weg zu räumen? Wie konnte der Täter verschwinden, ohne Spuren zu hinterlassen? Er griff zum Hörer und telefonierte mit Sandro Fern vom Polizeikommissariat in Buxtehude, der Katharina Meinhold bei der Nachbarschaftsbefragung unterstützt hatte. Niemand hatte jemanden während Horns Abwesenheit in sein Haus gehen sehen.

»Also haben wir nichts?«

»So sieht es aus«, sagte der Kollege entschuldigend.

Berlotti legte auf. »Das gibt's doch gar nicht!«

Er nahm erneut den Hörer ab und suchte in seinen Unterlagen nach der richtigen Nummer. Eine junge Stimme nannte ihren Namen.

»Frau Fehre, Sie haben für unsere Einheit die Bewegtbilder rund um die beiden Tatorte ausgewertet?«

»Sowohl die Überwachungskameras der U-Bahn-Stationen in der Nähe des ersten Tatortes in Pöseldorf als auch die wenigen privaten Kameras dort und in Estebrügge.«

»Und?«

»Nichts.«

»Das ist wenig.«

»Das ist mir bewusst. Aber Sie haben mir auch nichts an die Hand gegeben.«

»Ein Mann mit Turnschuhen und Rucksack, der um Viertel nach sechs aus einem Haus stürmt, ist nicht nichts.«

Die junge Frau seufzte, und Berlotti spürte, wie Ungeduld in ihm emporstieg. »Renke hat später noch einmal zu Protokoll gegeben, dass der Mann die Straße Richtung Norden entlanggegangen ist, Richtung U-Bahn Hallerstraße.«

»Ich weiß«, entgegnete sie lapidar.

»Ich würde mir gern die entsprechenden Bilder selbst ansehen. Stellen Sie bitte die Aufnahmen zusammen, ich bin in einer Stunde bei Ihnen. In welcher Etage sitzen Sie?«

»Für den Kriminaldauerdienst war bei Ihnen im schicken

Emporio Tower kein Platz mehr. Unsere Einheit sitzt in wunderschönen Flüchtlingscontainern im Baakenhafen, die die Stadt nicht mehr braucht. Bevor man sie leer stehen lässt, kann man ja genauso gut auch Kripo-Beamte darin unterbringen.« Was Manuela Fehre davon hielt, war unschwer an ihrem Tonfall zu erkennen.

Er legte auf und nahm sich die beiden Ordner mit vorbestraften Gewalttätern vor, die ihm von der Abteilung für Gewaltverbrechen zur Verfügung gestellt worden waren. Was Scherff betraf, war die Aufstellung erwartungsgemäß nicht sonderlich aufschlussreich. Die Kollegen hatten die Fälle ausgewählt, in denen jemandem der Schädel eingeschlagen wurde. Meist waren die Taten im Affekt ausgeführt worden, von Personen aus dem näheren Umfeld.

Die zweite Aufstellung beschäftigte sich mit Verbrechen aus Hamburg, aber auch anderen Bundesländern, die dem Giftmord an Markus Horn ähnelten. Nachdem jene Fälle aussortiert worden waren, für die bereits jemand im Gefängnis saß, blieben am Ende elf Taten übrig. So war ein älteres Ehepaar in Norderstedt gestorben, nachdem es Cognac-Pralinen gegessen hatte. Der Alkohol war zuvor durch E 605, ein hochgiftiges Pflanzenschutzmittel, ausgetauscht worden. Den Ermittlern war es nicht gelungen herauszufinden, ob die Pralinen von einem Unbekannten schon manipuliert in den Handel gebracht oder gezielt von einer Person aus dem näheren Umfeld eingesetzt worden waren. Ein sechsunddreißigjähriger Mann war nach dem Verzehr von Herbstzeitlosen an Multiorganversagen verstorben. Die Giftpflanze sah Bärlauch zum Verwechseln ähnlich und war gemeinsam mit dem Kraut gegessen worden. Wie der alleinstehende Mann aus Harburg an das Giftkraut gekommen war, hatten die Kollegen von der Kripo nicht herausfinden können. Nur dass er es selbst gepflückt haben konnte, schlossen die Ermittler aus, da das Kraut nicht in Norddeutschland wuchs und der Mann zuletzt nicht im Urlaub gewesen war. In den anderen Fällen war es nicht immer auch zu Tötungen gekommen, einige Opfer hatten schwer verletzt überlebt. Aber bei den elf aufgeführten Fällen war kaum ein Muster zu erkennen. Sie hatten praktisch keine Gemeinsamkeiten mit seinem Fall. Berlotti knüllte die Blätter zusammen und warf sie gegen die Wand. Er versuchte vergeblich, dem Impuls zu widerstehen, und tippte schließlich schicksalsergeben die Webadresse der »Faktenreport«-Seite in die Tastatur. Kaum dass er die Entertaste gedrückt hatte, wünschte er, er könnte es rückgängig machen. »Linksruck in der Hamburger Kripo!«, lautete der Aufmacher in leuchtend roten Versalien. Darunter, kleiner, natürlich ein Foto von ihm, Berlotti. Im Hintergrund ein Bild des vermummten Schwarzen Blocks während des G20-Gipfels in Hamburg.

Obwohl es Hinweise gibt, die bei der Suche nach dem Journalistenmörder ins linke Milieu führen, beschränkt die Polizei ihre Suche auf Konservative und Reichsbürger. Dabei waren die Opfer selbst wertkonservative Bürger aus Hamburg und dem Umland. Hinweise, die auf einen islamistischen Hintergrund schließen lassen, werden ebenfalls ignoriert. »Der Italiener ist auch bei uns durch eine liberale und völlig unangebrachte nachsichtige Einstellung immer wieder unangenehm aufgefallen«, sagte uns auf Anfrage ein ehemaliger Kollege aus der früheren Dienststelle des Italo-Cops in Frankfurt am Main. Wie soll der Fall jemals gelöst werden, wenn nicht alle Hinweise gleichermaßen berücksichtigt werden?

Was war das für ein Unsinn mit angeblichen Insiderinformationen von Frankfurter Kollegen? Wie nachsichtig er ermittelte, war doch völlig unerheblich, solange er seine Arbeit erledigte und seine Fälle aufklärte. Warum stand davon eigentlich nichts in dem Artikel? Und woher zum Teufel wusste Kowalsky von den Hetzkommentaren? Wie konnte er wissen, welchen Spuren sie nachgingen und welchen – angeblich – nicht? Auch wenn das meiste völlig falsch wiedergegeben worden war – mit voller Absicht, davon war Berlotti überzeugt –, musste es ein Leck innerhalb der Kripo geben. Um den Maulwurf würde er sich später kümmern. Zunächst hatte er eine Verabredung, die er einzuhalten gedachte.

***

»Die hier ist von einem Haus am Ende von Scherffs Straße aus besagtem Zeitraum. Wenn die Aussage Ihres Zeugen stimmt, dann müsste die gesuchte Zielperson hier langgekommen sein.« Manuela Fehre, eine kleine, rundliche Person von Ende zwanzig, drückte auf das Touchpad des Laptops und startete die Videoaufzeichnung. Im Bild lief eine digitale Uhr mit, die um sechs Uhr acht startete. Mit vierfacher Geschwindigkeit fuhren teure Autos an der Kamera vorbei, gelegentlich schob eine Mutter einen Kinderwagen durchs Bild oder begleitete ihr Kind zu Fuß zur Kita.

»Die Qualität ist leider miserabel. Die Kamera ist eingestellt, um Personen im Vorgarten und Hauseingang zu filmen. Alles, was auf Bürgersteig und Straße passiert, ist total pixelig.« Als der Filmausschnitt zu Ende war, sah sie ihn herausfordernd an. »Es mag schwer zu glauben sein, aber sowohl bei dieser Aufnahme als auch den Aufzeichnungen der U-Bahn-Haltestelle Hallerstraße ist kein Mann mit Kapuzenpulli aufgetaucht.«

Als sie das sagte, blickte Berlotti sie an. Er machte zwei Schritte Richtung Tür und drehte sich wieder zu ihr um, um etwas Distanz zwischen sie zu bringen. Zwei Schritte, und er hatte den tristen, olivgrünen Kasten der Breite nach durchschritten, in dem noch vor wenigen Monaten fünfzehn einander wildfremde Menschen miteinander hatten auskommen müssen. Unfassbar, dachte er.

»Ist Ihnen nicht in den Sinn gekommen, dass der Täter den Hoodie zwischenzeitlich ausgezogen haben könnte? Wenn Sie jemandem den Schädel einschlagen und dabei von der Sauerei etwas auf Ihre Kleidung spritzt – Sie wissen schon: Blut, Hirnflüssigkeit, Gewebeteile –, was würden Sie tun? Bevor Sie damit in die Bahn steigen oder weite Strecken durch belebte Straßen zurücklegen, ziehen Sie sich das Teil doch aus, oder?«

Berlotti hatte weder seine Stimme erhoben noch vorwurfsvoll geklungen. Dennoch sah Manuela Fehre ertappt zu Boden. Er musste an ein Kind denken, das mit schlechtem Gewissen ein ganzes Glas Nutella ausgelöffelt hatte. Berlotti bemühte sich, einen noch freundlicheren Ton anzuschlagen, als er weiterredete. »Wir können also davon ausgehen, dass er den Kapuzenpullover ausgezogen und im Rucksack verstaut hat, gemeinsam mit der Trophäe und Scherffs Laptop.«

»Oder er hat ihn weggeworfen. Dann könnten wir ihn doch suchen und seine DNA sicherstellen«, entgegnete sie zögerlich.

»Sie haben recht: Allem hat die Natur eine Grenze gesetzt, nur bei der Dummheit zeigt sie sich großzügig. Lassen Sie die Mülleimer in der näheren Umgebung zwischen Haus und Haltestelle überprüfen, vielleicht haben wir Glück.«

Den letzten Satz sagte er im Ton eines Vaters, der seinem widerspenstigen Kind ein Eis verspricht, wenn es brav seine Hausaufgaben macht. Tatsächlich zeigte sich die Andeutung eines Lächelns auf ihrem Gesicht.

»Aber viel wichtiger: Schauen Sie sich die Aufnahmen noch einmal an. Vergessen Sie den Hoodie. Eine Person mit Rucksack und Turnschuhen wäre ein Anfang.«

Als er den Container verließ, atmete er tief durch. Die Sonne stand hoch am blauen Himmel, und ein leichter Sommerwind ließ die Äste der Bäume in den Vorgärten sacht tanzen. Wie verzweifelt, wie bankrott musste die Stadt eigentlich sein, Kripobeamte in Containern zusammenzupferchen? Besonders positiv auf die Motivation der betroffenen Mitarbeiter wirkte sich das jedenfalls nicht aus.

Ruhig glitt die U-Bahn in die neue Station an den Elbbrücken, ein modernes Diamantgewölbe aus Stahl und Glas. Auf dem Spielplatz gegenüber kleisterten Mütter ihre Kinder mit Sonnenmilch zu. Ein Junge im Grundschulalter prüfte die Blindenhund-Eignung seines weißen Pudels und ließ sich mit geschlossenen Augen über den Zebrastreifen an der einzigen stark befahrenen Straße ziehen. Sogar der Mann, der aus der

Eckkneipe mit dem Schild »Happy-Hour: Zwei Bier vor 18 Uhr zum Preis von einem« auf die Straße torkelte, war so happy, dass er Bröckchen lachte.

Manuela Fehre würde nicht mehr lange im ehemaligen Flüchtlingscontainer ausharren müssen. Denn obwohl noch karge weite Flächen aus Schutt, Erde und Sand das Viertel dominierten, ragten auf den Nachbargrundstücken ein Dutzend Kräne in die Höhe und errichteten die wohl begehrtesten Wohnungen der Stadt. Es war eine Frage von Monaten, bis auch hier losgebaggert werden würde.

Auf dem Weg zum Wagen grummelte Berlottis Magen. Suchend sah er sich um, konnte aber weder Bäcker noch Imbiss entdecken, als sein Handy klingelte. Inzwischen erkannte er die Nummer, es war Thies.

»Es gibt Neuigkeiten. Und ausnahmsweise einmal gute.«

Berlottis Gedanken rasten. Und nicht nur die. Der grelle Blitz einer Radarfalle zwang ihn, einen Moment die Augen zu schließen. Ärgerlich boxte er aufs Lenkrad, wobei er die Hupe streifte, was ihm einen zusätzlichen Schrecken einjagte. Obwohl er es eilig hatte, fuhr er rechts ran. Er versuchte zu rekonstruieren, wie viel zu schnell er gefahren war, und hoffte, dass er sich noch im Toleranzbereich befunden hatte. Er spürte, wie etwas seine Magennerven angriff, und atmete ein paarmal tief durch. Dann lenkte er den Dienstwagen, einen schwarzen Audi, zurück auf die Fahrbahn. Die letzten beiden Kilometer zum Revier hörte er Vivaldis »Gloria«, versuchte an nichts zu denken, die Tachonadel fest im Blick.

Als sich die Fahrstuhltür öffnete, stand er Thies gegenüber, der mit einem Blatt Papier wedelte. Seine Nickelbrille hing ihm schräg im Gesicht, was offensichtlich seine Gemütslage widerspiegelte.

»Ich habe endlich Scherffs Mails geknackt!«, platzte es aus ihm heraus.

»Wie zum …?« Hätte Berlotti eine Brille getragen, wäre sie ihm in diesem Moment ebenfalls von der Nase gerutscht.

Thies winkte ab.»Fragen Sie besser nicht.«

Berlotti spürte, wie sich die Haare auf seinem Arm aufrichteten.»Konnten Sie den Laptop lokalisieren?«

»Das nicht. Der Täter ist mit dem Gerät noch nicht wieder online gegangen. Aber diese Mail dürfte Sie interessieren.« Berlotti schnappte sich den Zettel. Er überflog die wenigen Zeilen.»Das ist sie«, raunte er und ließ den Zettel sinken.»Das ist die Verbindung.«

Thies nickte.»Soll ich die Kollegen zusammentrommeln?«

Berlotti erwiderte das Nicken und wollte in sein Büro, um einen Anruf zu machen, hielt aber inne und wandte sich noch einmal Thies zu.»Jemand steckt ›Faktenreport‹ interne Informationen zu, und ich wüsste gern, welche Möglichkeiten ich habe, mit der Situation umzugehen.«

Thies wirkte nicht überrascht.»Wegen des aktuellen Artikels? Glauben Sie, es ist jemand aus unserem Team?«

»Sagen Sie es mir, ich habe keine Ahnung.«

»Wäre eine Möglichkeit. Kann aber auch jemand aus einer anderen Abteilung sein, der aktuelle Stand der Ermittlungen ist von jedem PC der Kripo aus abrufbar.«

»Ich weiß, aber von Linken, Rechten und Islamisten kann noch gar nichts in den digitalen Akten zu finden sein. Das waren ja nicht mehr als Gedankenspiele.«

»Also entweder doch ein Maulwurf in unserem kleinen Kreis, oder jemand hat Ihr Handy gehackt. Soll ich es von der IT-Forensik überprüfen lassen?«

Berlotti zögerte.»Später. Ohne mein Smartphone bin ich aufgeschmissen. Aber ich passe bei den nächsten Anrufen auf, was ich sage.«

»Gut. Und ich checke Kowalskys Verbindungsnachweise, ob er Anrufe von Polizeiapparaten bekommen hat.«

Wenig später saßen sie in einem Konferenzzimmer. Der verglaste Raum war von der Nachmittagssonne aufgeheizt. Katharina Meinhold stand auf und kippte die beiden schmalen Fenster. Einen Sonnenschutz gab es ebenso wenig wie die Möglichkeit, die Fenster vollständig zu öffnen. Nachdem sie sich wieder gesetzt hatte, ergriff Berlotti das Wort.

»›Hallo Bernd‹«, begann er zu lesen, »›wie besprochen sende ich dir anbei ein Strategiepapier, wie meiner Meinung nach der BM zu knacken ist. Zwei Pressemitteilungen, von denen ihr unmittelbar vor dem Duell und kurz danach jeweils eine verschicken solltet, findest du ebenfalls im Anhang.‹« Er ließ das Papier sinken. Katharina Meinhold und Bernd Jensen sahen ihn verständnislos an.

»Bernd? Aber hoffentlich nicht *der* Bernd ...«, sagte sie und zeigte auf den Kollegen neben sich.

Berlotti hatte den Verdacht, dass sie sich bewusst begriffsstutzig gab, um Jensen zu provozieren.

»Was hab ich mit Pressemitteilungen zu schaffen?«, gab der knapp zurück, ohne sie anzusehen.

»Bei besagtem Bernd handelt es sich um Bernd Krause, den Vorsitzenden der Demokratischen Nationalpartei«, erklärte Peter Thies.

»Und der zu knackende BM ist dann der Erste Bürgermeister Roland van der Heide?«, fragte Meinhold, unsicher, wie sie die Mail einzuordnen hatte. Doch dann konnte man regelrecht dabei zusehen, wie die unglaubliche Erkenntnis durchzusickern begann. »Aber das würde ja bedeuten ...«

Jensen nahm den Faden auf. »Scherff, der Vorzeige-Journalist, arbeitete undercover für die DNP und versorgte sie mit Tipps, wie sie den amtierenden Bürgermeister ablösen kann. Astrein ist das nicht.«

»Über den moralischen Aspekt können wir gern wann anders philosophieren«, sagte Berlotti. »Aber das heißt, dass wir endlich eine Verbindung haben zwischen Horn, Scherff und Kowalsky.«

»Hat Kowalsky nicht davon gesprochen, dass sie sich gegenseitig den Rücken freigehalten haben?«, warf Meinhold ein.

»War denn der Anhang aufschlussreich?«, erkundigte sich Berlotti.

Thies schob ihm einen flachen Stapel Papier über den Tisch.

Berlotti überflog die Seiten. »In dem Strategiepapier ist die Rede davon, die DNP zu einer Partei der ›verantwortungsvollen Demokratie‹ zu entwickeln«, murmelte er, während er die nächsten Seiten durchsah. Auf seiner Stirn hatte sich ein dünner Schweißfilm gebildet. »›BM so oft wie möglich der Lüge bezichtigen ... Verschwendung von Steuergeldern vorwerfen ... mit Zahlen, Statistiken und Verfehlungen konfrontieren, die er nicht alle entkräften kann ... dann bleibt garantiert etwas hängen.‹«

»Genau so ist es beim Fernsehduell dann ja auch eingetroffen«, rief Meinhold.

»Klingt mir nach einem populistischen Netzwerk«, ergänzte Thies. »Kowalsky, Scherff und Horn müssen unter einer Decke gesteckt haben. Lesen Sie das Papier zu Ende. Die haben einen Politikwechsel angestrebt.«

»Eher einen Umsturz«, bemerkte Meinhold.

Berlotti las schweigend zu Ende. Der Sieg bei der Bürgerschaftswahl war dabei fest eingeplant, sollte aber nur der Auftakt sein. Eigentliches Ziel war es, der DNP in atemberaubendem Tempo wachsenden Einfluss zu verschaffen. Nach Hamburg als erstem Landesparlament, in dem sie die Regierung stellte, sollten in den kommenden Monaten weitere Bundesländer folgen. Als nächstes Etappenziel war ein zweistelliges Ergebnis bei der Bundestagswahl im nächsten Jahr anvisiert und eine Regierungskoalition mit der CDU. Schließlich hatte es sich die DNP zum Ziel gesetzt, vier Jahre später den Bundeskanzler zu stellen. Ein Zusammenschluss mit dem Front National und der Lega Nord sollte dann auch die Vorherrschaft im Europaparlament besiegeln.

Darum ging es hier also, dachte Berlotti. Die DNP wollte mit beispielloser Geschwindigkeit das Land entern, wie es vor ihr keine neu gegründete Partei auch nur ansatzweise geschafft hatte. Wenn das kein Motiv ergab! Er spürte eine Gänsehaut am ganzen Körper. Wenn es um solche Dimensionen ging, waren viele Menschen bereit, für das Erreichen ihrer Ziele die Grenzen des Erlaubten zu sprengen. Aber jemand offensichtlich auch, den Triumphzug der Rechten mit einem Doppelmord zu sabotieren. Es sah ganz danach aus, als steckte er im Zentrum einer Verschwörung. Aber wer wusste davon? Und vor allem: Wer war bereit, über Leichen zu gehen, um das zu verhindern?

Berlotti kritzelte mit einem Bleistift kleine Kästen auf die Rückseite von Scherffs Mail. In das erste links oben schrieb er »Kowalsky« und darunter »Faktenreport«. Rechts oben notierte er »Horn« und darunter »Fake TV«. In der Mitte positionierte er »Scherff« und darunter die »DNP«. Er versuchte, Ordnung in seine Gedanken zu bringen. Doch je mehr er auf den Zettel schrieb und mit Strichen verband, desto weniger blickte er durch.

»Das ergibt doch alles keinen Sinn! Wenn Scherff mit der DNP sympathisiert, warum sind seine Artikel dann so gemäßigt?«, warf Bernd Jensen in die Runde.

Berlotti richtete sich in seinem Stuhl auf und fühlte sich, als wäre er gerade aus einem Nickerchen erwacht. »Eine bessere Tarnung als den neutralen Mahner kann er sich doch gar nicht zulegen, um die größte Tageszeitung der Stadt zu unterwandern. Trotzdem ist und bleibt der Schlüssel zur Lösung Kowalsky. Aber bevor ich ihn erneut vorlade, müssen wir mehr herausfinden. Kreditkartenabrechnungen, Unterstützer, Telefonate, alles, was wir auf legale Weise zusammentragen können.« Er sah Jensen und Thies an. »Können Sie das noch zusätzlich stemmen?«

Als seine Mitarbeiter den Raum verließen, erwog er, Katharina Meinhold zur Seite zu nehmen, entschied sich dann aber dagegen. Im Grunde wusste er ihre Antwort auf seine nicht gestellte Frage auch so: Sie würden keinen Durchsuchungsbeschluss für Kowalskys Geschäftsräume bekommen. Dafür war die Beweislage zu dünn. Und Thies bat er besser nicht, sich nur aufgrund eines Verdachts unerlaubt Zugang zu Kowalskys Festplatte zu verschaffen. Anders als Scherff konnte der sich wehren und hätte damit sämtliche Gesetze auf seiner Seite.

Berlotti würde Kowalsky auf legale Weise überführen. Er besann sich, bei diesem Fall seinem Ermittlungsschema treu zu bleiben: nicht die Geduld verlieren und alles Notwendige tun, um den Dingen dann ihren Lauf zu lassen. Er wusste: War man in kleinen Angelegenheiten nicht geduldig, brachte man die großen Vorhaben zum Scheitern. Sein Blick fiel auf den vollgekritzelten Zettel auf dem Tisch. Jemand musste ihm helfen, in diesem journalistischen Wust klarer zu sehen. Und er wusste auch schon, an wen er sich wenden würde.

***

Brigitte Radies hatte ihn nicht enttäuscht. Keine vierzig Minuten nach dem Telefonat saß er Dirk Sander gegenüber, dem kommissarischen Leiter der Hamburger Journalistenschule. Die Sekretärin, die ab sofort für Scherffs bisherigen Stellvertreter zuständig war, stellte eine Kanne Filterkaffee auf den Schreibtisch und schenkte Berlotti ein keusches Lächeln, das der charmant erwiderte.

Als sie sich den grauen Bleistiftrock glatt strich und Sanders Büro verließ, fiel Berlottis Blick auf ihre Strumpfhose. Für einen kurzen Moment glaubte er, die reifere Dame habe Strapse angezogen. Erst als er länger hinsah, bemerkte er, dass es sich um eine speziell gemusterte Strumpfhose handelte, die täuschend echt Strümpfe an Strumpfhaltern nachahmte: Die Strapse wurden durch das Muster nur vorgetäuscht. Ob Fake-Strapse oder echte – ihn verstörte das extravagante Erscheinungsbild der Sekretärin, die einerseits aussah wie Ende sechzig, genauso gut aber auch Mitte fünfzig sein konnte und sich andererseits schminkte und kleidete wie ein Teenie, obwohl sie sich stets sittsam, ja fast schamhaft gab.

Er merkte, dass sein Gesprächspartner seinem Blick gefolgt war. Berlotti wandte seine Aufmerksamkeit schnell wieder Dirk Sander zu, beschloss aber, seinem Bauchgefühl zu folgen und Brigitte Radies später noch einmal einer eingehenderen Überprüfung zu unterziehen.

Bis auf das Bücherregal, das bis unter die Decke reichte, hing nur Raufasertapete an den Wänden. Alles wirkte provisorisch, als wäre Sander gerade erst eingezogen. Behaglich war allenfalls die milde Luft, die durch das gekippte Fenster hereinströmte. Der Dozent musste etwas älter sein als Berlotti. Die Falten an Stirn und Mund waren tiefer, die Haare an den Schläfen etwas grauer. Dafür musterten ihn hellwache hellgraue Augen. Als Sander sich die Ärmel seines tailliert geschnittenen schwarzen Hemdes über die Ellenbogen krempelte, enthüllte er trainierte und sonnengebräunte Unterarme. Er füllte die Tassen. Der Kaffee war gut, für Filterkaffee sogar überraschend lecker.

»Dass ich in den Genuss der Kaffeebrühkünste von Frau Radies komme, ist das einzig Positive an Wolfgangs Tod«, sagte er, als hätte er Berlottis Gedanken gelesen. Und schob ein entschuldigendes Lächeln hinterher, als er merkte, dass das unpassend geklungen haben könnte.

»Ihre Beförderung nicht zu vergessen«, entgegnete Berlotti. Sander winkte ab. »Darauf hätte ich gern verzichtet. Jetzt bin ich es, der Sponsoren bauchpinseln muss.«

Er versuchte, Berlottis prüfendem Blick standzuhalten, blinzelte aber bereits nach wenigen Sekunden und sah an ihm vorbei. Sagte Sander die Wahrheit? Oder fand er es im Grunde ziemlich super, eine derart prestigeträchtige Position innezuhaben?

»Bei den Ermittlungen sind wir auf … nun … Umstände gestoßen, die einer professionellen Einordnung bedürfen«, kam Berlotti direkt zum Grund seines Besuchs. »Aus Ihrer wissenschaftlich-empirischen Sicht: Wie verlogen ist die vermeintliche Lügenpresse wirklich?«

Sander lachte auf. »Diese Frage hatte ich jetzt nicht erwartet.« Berlotti sah ihn abwartend an. »Ich versuche, meine professionelle Neugier, warum Sie das für Ihre Ermittlungen wissen wollen, zu zügeln und Ihre Frage zu beantworten.«

Sander goss sich und seinem Besuch Kaffee nach und trank einen Schluck, ehe er antwortete. »Sie kennen den Ursprung dieses unsäglichen Begriffes?«

»Nazis?«, riet Berlotti.

Sander schüttelte lächelnd den Kopf. »Schon vor zweihundert Jahren haben konservative Katholiken den Begriff gegen die aufkommende liberale Presse verwendet. Aber im Rahmen ihrer antisemitischen Verschwörungstheorie passte es den Nationalsozialisten natürlich gut in den Kram.«

»Und heute?«, wollte Berlotti wissen.

Anstatt zu antworten, sah Sander ihn gedankenverloren an und streichelte sich dabei über die Unterarme. Irritiert fragte sich Berlotti, ob Sander tagträumte.

»Der allergrößte Teil meiner Kollegen macht einen herausragenden Job, wenn man den Kostendruck bedenkt, unter dem sie mittlerweile arbeiten.« Sanders Handy klingelte in seiner Hosentasche. Ohne hinzusehen drückte er den Anrufer weg. »Aber wie in jeder Branche gibt es auch bei uns schwarze Schafe.«

»Viele?«

Wieder ließ sich Sander Zeit mit einer Antwort. Durch die geschlossene Tür hörte der Hauptkommissar Frau Radies telefonieren.

»Vielleicht zwei Prozent, wenn ich die Kollegen der Yellow Press dazuzähle.«

»Yellow …?«

»Regenbogenpresse … Klatschzeitungen.« Sander hielt kurz inne. »Auch diese Kollegen leisten gute Arbeit, sofern man als Maßstab die Erwartungen der Leser und die Auflagen zugrunde legt. Aber von einem professionell journalistischen Standpunkt aus gesehen, erweisen sie unserer Berufsgruppe einen Bärendienst. Da entspricht selten mal etwas den Tatsachen.«

Berlotti hatte insgeheim erwartet, dass sich der Dozent unter den Fragen winden und seinen Berufsstand heftig verteidigen würde. Sanders offene und überaus zugewandte Art überraschte ihn. »Ich denke, diesen Themenbereich können wir fürs Erste ausklammern. Wie sieht es bei Kollegen aus, die für seriöse Medien arbeiten?«

Sander überlegte kurz. »Sagt Ihnen der Name Stephen Glass noch etwas?«

Berlotti verneinte.

»Ein junger, aufstrebender Redakteur des renommierten Magazins The New Republic hat in mindestens siebenundzwanzig Artikeln wirklich böse geschummelt, gelogen und nahezu alles frei erfunden. Und jahrelang hat es niemand gemerkt.«

»Wann war das?«

»1998. Davor hat Janet Cooke den Pulitzerpreis bekommen für eine Reportage in der Washington Post über einen achtjährigen heroinabhängigen Jungen. Inhaltlich packend und sprachlich hervorragend. Die Geschichte wurde sogar verfilmt. Allerdings musste Cooke Jahre später den Preis zurückgeben, als sich herausstellte, dass die Story zum größten Teil frei erfunden war.«

Während Berlotti sich in Gedanken Notizen machte, trafen sich ihre Blicke. Erst jetzt bemerkte er, dass Sander ihn fortwährend musterte. Berlotti versuchte diesen Gedanken beiseitezuschieben. »Warum nehmen diese Leute das Risiko in Kauf und erfinden Geschichten? Aus reinem Geltungsbedürfnis?«

»Ich bin kein Psychologe, aber ich denke, es geht den meisten tatsächlich um Aufmerksamkeit und Anerkennung.«

»Gibt es auch aktuelle Beispiele?«

»Ein Absolvent unserer Akademie ist bei einem neuartigen Wissensmagazin gelandet, das schnell eine halbe Million regelmäßiger Leser für sich begeistern konnte.«

»Aber?«

Wieder sah Sander seinem Gegenüber in die Augen. Für Berlottis Geschmack einen Tick zu lange. Allmählich regte sich in ihm der Verdacht, dass Sander noch aus einem anderen Grund so nett zu ihm war.

»Weil sich kaum ein Experte auf die waghalsigen Themen einlassen wollte und die Redakteure ihre Thesen häufig widerlegt bekamen, haben sie sich die Zitate und sogar die meisten Wissenschaftler ausgedacht.«

Berlotti hätte beinahe seine Tasse fallen gelassen. »Wie bitte? Und das wurde nicht bemerkt?«

Sander schüttelte den Kopf und zuckte dazu noch die Schultern. »Erfindungsreichtum kann man den jungen Schreibern wirklich nicht absprechen. Als mehrere Leser nach der Quelle für einen Artikel über die Sicherheitslücken der höchsten Gebäude der Welt fragten, programmierte einer der Kollegen eine Internetseite mit Zitaten und Statistiken, auf die er sich beziehen konnte.«

Berlotti sah ihn entgeistert an.»Aber warum?«

Sander lächelte.»Die Redakteure hatten schlicht Angst vor dem Chefredakteur, der in jedem Heft einzigartige Geschichten lesen wollte. In ihrer Not wurden sie erfinderisch und ließen ihrer Phantasie freien Lauf.« Er stützte seine Ellenbogen auf den Schreibtisch und lehnte sich nach vorn, als wollte er die Distanz zwischen sich und seinem Gast überbrücken.»Einen Fake hat man exklusiv. Kein anderer kann über etwas berichten, das man erfunden hat. Für exklusive Geschichten gibt's Ruhm. Und der Chefredakteur sonnt sich bis heute darin.«

Berlotti benötigte einige Sekunden, um die Informationen zu verarbeiten. Stille breitete sich in dem kargen Raum aus, die einzigen Laute kamen durch den Fensterspalt. Ein Hund bellte, einige Möwen kreischten empört, und in der Ferne trötete ein Kreuzfahrtschiff oder ein Containerfrachter. Die Geräusche drangen wie durch eine Blase zu ihm, als hätte er mit der Türschwelle die unsichtbare Grenze zu einer anderen Dimension überschritten. Wenn der Mörder es auf unehrliche Journalisten abgesehen hatte, war dann jeder Schreibtäter ein potenzielles Opfer? Bei dem Gedanken daran wurde Berlotti übel.

»Wäre es Ihrer Ansicht nach möglich, dass Print- und Onlinemedien eine Partei an die Spitze der Bundesrepublik bringen?«

»Sie meinen durch Hofberichterstattung? Hm ...« Sander sah Berlotti nachdenklich an.»Bei Hitler hat das bekanntlich funktioniert, und Trump hat den Aufmerksamkeitsreflex der klassischen Medien für seine Zwecke hervorragend zu nutzen gewusst. Aber es gibt auch zahlreiche aktuelle Studien über den immensen Einfluss von Medien auf die Bundespolitik.«

»Was besagen die?«

»Dass die BILD-Zeitung damals Rot-Grün kaputtgeschrieben hat und viel für den Machterhalt von CSU und CDU bereit wäre zu tun. Viele Zahlen deuten darauf hin, dass Online-Medien, allen voran Facebook, aber auch solche Seiten wie ›Faktenreport‹ und Breitbart, zunehmend die klassischen Medien wie Tageszeitung, Hörfunk und Fernsehen in der Meinungsbildung ablösen werden.«

»Heißt im Klartext?« Berlotti wollte, dass der Experte es aussprach. Und Sander schien allmählich aufzugehen, worauf der Hauptkommissar hinauswollte.

»Nageln Sie mich nicht darauf fest, aber ja: Ich halte es für möglich, dass durch Fake News, geschickt gestreute Skandale und einseitige Berichterstattung die Meinung hierzulande derart gelenkt wird, dass wir einen Bürgermeister, Ministerpräsidenten oder Bundeskanzler bekommen, den wir unter normalen Umständen möglicherweise nicht wählen würden.«

Eine längere Pause entstand. Berlotti dachte darüber nach, was Sanders Ausführungen für seinen Fall bedeuten konnten. Die Pläne der DNP schienen mehr als nur die fixe Idee einer größenwahnsinnigen kleinen Partei zu sein. Sander hielt sie für durchaus realistisch, was sich mit seiner eigenen Einschätzung deckte. Es ging also nicht mehr nur um die Ermittlung in zwei Mordfällen. Sondern auch darum, die Zusammenhänge noch vor der Bürgerschaftswahl am nächsten Wochenende aufzuklären, damit die Wähler ihre Entscheidung treffen konnten, nachdem sie die wahren Beweggründe beider Kandidaten kannten.

Berlotti lief es angesichts der doppelt schweren Verantwortung eiskalt den Rücken runter. Er schenkte sich Kaffee nach und wandte sich erneut Sander zu.

»Kommt es vor, dass ein Politik-Journalist gleichzeitig für eine Partei arbeitet?«

»Das würde seine Integrität untergraben, und die Partei erhielte von der Opposition heftigen Gegenwind, wenn sie in den Verdacht geriete, die Berichterstattung zu beeinflussen.«

»Würden Sie Herrn Scherff so etwas zutrauen?«

Sander schüttelte amüsiert den Kopf. »Wolfgang? Niemals! Er hat seine professionelle Neutralität wie ein Zepter vor sich hergetragen.« Dann fuhr er mit einem beschwörenden Ton in der Stimme fort. »Deshalb konnte er vor einigen Monaten gar nicht anders reagieren, als herauskam, dass einer unserer Journalistenschüler seine preisgekrönte Reportage nicht sauber recherchiert hatte.«

»Inwiefern?«

»Er hatte in einem Porträt über den Ministerpräsidenten von Schleswig-Holstein dessen Porzellanfigurensammlung im Keller beschrieben. Allerdings war er selbst nie dort gewesen, sondern hatte sich auf die Berichte Dritter bezogen, ohne dies kenntlich zu machen.«

Berlotti erkundigte sich, ob es die Sammlung tatsächlich gab, was Sander bestätigte.

»Mir war nicht klar, dass die journalistischen Richtlinien in Deutschland so strikt sind. Was ist mit dem Journalistenschüler passiert?«

»Er musste seinen Preis zurückgeben, und Wolfgang hat ihn von der Schule geschmissen. Der Fall hat medial einiges Aufsehen erregt.«

Berlotti überlegte. Wenn die Presse darüber berichtet hatte, war dieser Journalistenschüler möglicherweise in Gefahr. Er erkundigte sich nach dessen Namen.

»Lohheim, Frederik Lohheim.«

Berlotti hielt die Luft an. Seine Finger wurden schlagartig taub und begannen zu kribbeln.

»Der Schützling von Herrn Scherff?«

»Woher kennen Sie ihn?«, fragte Sander und hob eine Augenbraue.

Berlotti hörte nur mit halbem Ohr hin. Ein weißes Rauschen hinter seinen Schläfen. Seine Gedanken fuhren Achterbahn, und er konnte nichts dagegen tun. Er hatte das Gefühl, auf etwas Wichtiges gestoßen zu sein, und fiel dem Dozenten ins Wort, der sich gerade über die Richtlinien der Journalistenschule ausließ. »Ich muss los. Darf ich Sie später noch einmal kontaktieren?«

Sander blickte verdutzt drein. Zum Abschied sah er Berlotti

noch einmal tief in die Augen und schenkte ihm sein schönstes Lächeln.

✳✳✳

Auf dem Weg zu seinem Wagen suchte Berlotti in seinen Aufzeichnungen Lohheims Telefonnummer. Er versuchte es zweimal hintereinander, aber jedes Mal sprang sofort die Mailbox an. Warum ging der Typ nicht an sein Mobiltelefon?

Im Verkehr kam er nur langsam voran. Von der Baustelle am Millerntor fuhr er in die nächste Baustelle an der Esplanade, und am Glockengießerwall stand er schon wieder. Vom Reißverschlussverfahren hatten die Hamburger offenbar noch nie etwas gehört! Um sich abzulenken, schaltete er das Radio ein, übersprang zwei Oldie-Sender und blieb bei einem beliebten Hamburger Privatsender hängen. Der Moderator, dessen Name ihm schon als Kolumnist im Hamburger Tagesanzeiger untergekommen war, unterhielt sich mit dem Bürgermeisterkandidaten der DNP.

»Die italienische Justiz gibt doch genügend Beispiele dafür, wie ›objektiv‹ dort ermittelt wird«, echauffierte sich Bernd Krause.

»Sie können einem Hauptkommissar, der seine Ausbildung in Deutschland gemacht hat, nicht ernsthaft dessen Nationalität vorwerfen!«, entgegnete der Moderator.

»Na, dann erkundigen Sie sich doch mal, welche Fortschritte es bei den Ermittlungen gibt. Ich verrate es Ihnen: keine! Das weiß ich aus sicherer Quelle.« Krause klang zufrieden mit sich.

»Ich bin der Ansicht, dass die Ermittlungen von den besten Beamten der Stadt, wenn nicht des Landes geleitet werden müssen. Zwei deutsche Vorzeigejournalisten wurden ermordet. Woher wollen Sie wissen, dass nicht die Camorra dahintersteckt, um sich an ihnen zu rächen? Woher wissen wir, dass die keinen Handlanger bei der Kripo haben?«

Berlotti kannte sämtliche Vorwürfe aus Kowalskys Blog, die Krause nun genüsslich wiedergab.

»Haben Sie nur ansatzweise Beweise für Ihre Vorwürfe?«, fragte der Moderator, der merkte, wie ihm das Gespräch entglitt. »Als Politiker ist es meine Pflicht, auf Missstände hinzuweisen. Ich habe einen gesunden Menschenverstand. Den werde ich wohl noch einsetzen dürfen. Als Erster Bürgermeister von Hamburg werde ich diesen Filz beenden. Dann lasse ich meinen Worten Taten folgen. Und noch heute werde ich damit beginnen und persönlich beim Innensenator vorstellig werden. Der inkompetente Ermittler hat nicht mehr lange, darauf gebe ich Ihnen mein Wort. Wir jagen ihn zum Teufel!«

Ein stechender Schmerz fuhr Berlotti in die Magengrube, so heftig, dass er aufstöhnte. Scharf brannte es noch einige Sekunden nach und sorgte für ein fieses Gefühl der Beklemmung. Kurz kam ihm der Gedanke, dass sein Kaffeekonsum endgültig für eine Magenschleimhautentzündung gesorgt hatte. Doch im Grunde wusste er, dass das Geschwür, das ihm zu schaffen machte, nicht in seinem Körper, sondern ganz woanders wucherte.

Der Moderator verabschiedete den Politiker und spielte schnell Musik. Britney Spears' »Hit Me Baby One More Time« dröhnte aus den Lautsprechern. Wie passend, dachte Berlotti. Obwohl er Gewalt verabscheute, wäre er in diesem Augenblick bereit gewesen, eine Ausnahme zu machen, rief sich aber sofort zur Ordnung. Der Zorn beherrscht nur schwache Leute und lässt Menschen nicht alt werden, dachte Berlotti, und ihm kamen Worte des Dalai Lama in den Sinn: »In der Wut verliert der Mensch seine Intelligenz.«

Er schrieb eine Textnachricht an Katharina Meinhold und bat sie, sich nach den Terminen des DNP-Kandidaten an diesem Tag zu erkundigen.

Kurz darauf parkte er neben dem Eingang zur U-Bahn-Haltestelle Berliner Tor. Er klingelte bei Lohheim, doch niemand öffnete. Eine Nachbarin aus einem oberen Stockwerk ließ ihn ins Haus. Als er an Lohheims Wohnungstür klopfte, blieb alles still. Erneut wählte er seine Handynummer, doch auch diesmal sprang sofort die Mailbox an. Er legte ein Ohr an die Tür. Drinnen regte sich kein Laut. Zwei weitere Wohnungen gab es auf der Etage. Er klingelte bei Lohheims direktem Nachbarn, aber hinter der Tür rührte sich nichts. Er meinte jedoch, hinter dem Türspion eine Bewegung gesehen zu haben. Als er daraufhin noch einmal klopfte, öffnete sich tatsächlich eine Tür, allerdings die dritte auf der Etage. Ein runzliges Gesicht lugte vorsichtig um die Ecke und rief mit hoher, brüchiger Stimme: »Verschwindense oder ich ruf die Polizei!«

Berlotti, froh, jemanden anzutreffen, ging zwei Schritte auf die Tür zu. Sofort wich das Wesen zurück. Berlotti stoppte und hob beschwichtigend die Hände.

»Ich *bin* von der Polizei und suche Lohheim.«

Die Tür öffnete sich etwas weiter, und ein kleines Etwas von einer Frau trat auf die Schwelle. Ihre Haut schimmerte im Dämmerlicht der Treppenhausbeleuchtung fast bläulich, als wäre sie stark unterkühlt. Was ihn angesichts der Außentemperaturen und der diversen Lagen aus Pullovern und Strickjacken, in die sie eingewickelt war, verwunderte. Ihre Füße steckten in selbst gestrickten Wollsocken, wie sie seine Mutter im Winter gelegentlich trug. Sie beäugte ihn abwägend, suchte den Polizisten unter seiner zivilen Kleidung.

»Bei dem hamse eingebrochen, seitdem hab ich ihn nich mehr gesehen«, sagte sie schließlich.

»Wissen Sie, ob er seine Wohnung verlassen hat?«

»Keine Ahnung.« Mit einer Bewegung, der man das Alter ansah, zog sie ihre Strickjacke um sich und kreuzte die Arme über der Brust. »Wenn er nich da is, wird er wohl wech sein.« Eine Logik, der Berlotti schwer etwas entgegensetzen konnte. »Er hört oft laut Musik. Seit dem Einbruch isses aber ruhig.«

Er kritzelte seine Nummer auf ein Blatt Papier und gab es der faltigen Frau. »Rufen Sie mich bitte an, sobald er wieder auftaucht.«

Sie nahm den Zettel und ließ ihn unter einer der vielen Klamottenlagen verschwinden. Ohne ein weiteres Wort drehte sie sich um und zog die Tür zu.

Berlotti erwog kurz, in den Wohnungen über und unter Lohheim zu klingeln. Doch nach dem Gespräch mit der Alten war er überzeugt, dass Lohheim untergetaucht war. Schon vorgestern schien der Einbruch den Journalisten gehörig erschreckt zu haben – mehr, als es unter normalen Umständen der Fall gewesen wäre. Bloß: warum?

Berlotti rief Thies an und bat ihn, Lohheims Handy zu orten und dessen Kontobewegungen zu prüfen. Sie würden ihn aufspüren müssen, um Antworten zu erhalten. Wovor hatte er Angst? Oder besser: vor wem?

***

»Geschieht den Lügenfressen recht!«, »Die Gerechtigkeit hat gesiegt!«, »Das war erst der Anfang!«, »Tod allen korrupten Schmierfinken und Politikern!«.

Dutzende User begrüßten die Morde an den unehrlichen Journalisten. Katharina Meinhold stand neben Berlotti am Schreibtisch, und gemeinsam überflogen sie die Kommentare auf der »Faktenreport«-Seite. Denn die Leser hatten zunehmend auch Berlotti im Fokus.

»Geh doch wo du wohnst!«, »Entsorgt ihn in Italien!«, »Freie Polizei für freie Bürger!«, »Geht auf die Straße gegen die kriminelle Durchseuchung der Bullen!«, »Die erste Lektion scheint er nicht verstanden zu haben, wir müssen deutlicher werden!«.

Sie sah ihn mitleidig an. Ihre blauen Augen ruhten auf ihm, und für einen kurzen Moment fürchtete er, darin zu versinken. Er zwang sich schnell, wegzusehen. »Echt heftig. Wollen Sie dagegen vorgehen?«

Mit jedem Kommentar war Berlotti ruhiger geworden. Statt Wut oder Verzweiflung reifte Entschlossenheit in ihm, dem Hass mit Taten entgegenzutreten. »Das bringt doch nichts. Wir haben weder Zeit noch Personal, um Hunderten anonymen Kommentaren nachzuforschen. Ich will, dass wir den oder die Täter finden. Das ist die einzig richtige Antwort.«

Dann dachte er an die Scherben auf dem Boden, den erschütterten Gesichtsausdruck seines Vaters, und die innere Ruhe wich schlagartig einer unbestimmten Sorge, die Berlotti nur mit einiger Anstrengung daran hindern konnte, sich zu einer Panikattacke auszuweiten.

Katharina Meinhold versuchte sich an einem aufmunternden Gesichtsausdruck. »Krause hat um halb sechs eine Wahlkampfveranstaltung im Bürgerhaus Barmbek. Da können wir ihn abfangen.«

Berlotti schaute auf sein Smartphone. »Das ist in einer Stunde. Wie lange brauchen wir dahin?«

»Um diese Uhrzeit mindestens eine halbe Stunde.« Sie zögerte und schien sich den nächsten Satz gut zurechtzulegen. »Ich habe nicht verstanden, was wir von Krause wollen ...«

»Das sehen wir, wenn wir ihn treffen.« Als er ihren zweifelnden Blick bemerkte, legte er beschwichtigend eine Hand auf ihre Schulter. »Keine Sorge, ich habe nicht vor, ihn zu verhaften!«

»Sondern?« Sie sah ihn noch skeptischer an. »Ich bin es ja gewohnt, bei schweigsamen Männern zwischen den Zeilen zu lesen. Aber wenn ich bei einer guten Fee einen Wunsch frei hätte, dann den, von meinem Chef etwas mehr einbezogen zu werden. Das wäre ein Träumchen.«

Berlotti hielt einen Moment verdutzt inne. Ihm war gar nicht aufgefallen, dass er den einsamen Ermittler gegeben hatte. Aus Gewohnheit vermutlich. »Sie haben recht, nach der Pleite mit Kowalskys Verhaftung sollte ich Sie mehr einbinden.«

Ihre Gesichtszüge entspannten sich. Sie lehnte sich an die Fensterscheibe und sah ihn abwartend an.

»Der Journalist Scherff hat undercover für den Politiker Krause gearbeitet und mit einem ausgefeilten Konzept für die Fernsehdebatte die DNP in die Poleposition gebracht. Gleichzeitig muss Krause befürchten, dass diese Kooperation auffliegt und seine Glaubwürdigkeit untergräbt, wenn er sich über die ›Lügenpresse‹ echauffiert und sich im selben Augenblick ihrer bedient. Außerdem muss es eine Verbindung geben zwischen Krause und Kowalsky. Krause zitiert oft aus Artikeln der ›Faktenreport‹-Seite. Alles andere als eine Koalition zwischen einem

populistischen Politiker und einer populistischen Nachrichtenseite würde mich überraschen.«

Meinhold wog abwägend den Kopf hin und her. »Und wenn
schon. Was erhoffen wir uns von dem Gespräch?«

Berlotti nickte. »Krause hat Oberwasser. Solange wir im
Dunkeln tappen, sollten wir möglichst viele Klinken drücken,
um die eine Tür zu öffnen, die Licht in den Fall bringt. Vielleicht macht er einen Fehler, wenn er merkt, dass wir ihm auf
den Fersen sind.«

∗∗∗

Krause krakeelte nun schon eine Stunde. Es roch nach Alkohol
in dem Bürgersaal, in dem sich mehr als zweihundert Personen
drängelten. Das Interesse war größer, als die Veranstalter angenommen zu haben schienen, denn zwei Dutzend Männer
standen an die Wände gelehnt. Berlotti hatte gerade mal eine
Handvoll Frauen im Saal ausgemacht. Im hinteren Teil zapfte
eine mütterliche Blondine an einer improvisierten Theke ein
Pils nach dem anderen und verteilte sie gratis an die durstige
Kundschaft. Krause hatte unter heftigem Applaus die Bühne
betreten und mit einem polternden »Wir werden ihn jagen!«
die verbale Hetze gegen Bürgermeister van der Heide eröffnet.

»Keine dumme Idee, sich die Zuhörer mit Freibier gefügig zu
machen«, raunte Katharina Meinhold ihm zu, als das Publikum
nach einer niederträchtigen Tirade wütend klatschte und sich
viele Fäuste dem Redner kampfbereit entgegenreckten.

»Nüchtern ist der Unsinn doch nicht zu ertragen«, erwiderte
Berlotti.

Vor der Rede war eine Diashow abgelaufen, unterlegt von
Max Giesingers Song »80 Millionen«. Bilder in Schwarz-Weiß
aus den Anfangsjahren der Bundesrepublik zeigten Hausfrauen
beim Einkaufen in Barmbeker Tante-Emma-Läden. Anschließend wurde übergeblendet zu farbigen Bildern der Gegenwart,
die reihenweise leer stehende Geschäfte im Stadtteil zeigten und
ganz oder teilweise verschleierte Frauen, die in Ein-Euro-Shops

einkauften. Noch bevor Krause die Bühne betrat, hallten wütende Pfiffe und »Van der Heide muss weg«-Rufe durch den Saal.

Inhaltlich hatte Berlotti die meisten Attacken Richtung Bundesregierung, Hamburgs Erstem Bürgermeister und Flüchtlings- und Integrationspolitik in dieser Form erwartet. Aber Schärfe und Wortwahl trafen ihn unerwartet hart. Krause behauptete, es habe in Hamburg noch nie so viele Attacken mit Messern und Penissen gegeben. Als er erwähnte, dass bis zu sechshundert Millionen Afrikaner darauf warteten, nach Europa einzuwandern, und viele Schlepper mit Bildern und Kurzvideos für die Vorzüge der Hansestadt warben, herrschte für einen kurzen Moment entsetztes Staunen im Saal, ehe ein Proteststurm losbrach.

»Wut auf Flüchtlinge«, flüsterte Berlotti seiner Kollegin kopfschüttelnd zu, »das ist, als würde man gegen Unfalltote protestieren anstatt gegen Raser.«

Zufrieden dreinblickend nahm sich Krause als Nächstes die Presse vor, die – natürlich – von einem Haufen krimineller Lügenbarone gekapert worden sei.

»Die Wahrheit steht heutzutage nicht in den gleichgeschalteten Medien. Wer wissen will, wie es um unser Land und unsere schöne Stadt wirklich bestellt ist, erfährt es in Blogs und Tweets und auf einigen wenigen Nachrichtenseiten, die sich noch der öffentlichen Zensur entziehen.« Er betonte »noch«, als stünde die Hansestadt kurz davor, die Rede- und Pressefreiheit abzuschaffen.

Fünf Minuten später verließ Krause unter dem Grölen der Zuschauer die Bühne, klatschte Hände ab, entblödete sich auch nicht, Ghettofäuste zu verteilen, und stoppte alle paar Schritte für Selfies mit seinen Anhängern. Berlotti verständigte sich wortlos mit seiner Kollegin, Krause draußen abzupassen. Beiden war die Stimmung im Saal zu aufgeheizt, um sich den Politiker hier vorzuknöpfen.

Als Krause an seine schwarze Limousine trat, stellte Berlotti sich und seine Kollegin vor. In Krauses Blick flackerte etwas auf, das der Hauptkommissar als Erkennen oder Schrecken identifizierte. Einige Anhänger waren ihm bis zum Wagen gefolgt, weshalb Berlotti vorschlug, sich ins Auto zu setzen.

Krause sah auf seine Armbanduhr. »Ich habe in dreiundzwanzig Minuten einen Termin im Rathaus, Sie haben fünf Minuten.«

Berlotti dachte nicht daran, sich Vorschriften machen zu lassen. »Wenn Sie kooperieren, brauchen wir nicht einmal vier. Andernfalls müssten wir zeitnah einen Folgetermin auf dem Revier vereinbaren.«

Krause sprach kurz mit seinem Begleiter von der Security, dann setzte er sich auf die Rückbank. Meinhold stieg auf der Beifahrerseite ein, Berlotti nahm neben Krause Platz und begann. »In welcher Beziehung stehen Sie zu Wolfgang Scherff und Timo Kowalsky?«

»Die Journalisten?« Krause gab vor, nachzudenken. »Gut möglich, dass ich beiden schon einmal ein Interview gegeben habe. Ich bin momentan ein gefragter Mann.« Dann grinste er. »Und Sie entwickeln sich ja auch zu einer Berühmtheit.«

»Ich hoffe, ich ziehe nicht zu viel Aufmerksamkeit auf mich«, erwiderte Berlotti kühl. »Jetzt im Endspurt des Wahlkampfes käme das sicher ungelegen.«

»Im Gegenteil, Ihr Amtsantritt hat meiner Partei noch einmal Auftrieb gegeben und viele neue Wählerstimmen eingebracht.«

Meinhold schaltete sich ein. »Demnach ist Ihnen ›Faktenreport‹ vertraut. Wie weit geht Ihre Zusammenarbeit?«

»Wie ich bereits sagte, kann es sein, dass ich das eine oder andere Interview mit Herrn Kowalsky oder einem seiner Mitarbeiter geführt habe.«

»Als Politiker sind Sie den Werten des Rechtsstaates verpflichtet. Wie passt das zu Ihrer engen Zusammenarbeit mit einer demokratiefeindlichen Seite?«, hakte sie nach.

»Erstens gibt es diese Zusammenarbeit nicht, und zweitens ...« Er hob in einer entwaffnenden Geste die Handflächen. »Wer bin ich, dass ich der Presse diktieren könnte, was sie zu schreiben hat? Kritische Berichterstattung ist doch genau das, was die politikmüden Menschen jetzt am dringendsten brauchen.«

Berlotti musterte Krause unverhohlen. Der erste Eindruck war der eines charismatischen und freundlichen Mannes. Doch schon wenige Sätze genügten, um seine andere Seite zutage zu fördern, die ihn überaus kühl und berechnend erscheinen ließ. Der Teufel liebt es, sich als Engel zu zeigen, dachte Berlotti. Laut sagte er: »Wir wissen, dass Wolfgang Scherff für die DNP gearbeitet hat.« Er ließ den Satz im Raum stehen.

Krause starrte ihn einige Sekunden unverwandt an. Dann blinzelte er, als würde er aus einem Tagtraum erwachen, nickte und sagte: »Davon weiß ich nichts.«

»Was wohl Ihre Anhänger dazu sagen, dass ausgerechnet die DNP die Presse manipuliert?«

Krauses Augen hatten sich zu zwei Schlitzen verengt. »Drohen Sie mir?«

Berlotti hob entwaffnend die Hände. »Wer bin ich, dass ich dem Volk vorschreiben könnte, wie es sich seine Meinung zu bilden hat? Kritische Berichterstattung ist doch genau das, was die politikmüden Menschen jetzt am dringendsten brauchen.«

Ungerührt sah ihm Krause in die Augen. »Sie werden sich an meine Mitarbeiter wenden müssen. Mir ist eine solche Zusammenarbeit nicht bekannt. Aber ich warne Sie: Wenn Sie mir mit unhaltbaren Anschuldigungen in die Quere kommen, mache ich Sie fertig. Der Innensenator ist zufällig ein guter Freund von mir.«

»Drohen Sie mir etwa? Vor Zeugen?« Berlottis Stimme hatte eine Schärfe angenommen, dass Katharina Meinhold ihm einen erstaunten Seitenblick zuwarf.

Krause verzichtete auf eine Antwort, zeigte stattdessen auf einen Mann im Anzug, der vor dem Wagen stand und besorgt zu ihnen herübersah.

»Das ist Ingo Drewitz, der Leiter meines Pressestabs. Er steht Ihnen sicher gern zur Verfügung. Es tut mir leid, dass ich Ihnen keine große Hilfe bin. Aber …« Anstatt den Satz zu beenden, tippte er auf seine Armbanduhr und zuckte entschuldigend mit den Schultern.

»Sehen Sie, ich war brav und habe ihm keine Handschellen angelegt«, sagte Berlotti zu Meinhold, nachdem sie ausgestiegen waren.

»Ist mir aufgefallen«, entgegnete sie und schenkte ihm einen nach oben gestreckten Daumen. »Und nun?«

»Fragen wir Herrn Drewitz, ob er angesichts der Mail nicht doch zur Kooperation bereit ist.«

Berlottis Handy klingelte. Nach einem Blick auf das Display signalisierte er Katharina Meinhold, das Gespräch ohne ihn zu beginnen. Er entfernte sich zwei Schritte, eher er abnahm.

»Mama? Ist was passiert?«

»Oh ja!«, rief sie aufgekratzt. »Du hast heute Abend eine Verabredung.«

»*Was* hab ich?«

»Um acht habe ich einen Tisch für dich und Faustina bei Angelo reserviert. Sie ist schon ganz aufgeregt!«

Berlotti entfuhr ein Stöhnen. Er musste sich beherrschen, seine Mutter nicht anzuschreien. »Hatte ich dir nicht gesagt, dass du mich nur in einem Notfall anrufen sollst?«

»Aber es *ist* ein Notfall«, beharrte Carmela. »Schließlich hat Gott mir diese Frau geschickt, und euer Treffen ist schon gleich.«

»Mutter!«

»Ich will doch nur das Beste für dich.«

»Dass ich zwei Morde aufzuklären habe, ist dir wohl egal?«, unternahm Berlotti einen letzten Versuch, an die Vernunft seiner Mutter zu appellieren.

»Genau«, fiel ihre Antwort erwartbar knapp aus. »Vertrau mir, ich habe ein gutes Gefühl.«

Berlotti überlegte. Er wusste, dass er zu diesem Treffen gehen würde. Er hoffte, danach seine Ruhe zu haben. Auch wenn er ahnte, dass es bei diesem frommen Wunsch bleiben würde. Er verabschiedete sich von seiner Mutter und sah auf die Uhr seines Smartphones. Noch eineinhalb Stunden bis Faustina. Besser, er nutzte die Zeit bis dahin sinnvoll.

Wie zu erwarten, behauptete Ingo Drewitz, nichts von einer

Zusammenarbeit seiner Partei mit Scherff zu wissen. Aber er versprach, sich bei seinen Parteikollegen zu erkundigen und sich umgehend wieder zu melden. Berlotti gab ihm vierundzwanzig Stunden, ehe er mit der Mail an die Öffentlichkeit gehen würde. Drewitz erklärte sich einverstanden, hatte aber noch eine Botschaft für sie, ehe er losfuhr, die er nicht näher zu erläutern bereit war: »Wenn Sie sich für fragwürdige Verbindungen zwischen Politikern und Journalisten interessieren, dann fragen Sie doch mal den ehrenwerten Ersten Bürgermeister, warum ihm der Tagesanzeiger so gewogen ist. Und was er dafür alles bereit ist zu tun.«

Katharina Meinhold rollte mit den Augen, während sie auf die Einfahrt zur Tiefgarage des Reviers zufuhren. »Zwei Journalisten derselben Tageszeitung, einer hat nachweislich für die Populisten gearbeitet, ein anderer diesem durchsichtigen Versuch einer Verleumdung zufolge für den Bürgermeister?« Ihre Hände bearbeiteten intensiv die Fingernägel. »Das wird immer verworrener!«

Privat war Berlotti zwar der Ansicht, dass die schönste Antwort auf Verleumdung war, sie stillschweigend zu verachten. Aber in einer laufenden Ermittlung empfand er es als grob fahrlässig, nicht allen Hinweisen nachzugehen – so kryptisch sie auch formuliert sein mochten. Er hatte Verständnis für den Frust seiner Kollegin. Er selbst wusste, dass sie Geduld benötigen würden, um die Puzzleteile zusammenzufügen. Wie immer ruhte auch diesmal das Vertrauen in ihm, dass sich letzten Endes alles fügen würde. Bis auf wenige Ausnahmen hatte ihn dieses Gefühl nie betrogen.

Wütende Sprechchöre drangen durch die geöffneten Fensterscheiben an ihre Ohren. Noch bevor sie sich über deren Ursprung wundern konnten, sahen sie die rund hundertfünfzigköpfige Gruppe vor dem Haupteingang des Emporio Towers, als sie um die Ecke bogen.

»'ne Demo? Hier?«, wunderte sich Katharina Meinhold.

Berlotti drosselte das Tempo, fuhr in Schrittgeschwindigkeit an der überwiegend aus Männern bestehenden Gruppe vorbei. »Deutschland den Deutschen, Mafia muss raus!«, skandierten sie. Einer trug ein »Van der Heide muss weg«-Schild, ein anderer hielt ein Plakat in die Höhe, auf dem stand: »Wir holen uns den Rechtsstaat zurück!«

»Zu viel der Ehre«, murmelte Berlotti, dessen Herz schneller schlug. »Ein aufgebrachter Mob in der ersten Woche, diese Bilanz kann wohl kein anderer Hauptkommissar in der Geschichte der Bundesrepublik Deutschland aufweisen.« Seine Miene verdüsterte sich mit jeder Sekunde mehr, die er auf die Demonstranten blickte. Entschlossen gab er Gas und fuhr viel zu schnell und mit quietschenden Reifen die Rampe zur Tiefgarage hinunter. Hatte er sich etwas vorzuwerfen? Hätte er den Auflauf von Gut- und Wutbürgern mit einem anderen Vorgehen verhindern können?

Als hätte Meinhold seine Gedanken gelesen, sagte sie: »Ausnahmsweise nehme ich den Begriff mal selbst in den Mund: Daran ist nur die Lügenpresse schuld, allerdings die verdammte Populistenpresse. Lassen Sie sich davon nicht irremachen.«

Wie um ihren letzten Satz Lügen zu strafen, vibrierte sein Telefon, und die Nummer von Elvira Beil erschien im Display. Er widerstand dem Impuls, sie künftig zu blockieren, und nahm den Anruf mit einem unguten Gefühl entgegen. Wie immer kam die Polizeipräsidentin ohne Umschweife auf den Punkt.

»Der Innensenator hat mir nahegelegt, Sie von dem Fall abzuziehen. Er möchte sich weder von Ihnen noch von der Presse oder den wichtigsten Politikern des Landes auf der Nase herumtanzen lassen. Ohne zu sehr ins Detail gehen zu wollen – Inkompetenz und Imageverlust waren nur zwei seiner zahlreichen Argumente –, habe ich mich doch recht weit aus dem Fenster gelehnt und Ihre Arbeit verteidigt. Sie haben vierundzwanzig Stunden Zeit, mir den oder die Mörder von Scherff und Horn zu präsentieren. Danach übernimmt jemand anderes die Leitung der Ermittlungen. Und da Sie sich in der Probezeit befinden, liegt es bedauerlicherweise nicht in meiner Hand, wie es danach mit Ihnen hier weitergeht.« In ihrer Stimme klang tatsächlich so etwas wie Bedauern mit. »Mir sind die Hände gebunden, und mein Job steht ebenso sehr auf dem Spiel wie Ihrer.« Damit legte sie auf, ohne sich zu verabschieden.

Sie stiegen in den Fahrstuhl, und augenblicklich befiel ihn ein Gefühl übelster Verdrossenheit. Es war doch überall dasselbe. Wie ein ungeschriebenes Gesetz ging es den »Wichtigen« dieser Welt stets nur um eines: Machterhalt, Einfluss und das Ansehen der eigenen Person. Menschen, die vermutlich noch nie an einer Ermittlung teilgenommen, geschweige denn eine geleitet hatten, funkten permanent dazwischen, wussten alles besser und dachten, mit Druck und Drohungen könnten sie irgendetwas vorantreiben und Ergebnisse erzielen. Immer wieder nahm er sich vor, seinen Mitmenschen mehr Wohlwollen entgegenzubringen, aber jeden Tag traf er Idioten, die den Vorsatz zum Scheitern brachten. Und die Beil schloss er in seine Hasstirade gleich mit ein, die war keinen Deut besser, obwohl er anfangs einen anderen Eindruck von ihr gehabt hatte.

»Chef? Alles okay?« Katharina Meinhold schob eine Hand in sein Blickfeld, um sich bemerkbar zu machen. Sie standen vor ihren Büros, die nur von einer schmalen Wand getrennt waren. Plötzlich überkam ihn so etwas wie Wehmut. Sollten das seine letzten Tage im Emporio Tower sein? War seine so lang anvisierte Karriere als Kriminalhauptkommissar zu Ende, bevor sie überhaupt richtig angefangen hatte? Er machte eine Bewegung, als ob er sich schütteln wollte.

»Das war Beil. Wir haben vierundzwanzig Stunden, danach bin ich raus.«

»Wie, ›raus‹?« Sie sah ihn verständnislos an.

»Krause hat seine Drohung wahr gemacht. Der Innensenator will mich loswerden.«

»Aber das können die doch nicht … Wir sind hier doch nicht …« Sie schlug sich die Hand vor den Mund, als ihr die ganze Dimension bewusst wurde. »Soll ich noch mal mit der Beil reden? Wir haben doch schon viel herausgefunden.«

Entschieden schüttelte er den Kopf. »Wir fahren fort wie bisher, Panik bringt uns auch nicht weiter. Sie nehmen sich die

Artikel des Hamburger Tagesanzeigers über den Bürgermeister vor: Gibt es einen Journalisten, der besser informiert zu sein scheint als seine Kollegen? Und falls ja: Ist eine Verbindung zu unseren beiden Toten denkbar?«

Meinhold schloss die Tür zu ihrem Büro auf, wandte sich aber noch einmal an ihn. »Und Sie?«

»Ich muss gleich mal zwei Stunden wohin, dringende Angelegenheit«, sagte er und überlegte bereits, woher er ein Päckchen Kaugummi organisieren konnte – als Minimalpflege, wenn er schon keine Gelegenheit hatte, sich für dieses verdammte Treffen frisch zu machen.

* * *

Es war zwanzig vor zehn, als sie auf die Straße traten. Am liebsten hätte er zum Abschied kurz die Hand gehoben und dann möglichst schnell Land gewonnen. Doch er hatte keine Lust auf eine Standpauke seiner Mutter, gab brav Küsschen links, Küsschen rechts und versprach ihr, dass er sich bei ihr melden würde, sobald seine Arbeit es ihm ermöglichte. Faustina strahlte ihn an, wie sie es während des gesamten Essens getan hatte, und stieg in das Taxi, das in diesem Moment vor Angelos Restaurant vorfuhr.

Er schlug die Tür hinter ihr zu, winkte halbherzig, sah sie und ihren hoffenden Blick durch die Heckscheibe kleiner werden und fuhr sich deprimiert durch die Locken. Was für ein Reinfall, dachte er. Wie konnten zwei Menschen nur auf so unterschiedlichen Wellenlängen funken? Es lag nicht einmal daran, dass sie nicht sein Typ gewesen wäre. Ihr Mireille-Mathieu-Kurzhaarschnitt setzte ihr etwas rundliches Gesicht gut in Szene. Sie hatte Wangengrübchen, wenn sie lachte, was er sympathisch fand. Aber sie hatten sich nichts zu sagen gehabt. Sie hatte offenkundig Interesse an ihm, was nicht schwer zu erraten war, da sie ihn aus großen Augen unentwegt angehimmelt hatte. Bloß war er als Alleinunterhalter engagiert worden. Er hatte während des Treffens das Gespräch am Laufen gehalten und fühlte sich jetzt so erschöpft, als hätte er einen zweistündigen Vortrag an der Polizeiakademie gehalten.

Sie hatte wenig erzählt und noch weniger gefragt. »Interessant« hatte sie alles gefunden, was er erzählte. »Aha, interessant.« Warum hakten die Leute nicht nach, wenn sie etwas »interessant« fanden? Weil es sie eigentlich nicht interessierte? Warum wollte heutzutage niemand mehr etwas über jemanden erfahren, für den man sich angeblich interessierte? Waren die Menschen wirklich so oberflächlich geworden? Oder war er einfach nur völlig fertig mit der Bereifung und tat Faustina unrecht? Keine Frage: Sie wäre die perfekte Schwiegertochter, die dekorativ auf dem Sofa saß und keine Widerworte gab, sich von seiner Mutter widerspruchslos herumkommandieren ließe und ihrem Ehemann ein braves Frauchen wäre. Gegen Ende hatte sich in ihm der Verdacht geregt, dass seine Mutter Orazia und Addolorata nur als indiskutable Optionen ins Spiel gebracht hatte, damit Faustina als einzige akzeptable Kandidatin übrig blieb. Sogar für Carmelas Verhältnisse eine hinterlistige Aktion, und das wollte schon etwas heißen.

Er hatte keine Lust auf Diskussionen und unendliche Frageenrunden. Deshalb fuhr er nicht nach Hause, sondern ging zwei Straßen weiter in eine Kneipe. Der voll gekachelte Saal II war ein angenehm untrendiger Laden im ansonsten fürchterlich angesagten Schanzenviertel. Hier hatte Ruhe, wer seinen Gedanken nachhängen wollte, und fand Anschluss, wer auf der Suche nach Gesellschaft war.

An der Theke bestellte er ein Pils und bekam eine Flasche mit einem tschechisch klingenden Namen auf dem Etikett, den er noch nie gehört hatte. Er nahm einen Schluck und wollte noch einmal die Puzzleteile sortieren. Doch das Treffen mit Faustina blockierte seine Gedanken. Sie hatte ihn weder Persönliches gefragt noch etwas über die Arbeit. Er hätte zwar weder über das eine noch das andere gern geredet, aber Fragen zu stellen war ein derart simples Mittel, um ein Gespräch ins Laufen zu bekommen, dass er sich immer wieder wunderte, wie wenige Personen es beherrschten. Unzählige Begegnungen lagen hinter ihm mit Menschen, die behaupteten, einen »tollen Abend« mit ihm verbracht zu haben, weil sie glaubten, er sei an ihnen interessiert gewesen. Dabei hatte er nur Fragen gestellt. Viele Leute begriffen einfach nicht, dass ein »tolles Gespräch« aus gegenseitigem Interesse bestand. Unhöflichkeit machte ihn irre, da konnte er einfach nicht aus seiner Haut. Er seufzte. Die Chancen standen trotz allem besser, den Fall aufzuklären, als das Wesen seiner Mitmenschen zu ändern.

Etwas sagte ihm, dass er über die notwendigen Teile verfügte, sie aber noch nicht richtig zusammengesetzt hatte. Sie hatten eine Reihe von Protagonisten identifiziert, mussten nur noch herausfinden, in welcher Beziehung sie zueinander standen. Ein Motiv würde sich danach automatisch ergeben. Allerdings war »nur noch« angesichts der penetranten Verschwiegenheit der Beteiligten wohl zu euphemistisch gedacht, mutmaßte er. Wenn er doch nur mehr Zeit hätte! Vierundzwanzig Stunden ... Unmöglich, so schnell den Fall abzuschließen! Warum war es ihm auch bloß so zuwider, die Kehrseiten der richtigen Personen an den wichtigen Positionen zu küssen? Schon in Frankfurt hatte er es mit seiner sturen Art zu verhindern gewusst, schneller Karriere zu machen, obwohl niemand eine bessere Aufklärungsquote vorzuweisen hatte. Wenn er ganz ehrlich zu sich selbst war, hatte ihn nicht erst der Beförderungsstopp ausgebremst. Und auch in Hamburg schien es nicht nach der Qualität der Arbeit zu gehen, sondern danach, wer wen kannte, der wen kannte und ein gutes Wort einzulegen wusste. Er trank einen großen Schluck und genoss es, wie das kühle Pils seine Kehle hinunterlief.

Gedankenverloren musterte er die anderen Gäste von seinem Platz am Tresen aus. Ein junger Mann hatte Kopfhörer in den Ohren und lehnte mit geschlossenen Augen an den Wandfliesen. Quer über seine Füße hatte es sich ein Golden Retriever bequem gemacht, den Kopf auf die Pfoten gelegt und blinzelte müde in den Raum. Am anderen Ende des Tresens starrte ein Mann, dessen rosige Wangen mit geplatzten Äderchen übersät waren, aus wässrigen Augen vor sich hin. An dem Tisch hinter ihm saß ein greises Paar, und von Berlottis Platz aus sah es so aus, als würden sie sich gegenseitig die Todesanzeigen im Hamburger Tagesanzeiger vorlesen und zahnlos dabei kichern. In der hintersten Ecke, an einem runden Bistrotisch neben den Stufen zu den WCs, kuschelten zwei offensichtlich Verliebte. Berlottis Blick blieb an ihnen hängen, ohne dass er sofort hätte erklären können, warum. Er musterte das ungleiche Paar. Sie war zierlich, hatte ein Stupsnäschen und spielte gelegentlich mit ihren blonden Strähnen. Berlotti schätzte sie auf Mitte zwanzig, während ihr Gegenüber sicherlich zwanzig Jahre älter war, wenn nicht sogar dreißig. Das Kinn hatte er auf die linke Faust gestützt, was seinen Bizeps anschwellen ließ. Während er ihr in die Augen sah, streichelte er zärtlich ihre Hand. Seine grau melierten Schläfen ließen ihn unverschämt gut aussehen. Normalerweise war alles, was ein Mensch jenseits der fünfzig tat, für Jüngere mit Peinlichkeit infiziert. Bei diesem Paar schien der Altersunterschied keine Rolle zu spielen. Sie versanken in den Augen des anderen, als wären sie allein an einem anderen Ort der Milchstraße.

Warum ließ Berlotti dieses Pärchen nicht los? War er durch das enttäuschende Date mit Faustina neidisch, ohne es sich einzugestehen? Nein, das war es nicht. Es hatte etwas mit dem Fall zu tun. Er kramte in den Windungen seines Gehirns, und als ihm das nicht weiterhalf, holte er das schwarze Notizbuch aus der Innentasche seines Sakkos, löste das Gummiband und blätterte sich durch seine Aufzeichnungen. Schon nach wenigen Seiten wurde er fündig. Natürlich!

Er schickte Meinhold eine Nachricht, und keine Minute später erschien das Icon ihrer Antwort auf dem Display. Er las die Nachricht und hatte es plötzlich eilig, sein Bier zu zahlen. Wieder war da dieses Rauschen hinter seinen Schläfen.

Ungeduldig klopfte er an jeder roten Ampel mit den Daumen aufs Lenkrad. Zu seiner Erleichterung war um diese Uhrzeit nicht viel los auf den Straßen, und er brauchte keine zehn Minuten aufs Revier. Als der Fahrstuhl nach wenigen Sekunden, die ihm wie Minuten vorkamen, noch nicht im Untergeschoss war, öffnete er die Tür zum Treppenhaus und nahm drei Stufen auf einmal, bis er außer Atem den sechsten Stock erreichte. Im Laufschritt legte er den Weg zu seinem Büro zurück, schaltete die Leuchte an seinem Schreibtisch an und fand sofort, was er suchte. Die Liste der Studierenden aus Scherffs Seminaren. Einen einzigen Namen hatte Katharina Meinhold mit pinkem Marker hervorgehoben. In der Spalte hinter der Adresse stand eine Mobilnummer, die er auf das Display seines Telefons mehr hackte als tippte. Er ließ es zwanzig Mal klingeln und wollte gerade auflegen, als jemand abnahm.

»Frau Engelmann?« Und als niemand antwortete: »Friederike Engelmann?« Im Hintergrund hörte er zwei Frauen kichern.

»Entschuldigen Sie, ich war gerade abgelenkt. Wer spricht da?« Die Stimme klang forsch, aber freundlich. Nachdem er sich vorgestellt hatte, kam er zum Grund seines Anrufs.

»Ich müsste mit Ihnen reden. Könnten Sie auf das Revier kommen?«

»Jetzt? Puh, ich hab schon einige Prosecco intus. Können wir das nicht am Telefon klären?«

Auch wenn sie nicht sehr betrunken klang, kam es ihm durchaus entgegen, wenn er Zeit sparen konnte.

»Sie kennen Wolfgang Scherff näher?«

Es war einige Sekunden still, ehe sie antwortete. »Warten Sie, ich gehe nach nebenan.« Berlotti hörte, wie sie mit jemandem flüsterte. Dann fiel eine Tür ins Schloss. »Sorry, ich bin bei einer Freundin. In ihrem Arbeitszimmer bin ich ungestört. Wie kann ich Ihnen helfen?« Dann schien sie sich an seine Frage zu erinnern. »Ach, Wolfgang. Klar kenne ich ihn. Er war mein Dozent bis … vor ein paar Tagen.«

»Also haben Sie schon gehört, was passiert ist?«

»Klar, stand ja in den Zeitungen.«

»Sie waren mit ihm befreundet«, sagte Berlotti und ließ es bewusst wie eine Feststellung klingen.

»Sind Sie sicher, dass Sie von der Kripo sind und nicht von der Boulevardpresse?« Sie klang verunsichert, und er meinte nun doch zu hören, dass sie etwas schwerfälliger sprach.

»Ich war es nicht, der lieber telefonieren wollte. Wir können das Gespräch gern auf dem Revier fortsetzen.«

Sie ließ sich Zeit mit einer Antwort.

»Keine Ahnung, wo Sie das aufgeschnappt haben. Aber Sie haben recht.«

»Wie lange ging Ihre Affäre?«

»Affäre?« Die junge Frau lachte trocken. Berlotti wollte nachhaken, aber sie redete schon weiter. »Vermutlich lässt sich das als Außenstehender so bezeichnen.«

»Als was würden Sie es denn bezeichnen?«

»Wir haben uns ein paarmal getroffen. Wie würden Sie so was denn nennen?« Sie plauderte mit ihm, als wäre es die normalste Sache der Welt, nach dem Mord an einer ehemaligen Affäre der Kripo Auskunft zu geben. Hätte sie mit einer Freundin darüber gesprochen, ihr Tonfall hätte kaum vergnügter sein können, dachte Berlotti.

»Wusste jemand davon?«

»Ich habe es meinen beiden besten Freundinnen gesagt«, erzählte sie munter, und er vermutete, dass Katharina Meinhold den entscheidenden Hinweis von ihnen erhalten hatte. »Darf ich fragen, warum Sie das alles wissen möchten? Sie halten mich doch nicht für eine Verdächtige?« Sie klang unbekümmert. Entweder hatte sie tatsächlich nichts zu befürchten, oder sie war eine herausragende Schauspielerin.

»Das hängt vom weiteren Verlauf dieses Telefonats ab«, sagte Berlotti freundlich. »Aber vorerst erhoffe ich mir vor allem Erkenntnisse für meine Ermittlungen.«

Ihr Schweigen verstand Berlotti als Aufforderung weiterzureden.

»Wusste Scherffs Ehefrau, was zwischen Ihnen lief?«

»Keine Ahnung, wie sie das herausgefunden hat und wie sie an meine Nummer gekommen ist. Plötzlich hatte ich sie am Telefon, stinksauer. Hat mich total angeschrien. Ich habe mir das nicht lang angehört, aufgelegt und die Nummer blockiert. Danach war Ruhe.«

»Haben Sie deshalb mit Scherff Schluss gemacht?«

Wieder lachte sie. »Na ja, man kann nicht wirklich etwas beenden, was noch gar nicht richtig angefangen hat. Aber wenn Sie so wollen: Ja, dann war Schluss.«

»Wer hat den Schlussstrich gezogen?«

»Wie sagt man so schön: Wir haben uns in beiderseitigem Einvernehmen getrennt.«

»Hat Irene Scherff gedroht, Ihnen oder ihrem Ehemann etwas anzutun?«

»Puh ...« Friederike Engelmann presste Luft aus den Backen. Das Geräusch war so laut, dass er das Handy von sich halten musste. »Ehrlich gesagt habe ich mir die Beschimpfungen im Einzelnen nicht gemerkt. Kann sein, dass da eine Drohung dabei war. Ein Großteil ihres Redeschwalls reimte sich aber auf Kutte und Kotze ...«

Berlotti überlegte. Alles deutete darauf hin, dass er in die nächste Sackgasse abgebogen war.

»Eine letzte Frage muss ich Ihnen noch stellen: Wo waren Sie Montagmorgen?«

Die Antwort kam prompt. »Im Wellnesshotel Seerose im Sauerland. Wir haben den Junggesellinnenabschied meiner besten Freundin gefeiert.«

Berlotti notierte sich den Hotelnamen und legte enttäuscht auf. Sein untrügliches Gespür, das ihm beim Anblick des ungleichen Paares eine Lösung versprochen hatte, schien ihn im Stich gelassen zu haben.

Bei Irene Scherff, die gedroht hatte, jemand solle ihrem Mann den Schädel spalten, weil sie nicht dazu in der Lage sei, waren sie nicht weitergekommen. So unwahrscheinlich es auch war, dass sie einen Auftragskiller engagiert hatte, würde er sich morgen noch einmal bei Meinhold danach erkundigen.

Sah er denn Gespenster, wenn er eine Verbindung zwischen Scherffs Tod und dem Einbruch bei Lohheim vermutete? Er hätte nicht sagen können, wie diese beiden Ereignisse zusammenhingen, und auch die Spurensicherung hatte nichts gefunden, was in diese Richtung deutete. Und dennoch war es für ihn mehr als ein Zufall.

Wenn sie doch nur Scherffs Laptop in die Finger bekommen könnten! Falls sich darauf tatsächlich Beweise befanden, dass der Erste Bürgermeister der Hansestadt in Vetternwirtschaft und Veruntreuung von Staatsgeldern verstrickt war, war dort möglicherweise ihr Motiv zu finden. Wurde er damit vielleicht sogar erpresst? Und falls nicht: Was sagte ihnen das über den Bürgermeister? Wollte er Beweise zur Seite schaffen? Wer – außer dem Bürgermeister – könnte ein Interesse daran haben, dass diese Dokumente unter Verschluss blieben? Warum war Lohheim untergetaucht? War er auf der Flucht? Oder hatte er selbst Dreck am Stecken? Aber warum sollte er dann in seine eigene Wohnung einbrechen? Das ergab doch keinen Sinn!

Im Fenster sah er sich selbst. Die Lichter der Stadt, seiner Stadt, glommen in seiner Brust. Er machte einen Schritt auf das Spiegelbild zu und betrachtete die Gestalt, die ihm entgegenstarrte. Ein erwachsener Mann, der wieder bei seinen Eltern eingezogen war. War es nur der Spiegelung zuzuschreiben, oder waren die Ränder unter seinen Augen wirklich solche dunklen Gräben? Einen traurigen Anblick bot der Mann im Fenster, dachte er und versuchte, den Gedanken sofort wieder loszuwerden. Kein Bedauern, kein Selbstmitleid: Sie würden noch einmal von vorn anfangen, er und diese Gestalt. Hier, in der Heimat ein neues Leben aufbauen. Und auch was die Ermittlungen betraf, würde er die Reset-Taste drücken und die beiden Fälle noch einmal einer unvoreingenommenen Betrachtung unterziehen. Einige wenige Stunden blieben ihm immerhin, und er hatte beschlossen, sie bestmöglich zu nutzen.

Freitag

Intuition ermöglicht uns, etwas genau zu wissen,
ohne es mit Sicherheit sagen zu können.

Es donnerte. Vier-, nein, fünfmal, in besorgniserregend kurzen Abständen. Er wollte zum Fenster gehen und nachsehen, doch seine Beine verweigerten den Gehorsam. Dieser Zustand, in dem sich der Geist schon im Wachzustand befand, der Körper aber noch schlief, besuchte ihn wie ein alter Freund stets in jenen Phasen einer Ermittlung, in denen er nicht von der Stelle kam. Schlafparalyse war der allzu treffende Fachausdruck dafür. Wohl wissend, dass der Spuk nie länger als zwei Minuten andauerte, entweder weil er wieder einschlief oder weil die Muskelkraft zurückkehrte, hoffte Berlotti, dass heute Letzteres zutraf.

Zwei Donnerschläge später öffnete er die Augen und wusste weder, wo er sich befand, noch, wie er dahin gekommen war. Der Raum sah aus wie sein Büro und doch wieder nicht, denn er war nicht nur größer, sondern eine Couch stand darin, auf der er lag. Als es erneut krachte, ging sein Blick zum Fenster, aber die Sonne schien herein, was dafür sprach, dass es nicht gewitterte, sondern die Ursache woanders zu finden sein musste.

Er musste nicht lange weitersuchen. Jenseits der Glastür stand eine Frau um die fünfzig, die vorwurfsvoll mit dem Kopf schüttelte und wohl nicht ganz zufällig das Saugrohr des Staubsaugers immer wieder gegen die Bürotür rumste. Ihn beschlich kurz der Verdacht, dass seine Mutter die Gestalt geschickt hatte, verwarf die Idee aber sofort wieder. Stattdessen fiel ihm ein italienisches Sprichwort seines Vaters ein: »Il cielo ha dato tre cose agli uomini come contrappeso a tante difficoltà: la speranza, il sonno e il sorriso. – Der Himmel hat den Menschen als Gegengewicht zu den Mühseligkeiten des Lebens drei Dinge gegeben: die Hoffnung, den Schlaf und das Lachen.« Was geschah, wenn einem eins nach dem anderen abhandenkam, dazu hatte Alfio leider nichts gesagt.

Erschöpft ließ er den Kopf auf das Polster sinken, während

die Erinnerung an die letzten Stunden zurückkehrte. Er hatte bis zur Morgendämmerung sämtliche Protokolle der bisherigen Befragungen noch einmal gelesen, angetrieben von der Sorge, etwas übersehen, einen Hinweis, eine beiläufige Bemerkung nicht ausreichend gewürdigt zu haben.

Nur zwei Todesfälle hatte er bei seinem Abschied den Kollegen in Frankfurt ungelöst zurückgelassen, und er wollte mit allen Mitteln verhindern, dass in seinen ersten Wochen an neuer Wirkungsstätte zwei weitere hinzukamen. Deshalb hatte er eine Liste erstellt mit Fragen und Dienstanweisungen und sie per SMS gegen halb vier Uhr morgens an die Kollegen verteilt. Keine drei Stunden war das her, wie er nach einem Blick auf die Uhr feststellte. Auch wenn er sich nicht mehr daran erinnern konnte, schien ihm die Aussicht, noch nach Rübke zum eigenen Bett zu fahren, nicht mehr lohnenswert vorgekommen zu sein. Doch wie, wann und warum er entschieden hatte, ungefragt auf dem Sofa seiner Kollegin Katharina Meinhold zu schlafen – hier wurden seine Erinnerungen trübe. Wie gut, dass er keinen Sozialneid verspürte und seine Position nicht durch die Größe seines Büros definierte. Er würde das Sofa bei Bedarf einfach annektieren.

Berlotti stand auf, stopfte sein Hemd in die Hose und erkundigte sich bei der Putzfrau, ob es in dem Gebäude eine Dusche gebe, die er benutzen konnte. Sie schaute ihn an, als hätte er sie gerade etwas höchst Anzügliches gefragt, und verschwand kopfschüttelnd in einem der Zimmer, während sie Unverständliches in einer fremden Sprache murmelte. Er tat es ihr gleich, ging kopfschüttelnd und vor sich hin schimpfend aufs Klo, um sich Wasser ins Gesicht und unter die Arme zu spritzen.

Um kurz nach sieben nahm er den Hörer ab, wenig zuversichtlich, schon jemanden anzutreffen. Überraschenderweise meldete sich tatsächlich das Sekretariat des Ersten Bürgermeisters. Berlotti erklärte, dass er einige dringende Fragen habe, und erkundigte sich nach einem Zeitfenster für eine Unterredung.

»Gar nicht. Herr van der Heide ist komplett verplant, und in den nächsten Tagen sieht es nicht besser aus.«

»Ich glaube, wenn Sie sich etwas Mühe geben, finden Sie sicher eine kleine Lücke«, gab Berlotti freundlich zurück.

»Wie ich Ihnen bereits sagte –«

»Wie *ich* Ihnen bereits sagte, bin ich kein Bittsteller, sondern von der Kripo.« Berlotti blieb freundlich und hoffte auf die Einsicht der jung klingenden Frau. »Was ich Ihnen bislang *nicht* gesagt habe: Ich habe zwei tote Journalisten, aber niemanden, der sich dafür zur Rechenschaft ziehen lassen möchte. Und das Letzte, was Ihr Chef momentan gebrauchen kann, ist, dass sein Name in diesem Zusammenhang auftaucht. Zumal er ohnehin schon genug andere Probleme hat, wie mir zu Ohren gekommen ist.« Er meinte zu hören, wie am anderen Ende der Leitung geschluckt wurde.

»Es ist ja nicht so, dass ich es nicht versuchen würde«, sagte die Stimme schon weniger forsch, »aber Herr van der Heide ist gar nicht in Hamburg. Er landet vormittags in Fuhlsbüttel und hat dann direkt einen Termin im Rathaus.«

»Ich könnte mir vorstellen, dass ihm ein Treffen am Flughafen oder im Rathaus lieber wäre als eine Vorladung aufs Revier …«

Kurz darauf rief die Sekretärin zurück.

»Würde es Ihnen etwas ausmachen, den Bürgermeister um Viertel vor elf in Fuhlsbüttel abzuholen und ihn zum Rathaus zu fahren? Dann bestelle ich das Personenschutzkommando ab.«

»Perfekt.«

»Ach … ähm … Herr van der Heide lässt fragen, um was es genau geht … also … ob ein Anwalt anwesend sein muss.«

»Es handelt sich nicht um eine Vernehmung, aber ich kann ihm nicht verbieten, einen Rechtsbeistand hinzuzuziehen.«

Er beschloss, auf dem Weg zum Flughafen einen Zwischenstopp einzulegen, um einen weiteren Punkt von seiner Liste zu streichen. Davor wollte er sich mit einem Kaffee auf Betriebstemperatur bringen. Wahrscheinlicher aber war, dass nach der kurzen Nacht mindestens ein Doppelter nötig wäre.

Als er schon fast aus der Tür war, fiel ihm noch etwas ein, das er längst hatte erledigen wollen, wozu er aber bisher nicht gekommen war. Er fuhr seinen Rechner noch einmal hoch und gab den Namen »Brigitte Radies« in die Suchmaske der Polizeidatenbank ein. Vorstrafen waren keine vermerkt, was er auch nicht erwartet hatte. Als er das Programm schon wieder schließen wollte, fiel ihm ein mit Sternchen versehener digitaler Karteireiter auf. Er klickte darauf und überflog die Vermerke. Brigitte Radies war bereits mehrfach in den Fokus von Ermittlungen geraten. Nicht weniger als vier Ehemänner hatten unter nicht eindeutig zu klärenden Umständen das Zeitliche gesegnet.

Die ersten drei waren allesamt einem plötzlichen Herztod erlegen. Der zweite und erst recht der dritte Todesfall hatten die Kripo alarmiert. Allerdings förderten die Obduktionen keine Faktoren zutage, die auf eine äußere Einflussnahme hinwiesen. Ehemann Nummer vier war vor zwei Jahren während eines Segelausflugs mit Freunden verschollen, und nach langwierigen Ermittlungen und endlosen Befragungen war beschlossen worden, dass er unter Alkoholeinfluss, aber ohne Fremdeinwirkung nachts vom Boot gefallen und ertrunken sein musste. Da Brigitte Radies währenddessen in Hamburg weilte, konnte freilich keine Verbindung zwischen ihr und dem Tod ihres Mannes hergestellt werden.

Dass alle Ehemänner recht vermögend gewesen waren, hatte Brigitte Radies zu einem ansehnlich gefüllten Bankkonto verholfen, was Berlotti an den Kontoauszügen ablas, die der digitalen Ermittlungsakte beigefügt waren. Ihren letzten Ehemann hatte sie bei der Arbeit kennengelernt. Er war Scherffs Vorgänger, aber auch zwei der drei anderen Gatten waren im Journalismus tätig gewesen.

Berlotti schloss das Dokument. Was sollte er mit diesen Informationen anfangen? War Brigitte Radies eine ebenso raffinierte wie skrupellose Mörderin? Ein männermordender Senioren-Vamp in Straps-Strumpfhosen? War sie bloß eine bedauerns- oder beneidenswerte Ehefrau – je nachdem, ob man ihr Liebesglück oder ihren Kontostand als Maßstab zugrunde legte? Sollte sie auch Wolfgang Scherff auf dem Gewissen haben, weil sie wider Erwarten eine Liaison hatten – oder eben keine? Aber welche Rolle spielte dann Markus Horn, vorausgesetzt, sie suchten nach einem und nicht nach mehreren Tätern? Nein, Brigitte Radies als Mörderin ihres Vorgesetzten war nicht sehr wahrscheinlich.

Andererseits, was war schon wahrscheinlich? Es war auch nicht sehr wahrscheinlich, dass sie alle in diesem Moment mit mehr als hunderttausend Kilometern pro Stunde auf einer Kugel im All unterwegs waren, deren Kern aus sechstausend Grad heißem Eisen bestand, während auf ihrer Oberfläche kaltes Wasser und Eisberge dominierten und siebeneinhalb Milliarden Menschen darauf herumliefen, um mehr oder weniger guten Kaffee zu trinken, aufs Klo zu gehen oder Menschen zu ermorden.

Nein, beides war in der Tat nicht sehr wahrscheinlich und zumindest Letzteres dennoch ein unumstößlicher Fakt. Und was hatte Katharina Meinhold über wütende Frauen gesagt? Denen war alles zuzutrauen.

***

Der Himmel war wie eine gewaltige Leinwand – blass, fast pastellblau, und die abhebenden Flieger pinselten mit breiten Kondensstreifen ein Muster darauf. Wie verabredet wartete Berlotti gegenüber dem Ausgang vor dem Parkhaus und bereute inzwischen, sich nicht noch einen dritten Kaffee genehmigt zu haben, denn die intensive Denkarbeit der letzten Nacht steckte ihm noch in den Gliedern, als wäre er einen Halbmarathon gelaufen. Er erinnerte sich an Zeiten, in denen er nach einer schlaflosen Nacht am darauffolgenden Tag Höchstleistungen abrufen konnte. Damit war es vorbei, das machte ihm sein Körper an diesem Vormittag unmissverständlich klar. Doch ebenso klar war ihm, dass er sich davon nicht stoppen lassen und auf der Suche nach der Wahrheit, oder dem, was er für Gerechtigkeit hielt, seinen Körper nicht schonen würde. Dazu gehörte auch, sich der kerosingeschwängerten Luft auszusetzen, die sich mit dem Zigarettenqualm der Raucherbereiche vermengte und ihn in der Nase kitzelte.

In Gedanken versuchte er, die Erkenntnisse der vergangenen Stunden zu sortieren, was angesichts der englischen Reisegruppe, die die Wartezeit in der chronisch langen Schlange am Taxistand mit dem Grölen von Fußballhymnen überbrückte, eine mittelgroße Herausforderung war. Das maschinengewehrsalvenhafte Rattern unzähliger Rollkoffer auf dem Kopfsteinpflaster und das Hupen ungeduldiger Taxifahrer, wenn ein Kollege nicht schnell genug die Ladezone verließ, torpedierten zusätzlich seine Analysefähigkeit.

Manuela Fehre hatte erneut die Aufzeichnungen rund um den ersten Tatort ausgewertet und nach Verdächtigen Ausschau gehalten, die dem Suchprofil entsprachen: männlich, Turnschuhe, Rucksack, eventuell Kapuzenpullover. Drei Personen hatte sie dem Hauptkommissar präsentiert, wobei die Aufnahmen unscharf waren, weil sich die potenziell Verdächtigen am oberen Rand des Bildes und zudem in einiger Entfernung von der Kamera befanden. Die Auflösung war derart miserabel, dass er sich nicht viel von der Auswertung versprach. Nichtsdestoweniger hatte er die Sequenzen an Peter Thies schicken lassen. Vielleicht schlummerte in ihm ein zweiter David Copperfield, der doch noch messerscharfe Fahndungsbilder daraus zaubern konnte.

Auch bei ihrer zweiten Begegnung wuchs Berlotti die Polizistin nicht gerade als Glücksgöttin Fortuna ans Herz. Denn was die Durchsuchung aller Abfalleimer im Umkreis von mehreren hundert Metern rund um Scherffs Wohnung betraf, hatte Manuela Fehre keine gute Nachrichten zu vermelden. Die Hamburger Stadtreinigung hatte mögliche Spuren inzwischen in der Verwertungsanlage Borsigstraße im Hamburger Stadtteil Billbrook als Strom wieder ins Hamburger Netz eingespeist.

Zudem hatte er die Berichte der Nachbarschaftsbefragung beider Tatorte zusammengezählt: In Pöseldorf hatte die Polizei an dreiundvierzig Haustüren geklingelt und bislang neununddreißig Bewohner angetroffen, die angegeben hatten, zwischen sechs und sieben Uhr noch geschlafen, gearbeitet oder aus anderen Gründen rein gar nichts gesehen, gehört oder bemerkt zu haben. In Estebrügge beim zweiten Toten sah es noch düsterer aus. Wie war es möglich, dass Morde in einem Mietshaus und einer dicht besiedelten Gasse begangen wurden ohne Zeugen, ohne brauchbare Spuren, mit so gut wie keinen brauchbaren Hinweisen? Und die wenigen, die es gab, hatten sich allesamt als Fehlschläge erwiesen. Kann also nur besser werden, dachte er und hob die Hand, als der Bürgermeister aus der automatischen Drehtür ans Tageslicht trat.

»Planänderung«, sagte Roland van der Heide, während sie sich zur Begrüßung die Hand gaben. »Ich muss nach Jenfeld, zum Sommerfest in ein Mutter-Kind-Heim. Der Personenschutz löst Sie dann dort ab.«

Berlotti hatte nichts dagegen, im Gegenteil: Das gab ihm noch mehr Zeit mit dem Bürgermeister. Sie gingen zu Berlottis Fiat 500, den er bewusst dem Dienstwagen vorgezogen hatte. In einem Privatfahrzeug würde sich der Bürgermeister weniger wie bei einer Vernehmung fühlen, hoffte er und ließ, um diesen Eindruck noch zu verstärken, das Verdeck herunter. Van der Heide lachte, und Berlotti meinte beobachten zu können, wie er sich tatsächlich etwas entspannte.

»Finden Sie das nicht ein bisschen zu klischeehaft?«, wollte sein Fahrgast grinsend wissen.

Berlotti grinste zurück. »Weil ein Italiener einen Fiat fährt? Oder weil ich mit meiner Sonnenbrille aussehe wie mein Mafia-Onkel Vito?«

»Na, wenn das so ist …«, erwiderte van der Heide, holte eine Sonnenbrille aus seinem Aktenkoffer und setzte sie sich ebenfalls auf die Nase.

Kein Wunder, dachte Berlotti, dass der Mann schon seit zehn Jahren die Geschicke Hamburgs lenkte. Die Wirtschaft in der Stadt boomte, die Arbeitslosigkeit war zurückgegangen, der Haushalt ausgeglichen. Aber vor allem mochten die Leute *ihn*, die dauerentspannte Art des strohblonden, stets braun gebrannten Sonnyboys, die er auch jetzt an den Tag legte, obwohl er von einem Hauptkommissar chauffiert wurde, von dem er wusste, dass er nicht wegen eines Autogramms neben ihm saß.

Berlotti bog auf die Bundesstraße Richtung Zentrum und räusperte sich. »Was ist dran an den Vorwürfen im Tagesanzeiger?«

Van der Heide wandte ihm das Gesicht zu, die Augen waren hinter den verdunkelten Gläsern nicht zu erkennen. »Politik ist ein einsames Geschäft.« Er ließ sich Zeit und schien jedes Wort abzuwägen. »Und wenn ich mit Menschen zusammenarbeiten kann, denen ich blind vertraue, dann nutze ich diese Gelegenheit. Dass mir das jetzt anders ausgelegt wird, ist zwar schade, aber ich habe mich an geltendes Recht gehalten. Beide, meine Frau und meine Tochter, haben hart für ihren Lohn gearbeitet.«

Berlotti bezweifelte, dass Oppositionspolitiker und Medienvertreter das ebenso sehen würden. Vermutlich ahnte auch der Bürgermeister, dass die Situation nicht gut für ihn aussah. Zumal es in ein paar Tagen darauf ankam, dass die Menschen an ihn glaubten oder zumindest den Gegenkandidaten als weniger attraktive und glaubhafte Alternative für Hamburg empfanden. Doch Berlotti ermahnte sich, dass er nicht hier war, um über moralische Verfehlungen zu urteilen. »Der Journalist – nennen wir ihn ruhig beim Namen: Wolfgang Scherff – erwähnte Beweise, die angeblich belegen, dass Sie lügen würden und sehr wohl eine Straftat begangen hätten.«

Anstatt zu antworten, suchte van der Heide seine Hosentaschen ab, fand aber nicht, wonach er suchte. Auch im Sakko, das zusammengefaltet auf seinem Schoß lag, wurde er nicht fündig, bis er schließlich aus seinem Aktenkoffer eine Packung Fisherman's Friend fischte. »Wollen Sie einen?«

»Nein, danke.«

Van der Heide fummelte eine Pastille aus dem Papierbeutel und steckte sie in den Mund. »Meinen Sie nicht, dass ich mir nicht seit Tagen den Kopf darüber zerbreche, was das für Dokumente sein sollen? Aber ehrlich, ich bin mir keiner Schuld bewusst!« Er presste die Lippen so fest aufeinander, dass der Mund nicht mehr als ein Strich war. Obwohl er es sich nicht anmerken ließ, nagte an Hamburgs Sonnyboy die Kampagne, die sich zu einem existenzbedrohenden Skandal auszuweiten drohte. »Dabei kannte ich Scherff sogar und war bislang der Ansicht, dass wir miteinander ausgekommen sind.« Er seufzte. »So kann man sich täuschen.«

Berlotti stutzte. Sie hatten sich gekannt? Doch sobald er einen Moment darüber nachdachte, wäre es merkwürdiger gewesen, hätte der Erste Bürgermeister behauptet, er wäre einem der angesehensten Politikjournalisten der Stadt niemals begegnet.

»Was war Scherff für ein Mensch?«, wollte Berlotti wissen.

»Kein Typ, der andere hintergeht. Das hat er mit mir gemeinsam, deshalb habe ich ihn respektiert. Selbst wenn der Feldzug gegen mich unter aller Sau ist!«

»Sie glauben an eine gezielte Aktion?«

»Sie etwa nicht?« Van der Heide fiel ihm mit der Antwort regelrecht ins Wort.

Während Berlotti seinen Wagen so flüssig durch den Verkehr lotste, als ritten sie wie zwei Meeresschildkröten auf einem Meeresstrom im Pazifik, musste er sich eingestehen, dass er keine Ahnung hatte, was er von dem Mann zu erfahren hoffte.

»Ich muss das jetzt fragen: Wo waren Sie Montagmorgen zwischen sechs und halb sieben?« Berlotti wandte den Blick kurz von der Straße, um die Reaktion nicht zu verpassen.

»Da bin ich gerade aufgestanden, um meine Tochter zur Schule zu bringen, und bin direkt weiter ins Büro«, sagte van der Heide erneut ohne zu zögern, und erst als ihm die Bedeutung der Frage bewusst zu werden schien, wollte er wissen: »Sie glauben doch nicht …?«

»Ich bin gottlos glücklich und glaube vor allem an mich selbst.« Und das auch nicht permanent, fügte Berlotti in Gedanken hinzu. »Ich stelle nur Fragen, die gestellt werden müssen. Fakt ist, dass Scherff getötet wurde, nachdem er Ihnen unmittelbar vor der Wahl den Krieg erklärt hat. Noch dazu ist Scherffs Laptop und damit die Festplatte verschwunden, auf der sich vermutlich die besagten Beweise befanden.«

Aus dem Augenwinkel bemerkte er, dass van der Heide ihn

erstaunt ansah. Diese Information schien ihm neu zu sein. »Ich sage weder, dass Sie Scherff erschlagen haben, noch, dass Sie den Auftrag dazu gegeben haben. Aber das spielt Ihnen schon alles sehr in die Karten ...«

»Jetzt verstehe ich, warum Sie mich sprechen wollten«, murmelte van der Heide. »Ein Motiv hätte ich in der Tat gehabt.«

Berlotti hielt an einer roten Ampel. Seitdem sie über die Steilshooper Allee fuhren, reihten sich graue Wohnblöcke an leer stehende Geschäfte und verwahrloste Spielplätze. Jeder Hundehaufen im Sandkasten, jedes eingeschlagene Schaufenster wirkte wie eine Anklage an das Stadtoberhaupt, dass der Aufschwung längst nicht überall angekommen war. Van der Heide schien regelrecht aufzuatmen, als sie den sozialen Brennpunkt verließen, den manche auch als Ghetto bezeichneten. Berlotti nahm das Gespräch wieder auf.

»Könnten Sie sich jemanden vorstellen, der einen Mord begehen würde, um Sie zu schützen?«

»Unter normalen Umständen würde ich Sie fragen, ob Sie zu viele schlechte Krimis gelesen haben. Aber was ist in diesen Zeiten schon normal?« Van der Heide strich sich über das Kinn, als würde er einen unsichtbaren Bart kraulen. Dabei ließ das glatte Gesicht eher darauf schließen, dass der allererste Bartwuchs noch einige Jahre auf sich warten lassen würde. Das jungenhafte Aussehen war sicher nicht von Nachteil, dachte Berlotti, wenn es darum ging, auf Tausenden von Wahlplakaten für sich werben zu müssen.

»In einer Stadt, in der Linksextreme mit Steinen auf Polizisten werfen und Rechtsextreme drei Schweinsköpfe vor einer Moschee auf Holzpflöcke spießen, halte ich einen politisch motivierten Journalistenmord nicht für ausgeschlossen. Aber es war garantiert niemand aus meinem engeren Umfeld«, fuhr van der Heide nachdenklich fort. »Vermutlich sollte ich als Bürgermeister nicht so über die Menschen in meiner Stadt sprechen, aber wie überall gibt es auch hier Irre, Fanatiker und andere Leute mit massivem Dachschaden. Irgendjemand, ich weiß nicht, wer, bestellt ständig Zeug in meinem Namen: Münzen,

Goldschmuck, Sexspielzeug. Alles muss ich dann wieder zurückschicken oder dem Paketboten mühsam erklären, warum ich es nicht annehme.«

Van der Heide lockerte die rosafarbene Krawatte und öffnete den obersten Hemdknopf. Dann legte er die Hände auf das obere Ende der Windschutzscheibe. Der Fahrtwind blies ihm in Gesicht und Haare, weshalb er die Augen schloss. Er scheint die Fahrt zu genießen, dachte Berlotti. Verhielt sich so jemand in Gegenwart eines Ermittlers, wenn er Informationen über einen, wenn nicht sogar zwei Morde zurückhielt und befürchten musste, aufzufliegen?

»Hat jemand Geld von Ihnen verlangt, damit die Daten unter Verschluss bleiben, die sich angeblich auf diesem Laptop befinden?«, sprach er den Gedanken aus, der ihm vergangene Nacht gekommen war.

Die Antwort folgte prompt. »Definitiv nicht! Darauf hätte ich mich niemals eingelassen, auch wenn es mich das Amt kosten würde. Zumal ich keine Ahnung habe, was das für angebliches Enthüllungsmaterial sein soll.«

Schweigend fuhren sie über den Osterbekkanal und die Wandse, auf denen Ruderer und Stehpaddler um die Vorherrschaft rangen. Es gab sicher schlechtere Städte, um Bürgermeister zu sein. Aber gewiss auch bessere Situationen, in denen man sich kurz vor einer Wahl befinden konnte.

Als hätte van der Heide seine Gedanken gelesen, sagte er: »Ist Ihnen schon der Gedanke gekommen, dass jemand es genau so aussehen lassen wollte? Dass ich einen unbequemen Widersacher gewaltsam aus dem Weg räume, um weiter im Amt zu bleiben?«

Tatsächlich war Berlotti dieser Gedanke bislang nicht gekommen, und er fragte sich verwundert, warum. Vermutlich erschien ihm die Idee schlichtweg zu absurd, dass jemand einem Journalisten erst Informationen zusteckte, um den amtierenden Bürgermeister zu diskreditieren, und ihn kurz darauf ermordete, bevor er die Beweise für seine Behauptungen vorlegen konnte.

»Und wer soll das sein?«, hakte er nach.

Van der Heide verzog das Gesicht, als hätte er gerade einen großen Schluck saurer Milch getrunken, sagte aber nichts. Doch Berlotti hatte auch so verstanden.

»Sie glauben, Bernd Krause will Ihnen das anhängen?«, fragte er erstaunt und hätte beinahe die alte Dame übersehen, die mit ihrem Rollator umständlich auf den Zebrastreifen vor ihnen gerollt war. Er bremste scharf und vermied noch gerade eben so die wenig schmeichelhafte Schlagzeile »Hauptkommissar und Bürgermeister rammen Rentnerin«.

»Denken Sie mal darüber nach«, entgegnete van der Heide, und seine oft in der Öffentlichkeit zur Schau gestellte Frohnatur war einer Verbitterung gewichen, die ihm nicht gut zu Gesicht stand. Berlotti mutmaßte, dass zehn Jahre im Amt unter ständiger Beobachtung zu einer Belastung geworden waren. Wer nachts nicht einmal bei Rot über die Ampel gehen konnte, obwohl kein Auto kam, ohne fürchten zu müssen, dass irgendein Leserreporter ein Foto von ihm machte und die Zeitungen das ausschlachteten, wurde wohl mit der Zeit so dünnhäutig, dass er sich sogar von eher harmloser Kritik plötzlich persönlich getroffen fühlte. Und womöglich sah man überall eine Verschwörung lauern, in jedem Mitarbeiter einen potenziellen Spion und in jedem Oppositionellen einen Gegner, der auf Mord aus war – politischen wie realen.

Berlotti beschloss, van der Heides Verdacht später mit den Kollegen zu besprechen. Möglicherweise brachten diese seiner These mehr Wohlwollen entgegen. Aber sie würden bald am Ziel angelangt sein. Man muss in den Dreck hineinschlagen, um zu wissen, wie weit er spritzt, dachte er, was ihn veranlasste, die nächste Frage zu stellen. »Und dieser Journalist, dem Sie angeblich Privilegien einräumen im Gegenzug für eine positive Berichterstattung?«

Er hörte, wie sein Beifahrer das Bonbon knirschend zerbiss.

»Von wem haben Sie das denn wieder? Darf ich?« Van der Heide schaltete das Autoradio ein. »Ach, ich will es gar nicht wissen.« Er drückte sich durch die Knöpfe mit den eingespeicherten Radiosendern und drehte schließlich Deutschlandradio Kultur lauter. So gern Berlotti die »Hamburgischen Festmusiken« des berühmten Bach-Sohns Carl Philipp Emanuel auch mochte, jetzt war nicht der richtige Zeitpunkt dafür. Er überlegte kurz, den Sender abzuschalten, begnügte sich aber damit, ihn leiser zu drehen.

Van der Heide verstand das zu Recht als Aufforderung, die Frage zu beantworten. »Das ist völliger Quatsch!«, sagte er und drehte die Musik wieder etwas lauter, ob aus Gewohnheit, um das letzte Wort zu behalten oder weil ihm die Musik tatsächlich gefiel, vermochte Berlotti nicht zu sagen. Er ließ ihn aber gewähren.

»Wobei …«, setzte van der Heide an, unterbrach sich, sah aber ein, dass er diesen Satz fortsetzen musste. »Jeder Politiker kooperiert mit einem oder sogar mehreren Journalisten, denen er lieber Informationen zusteckt als anderen, wenn er will, dass sie schnell verbreitet werden. Wer eine Nachricht exklusiv hat, verbreitet sie mit umso mehr Aufwand als Eilmeldung oder Push-Nachricht. Das ist leider das Spiel, aber eher die Regel als die Ausnahme. Einen Strick werden Sie mir daraus nicht drehen können.«

Ich vielleicht nicht, dachte Berlotti. Aber die Medien und die politischen Gegner würden sich auf die Geschichte stürzen, sollten sie davon erfahren, davon war er überzeugt. Er erkundigte sich nach dem Namen des Journalisten.

»Den werde ich Ihnen nicht nennen!«, erwiderte der Bürgermeister entschieden.

»Sie wissen, dass Sie damit eine Ermittlung behindern«, gab Berlotti streng zurück.

»Ach, ich dachte, Sie ermitteln nicht gegen mich?«

»Bislang gab es dafür keinen Anlass, aber Ermittlungen können sich jederzeit in unvorhergesehene Richtungen bewegen.«

Trotz allen Bemühens wollte der Bürgermeister den Namen des Journalisten nicht herausrücken. Ein Seitenblick auf die Navi-App verriet Berlotti, dass ihm nur noch wenige Minuten blieben. Er überlegte, wie viel von seinen Erkenntnissen er preisgeben sollte.

»Gut möglich, dass es stimmt, was Sie sagen, dass Sie tatsächlich das Opfer einer politischen Verschwörung sind. Aber wie lautet denn dann Ihr Plan?«

»Plan?« Van der Heide sah ihn verständnislos an.

Berlotti drohte allmählich, die Geduld zu verlieren. »Ist Ihnen bewusst, was uns bevorsteht, falls die DNP nächsten Sonntag tatsächlich gewinnt? Ihnen als Amtsinhaber und dann in der politischen Opposition? Oder mir, als Vertreter von Recht und Ordnung? Ganz zu schweigen davon, dass jeder dritte Hamburger Bürger ausländische Wurzeln hat!«

Van der Heide schüttelte bestimmt den Kopf. »Dazu wird es nicht kommen. Die Hamburger werden sich von einem Haufen Lügen nicht täuschen lassen. Ich werde weiterhin die Wahrheit sagen, den Lügen widersprechen und darauf vertrauen, dass die Hamburger das eine vom anderen unterscheiden können.«

Angesichts solch ungeahnter politischer Naivität sah Berlotti ihn ungläubig an.

»Biegen Sie links ab. Am Ende der Straße liegt das Ziel auf der rechten Seite«, meldete sich die Navigations-App zu Wort, und schon rückte der eingeschossige Flachdachbau in ihr Blickfeld. Davor wartete bereits eine kleine Menschentraube auf die Ankunft des Ehrengastes, auch Fotografen und sogar ein Kamerateam konnte Berlotti erkennen. Er hielt in einiger Entfernung und hoffte, dass der Pulk sie nicht entdeckte.

»Sie wissen, dass ich in *zwei* Todesfällen ermittle?«

Van der Heide nickte ernst. »Und jetzt wollen Sie wissen, in welcher Beziehung ich zum zweiten Opfer stand?« Ohne eine Antwort abzuwarten, beteuerte er, Markus Horn nicht zu kennen, weder persönlich noch dessen Namen jemals gehört zu haben. Er bedankte sich für den kostenlosen Shuttleservice und verabschiedete sich, nicht ohne dem Hauptkommissar viel Erfolg bei den Ermittlungen zu wünschen.

Berlotti blieb grübelnd zurück. Gab es tatsächlich jemanden, der besessen genug war, sich nicht nur als Bürgermeister auszugeben und Waren in dessen Namen zu bestellen, sondern auch eine Person aus dem Weg zu räumen, die dessen Karriere bedrohte? Oder würde Bernd Krause wirklich so weit gehen und einen Menschen ermorden, nur um es seinem Konkurrenten in die Schuhe schieben zu können? Beides klang unwahrscheinlich, und in beiden Fällen ergab Horns Tod keinen Sinn.

Anstatt zu wenden, fuhr er im Schritttempo an der Familieneinrichtung vorbei. Van der Heide saß eingezwängt zwischen zwei Müttern auf einer schmalen Bank, aß Nudelsalat und klönte. Wie viele Sympathien das beliebte Stadtoberhaupt in den Tagen vor der Wahl wohl noch verspielen würde, wenn die DNP tatsächlich Ernst machte? Trotz der Sonnenstrahlen fröstelte es ihn, als er daran denken musste, wie sich das Miteinander in der weltoffenen Hansestadt ändern würde, sollte van der Heide tatsächlich seine fragwürdigen Aktionen nicht hinreichend erklären können.

✳✳✳

»Gute oder schlechte Nachrichten?« Katharina Meinhold setzte sich in der Kantine zu ihm an den Tisch. Sie hatte zwei Tramezzini-Dreiecke auf ihrem Teller liegen, von denen Berlotti sich kommentarlos eines herunternahm. Obwohl sie ihm einen gespielt vorwurfsvollen Blick zuwarf, war ihr anzusehen, dass eines ohnehin für ihn vorgesehen war.

Gegrillte Pilze und Mayonnaise trafen auf seine Geschmacksknospen und entfalteten ein Aroma, das ein authentisch italienisches Bistro nicht viel besser hinbekommen hätte.

»Eine der Köchinnen ist Halbitalienerin«, kommentierte Meinhold sein anerkennendes Nicken.

Berlotti begann von seinem Treffen mit dem Bürgermeister zu erzählen und stellte schnell fest, dass es ihm nicht leichtfiel, die ambivalenten Eindrücke in Worte zu fassen.

»Ich muss zugeben, dass mir der Oberhäuptling sympathisch ist. Aber selbst wenn seine Antworten schlüssig klingen, kann ich kaum glauben, dass ein so erfahrener Mann so dumm sein konnte, gleich in mehrere Fettnäpfe zu tappen, die ihn die Karriere kosten können.« Er nippte an dem viel zu heißen Kaffee, verbranntе sich die Zunge und verzog das Gesicht. »Und dass er zu hanseatisch ist, um sich gegen Fake News und Verleumdung zu wehren, ist an Fahrlässigkeit nicht zu überbieten.«

»Warum regen Sie sich eigentlich so auf?« Meinhold sah ihn an, als wäre ihr die Spezies Mann grundsätzlich ein Rätsel, aber dieses Exemplar vor ihr ein besonders komplexes. »Unkluge Entscheidungen sind doch bei Politikern beispielsweise in Frankreich und – sehen Sie es mir nach – Italien eher die Regel als die Ausnahme. Außerdem wissen wir doch, dass politische Schmutzkampagnen im Wahlkampf nicht erst seit Trump auch in Europa an der Tagesordnung sind. Ich wüsste nicht, was wir dagegen unternehmen könnten.«

Berlotti versuchte, seine Zunge mit einem Schluck Leitungswasser zu kühlen. Vergeblich. »Ich hatte die Hoffnung, die Pläne der DNP doch noch zu durchkreuzen, wenn ich den Fall rechtzeitig löse und nachweisen kann, dass tatsächlich deren Parteiführung darin verwickelt ist. Oder dass die Wahl dann zumindest verschoben wird. Aber ich vermute, das ist blauäugig gewesen.«

»So hatte ich das noch gar nicht gesehen«, sagte Meinhold nachdenklich. »Apropos schmutzige Kampagne«, ging sie nahtlos zu einem anderen Thema über. »Ich habe mich heute Morgen für die Ermittlungen prostituiert.«

»Sie haben *was*?« Berlotti verschluckte sich am Wasser und bekam einen Hustenanfall.

»Mir ist bei der Lektüre des Tagesanzeigers ein Schreiber aufgefallen, der auffallend oft besser informiert war als seine Kollegen.«

»Sie haben den Journalisten ausfindig gemacht?«

Die Reaktion ihres Vorgesetzten schien Katharina Meinhold zu freuen, ihre hellblauen Augen funkelten schelmisch. »Ausfindig gemacht und heute Vormittag auch gleich vorgeknöpft. Leider hat er sich nicht davon beeindrucken lassen, dass ich von der Kripo bin, und erst angefangen zu plaudern, als ich meine spärlichen weiblichen Reize habe spielen lassen.«

Von »spärlich« konnte wirklich keine Rede sein, dachte Berlotti. Schließlich hatte er bereits erlebt, dass Kollegen auf sie reagierten wie Welpen, denen man ein Leckerli vor die Schnauze hielt. Noch immer strahlte sie ihn an. Flirtete sie etwa mit ihm? Und wenn ja: Wie fände er das eigentlich? Oder war das ein typisch männliches Machogehabe, Zugewandtheit sofort mit sexuellen Anspielungen gleichzusetzen?

»Ich hoffe, er hat Sie für Ihren Einsatz angemessen entschädigt«, sagte Berlotti schmunzelnd. »Aus meiner Frankfurter Zeit weiß ich, dass Prostitution ein lohnendes Geschäft sein kann – wobei ... Das gilt wohl vor allem für die Zuhälter.«

»Das wären als mein Vorgesetzter in diesem Fall dann wohl Sie?«, sagte Katharina Meinhold, ohne eine Miene zu verziehen.

Berlotti sah sich um, ob niemand an den Nebentischen in der Kantine zuhörte. Er senkte die Stimme. »Wenn ein Kollege uns so reden hört oder – noch schlimmer – die Beil, dann kann ich gleich über die Grenze nach Dänemark fliehen und da eine Eisdiele eröffnen!«

»Oh.« Jetzt sah auch sie sich erschrocken um. Ihr schien die Vorstellung gar nicht zu behagen, ihren neuen Chef wegen einer Blödelei noch zusätzlich in Bedrängnis zu bringen, weshalb sie übergangslos einen professionellen Ton anschlug.

Der Journalist hatte ihr im Prinzip bestätigt, was van der Heide auch Berlotti erzählt hatte, war dabei aber konkreter geworden: Er hatte hin und wieder Informationen aus dem Umfeld des Bürgermeisters zugesteckt bekommen – Namen wollte er nicht nennen. Darunter seien gelegentlich Gerüchte und Interna gewesen, um Gegner zu verunglimpfen. Er habe wiederholt darauf bestanden, dass dies wirklich nichts Neues oder auf die Hamburger Politik beschränkt sei. Es sei der Normalfall unter Kommunalpolitikern, im Kreis Pinneberg ebenso wie in der Bundespolitik der Hauptstadt, im Umfeld des Brüsseler Europaparlamentes ebenso wie im Weißen Haus. Das sei zwar ein offenes Geheimnis, aber kein Allgemeinwissen, weshalb das Streuen solcher Informationen im Wahlkampf tatsächlich noch in der Lage war, die Stimmung anzuheizen. Abschließend hatte der Reporter darauf bestanden, dass er dennoch kritisch und unabhängig berichten könne.

»Und weil Letzteres totaler Quatsch ist, fühle ich mich auch nicht an mein Versprechen gebunden, heute Abend mit ihm auszugehen.«

»Sie sind kalt und herzlos und werden dem armen Mann das Herz brechen. Diese Leiche geht dann aber auf Ihr Konto!«

Sie zuckte mit den Schultern. »Berufsrisiko.«

»Konnte Ihr mit einem Bein im Grab stehender Informant etwas zu den Anschuldigungen sagen, die Scherff gegen den Bürgermeister erhoben hat?«

Aus dem Augenwinkel sah er, wie Elvira Beil in die Kantine kam und sich suchend umsah. Berlotti veränderte seine Sitzposition, drehte ihr den Rücken zu und hoffte, dass der Kelch diesmal an ihm vorübergehen würde. Katharina Meinhold kommentierte dies nicht, wofür er dankbar war.

»Die Kampagne hat meinen Informanten und dessen Kollegen ebenso eiskalt erwischt wie den Bürgermeister. Niemand in der Redaktion hat angeblich im Vorfeld etwas davon gewusst.«

Schon wieder eine Sackgasse!

»Was sagt denn Ihr Bauchgefühl?«, wollte sie wissen.

»Der Bürgermeister hat mit der Sache nichts zu tun«, antwortete er mit fester Stimme und ergänzte dann, schon weniger überzeugt: »Andererseits ist Intuition letztlich nichts anderes als ein Hilfsmittel, etwas genau zu wissen, ohne es mit Sicherheit sagen zu können.«

* * *

Knapp achtzehn Stunden waren vergangen seit dem Ultimatum der Polizeipräsidentin. Wie sollte er zwei Morde in den nächsten sechs Stunden lösen? Das war doch absurd! Zu seiner Nervosität mischte sich zunehmend eine für ihn ungewohnte Wut. Wut auf die Situation, die Polizeipräsidentin, die kaum vorzeigbaren Fortschritte, den oder die unbekannten Mörder – und die Ungerechtigkeit der Welt im Besonderen wie im Allgemeinen.

Auch wenn er sich keinen Illusionen hingab, was einen schnellen Erfolg betraf, beschloss er grimmig, dass er den drängendsten Spuren nachgehen wollte. Er würde nicht die Hände in den Schoß legen und untätig warten, bis die Zeit ablief.

Bernd Jensen hingegen kam gut gelaunt in den Besprechungsraum und zeigte einen Enthusiasmus, der Berlotti verwunderte. Der Kollege hatte Vertrauenspersonen der Kripo in der rechten und linken Szene angezapft, aber niemand wollte etwas gesehen oder gehört haben. Doch Jensen wusste zu berichten, dass die Morde an den Journalisten in beiden Kreisen begrüßt worden waren. Die Rechten feierten den »Tod der Lügenpresse«, die Linksextremen dagegen einen »gelungenen Akt gegen konservative Strömungen in den Medien«. Leider hatte sich keine der Gruppierungen bislang mit den Taten gebrüstet, was Jensens Ansicht nach gegen einen politisch motivierten Mord sprach. Aber er hatte die Person identifizieren können, die mit extremen Hass-Posts auffällig geworden war.

»Sie meinen die Drohungen gegen die Ungläubigen vom Tagesanzeiger, die geschlachtet und in die Luft gesprengt werden sollten?«, erkundigte sich Berlotti.

»Exakt die. Raten Sie mal, wem das Profil gehört.« Noch während Berlotti in Gedanken die Optionen durchging, setzte der Kollege sein Ratespiel ungebremst energiegeladen fort. »Ein Elftklässler von einem angesehenen Hamburger Gymnasium!«

Das hatte Berlotti nicht erwartet. »Ein Muslim?«

»Eben nicht! Ein gebürtiger Deutscher: Erik Reus!«

»Aber warum? Mit welchem Ziel?« Berlotti verstand die Logik dahinter nicht. Was sollte das? Ein Dummer-Schuljungen-Streich?

Der Teenager hatte nach eigener Aussage – natürlich – keinen Schaden anrichten wollen. Es sei ein harmloser Spaß gewesen.

»Als ich ihn etwas härter rangenommen habe, hat er aber zugegeben, dass er Vorbehalte gegenüber Muslimen hat und mit dieser Aktion die Stimmung weiter anheizen wollte«, sagte Jensen und trug ein selbstzufriedenes Gesicht zur Schau.

»Der Plan ist aufgegangen, wenn ich mir die einschlägigen Medien und die dazugehörigen Meinungsforen so ansehe«, quittierte Berlotti die Ermittlungsergebnisse mit einem Stirnrunzeln.

»Ich habe dem Bürschchen gesagt, dass wir uns überlegen werden, ob wir seine Aktion dem Verfassungsschutz melden. Dann kann er sein Abitur im Knast bauen. Da war er plötzlich gar nicht mehr so mutig.«

Auch wenn Berlotti nicht vorhatte, einen Minderjährigen an den Verfassungsschutz auszuliefern, war er wie Jensen der Ansicht, dass eine Lektion nicht schaden konnte, damit der Junge nicht so schnell wieder auf so eine unfassbar dämliche Idee kam.

»Mir sind das eindeutig zu viele männliche Verdächtige hier!« Katharina Meinhold ließ den Blick aus ihrem Bürofenster über die Stadt schweifen. Die Sonne glänzte auf Dächern, prallte von Fensterscheiben ab und legte sich glitzernd über jenen Teil der Außenalster, der von hier aus zu sehen war. Fast sehnsüchtig sah Meinhold auf die Welt jenseits der Scheibe. Sie hatte die Ärmel ihres Jeanshemdes hochgeschoben und drückte die Unterarme gegen das Glas, um etwas Nachmittagssonne abzubekommen. »Ich glaub ja immer noch an das starke Geschlecht. Nach allem, was Sie mir erzählt haben, scheinen die Radies und die Scherff beide nicht astrein zu sein.«

Berlotti lehnte mit dem Rücken an ihrer Bürotür. Er betrachtete nachdenklich Meinholds Silhouette, die sich vor dem hell erleuchteten Fenster abhob. Auch er wurde aus dem Verhalten der beiden Frauen nicht ganz schlau.

»Was schlagen Sie vor?«

»Ich höre mich im Umfeld um. Was halten die Kollegen eigentlich von der Radies, und wissen die vielleicht mehr? Mit wem hatte Irene Scherff Kontakt, bevor sie sich aus dem Staub gemacht hat? Kam es mal zu Handgreiflichkeiten unter Eheleuten? Und wenn ja, wer hat da wen vermöbelt? Meinen Verdacht von einem Auftragskiller, den die Scherff engagiert haben könnte, hat mein Informant leider nicht bestätigt.«

Es entstand eine längere Pause. Schließlich machte Berlotti

eine Bewegung, als würde er sich schütteln. »Wissen Sie, was mich stört?«

Meinhold, die wohl eigentlich eine Reaktion auf ihren Vorschlag erwartet hatte, sah ihn abwartend an.

»Es wird nicht weniger. Wenn wir wenigstens einen Verdächtigen ausschließen könnten. Aber je mehr Personen wir ansprechen, desto mehr kommen in Frage. Und noch immer beschleicht mich das Gefühl, dass wir nur an der Oberfläche kratzen.«

Es waren einfach zu viele offene Enden. Hatten der oder die Täter persönliche Gründe? Ging es um Rache? Waren die Motive in der Arbeit der beiden Journalisten zu suchen? Oder hatte das Ganze größere Dimensionen? Er wusste, dass er Geduld aufbringen musste. Auch wenn er über Massen davon verfügte – schon immer, denn die Welt gehörte den Geduldigen, davon war er überzeugt –, waren sein Umfeld und vor allem seine Vorgesetzte damit leider deutlich spärlicher gesegnet. Er wollte, dass es vorbei war. Er musste den Fall hinter sich bringen. Aber auch wenn er seiner Kollegin in Sachen Radies und Irene Scherff recht gab, wie sollte das denn bitte mit Horn in Verbindung stehen? Andererseits konnte es auch nicht schaden, dem weiter nachzugehen. Vielleicht lag sie ja richtig. Und auf den letzten Metern, bevor sein Ultimatum ablief, hatten sie ohnehin nichts mehr zu verlieren.

Am späteren Nachmittag rief ihn Peter Thies in sein Büro, der auf Horns Festplatte die Korrespondenz mit verschiedenen Redaktionen ausgewertet hatte. Sie belegte, dass Horn die TV-Beiträge von sich aus angeboten und den Zuschlag jeweils der meistbietenden Redaktion erteilt hatte. Damit schied die Option aus, dass jemand mit dem Mord an Horn seine Spuren verwischen wollte.

Doch während er darüber nachdachte, kam Berlotti ein anderer Gedanke, den er vor Thies ausbreitete: »Und wenn ein Auftraggeber dahintergekommen ist, dass gemessen an den Lügen in den Beiträgen Donald Trump ein Waisenknabe ist? Und sich rächen oder Horn zumindest bestrafen wollte?«

Thies nickte erst, wie um die Möglichkeit einer solchen These zu bestätigen, schüttelte dann aber entschieden den Kopf. »Ich habe gestern Abend und heute Morgen mit fünf verschiedenen Redakteuren gesprochen, die jeweils für den Ankauf der Beiträge zuständig waren, und, um nicht zu viel von den Ermittlungen preiszugeben, durch die Blume erfragt, ob sie Horns Beiträge für echt halten.«

Berlotti registrierte zufrieden, dass Thies und er offenbar dieselben Gedankengänge gehabt hatten. »Und?«

»Keiner der Redakteure hatte den geringsten Zweifel.«

Also gab es auch hier kein Motiv, zumindest keines, das für ihn ersichtlich wäre, stellte Berlotti frustriert fest. Mit jedem Gespräch, das er mit einem seiner Ermittler führte, starb eine weitere Spur den ehrlosen Tod der Gerechten.

In dem Moment klingelte sein Handy, und beinahe erwartete Berlotti, dass es Elvira Beil war, die ihm durch den Hörer den bereits geknüpften Strick zum Abschied reichte. Stattdessen erschien eine Berliner Vorwahl auf dem Display.

»Steven Seiler, guten Tag, Herr Hauptkommissar.«

Seiler? Steven Seiler? Woher kannte er bloß den Namen?

»Mir ist zu Ohren gekommen, dass Sie im Zusammenhang mit einem Mordfall gegen die DNP ermitteln.«

Berlotti wusste nicht, wie ihm geschah. Wie hatte jemand in Berlin von seinem Fall erfahren? »Ihnen ist doch bestimmt bekannt, dass ich während einer Ermittlung keine Auskünfte geben darf«, sagte er, inzwischen leicht verunsichert. »Und schon gar nicht, wenn ich keine Ahnung habe, wer sich dafür interessiert. Wie haben Sie überhaupt davon erfahren?«

»Als Sprecher der Bundesregierung und enger Vertrauter der Kanzlerin können Sie wohl davon ausgehen, dass ich so meine Kontakte habe«, hörte es Berlotti süffisant aus dem Hörer kommen. Verdutzt nahm er sein Mobiltelefon vom Ohr und starrte es an, als würde jeden Moment ein Totlach-Smiley auf dem Display erscheinen. Am liebsten hätte er gesagt, dass er für solche Späße keine Zeit habe, und beinahe gefragt, ob er bei der »Versteckten Kamera« sei.

Thies hatte inzwischen begriffen, dass etwas Merkwürdiges vor sich ging, und beobachtete Berlotti aufmerksam. Der beugte sich wortlos seitlich über dessen Tastatur und googelte eilig die Telefonnummer der Bundesregierung. Tatsächlich, zumindest der erste Teil stimmte mit der Nummer überein. Und nun erkannte er auch die Stimme, die er in der »Tagesschau« und diversen Nachrichtensendungen im Radio gehört hatte.

»Hallo? Sind Sie noch da?«, erkundigte sich Seiler.

»Noch dran.« Berlotti ließ sich auf einer Ecke des Schreibtisches nieder, bevor es ihn noch aus den Schuhen haute. Er räusperte sich. »Was kann ich für Sie tun?«

»Ich verstehe, dass Sie Kopf und Kragen riskieren, wenn Sie Ermittlungsergebnisse preisgeben. Aber jemandem ist es sehr wichtig, einmal mit Ihnen zu reden. Moment, ich verbinde Sie.«

Im nächsten Moment hörte er in der Warteschleife eine Jazz-Version der deutschen Nationalhymne, und wieder fragte er sich, ob er nicht doch einem Telefonstreich aufsaß. Er schaltete auf Lautsprecher, und während er Thies zuflüsterte, dass er gerade mit dem Regierungssprecher geredet hatte, wurde die Musik unterbrochen, und er hörte eine vertraute Stimme.

»Herr Berlotti? Annemarie Kerker hier.«

Peter Thies hatte gerade einen Schluck Wasser getrunken, an dem er sich jetzt verschluckte. Mit dem Oberarm versuchte er, seine Hustgeräusche einzudämmen.

»Frau Kerker, das ist eine … ähm … Überraschung. Was kann ich für Sie tun?«

»Vorab möchte ich Sie bitten, dass dieses Telefongespräch vertraulich bleibt.«

»Sie haben mein Wort«, sagte Berlotti und sah Thies dabei an, wohl wissend, dass er gerade die Bundeskanzlerin belog. Was für eine völlig absurde Situation. Kein Mensch würde ihm das jemals glauben – abgesehen davon, dass er niemandem davon erzählen würde.

»Ich weiß, Sie dürfen keine Details preisgeben – nicht einmal mir. Deshalb möchte ich, dass Sie gut zuhören. Ihre Ermittlungen gehen weit über Ihre Stadtgrenzen hinaus und haben nicht nur Einfluss auf die Bürgerschaftswahl. Falls – und ich verwende bewusst einen Konditionalsatz – die DNP gegen Gesetze verstoßen hat, um den Ausgang der Wahl zu beeinflussen, dann müssen Sie das aufdecken und bekannt machen, und zwar noch vor der Wahl am nächsten Wochenende.«

»Entschuldigen Sie, Frau Bundeskanzlerin, aber ich habe ein Ultimatum gestellt bekommen, das in wenigen Stunden abläuft. Dann müssen Sie mit demjenigen Kollegen sprechen, der die Leitung der Ermittlungen übernimmt. Außerdem: Müssten Sie diese Angelegenheit nicht mit meiner Vorgesetzten besprechen?«

»Machen Sie sich darüber keine Sorgen.«

»Aber ich verstehe nicht …« Warum stellte ihm die Polizeipräsidentin ein Ultimatum, drohte, ihn von dem Fall abzuziehen, und schien ausgerechnet Annemarie Kerker – der Bundeskanzlerin! – erlaubt zu haben, an ihn zu appellieren?

»Ein Wahlsieg der DNP nächsten Sonntag würde das gesellschaftliche Leben nicht nur in Hamburg verändern. Er hätte auch Signalwirkung für ganz Deutschland. Ich kann nicht die Hand dafür ins Feuer legen, dass sich meine Parteigenossen bei der Bundestagswahl im nächsten Jahr nicht für eine Regierungskoalition mit der DNP entscheiden, sollte es keine anderen Mehrheiten geben.«

»Das mag ja sein, aber was soll ich –«, versuchte Berlotti, den Grund für den merkwürdigen Anruf zu verstehen, doch die Kanzlerin unterbrach ihn.

»Welche Folgen das für unser Land hätte, muss ich ausgerechnet Ihnen wohl nicht erklären.« Ihre Stimme wurde eindringlicher, bittend. So hatte er die Regierungschefin in all den Jahren ihrer Kanzlerschaft noch nie gehört. »Falls es Ihnen gelingen sollte, nachzuweisen, dass die DNP gegen Gesetze verstoßen hat, um ihre Ziele zu erreichen, dann müssen Sie das öffentlich machen. Es geht hier nicht nur um Ihren Job und auch nicht um meinen, wobei ich für eine Koalition mit den Rechten niemals zur Verfügung stünde. Es geht um die Zukunft unseres Landes und die der nachfolgenden Generationen.«

Thies und Berlotti sahen sich an. Wäre die Situation nicht so ernst gewesen, hätten sie aufgrund der patriotischen Worte der Bundeskanzlerin möglicherweise geschmunzelt. Doch nach Lachen war Berlotti nicht zumute. Zumal er gerade verstanden zu haben glaubte, was hier zwischen den Zeilen gesagt werden sollte. Deshalb erhob er auch weder Einspruch, noch bemühte er sich, der Kanzlerin weiter zu erklären, dass sie bei ihm an der falschen Adresse war.

»Ich gebe mein Bestes«, entgegnete er stattdessen und versuchte, dabei nicht ebenso feierlich zu klingen.

»Tun Sie das.« Im nächsten Moment hatte sie aufgelegt. Ungläubiges Staunen spiegelte sich in ihren Gesichtern.

Thies brach zuerst das Schweigen. »Fehlte nur noch, dass Sie die Gelöbnisformel für wehrpflichtige Soldaten aufgesagt hätten: ›Ich gelobe, der Bundesrepublik Deutschland treu zu dienen und das Recht und die Freiheit des deutschen Volkes tapfer zu verteidigen!‹«

Berlotti schlug die Hacken zusammen und hob die Hand zum militärischen Gruß an die Schläfe. Thies grinste breit.

»Ist das wirklich gerade passiert?« Berlotti schüttelte konsterniert den Kopf.

Stunden später, es war bereits nach neun Uhr abends und das Ultimatum inzwischen abgelaufen, ohne dass sich jemand bei ihm gemeldet hätte, überflog Berlotti in seinem Büro ein weiteres Mal die Befragungsprotokolle, als sein Mobiltelefon klingelte.

»André Pollmann vom Hotel Seerose in Willingen. Wir haben leider erst jetzt Zeit gefunden, uns um die Anfrage der Hamburger Kripo zu kümmern.«

Ratlos wollte Berlotti antworten, dass es sich um einen Irrtum handeln musste. Dann dämmerte ihm, dass Katharina Meinhold am Morgen das Alibi von Friederike Engelmann zu überprüfen versucht hatte, vom Hotelpersonal aber vertröstet worden war. Vermutlich hatte sie im Hotel sowohl ihre als auch seine Nummer für Rückrufe hinterlassen. Im Hintergrund war zu hören, wie Menschen aus Leibeskräften »Die Hände zum Himmel« grölten, und es klang, als hätten einige Witzbolde stattdessen »Pimmel« gesungen. Davon ungerührt berichtete der Hotelmitarbeiter, dass die »Mädelsgruppe«, wie er sie nannte, im gesamten Zeitraum zu Gast im Hotel gewesen war.

Jetzt fielen Berlotti wieder die Eckdaten ein, die ihm seine Kollegin zu besagtem Hotel genannt hatte: tausenddreihundert Betten, jedes Wochenende und meist auch unter der Woche Halligalli, Kegelclubs, Junggesellenabschiede, ein Ballermann mitten im Sauerland. Als »größter Freizeitpuff Europas« wurde das Hotel im Internet bezeichnet. Der perfekte Ort, um den Bund fürs Leben und ewige Treue zu feiern.

»Wie können Sie sich so sicher sein?« Berlotti sprach unwillkürlich lauter, weil er das Gefühl hatte, gegen die Feiergesellschaft im Hintergrund ankommen zu müssen.

»Die Polizei hat die Braut und zwei ihrer Brautjungfern in der Nacht auf Montag um drei Uhr von der Autobahn aufgesammelt, wo sie mit Bobbycars auf dem Standstreifen unterwegs waren und den irritierten Autofahrern Luftküsse zugeworfen haben«, berichtete André Pollmann in demselben nüchternen Tonfall, in dem er wohl auch erzählen würde, dass am Frühstücksbüfett die Brötchen ausgegangen waren. Die Hotelmitarbeiter schienen schon alles gesehen zu haben und sich über nichts mehr zu wundern, dachte er mitfühlend.

»Und eine der Geisterfahrerinnen war Friederike Engelmann?«

»Das nicht, aber den Polizisten zufolge hat sie hinter der Absperrung gestanden und sich ausgeschüttet vor Lachen. Am Morgen hat die Gruppe kurz nach halb elf ausgecheckt.«

Berlotti überlegte. »Wir sprechen von Montagmorgen?«

»Genau. Ich habe mir mit einem unserer Security-Männer noch einmal die Aufzeichnungen der Kamera in der Hotellobby angesehen. Frau Engelmann war beim Auschecken definitiv persönlich anwesend.«

Nachdem er aufgelegt hatte, strich er auch den letzten Punkt in seinem Notizbuch durch. Von der langen Liste, die er vergangene Nacht erstellt hatte, war nichts übrig geblieben: kein Täter, kein Motiv. Und Lohheim war nach wie vor verschollen. Das konnte doch nicht so lange dauern, den Mann zu finden! Bestand eine Verbindung zu Kowalsky und Co.? Blöde Frage, natürlich. Berlotti spürte es im Magen ziehen und hoffte, dass es sein Bauchgefühl war, das ihm gut zusprach, und nicht etwa Koffein, das seine Magenwand kaputt ätzte.

Aus einem inneren, wohl masochistischen Antrieb heraus rief er die Seite von »Faktenreport« auf. Das Foto des Aufmachers zeigte ihn und den Bürgermeister, wie sie sich am Flughafen die Hand gaben. Die Aufnahme schien aus einem Auto im Parkhaus gemacht worden zu sein. »Journalistenmorde: van der Heide im Visier der Kripo«, titelte der Artikel, und der Autor wusste aus angeblich »gut informierter Quelle«, dass der Bürgermeister im Zusammenhang mit den Morden vernommen worden war. Als Berlotti zu der Stelle kam, dass der Bürgermeister und der »italienische Ermittler« bei nicht näher spezifizierten »Mauscheleien« unter einer Decke steckten, verdrehte er genervt die Augen. Bevor ihm übel wurde, wollte er den Artikel schon wegklicken, als sein Blick auf ein Bild in der Kommentarleiste fiel. Es zeigte ein Kopfgeldjäger-Plakat im Stile eines historischen Westerns, auf dem sein Konterfei prangte. Darunter stand in Versalien: »WANTED! Dead Or Alive!« Schlagartig wurde ihm heiß, sein Herz verdoppelte vor Schreck das Tempo. Er konnte förmlich spüren, wie Adrenalin seinen Körper flutete und ihn in einen Fluchtmodus versetzte. Das war eindeutig eine Aufforderung zum Mord, und es gab genügend kranke Leute, die sich berufen fühlten, die Gesellschaft von unerwünschten Individuen zu befreien.

Es war nicht das erste Mal, dass er sein Leben bedroht sah. Dem Schlägertrupp eines Drogenbosses war er vor zwei Jahren nur durch Zufall entkommen: Ein neununddreißigjähriger Strippenzieher des internationalen Drogenhandels hatte in mindestens zwei Fällen den Transport von mehreren Dutzend Kilo Heroin aus Pakistan über Frankfurt nach Spanien organisiert und war nach vierzehn Monaten Beschattung in eine sorgfältig von Berlotti gelegte Falle getappt. Kurz nach seiner Verhaftung standen zwei seiner Schergen mit Baseballschlägern in Berlottis Wohnung, wo sie ihn vermuteten, weil er morgens versehentlich das Küchenlicht angelassen hatte, aber nicht antrafen. Daraufhin hatte er zwei Monate in einem Hotel gewohnt, weil es nach dem Besuch keine Möbel mehr gab, auf denen er hätte sitzen oder liegen können, und anschließend die Wohnung gewechselt.

Im selben Jahr war er einem weiteren Anschlag ebenfalls nur durch Zufall entkommen. Ein Zuhälter, den er hinter Gitter gebracht hatte, weil dieser ein fünfzehn Jahre altes Mädchen aus einem ungarischen Kinderheim in ein Frankfurter Bordell geholt hatte, versuchte mit Morddrohungen aus dem Gefängnis, Immunität für seine dreiundzwanzigjährige Tochter zu erpressen. Berlotti sollte Beweise für ihre Mittäterschaft verschwinden lassen – sie hatte im Auftrag des Vaters diverse Internet-Plattformen für Freier betreut. Als er sich weigerte, detonierte eine an ihn adressierte Briefbombe auf dem Revier. Durch eine Fehlzündung explodierte sie nicht in seinen Händen, sondern noch im Posteingangsfach auf seinem Schreibtisch. Die Verbrennungen am Hinterteil einer Kollegin, die gerade an dem Tisch lehnte, waren um einiges gravierender gewesen als die Verletzungen an seiner Hand.

Während er mit Unbehagen daran zurückdachte, strich er sich über die vier Zentimeter lange Narbe zwischen linkem Daumen und Zeigefinger, die ihm von dem Zwischenfall geblieben war. Und doch war das alles nichts im Vergleich zu dieser Morddrohung, die bereits hundertachtzigtausend Mal aufgerufen worden war. Zwölftausend User hatten sie bereits kommentiert, geteilt und mit »gefällt mir« markiert. Sollte er Anzeige erstatten? Zwölftausend Menschen, die nichts gegen seine Hinrichtung einzuwenden hätten! Er vertiefte seine Atmung, füllte seine Lungen und ließ die Luft langsam ausströmen, um sich zu beruhigen.

Was würde eine Anzeige bringen? Seinen Job war er vermutlich ohnehin bereits los, dann hätte sich die Angelegenheit von selbst erledigt. Er ballte beide Fäuste. Dann klickte er den Artikel weg, löschte das Licht und trat im Dunkeln ans Fenster. Hatte er vor vierundzwanzig Stunden gedacht, er stünde an einem Abgrund, war er heute schon einen großen Schritt weiter, dachte er bitter. Er musterte sein Spiegelbild und meinte, innerhalb eines Tages um ein Jahrzehnt gealtert zu sein. Von der Aufbruchsstimmung am Vorabend war nichts mehr übrig. Was war eigentlich mit ihm los? Resignation war etwas für Feiglinge. Natürlich würde er Anzeige erstatten! Nur die Sache war verloren, die man aufgab.

Sein Handy klingelte. Es hätte ihn nicht überrascht, wenn als Nächstes Schloss Bellevue in der Leitung gewesen wäre oder die Präsidentin der Europäischen Kommission.

»Feua! Es brennte! Gabbi! Feua! Deine Mamma! Isse nock inne Haus!«

Alfios Stimme war so schrill, wie Berlotti sie in seinem ganzen Leben noch nie gehört hatte. Augenblicklich pochte seine Halsschlagader derart heftig, dass er das Gefühl hatte, sein Herz sei eine Etage höher gerutscht.

»Papa, wo bist du?«

»Gabbi, es brennte! Bin ich bei Famili Baua nebenanne. Ganze Haus brennte! Habe ich deine Mutta nicht wack bekomme, hatte eine Schlaftablette genomme!« Alfio sprach so schnell, dass sich seine Stimme überschlug und er sich mehrfach verhaspelte.

Berlotti griff seinen Autoschlüssel vom Schreibtisch und spurtete über den Flur zum Treppenhaus. Er wollte auf keinen Fall in den Fahrstuhl steigen, um die Verbindung nicht abreißen zu lassen.

»Babbo, ist die Feuerwehr unterwegs?«

Mit jedem Schritt übersprang er drei, vier oder sogar fünf Stufen, ohne ins Straucheln zu geraten.

»Ja, kommense sicker gleich.«

Berlotti war im Untergeschoss angelangt und warf sich regelrecht gegen die Tür zur Tiefgarage.

»Wie schlimm brennt's?«

Während er die letzten zwanzig Meter zu seinem Fiat spurtete, drückte er auf den Funkschlüssel, und die Türen wurden freigegeben. Als er sich auf den Fahrersitz warf, knallte Aluminium auf Asphalt, und es klang, als würde jemand unterm Auto Topfschlagen veranstalten. Er sprang wieder aus dem Wagen und musste sich beherrschen, sein Handy vor Wut nicht auf den Boden zu schleudern. Die beiden Reifen auf der Fahrerseite waren platt. Eilig umrundete er seinen Wagen. Jemand hatte ihm alle vier Räder zerstochen. Angestrengt versuchte er, einen klaren Gedanken zu fassen. Eine Stimme klang ihm aus einiger Entfernung ans Ohr, und es dauerte einen Augenblick, bis er realisierte, dass er seinen Vater noch in der Leitung hatte.

»Ich muss auflegen, Babbo. Ich melde mich von unterwegs wieder. Bitte sei vorsichtig und geh nicht in die Nähe des Hauses!«

Dienstwagen für den privaten Gebrauch zu verwenden war verboten. Andererseits, überlegte er, was hatte er denn noch zu verlieren? Seinen Job war er los. Der Wagenschlüssel lag allerdings in seinem Büro. Und so brauchte er weitere fünf Minuten, bis er in die sechste Etage hinauf- und wieder hinuntergerannt war.

Aus dem Dienst-Audi rief er die Nummer zurück, von der sein Vater eben angerufen hatte.

»Martina Bauer. Herr Berlotti?«

»Ja. Wie schlimm brennt es? Wo ist mein Vater? Ist mit meinen Eltern alles in Ordnung?«

»Mein Mann ist zu Ihnen rüber, um zu helfen. Ihren Vater habe ich eben durchs Fenster kurz gesehen, Carmela noch nicht. Tut mir leid, was war die andere Frage noch mal?« Die Frau war hörbar durcheinander, was kein Wunder war. In dem Moment drang die typische Folge aus vier Tönen und mit unüberhörbaren hundertsechsundzwanzig Dezibel durch den Hörer zu ihm.

»Die Feuerwehr ist da«, sagte Martina Bauer überflüssigerweise, und er hörte die Anspannung so überdeutlich von ihr abfallen wie ein Steinschlag in den Alpen.

Gerade wollte er erneut fragen, wie schlimm der Brand und wie groß der Schaden am Haus seiner Eltern war, aber die Nachbarin verabschiedete sich mit »Beeilen Sie sich, ich gehe meinen Mann suchen!« und legte einfach auf.

Hatte er sich am Morgen noch an der Schönheit der Landschaft erfreut, schien sie ihm nun ihre düstere Seite zu zeigen. Bedrohlich wie kolossale Schwerter fuhren die Rotorblätter der Windräder aus dem Himmel auf ihn herab, als wollten sie ihn zermalmen. Aufgetürmte Container, so weit die Hafenscheinwerfer reichten, bildeten ein Labyrinth, das jeden zu verschlingen drohte, der ihm zu nahe kam.

Nacheinander rief er Thies und Meinhold an, während er erst durch die Stadt, dann über die Landstraße jagte. Thies bat er, sich die Überwachungskameras in der Tiefgarage vorzunehmen. Und die Nummer von Katharina Meinhold wählte er nur, um auf der Fahrt, die ihm heute ewig lang vorkam, nicht durchzudrehen. Intuitiv fand sie die richtigen Worte. Und so legten sie beide erst auf, als Berlotti das Ortsschild von Rübke passierte.

Eine schwarze Rauchsäule hing über seinem Elternhaus, und er meinte sogar einen Moment lang, darin eine Fratze zu erkennen, die ihn höhnisch angrinste. Flammen loderten aus den Fenstern auf der zur Straße hin zeigenden, schmaleren Hausseite. Aber auch in den hinteren Zimmern flackerte durch die Scheiben beider Stockwerke unheildrohendes Licht. Rufe gellten über das Grundstück. Es knisterte und knackte, und aus dem Haus war gelegentlich auch ein Knallen zu hören. Selbst wenn er raten müsste, konnte er sich nicht vorstellen, was da gerade alles explodierte. Die Eingangstür seiner Eltern auf der Westseite war offen, seine eigene Haustür auf der Ostseite sah völlig demoliert aus, vermutlich weil Feuerwehrleute sich mit einem Rammbock Zutritt verschafft hatten.

Zwei Löschzüge der Feuerwehr spritzten von mehreren Seiten Wasser durch die Fenster im Erd- und Obergeschoss. Er wollte sich besser nicht ausmalen, wann das Haus wieder bewohnbar sein würde – und ob überhaupt jemals wieder. Die

Hecktüren eines Krankenwagens waren weit geöffnet, doch niemand befand sich darin, was er als gutes Zeichen wertete. Er sah sich um, blickte in die Gesichter der umstehenden Leute, in denen sich Schreck und Bestürzung widerspiegelten und, wie er meinte, auch eine gewisse Erleichterung, dass es nicht ihr Haus war, das von Feuer und Löschwasser heimgesucht wurde. Doch keines der Gesichter kam ihm bekannt vor, weshalb er sich an einen Mann in Feuerwehruniform wandte, der den Einsatz zu koordinieren schien.

»Was ist passiert? Und was ist mit den Bewohnern?«

Der Rauch schmirgelte über seine Schleimhäute, und nur mit Mühe unterdrückte er einen stärker werdenden Hustenreiz. Als der Uniformierte nicht reagierte, schlug er ihm sacht mit der flachen Hand auf die Schulter. Genervt blickte der sich um, und Berlotti wiederholte seine Fragen.

»Und Sie sind?«

»Hauptkommissar Berlotti. Außerdem wohne ich in dem Haus.«

»Wohl eher *wohnte*. Hören Sie, ich versuche hier nur meinen Job zu machen. Was passiert ist, kann ich Ihnen nicht sagen, das ist Aufgabe der Brandermittler. Aber als Kripobeamter wissen Sie das natürlich.« Und damit wandte er sich ab und rief seinen Kollegen Anweisungen zu.

In dem Moment bogen zwei Männer in neongelber und roter Rettungsdienstkleidung um die Ecke, und die Blaulichter der Einsatzwagen warfen seltsame Muster auf die silbernen Reflexstreifen. Sie kamen mit einer Trage von der Rückseite des Hauses auf den Rettungswagen zu. Berlotti wollte ihnen entgegenlaufen, aber seine Beine verweigerten ihm den Dienst, gerade so, als wollten sie ihn vor der Realität bewahren. Erst als sie bereits an ihm vorbei waren, setzte er sich in Bewegung. Er trat zwischen die Männer, die die Trage gerade in den Wagen wuchten wollten.

»Mutter?« Carmela lag regungslos mit geschlossenen Augen auf der gepolsterten Unterlage und war mit einem schwarzen Gurt um die Hüfte fixiert. Über Nase und Mund trug sie eine

Atemmaske. »Mama?« Er brüllte, griff nach ihrer Hand, die schlaff in seiner lag.

»Sie ist bewusstlos, vermutlich infolge einer schweren Rauchgasvergiftung. Wir bringen sie ins Krankenhaus nach Harburg«, rief ihm einer der Rettungssanitäter zu, während sie Carmela in den Fond des Kastenwagens hievten.

Noch ehe Berlotti überlegen konnte, ob er mitfahren sollte, wurden die Türen auch schon geschlossen, und der Wagen rauschte davon.

Er befand sich in einem Nicht-Zustand, den er in dieser Art noch nie erlebt hatte. Sein Elternhaus in Flammen, seine Autoreifen zerstochen, seine Karriere womöglich am Ende, seine Mutter halb tot. Doch er verspürte weder Panik noch Verzweiflung. In ihm breitete sich eine unendliche Leere aus, als wäre er es, der bewusstlos in einem Krankenwagen lag. Einzig eine kleine Flamme schien noch in ihm zu flackern, und dieser winzige Funke trieb ihm seinen Vater ins Bewusstsein. Alfio! Wo steckte sein Vater?

Irgendwo splitterte Glas, und es kam ihm vor, als ob auch etwas in ihm zerbarst. Er sprach einen Feuerwehrmann an, der in diesem Moment an ihm vorbeieilte. Der wusste zwar nicht, wo sein Vater war, konnte ihm aber versichern, dass sich niemand mehr im Haus aufhielt. Ratlos blickte Berlotti an dem Gebäude hinauf, als würde Alfio gerade die Fassade herunterklettern. Der helle Backstein war vollständig mit Ruß bedeckt. Dachziegel waren herabgestürzt und lagen vor seinen Füßen. Auch wenn er es nicht sehen konnte, ahnte er, dass im Dach ein gewaltiges Loch klaffte, das nicht so ohne Weiteres zu schließen sein würde. Wie viel von seinen Sachen, die er nicht einmal aus den Umzugskartons geholt hatte, die Katastrophe überlebt haben würden, darüber wollte er lieber nicht nachdenken. Ein ganzes Leben, Erinnerungen an zweiundvierzig Lebensjahre, binnen Minuten für immer vernichtet.

Wie um den Gedanken hinter sich zu lassen, ging er in den Garten, der fast vollständig im Dunkeln lag. Die Scheinwerfer der Feuerwehr waren auf die Front des Gebäudes gerichtet und erreichten die Rückseite nur als schwaches Schimmern. Von dieser Seite sah es aus, als trüge das Haus einen Heiligenschein aus Rauch und Licht. Die Gartenmöbel auf der Terrasse schienen unbeschädigt, und nur zu gern hätte er sich auf einen der Liegestühle dort fallen lassen, um vor dem mit Abstand beschissensten Tag seines Lebens in einen langen, traumlosen Schlaf zu fliehen. Immerhin war die Hitze hier erträglicher als auf der Vorderseite, weil die Flammen sich nicht bis zur Rückseite vorgearbeitet hatten.

Er wartete, bis seine Augen sich an die plötzliche Dunkelheit gewöhnten, dann ließ er seinen Blick über den Rasen schweifen bis hin zu der akkurat auf Kopfhöhe gestutzten Buchsbaumhecke, die das Grundstück von der Apfelplantage trennte. Weit oben glitt ein Satellit lautlos am Großen Bären vorbei. Ein unterdrücktes Wimmern drang an sein Ohr. Durch das weiche Gras folgte er dem Geräusch, das aus der hintersten Ecke des Gartens zu kommen schien. Im rechten Winkel der Hecke nahm er eine Bewegung wahr.

Er erahnte seinen Vater mehr, als dass er ihn sah. Kniend hatte Alfio das Gesicht in den Händen vergraben und schluchzte hemmungslos. Berlotti kniete sich neben ihn und legte ihm den Arm um die Schulter. Eine Weile wiegten sie sich nur hin und her, Alfio noch immer die Hände vorm Gesicht. Dann nahm Berlotti die Hände seines Vaters in seine eigenen. Der Anblick von Alfios verquollenen Augen versetzte ihm einen Stich. Gerade als er ihn fragen wollte, was passiert war, brach es aus seinem Vater heraus.

»Abe ich deine Mamma nicht wack bekomme. Atte wieder genomme Tablette und geschlafe. Unne dann Feua und isse nix wack geworde! Konnte ich nix macke!« Die letzten Worte gingen in einem erneuten Schluchzen unter. Berlotti streichelte ihm über den Kopf.

»Warum hat es gebrannt? Was ist passiert?« Seine Stimme war ruhig, doch er sprach die Worte mit Nachdruck. Sein Vater nickte als Zeichen, dass er verstanden hatte, wie wichtig es war, seinen Sohn durch die Ereignisse der vergangenen Stunde zu führen.

»War wie vor drei Tage. Nur heute warre keine Steine, sondern Cocktail durch die Fensta. Weisse du, so Flasche. Atte sofort angefange zu brenne. Abe ick sofort versuckte zu lösche, aber konnte ich nix lösche, so schnelle atte alle gebrannte. Bin ich schnell ock zu deine Mutta, abe ich sie aba nix wacke gekriegte. Abe ich versuckte, sie zu trage, aber ginge auck nix. Dann bin ick rüba zu die Nackbarre, um Hilfe zu hole. Als wir zurücke ware, konntema nick mehr reine. Kannste du dia vorstelle? Deine Mamma obe alleine und ich hier unte und kanne nix macke! Abe ich gebete zu Gotte, dass Ilfe schicke. Und kennste ja mia, abe ich noch nie gebete in meine ganze Lebe!«

Berlotti nahm seinen Vater wieder in den Arm. Also war es kein Zufall gewesen, kein fahrlässiges Verhalten seiner Eltern, das zu dem Brand geführt hatte. Davon war er auch keinen Moment lang ausgegangen, trotz der Vergesslichkeit seiner Mutter und des falschen Feueralarms vergangenen Montagmorgen.

Er stand auf und griff den Arm seines Vaters. »Komm, Babbo, wir suchen dir eine Bleibe für die Nacht.«

Erst nickte Alfio schicksalsergeben, doch dann schien ihn ein Gedanke zu durchzucken, und er sah seinen Sohn alarmiert an. »Muss ick bleibe bei deine Mutta!«

»Sobald du untergekommen bist, gehe ich zu Mama ins Krankenhaus. Du löst mich morgen ab, okay?«

Schwerfällig erhob sich Alfio endlich unter der Mithilfe seines Sohnes. So gebückt, wie er vor Berlotti stand, waren ihm Belastung und Schock deutlich anzusehen.

»Wenn du es sagst, meine Sohn. Eigentliss bin ick der Vata und sage dir, was Beste isse für dich. Jetzt umgedreht, aber isse okay. Aussenahmeweise.«

**

Hätten Berlotti und sein Vater nicht körperlich und nervlich am Rande völliger Erschöpfung gestanden, sie wären vermutlich beeindruckt gewesen von der Adresse, zu der sie das Navi geführt hatte. Dreihundert Jahre alte Häuser, die einzigen, die von dem großen Hamburger Stadtbrand 1842 nicht zerstört worden waren, schmiegten sich in der Deichstraße aneinander wie eine verängstigte Schafherde. Die Idylle, die von diesen Überresten des »alten Hamburg« ausging, rührte Berlotti. Allerdings war sein Nervenkostüm gerade auch nicht übermäßig gut gepolstert. Während sie die richtige Hausnummer suchten, passierten sie epochale Gebäude, in denen sich Traditionsfirmen niedergelassen hatten.

Als der Türsummer sie hereinließ, schleppten sie sich die vierzig Stufen hinauf in das zweite der drei Stockwerke. Berlotti hatte seinen Vater untergehakt und zog ihn mehr, als dass er ihn stützte, die letzten Meter zur bereits geöffneten Wohnungstür.

»Herzlich willkommen in meiner bescheidenen Hütte.«

Thies füllte den gesamten Türrahmen aus. In Anbetracht der niedrigen Decken des historischen Treppenhauses wirkte er noch größer, als er es ohnehin war. Ein Riese, der in einem Puppenhaus lebte. Irgendwie war das so sympathisch und so paradox, dass es zu seinem Kollegen passte, befand Berlotti.

»Danke, dass mein Vater bei Ihnen übernachten darf, bei den Nachbarn erschien er mir nicht sicher zu sein. Morgen suchen wir uns etwas Längerfristiges«, sagte Berlotti. Neben Thies wirkte sein untersetzter Vater wie ein trauriges Kind. Es versetzte ihm einen Stich, nicht bei Alfio bleiben zu können.

Thies schüttelte den Kopf. »Nur eine Nacht? Kommt nicht in die Tüte. Ich habe ein Gästezimmer, eine unbenutzte Zahnbürste und ein fast neues T-Shirt, das wir zum Nachthemd umfunktionieren können. Solange die Idioten da draußen unterwegs sind, ist mia casa sua casa.«

»Grazie«, flüsterte Alfio kaum vernehmbar.

Thies trat zur Seite, und Alfio war schon halb über die Türschwelle, als er sich noch einmal umdrehte. »Gebste Mamma eine Kuss von mia, ja?«

Berlotti nickte, nahm seinen Vater fest in die Arme, verabschiedete sich mit einem »Danke« und einem festen Händedruck von Thies und stürmte das Treppenhaus hinunter. Niemand sollte seine Tränen sehen, die ihm vor Wut, Trauer und heftigen Schuldgefühlen in die Augen schossen. Als sich die Eingangstür hinter ihm schloss, ging er den schmalen Gang zwischen zwei Häusern hindurch bis zum Nikolaifleet. Auf der Brücke, die über das Wasser zu einem Ponton führte, blieb er stehen. Er sank in die Hocke, presste seinen Rücken an das Geländer, und während er das Glitzern des Mondes auf der nahezu glatten Wasseroberfläche betrachtete, ließ er den Tränen freien Lauf.

***

Eine gefühlte Ewigkeit später, die Zeiger auf der Wanduhr im Krankenzimmer hatten drei Uhr schon vor einiger Zeit passiert, sank Berlotti auf den Besucherstuhl. Es hatte einige Mühe gekostet, den Nachtpfleger im Klinikum Harburg davon zu überzeugen, dass er über Nacht im Zimmer seiner Mutter auf der Intensivstation bleiben durfte. Carmela war zunächst in eine Druckkammer gesteckt worden, um die Kohlenstoffmonoxid-Vergiftung zu behandeln. Danach hatte man sie mit Sauerstoff versorgt und sicherheitshalber in ein künstliches Koma versetzt, was Berlotti einen gehörigen Schrecken bescherte. Eine akute Lebensgefahr bestehe zwar nicht, hatte man ihm versichert. Aber man wisse nie …

Um Thies nicht so spät noch zu wecken, hatte er ihm eine Kurznachricht geschickt mit der Bitte, seinen Vater zu benachrichtigen. Überhaupt: Thies. Wie dankbar er dem Kollegen war! Er wusste, dass er damit eine Grenze überschritt, aber ihm war nur Thies eingefallen, als er überlegt hatte, wo sein Vater die Nacht in Sicherheit verbringen konnte. Auch wenn die Brandstifter es mit hoher Wahrscheinlichkeit auf ihn, Berlotti, abgesehen hatten, wollte er weder die Nachbarn noch seinen Vater in Gefahr bringen, indem er ihn bei ihnen übernachten ließ, auch wenn sie es angeboten hatten. Allein in einem Hotel oder einer

Pension wollte er ihn aber auch nicht lassen. Ohne zu zögern hatte Thies sich einverstanden erklärt, Alfio zu beherbergen.

Wie er seine Mutter so daliegen sah, mit dem Schlauch im Mund, der sie mit Sauerstoff versorgte, stieg erneut Wut in ihm auf, und er ballte unwillkürlich die Fäuste. Was waren das für Menschen, die Brandsätze auf Häuser warfen und mit dem Leben Unschuldiger spielten? Oder waren Ausländer in deren Augen Menschen zweiter Klasse und ihr Verlust daher verschmerzbar? Er wusste, so durfte er nicht denken, aber rational zu bleiben gelang ihm gerade nicht. In diesem Moment war er froh, keine Dienstwaffe zu tragen. Zum ersten Mal in seinem Leben konnte er Verständnis aufbringen für Menschen, die Selbstjustiz verübten. Es war eben immer doch etwas anderes, wenn man selbst direkt betroffen war.

Auch wenn er wusste, dass ihn keine Schuld traf, konnte er nicht anders, als sich Vorwürfe zu machen, denn die Steine und Brandsätze hatten ihm gegolten. Er war zurück in das Haus seiner Eltern gezogen, um für sie zu sorgen. Stattdessen hatte sein Vater beinahe einen Nervenzusammenbruch erlitten, und seine Mutter lag im Koma.

Während er noch überlegte, ob es für seine Eltern besser wäre, wenn er wieder auszog und sich eine eigene Wohnung in deren Nähe suchte, kam ihm das eigenartige Gespräch mit der Bundeskanzlerin in den Sinn. Und gerade als er darüber nachdachte, was sie ihm zwischen den Zeilen hatte sagen wollen, stürzte er mehr als dass er sank hinüber in die Dunkelheit.

Samstag

Wir werden vom Schicksal hart oder weich geklopft,
es kommt nur auf das Material an.

Frederik Lohheim wankte breitbeinig durch endlose Apfelbaumreihen und stoppte vor einem Haus, das aussah wie Alfios und Carmelas. Nacheinander holte er vier Molotowcocktails vorn aus seiner Hose, setzte sie in Brand und warf sie durch die Fenster. Im Obergeschoss steckte Berlottis Mutter Carmela ein Brautkleid ab, das Elvira Beil trug, die sich gerührt im Spiegel betrachtete. Zu ihren Füßen wedelten drei Dackel mit den Schwänzen. Sie trugen weiße Schleier vor den Schnauzen. Ein Windstoß wehte sie zur Seite und enthüllte die Gesichter von Faustina, Katharina Meinhold und Bundeskanzlerin Annemarie Kerker. Im Vorgarten, vor einer imposanten Wand aus Feuer, tanzte Timo Kowalsky im Stile eines Rumpelstilzchens mit hassverzerrter Fratze auf einem frisch zugeschütteten Grab.

Bevor Berlotti einen Blick auf den Namen am Grabstein werfen konnte, wurde es schlagartig stockdunkel, und er befand sich unvermittelt in einem Sarg, der senkrecht in die Erde eingelassen war. Am ganzen Körper konnte er spüren, wie zwei Meter über ihm jemand auf den Boden stampfte. Immer heftiger vibrierte der Sarg, und er versuchte zu rufen, doch der Sauerstoff war längst aufgebracht, und der Schrei blieb ihm im Hals stecken.

Ein kleines Licht glomm in der Dunkelheit schwach vor seinen Augen. Erst glaubte Berlotti, noch zu schlafen, so wie er es manchmal erlebte auf der Schwelle zwischen den Welten, und wunderte sich bereits über die absurden Szenen seines Alptraumes, während sein Körper noch dem Vibrieren nachspürte.

Berlotti fuhr in dem Moment hoch, als das Display seines Handys erlosch. Es war so dunkel, dass er das Fensterbrett, auf dem er bis eben seinen Kopf zum Schlafen abgelegt hatte, nur ertasten konnte. Ihn fröstelte es. Eine Nachricht von Peter Thies hatte für das Vibrieren gesorgt, das der absurden Show ein Ende bereitet hatte. Warum verschickte sein Kollege um vier Uhr nachts Nachrichten? War etwas mit seinem Vater? Ging es Alfio nicht gut?

Bin auf was gestoßen. Wann können wir sprechen?

Die SMS war vor nicht einmal zwei Minuten verschickt worden, weshalb Berlotti ohne Skrupel zurückrief.

»Moingiorno, Capitano, ich habe Sie hoffentlich nicht geweckt?«

»Ist etwas mit meinem Vater?« Sein Herz machte einen Satz und stürmte los wie ein Gaul auf einer Trabrennbahn.

»Nein, der schläft. Aber –«

»Haben Sie eine Spur zu den Attentätern?« Schlagartig war Berlotti so wach, wie es nach einer halben Stunde Schlaf möglich war.

»Von den Molotow-Werfern fehlt noch jede Spur. Den Reifenschlitzer haben wir tatsächlich auf Band, allerdings hatte der eine Sturmmaske auf und wird aller Voraussicht nach nicht zu identifizieren sein.«

»Verdammt!«, entfuhr es Berlotti.

»Aber ich habe mir noch einmal die Verbindungsnachweise von Scherff und Horn vorgenommen. Sie standen zwar mit vielen Journalisten in Kontakt, aber nur vier haben verschlüsselte Nachrichten ausgetauscht, sowohl über einen Instant-Messaging-Dienst mit Ende-zu-Ende-Verschlüsselung als auch über E-Mail-Verschlüsselung.«

Mit einem heftigen Ruck verschob sein Hirn die Informationen an die richtige Stelle. »Vier?«

Thies atmete schwer. Er klang aufgeregt. »Genau! Neben Scherff, Horn und unserem Freund Kowalsky gibt es noch eine vierte Person, mit der heimlich Nachrichten ausgetauscht wurden.«

»Lohheim?«, riet Berlotti in der Hoffnung, endlich einmal einen Treffer zu landen.

»Ulf Frankenfeld«, sagte Thies.

Während Berlotti noch überlegte, woher er den Namen kannte, fuhr Thies auch schon fort: »War mal ein seriöser Journalist, hat für die FAZ geschrieben und irgendwann 'ne echt seltsame Abzweigung genommen. Veröffentlicht seit Jahren rechtspopulistische und islamfeindliche Bücher, ein Verschwörungstheoretiker vom Feinsten.«

Berlotti rieb sich die Augen und sortierte in Gedanken die Informationen. Wenn sie es tatsächlich mit einem Journalisten-Fälscherring zu tun hatten, der das Ziel verfolgte, von Hamburg aus eine rechtspopulistische Gesellschaft zu etablieren, dann war Frankenfeld eine logische Ergänzung, noch dazu eine gefährliche. Aber was könnte vorgefallen sein? Hatte es Streit gegeben? Unterschiedliche Ansichten über das Vorgehen? War Frankenfeld der Kragen geplatzt, und er hatte im Streit seine Mitverschwörer aus dem Weg geräumt?

»Den Inhalt der Kommunikation konnten Sie wohl nicht ermitteln?«

»Das nicht. Aber Frankenfeld hat vor nicht einmal drei Wochen sein neues Buch präsentiert – ausgerechnet auf einem Parteitag der DNP. Wer da noch an Zufälle glaubt, hat nicht mehr alle an der Waffel.«

»Es wäre Zufall, wenn es Zufälle gäbe. Worum geht's in dem Buch? Oder will ich das lieber gar nicht wissen?«

Durchs Telefon war zu hören, wie Thies etwas in die Tastatur tippte.

»›Die Kopftuchrepublik – Wie Massenmedien und Politiker uns für dumm verkaufen‹. Die anderen Bücher zieren so charmante Titel wie ›Die geheime Weltregierung – Warum wir längst von Juden und Islamisten gelenkt werden‹. Oder, auch schön: ›Mafiaterror – Wie Chinesen, Russen und Italiener unser Land tyrannisieren‹. Allesamt Platz eins in den Bestsellerlisten.«

»Ein Misthaufen gedeiht am besten, wenn man ihn mit noch mehr Scheiße düngt. Da haben vier Mistkerle zusammengefunden. Großartige Arbeit, werter Kollege. Sobald wir den Stall ausgemistet haben, gebe ich einen aus.«

»Wenn's ein Peroni ist, sage ich nicht Nein.«

»Selbstredend. Sind Sie eigentlich auf eine Verbindung zwischen Frankenfeld und Lohheim gestoßen?«

»Noch nicht, aber ich suche weiter.«

Sie verabschiedeten sich, und am liebsten hätte Berlotti sofort die Nummer von Kowalsky gewählt. Doch sein Instinkt riet ihm, damit noch zu warten.

Seine grauen Zellen arbeiteten unter Hochdruck, Synapsen und Neuronen versuchten, die Einzelteile zusammenzusetzen und einen alles erhellenden Gedanken zu formen. Doch irgendwo auf halber Strecke zwischen elektrischen Signalen und chemischen Neurotransmittern unterbrach die Übertragung. Wer war hier Täter, wer Opfer? Und was waren die Motive? Er schlug mit der Hand auf die Stuhllehne. Wie konnte es sein, dass er nicht dahinterkam? Würde Frankenfeld reden, wenn er ihn nur hart genug anfasste? Ein Puzzle löste man am schnellsten, indem man jedes Teil einmal in die Hand nahm und überlegte, an welche Stelle es passen könnte, bis alle Teile ineinandergriffen.

Er verließ das Zimmer seiner Mutter und trat auf den Flur, um erneut zu telefonieren. Vom Bereitschaftsdienst auf dem Revier ließ er sich Frankenfelds Adresse und Mobilfunknummer geben. Die Telefonnummer seines Festnetzanschlusses sei im System als »geheim« markiert, teilte ihm die diensthabende Beamtin mit, und selbst Behörden hätten keinen Zugriff darauf. Eine automatische Ansage informierte ihn, dass Frankenfeld sein Handy ausgeschaltet hatte. Aber er war ohnehin davon ausgegangen, um einen Besuch bei ihm nicht herumzukommen. Auf seinem Smartphone überflog er einige Artikel über den Verschwörungs-Journalisten und erfuhr, dass dieser abgeschieden in einem Waldgebiet im Alten Land lebte, auf einem autarken Gelände mit eigener Strom- und Wasserversorgung. Standesgemäß für einen Menschen, der permanent die Apokalypse heraufbeschwor, dachte Berlotti.

Er verabschiedete sich mit einem Wangenkuss von seiner Mutter, versprach ihr, bald wieder bei ihr zu sein, informierte den Nachtpfleger, dass er wegmusste, und stieg in den Dienstwagen. Mit benebeltem Kopf wie nach einer durchzechten Nacht fuhr er über die Bundesstraße ins Alte Land. Das Licht der Straßenlampen brannte in seinen müden Augen, und er sah hinauf in den klaren Nachthimmel. Überraschenderweise war der gar nicht schwarz, sondern von einem tiefen Marineblau. Die Milchstraße zeichnete sich davor ab wie eine dieser Folien-Wasserrutschbahnen, nur eben nicht für Kinder, sondern für Sterne. Kaum hatte er diesen Gedanken zu Ende gedacht, stürzte sich ein Meteorit todesmutig in den Parcours und sauste als Sternschnuppe vom Firmament herab. In Momenten wie diesen fühlte er sich mit seinem Leben am ehesten im Einklang: allein im Dunkeln, abseits von allen und allem. Seine Mitmenschen schliefen hinter den dunklen Fenstern. Niemand wollte etwas von ihm. Keine Mutter, keine Polizeichefin. Allein mit sich, seinen eigenen Gedanken und den Ansprüchen an sich selbst. Für solche stillen Momente, wenn in einer Mordermittlung die Fäden sich ineinander zu verflechten begannen und Personen, die bis dahin versucht hatten, sich möglichst unbeteiligt unter dem Radar der Kriminalbeamten zu halten, plötzlich zum Vorschein kamen und in Verbindung zueinander traten, für solche stillen Momente lebte er.

✳✳✳

Eine halbe Stunde später begann sein Navi kurz vor dem Ziel zu spinnen, zeigte ihm immer neue Routen an, die keinen Sinn ergaben. Plötzlich fand er sich auf einem von Kirschbäumen gesäumten Feldweg wieder, den er entlangfuhr, bis er zu einem stählernen Rolltor kam. Sackgasse, Endstation. Berlotti schlug aufs Lenkrad. »Soll doch der Blitz dein Klo treffen!« Schon wollte er zurücksetzen, als sein Blick auf den Teil des Gebäudes fiel, den die Autoscheinwerfer anstrahlten. Schmutzig grau wölbte sich die für diese Bauten typische Betonkuppel neben dem ebenso typischen Schlot.

Irritiert stieg er aus dem Wagen aus und schaltete die Taschenlampenfunktion seines Telefons ein. Wollte er noch an einen schlechten Scherz glauben, brachte eines der Schilder, das an dem mit Stacheldraht gesicherten Zaun hing, Gewissheit: »Kernkraftwerk Stade. Campen und Übernachten auf dem Werksgelände verboten!« Angesichts des heruntergekommenen Zustandes des Gebäudes und der Tatsache, dass es jenseits des Zauns zappenduster war, schien der Reaktor nicht in Betrieb zu sein. Dennoch stellte sich ihm die Frage: Warum stand ein Atommeiler keine dreißig Kilometer von seinem Wohnort entfernt? Und eine weitere ergab sich daraus: Warum wusste er nichts davon? Oder hatte er es schlicht verdrängt? Noch etwas, das er Fiete fragen musste, vorausgesetzt, er würde in diesem Leben noch Zeit finden, ihn zu besuchen.

Er setzte sich in seinen Audi, fuhr den Feldweg zurück zur Straße und hielt wenige Minuten später dem Navi gehorchend irgendwo im Nirgendwo, Kilometer vom nächsten Anwesen entfernt. Berlotti hatte angenommen, seine Heimat gut zu kennen, doch auch von diesem Nicht-Ort südwestlich von Stade hatte er tatsächlich nie gehört, geschweige denn einen Fuß hineingesetzt. Es war stockdunkel, die Sonne würde erst in etwas mehr als einer halben Stunde aufgehen, und die hochhaushohen Nadelbäume sorgten dafür, dass man seine eigene Hand vor Augen allenfalls erahnen konnte.

Der Morgentau drang vom knöchelhohen Rasen durch seine Lederschuhe, kaum dass er einen Fuß aus dem Wagen setzte. Unwillkürlich bekam er eine Gänsehaut, und er brauchte einen Moment, bis er merkte, was ihn an diesem Ort derart erschaudern ließ. Nicht nur, dass er in der Dunkelheit nichts sah. Auch konnte er weder etwas riechen noch hören. Kein Rauschen der Blätter, kein Duft von Tannenzapfen oder Baumharzen. Als wäre er auf der kurzen Fahrt durch ein Wurmloch in eine andere Galaxie gereist, in der Sinneseindrücke vollständig absorbiert wurden. Unwillkürlich schüttelte er den Kopf. Seine Phantasie schien mit ihm durchzugehen. Wahrscheinlicher war doch, dass die Kombination aus Anspannung und Müdigkeit, aus Adrenalin und zu viel Melatonin seiner Wahrnehmung einen Streich spielte.

Nachdem er die Taschenlampenfunktion seines Handys aktiviert hatte, erhob sich direkt vor ihm ein Zaun, dreimal höher als er selbst. Ein Bollwerk aus Stahlstreben, so dicht aneinandergereiht, dass das Haus auf der anderen Seite vermutlich nicht einmal bei Tageslicht zu sehen war. Er ging ein paar Schritte zurück zu der Stelle, wo er das Eingangstor vermutete, das er kurz zuvor noch mit dem Fernlicht seines Autos gestreift hatte. Unvermittelt durchbrach ein Licht die Dunkelheit, so grell, dass Berlotti kurz die Orientierung verlor. Ein Bewegungsmelder hatte zwei Lichtmasten in Gang gesetzt, die mühelos ein Fußballstadion mittlerer Größe illuminiert hätten. Sofort brach ein Kreischen los, das Berlotti zunächst für eine besonders exaltierte Alarmanlage hielt. Erst als vereinzelt weiße Federn durch den Zaun flatterten, realisierte er, womit er es zu tun hatte.

In dem Moment, in dem er die Klingel am linken Tor-Pfahl entdeckte, war eine weibliche Stimme zu hören, die aus einem Lautsprecher drang, den Berlotti aber nicht orten konnte.

»Verschwinden Sie, oder wir rufen die Polizei!«

»Frau Frankenfeld? Hier *ist* die Polizei! Ich muss dringend mit Ihrem Ehemann sprechen.«

»Ihr Ausweis!«

»Wohin …?«

»Vor die Kamera!«

Berlotti sah sich um und entdeckte oberhalb des Klingelknopfes tatsächlich ein kleines Loch, in dem er eine Kamera vermutete. Er pulte seinen Ausweis aus dem Portemonnaie und folgte ihrer Aufforderung.

»Mein Mann ist nicht da.«

»Aber sagten Sie nicht eben —«

»Ich werde wohl einem wildfremden Mann, der mitten in der Nacht vor meiner Tür steht, nicht sofort auf die Nase binden, dass ich allein im Haus bin.«

»Es geht um Leben und Tod. Ich muss mit Ihnen reden.«

Mehrere Augenblicke lang tat sich nichts. Dann ertönte ein Summer.

»Geben Sie acht, dass die Gänse nicht ausbüxen, sonst bekommen Sie eine Dienstbeschwerde«, drang es aus der Gegensprechanlage.

Zentimeter für Zentimeter öffnete er das Tor, doch die Vorsicht war unnötig. Die Gänseherde stob krakeelend auseinander und wirbelte feine Federn auf, als hätte gerade jemand sein Bettzeug aufgeschüttelt. Er erinnerte sich, über eines der ersten Bücher, das Frankenfeld nach seinem Ausscheiden aus dem Journalismus geschrieben hatte, im Radio gehört zu haben. Es handelte davon, wie man den nächsten Weltkrieg überlebte. Und die Idee, sich Gänse zu halten, war genial, das musste Berlotti ihm lassen. Nicht nur, dass sie besser anschlugen als jeder Wachhund. Sie waren auch als Notration nicht zu verachten.

Unter seinen Schuhen knirschte der Kies. Die Gänse waren nicht mehr zu sehen. Sie mussten sich in einen Teil des Gartens hinter dem Gebäude zurückgezogen haben, den er nicht einsehen konnte. Im Vergleich zu dem Zaun, der Donald Trump vor Neid hätte erblassen lassen, wirkte Frankenfelds Wohnhaus von außen nahezu bescheiden. Insgeheim hatte Berlotti einen Burggraben erwartet, in dem Krokodile und Piranhas auf Beute hofften. Aber auf den rund hundertfünfzig Metern vom Tor bis zur Eingangstür waren weder Raubtiere noch Selbstschussanlagen zu sehen.

Während er sich durch ein Feld aus Licht dem Bungalow näherte, fiel ihm auf dem Flachdach eine Konstruktion auf, die ihn an diese Fang-den-Ball-Spiele erinnerte, bei denen man Plastikbälle aus einem kegelförmigen Trichter schoss und anschließend wieder auffangen musste. Er war ziemlich sicher, dass es sich dabei um eine Anlage handelte, die unerwünschte Fluggeräte wie Drohnen aufspüren und mit elektromagnetischen Wellen vom Himmel holen konnte. Da die Fenster nicht vergittert waren, ging er davon aus, dass die Scheiben aus schuss- und bruchsicherem Glas bestanden.

Als er sich dem Haus bis auf wenige Schritte genähert hatte, öffnete sich die Tür. Im ersten Moment glaubte er, Donna Leon habe sich in der Hausnummer geirrt. Denn die Frau im Türrahmen sah der amerikanischen Krimiautorin zum Verwechseln ähnlich. Sie trug blaue Jeans und eine grüne Strickjacke. Das schulterlange Haar war mit einem Mittelscheitel ordentlich geteilt, als wäre sie nicht eben erst aus dem Schlaf gerissen worden. Der größte Teil ihres Haars war schwarzgrau, einige schlohweiße Strähnen rahmten ihr faltiges Gesicht ein. Durch eine Nickelbrille blickten ihn hellwache Augen misstrauisch an. »Also?« Sie hatte die Arme vor dem Körper verschränkt und dachte nicht daran, ihn hereinzubitten.

»Könnten wir ins Haus gehen?«

»Ich sehe nicht, warum das notwendig sein sollte. Die Nachbarn werden wir wohl kaum stören.« Sie blickte ihn herausfordernd an.

Berlotti zuckte gleichmütig mit den Schultern. »Ihr Mann hat sein Mobiltelefon ausgestellt. Ich muss dringend mit ihm sprechen. Wie erreiche ich ihn?«

Ute Frankenfeld sah ihn entgeistert an. »Haben Sie mal darüber nachgedacht, dass Menschen nachts ihr Mobiltelefon ausstellen, weil sie schlafen?«

»Sie scheinen nicht darüber besorgt zu sein, dass die Kriminalpolizei auf der Suche nach Ihrem Mann mitten in der Nacht vor Ihrer Tür steht.«

Ein spöttischer Zug zeichnete sich um ihre Mundwinkel ab. »Was ist es denn diesmal? Wieder eine Morddrohung? Falls es so wäre, kann ich Sie beruhigen. Ulf ist unterwegs, und demnach benötigt er Ihren Schutz hier nicht.«

Er stutzte. Nachdem er einen kurzen Moment darüber nachgedacht hatte, musste er zugeben, dass ihre Reaktion nachvollziehbar war. Frankenfelds Bücher waren zwar Bestseller, aber heftig umstritten. Es wäre wenig überraschend, falls sich herausstellen sollte, dass die Kollegen regelmäßig wegen konkreter Morddrohungen hier auftauchten. Er beschloss, sie vorerst in dem Glauben zu lassen. Möglicherweise erhöhte die Strategie die Chancen, etwas Nützliches aus der Frau herauszubekommen.

»Sagen Ihnen die Namen Markus Horn, Wolfgang Scherff und Timo Kowalsky etwas?«

»Journalisten«, antwortete sie, und als er darauf nichts erwiderte, sondern sie abwartend ansah, fügte sie hinzu: »Ich meine mich daran erinnern zu können, dass Ulf gelegentlich mit ihnen zu tun hatte.«

»Sind die Männer jemals hier gewesen?«

Entschieden schüttelte die Frau den Kopf, wobei ihre Frisur wie eine Fransengardine vor ihrem Gesicht hin und her wedelte. »Nein, das kann ich Ihnen mit Gewissheit sagen. Wir empfangen nie Besuch hier.«

Für einen kurzen Moment veränderte sich ihr Blick, und Berlotti meinte, auf den Grund ihrer Seele blicken zu können. Hinter der starken Fassade regierte bleierne Einsamkeit.

»Aber ich glaube, Ulf hat einige Male mit ihnen telefoniert.«

»Können Sie mir sagen, worum es in diesen Gesprächen ging?«

Sie sah ihm mit einem beinahe kindlichen Trotz fest in die Augen. »Nein, das kann ich nicht. Und selbst wenn, würde ich es nicht wollen. Unsere Privatangelegenheiten gehen Sie nichts an.«

»Da bin ich etwas anderer Meinung. Ich würde jetzt wirklich gern wissen, wo sich Ihr Mann aufhält.« Berlotti war einen Schritt vorwärts getreten, um zu signalisieren, dass der Plausch vorüber war. Ute Frankenfeld stand unverändert mit verschränkten Armen im Türrahmen.

»Auf einem Kongress. In Süddeutschland.«

»Welcher?«

Sie überlegte einen Augenblick, und Berlotti war sich nicht sicher, ob sie in ihrer Erinnerung nach dem genauen Namen der Veranstaltung kramte oder darüber nachdachte, wie sie ihn am schnellsten wieder loswurde. Sie ging ins Haus, um den Zettel zu suchen, auf dem sie sich den Titel des Kongresses notiert hatte, bat ihn aber ausdrücklich, vor der Tür zu warten.

Berlotti nutzte die Gelegenheit, um auf die Türschwelle zu treten und einen Blick in den Bungalow zu werfen. Der Flur verlief horizontal zum Eingang und war vollkommen schmucklos. Boden, Wände und Decken bestanden einheitlich aus grauem Sichtbeton. Berlotti leuchtete mit seinem Smartphone in den Raum und sah sich in seiner Vermutung bestätigt: Flur und vermutlich auch der Rest des Hauses waren mit abschirmendem Material isoliert. Das machte zwar jeden Handyempfang im Haus unmöglich, sorgte aber dafür, dass keine Strahlung von außen in das Gebäude dringen konnte. Frankenfelds Behausung war abhörsicher.

Die Frau des Verschwörungstheoretikers kam zurück, und Berlotti ließ sein Mobiltelefon unauffällig in die Hosentasche gleiten. In der Hand hielt sie ein gelbes Post-it.

»Ulf ist auf dem Querdenker-Kongress für alternative Sichtweisen in Stuttgart und übernachtet dort im Intercity Hotel am Bahnhof.«

Berlotti notierte sich die Angaben. Mit dem geöffneten Notizbuch in der Hand bat er Ute Frankenfeld um eine Telefonnummer, unter der sie zu erreichen war.

»Ein Handy habe ich nicht, und unsere Festnetznummer bekommen Sie nicht«, antwortete sie knapp.

»Dann kann ich Ihnen nicht versprechen, dass ich nicht jeden Tag mehrmals bei Ihnen klingele, wenn mir noch etwas einfällt, das für die Ermittlungen wichtig sein könnte.«

Sie zögerte und konnte sich auch nach einigem Überlegen nicht zu einem Entschluss durchringen.

»Was halten Sie davon, wenn ich Ihnen mein Ehrenwort gebe, dass ich die Nummer für mich behalte? Ich füge sie nicht in die Datenbank der Polizei ein und vernichte sie, sobald ich alle Informationen habe, die ich benötige.«

Das schien die misstrauische Frau zu besänftigen. Sie nannte ihm ihre Festnetznummer, und Berlotti schrieb seine Mobilnummer auf einen Zettel, den er ihr gab.

»Sollten Sie Ihren Mann vor mir sprechen, richten Sie ihm bitte aus, dass er sich dringend bei mir melden möge.«

»Wer ist es denn diesmal?«

»Was meinen Sie?«

»Von wem die Drohungen diese Woche kommen.«

Mit einem Mal tat ihm die Frau leid. Allein in einem Haus, abgeschnitten von allen und allem, mit der Polizei als einzigem, aber dafür regelmäßigem Besuch, den Büchern ihres Ehemannes sei Dank. Heirate oder nicht, du wirst beides bereuen, dachte er und überlegte, ob es wirklich nötig war, Frankenfelds Ehefrau zu beunruhigen. Schließlich vertraute er seinem Bauchgefühl.

»Es gab einige merkwürdige Todesfälle, und ich hatte gehofft, Ihr Gatte könnte uns bei den Ermittlungen behilflich sein.«

»Ist Ulf in Gefahr?«

Für einen Augenblick hatte sie ihren Schutzschild fallen lassen und wirkte nahbar. Berlotti hätte am liebsten ihre Hände in seine genommen, widerstand aber dem Impuls.

»Das würde ich gern mit Hilfe Ihres Mannes herausfinden. Deshalb ist es wichtig, dass ich bald mit ihm rede.«

Sie hatte begonnen, sich nervös die Hände zu reiben. Dabei blickte sie gedankenverloren an ihm vorbei, als gäbe es hinter ihm etwas Spannendes zu sehen.

»Sie melden sich bei mir, sobald Sie Ihren Mann sprechen? Ich versuche weiter, ihn auf seinem Handy zu erreichen.«

Sie öffnete den Mund, als würde sie noch etwas loswerden wollen, überlegte es sich aber anders und schüttelte den Kopf. Dann nickte sie und schloss wortlos die Tür. Berlotti überlegte, ob er noch einmal klopfen sollte. Doch was es auch war, sie hatte entschieden, es für sich zu behalten.

Auf dem Weg zurück zu seinem Wagen überlegte er, wie er weiter vorgehen sollte. Unter seinen Schuhen knirschte der Kies, ansonsten herrschte wieder diese irritierende Grabesruhe. Die Gänse gaben keinen Mucks von sich. Wenn Frankenfeld in Kontakt gestanden hatte mit zwei Männern, die in den letzten Tagen ermordet worden waren, wie abgebrüht musste er sein, auf einen Kongress zu fahren, als wäre nichts gewesen? Berlotti glaubte ohnehin selten an Zufälle, in diesem intransparenten Beziehungsgeflecht schon gar nicht. Je länger er darüber nachdachte, desto sicherer war er, dass Frankenfeld sich nicht auf dem Kongress befand. Der Mann war untergetaucht, alles andere ergab keinen Sinn. Aber was hatte in den vergangenen Tagen schon Sinn ergeben? Insofern galt es, ihn schnellstmöglich aufzuspüren.

Erneut wählte er Frankenfelds Nummer, doch wie zuvor

teilte ihm eine mechanische Stimme mit, dass der Teilnehmer vorübergehend nicht erreichbar war. Gern hätte er den Kongress gegoogelt, aber hier im Wald gab es kein mobiles Internet, und das Telefonnetz zeigte nur einen einzigen Balken an. Er schickte Thies eine SMS, und sofort meldete sich der IT-Kollege mit einem »Moingiorno« bei ihm.

»Sie schlafen wohl nie?«, erkundigte sich Berlotti.

»Völlig überbewertet.«

Berlotti musste lachen. »Müde macht uns die Arbeit, die wir liegen lassen, nicht die, die wir tun.« Dann bat er Thies, ihm die Nummer des Stuttgarter Intercity Hotels herauszusuchen und ihm einen Kontakt des Kongresses zu vermitteln.

»Die Hotelnummer schicke ich Ihnen gleich aufs Handy.« Einige Sekunden waren nur das Klackern der Tastatur und Thies' Atem zu hören. »Aber dieser Kongress ...«

»Ja?«, hakte Berlotti nach, da Thies nicht weiterredete.

»Der findet erst im Dezember statt.«

»Sind Sie sicher?«

Wieder Klackern, diesmal noch energischer.

»Bingo! Am zweiten Adventswochenende in den Stuttgarter Messehallen. Und Frankenfeld ist als einer der Hauptredner vorgesehen.«

»Wenn der Kongress gar nicht stattfindet, dann wird der Mann auch nicht in dem Hotel abgestiegen sein«, überlegte Berlotti laut. »Welchen Grund könnte er haben, seine Frau anzulügen?«

»Angst?«, schlug Thies vor.

»Angst, der Nächste auf der Liste unseres Mörders zu sein. Oder ...«, Berlotti überlegte kurz, »... Angst, geschnappt zu werden, weil er derjenige ist, der die Liste geschrieben hat und abarbeitet.«

Einige Augenblicke hingen beide ihren Gedanken nach.

»Können Sie sich darum kümmern, dass Frankenfelds Handy geortet wird?«

»Das wollte ich gerade vorschlagen.«

»Ach ja, und noch etwas: Diese Geräte, die Funk und GPS

von Drohnen stören und so flugunfähig machen, die sind doch ausschließlich für militärische Zwecke. Oder?«

»Jepp. Für Normalsterbliche kaum finanzierbar. Wieso?«

»Ich glaub, Frankenfeld hat so ein Teil auf dem Dach. Danke für die Info!«

»Kein Ding, Commissario.«

Sie verabschiedeten sich, und auf dem Display erschien die Nachricht, dass Katharina Meinhold versucht hatte anzurufen. Er setzte sich in sein Auto, drückte die Rückruftaste, legte wieder auf, als er feststellte, dass er im Wagen gar keinen Empfang hatte, stieg aus und wiederholte den Anruf.

»Noch eine, die nie schläft«, sagte er, als seine Kollegin sich beim ersten Klingeln meldete.

»Schlaf wird überbewertet«, entgegnete sie lapidar.

Das hatte Thies doch eben auch schon gesagt. Was war das hier? Befand er sich in einem Paralleluniversum, in dem alle Personen zu unterschiedlichen Zeitpunkten dasselbe dachten? Er rief sich zur Ordnung. Er durfte jetzt nicht durchdrehen.

Meinhold fuhr fort: »Wir haben Lohheims Handy in der Wohnung geortet, aber er öffnet die Tür nicht. Ich konnte den Richter überzeugen, dass ihm möglicherweise etwas zugestoßen sein könnte. Ein Gerichtsbeschluss ist unterwegs, der uns Zugang zu Lohheims Wohnung verschafft.« Berlotti schwieg, weshalb sie sich veranlasst sah, eine Erklärung nachzulegen. »Ich wollte mir Ihr Okay holen, aber Sie waren nicht erreichbar, und ich wollte schnell reagieren ...«

Berlotti versprach, sofort loszufahren, und erörterte in wenigen Stichworten, wo er sich befand und was er herausgefunden hatte.

»Irene Scherff schläft übrigens mit einem bulgarischen Karatelehrer«, schob Meinhold fast beiläufig hinterher.

»Ist ein Witz, oder?« Anscheinend war seine Kollegin überzeugt, dass Enthüllungen ohne ankündigenden Trommelwirbel einen größeren Effekt erzielten.

»Kommt noch besser: Scherff wusste davon, weil er ihr einen Privatdetektiv auf den Hals gehetzt hatte.«

»Und das wissen Sie, weil …?«

»Polizeiarbeit.« Er konnte ihr zufriedenes Grinsen durchs Telefon hören. »Bin Verbindungsnachweise durchgegangen und habe Nummern, die ich nicht zuordnen konnte, abtelefoniert.« Schwerfällig versuchte sein Gehirn, die Informationen im dafür zuständigen Hirnlappen korrekt einzusortieren.

»Heißt das … Das heißt … Verdammt … was heißt es denn?« Er schlug sich mit der flachen Hand auf die Wange.

»Zunächst mal nur, dass der Schürzenjäger seiner Frau nicht denselben Spaß gönnte.« Berlotti blies die Backen auf. Zwei weitere Unbekannte in einer Gleichung mit ohnehin schon zu vielen Variablen. Die Dunkelheit, die ihn umgab, färbte auf seine Gedanken ab. »Jetzt, wo wir der Sache näher kommen, gleitet sie uns aus den Händen.«

Als er die letzten Bäume des dichten Waldes passierte, trafen ihn die ersten Strahlen der Morgensonne. Er ließ die Fensterscheibe herunter und war dankbar für den Fahrtwind. Froh, den unwirklichen Ort verlassen zu haben, füllte er seine Lungen mit so viel Sauerstoff wie möglich. Die Landschaft zwischen Altem Land und der Hansestadt ließ sich nicht lumpen. Wie in Zeitlupe wiegten sich Sonnenblumen Kopf an Kopf im Wind. Der Himmel trug die Farbe geschmolzenen Kupfers, das sich jederzeit über die Landschaft ergießen konnte. In den ersten, reinen Momenten des Tages präsentierte sich die Natur in all ihrer komplexen und doch schlichten Schönheit, ehe der Mensch sie in Besitz nahm.

Endlose Reihen von Apfel- und Kirschbäumen säumten die Straße zu beiden Seiten. Die Blätter noch knittrig, kaum entrollt, aber bereit, sich zu entfalten. Übermütig schien das Sonnenlicht durch die weiße Prunkpforte vor einem imposanten Haus mit heruntergezogenem Giebel und verwittertem Reetdach. Eine Traube als Fruchtbarkeitssymbol war in den hölzernen Torbogen geschnitzt, gesäumt von zwei Tierfratzen, die als Wächter ihre Zähne zeigten. Ein Segensspruch auf Latein zeugte von den Wünschen und Hoffnungen der einstigen Hofbewohner.

Je mehr er sich der Stadt näherte, desto nervöser erschien

sie ihm heute. In den Vororten hatte er noch gelegentlich Jogger durch die Landschaft streifen sehen und Hunde, die Bälle apportierten. Zunehmend fand er sich nun rollenden Blechlawinen, Abgasen und nervtötendem Gehupe ausgesetzt. Oder war alles wie immer, und es waren die letzten Stunden, die sein Nervenkostüm merklich ausgedünnt hatten?

Um sich abzulenken, wählte er die Nummer der Intensivstation. Doch Carmelas Gesundheitszustand war unverändert kritisch.

***

Berlotti atmete erleichtert auf, als er endlich am Berliner Tor eintraf. Auf den ersten Blick war kein Parkplatz verfügbar, deshalb stellte er seinen Wagen im absoluten Halteverbot ab. Eine Frau lenkte in dem Moment einen Zwillingskinderwagen aus dem Haus. Berlotti legte einen kurzen Sprint ein und hielt ihr die Tür auf, wofür die mit Spucktuch, Rucksack, Einkaufstasche und Kinderwagen hantierende Mutter nur ein gequältes Lächeln übrig hatte. Er nahm drei Stufen auf einmal und klopfte schließlich an Lohheims Wohnungstür. Als diese sich öffnete, blickte ihm ein Handydisplay entgegen.

»Handy hier, Lohheim nicht.«

Sanft, aber mit Nachdruck schob er das Gerät aus seinem Gesichtsfeld. Katharina Meinholds Wangen waren rot vor Aufregung.

»Die Nachbarn sagen, Lohheim war seit Tagen nicht zu Hause.«

Berlotti sah sie verdutzt an. Seine Kollegin hatte nicht nur in Rekordzeit einen Durchsuchungsbeschluss durchgesetzt, sondern innerhalb einer halben Stunde auch sämtliche Nachbarn aus dem Bett geklingelt und befragt.

»Wann ist er untergetaucht?«, wollte er wissen.

»Die Studenten in der WG unter ihm haben seit mindestens zweiundsiebzig Stunden keine Schritte in der Wohnung gehört, vielleicht sogar noch länger.«

Also war Lohheim in den Stunden nach dem Einbruch untergetaucht. Berlotti sah sich um. Das Chaos war nicht beseitigt worden. Den Fußboden erkannte man nur hier und da zwischen Inseln aus Unterwäsche und Pullovern. Es roch, als sei lange nicht gelüftet worden.

»Was auch immer die Einbrecher gesucht haben: Sie haben es entweder gefunden und mitgenommen, oder sie sind noch auf der Suche danach, was nicht gut für Lohheim sein kann«, sagte Berlotti.

Meinhold nickte. »Immerhin liegt er nicht tot in seiner Wohnung. Hier werden wir jedenfalls nichts finden, was uns weiterhilft. Übrigens hatte ich gestern Nacht ein sehr aufschlussreiches Telefonat mit meinem Vater.«

Verwirrt sah er sie an. Warum fing sie in dieser Situation von ihrem Vater an? »Der CDU-Hardliner?«

»Er hat mir ziemlich unverblümt gedroht, ich solle damit aufhören, Dreck aufzuwirbeln.«

»Bitte, was?« Das wurde ja immer absurder!

»Ich solle mich auf die Mordermittlung konzentrieren und keine politischen Verschwörungen erfinden. Schon gar nicht, wo im nächsten Frühjahr Landtagswahlen in Hessen sind.«

»Woher weiß er überhaupt davon?«

Meinhold schnaubte verächtlich. »Ich sage doch, dass neuerdings nicht mehr nur CDU-Hardliner bei meinen Eltern am Tisch sitzen, sondern auch Rechtspopulisten willkommen sind. Wer weiß, wer da was weiß und wer was erzählt.«

»Aber warum stellt sich ein hessischer CDU-Politiker schützend vor Mordermittlungen, die, wenn überhaupt, DNP-Politiker betreffen? Das klingt ja fast, als würden im Hintergrund schon Koalitionsgespräche laufen!«

»Das war auch mein Eindruck. Jedenfalls habe ich meinem Vater gesagt, er soll mich meine Arbeit machen lassen und sich gehackt legen.«

»Da hat er sich bestimmt gefreut.«

»Ist der Ruf erst ruiniert …«, sagte sie und verstummte mit einem grimmigen, in sich gekehrten Blick.

Berlotti hatte den Eindruck, als bedrücke Katharina Meinhold etwas, und wollte sie auffordern weiterzureden. »So schlimm?«

»Ich habe mit vierzehn mein erstes Bier getrunken und meinen ersten Joint geraucht. Eine Klassenkameradin, von der ich dachte, dass sie eine gute Freundin wäre, hat es ihrer Mutter gepetzt, die es sofort brühwarm meiner Mutter erzählt hat. Und die hatte nichts Besseres zu tun, als gleich zu meinem Vater zu rennen. Der hat mich so heftig verprügelt, dass ich dachte, ich müsste ins Krankenhaus. Richtig übel. Einer konservativen Politikerkarriere ist es wohl eher abträglich, wenn herauskommt, dass die Tochter mit Drogen experimentiert.«

Von ihrem Gesicht waren Schmerz und Abscheu abzulesen. Kein Wunder, dachte Berlotti und fragte sich, was das bei einem jungen Menschen anrichtete, wenn er so früh das Vertrauen zu den nahestehenden Personen in seinem Leben verlor.

»Und dann?«

»Gab es einen Monat Hausarrest. Und meine Eltern sind seitdem für mich gestor–«

In dem Augenblick klingelte sein Handy. Ausgerechnet jetzt! Berlotti fluchte insgeheim.

Es war Peter Thies, der Frankenfeld aufgespürt hatte.

»Jedenfalls so gut wie«, schränkte er ein.

»Wo steckt der Vogel?«

»Den Funkzellen zufolge, in die sich sein Handy einwählt, sitzt Frankenfeld in einem Intercity, der Stuttgart vor einer Viertelstunde in Richtung Schweiz verlassen hat.«

Berlotti informierte Meinhold über Frankenfelds Aufenthaltsort und wandte sich dann wieder Thies zu.

»Wir treffen uns in zwanzig Minuten auf dem Revier und beschließen dann, ob die Faktenlage für eine offizielle Fahndung nach Frankenfeld und Lohheim ausreicht.«

In Gedanken versunken saß Berlotti wieder hinter dem Steuer. Die Hausfassaden rauschten an ihm vorbei, ohne dass er etwas von seiner Umgebung wahrnahm. Lohheim untergetaucht,

Frankenfeld auf der Flucht. Welche Hinweise hatte er nicht hinreichend berücksichtigt? An allen Ecken und Enden biss er auf Granit, und die Zeit lief ihm davon. Einzig die Tatsache, dass die Wahrheit eine unzerstörbare Pflanze war, hatte ihn bisher beruhigt. Auch wenn es jemandem gelang, sie unter einem Felsen zu begraben, so stieß sie trotzdem durch, wenn es an der Zeit war. Er dachte an all die Steine, die er in diesem Fall schon vergebens angehoben hatte. Wer war hier Jäger, wer Gejagter? Und wo lagen die Steine, die er für brauchbare Hinweise noch umdrehen musste?

Der Moment, in dem sich ein entscheidender Gedanke zu einer Idee formen wollte, war derselbe Augenblick, in dem die Sonne in der Realität mit voller Wucht zuschlug. Reflexhaft schloss er die Augen. Sekundenbruchteile später schnitt ihm das Geräusch von knirschendem Blech das Gehirn in Scheiben. Sein Oberkörper wurde mit geballter Wucht in den Gurt gedrückt und presste ihm die Lungen leer. Der Kopf folgte dem restlichen Körper, was die Halswirbelsäule zunächst überstreckte, nur um ruckartig wieder in die Kopfstütze geschleudert zu werden. Eine lärmende Stille folgte.

Berlotti hätte nicht sagen können, welcher Schreck größer war. Jener, dass er einen Auffahrunfall verursacht hatte, oder die Tatsache, dass ihm der Geistesblitz zur Lösung des Falles wieder entglitten war, ohne dass er ihn hatte festhalten können. Als er den Gurt löste, sah er, dass seine Finger zitterten. Und nicht nur die, dachte er. Das gibt ein Schleudertrauma wie aus dem Bilderbuch, und gedanklich wappnete er sich schon einmal für die physischen Nachwehen.

Im Auto vor ihm regte sich nichts. Er schaltete das Warnblinklicht ein und rollte seinen Wagen an den Straßenrand. Dann stieg er aus. Das Licht spiegelte sich in der Scheibe der Fahrerseite, sodass er wenig erkennen konnte. Er klopfte vorsichtig. Die Fahrerin saß allein im Wagen, hielt das Steuer umkrampft und blickte starr auf die Straße.

»Geht's Ihnen gut?«, rief er. Und als sie nicht reagierte: »Ist Ihnen etwas passiert?«

Sie blinzelte und schien sich langsam aus ihrer Schockstarre zu lösen. Als sie ihm ihren Kopf zuwandte, sah er in zwei kastanienbraune Augen. Ein gehöriger Schreck spiegelte sich darin wider. Sie ließ das Fenster herunter.

»Der Aufprall!« Ihre Stimme zitterte leicht. »Ich dachte für einen Moment: Das war's!«

»Können Sie zur Seite fahren und dann aussteigen?«

Sie nickte, setzte vorschriftsmäßig den Blinker, fuhr einen halben Meter zur Seite und schaltete den Motor aus. Als sie ausstieg, wankte sie einen Moment bedenklich auf die Fahrbahn. Berlotti eilte ihr zu Hilfe, bot ihr seinen Arm an, den sie mit einem angedeuteten Kopfschütteln ablehnte.

»Es geht.«

Sie pressten sich zwischen dem vorbeirauschenden Verkehr und den parkenden Autos hindurch auf den Gehweg.

»Ich hatte … habe es eilig, was natürlich eine schwache Ausrede ist«, sagte er kleinlaut.

Sie gingen gemeinsam um die Autos herum und begutachteten den Schaden. Beide Stoßstangen hatten ordentlich etwas abbekommen und hingen auf Halbmast. Abgesehen von den Rücklichtern, die zerborsten am Boden lagen, waren auf den ersten Blick ansonsten nur Kratzer in ihrem Lack zu sehen. Seine Motorhaube dagegen war eingedellt und sah aus wie die Nase eines angeschlagenen Boxers. Die Frau ging in die Hocke, und Berlotti dachte zunächst, sie wollte den Schaden aus der Nähe beobachten. Dann begriff er, dass ihre Knie erneut nachgegeben hatten. Schnell griff er ihr unter die Arme und half ihr auf.

Sie krempelte sich die taillierte weiße Bluse bis zu den Ellenbogen hoch. Als hätte sie nur darauf gewartet, eroberte die Morgensonne ihre milchkaffeefarbene Haut und schimmerte verschwenderisch darauf. »Wie warm es so früh schon ist!«, sagte sie und stellte sich als Benicia de la Cruz vor.

Er riss sich von dem Spiel der Sonne auf ihrem Unterarm los, langte ins Sakko, kritzelte seine Daten in das Notizbuch und riss die Seite heraus.

»Melden Sie sich?«

Sie zögerte. »Reicht das so? Müssten wir nicht den Unfallhergang festlegen oder die Polizei rufen?«

»Sie haben recht. Aber Sie haben mein Wort, dass ich die Schuld auf mich nehme. Ich bin bei der Kripo, und wenn ich schon eine eigene Visitenkarte hätte, könnte ich die Ihnen jetzt geben.« Er wusste selbst, wie blöd das klang, weshalb er seinen Dienstausweis zückte, den sie lange und genau betrachtete. Dann nahm er ihr den Zettel aus der Hand. »Es war meine Schuld, ich schwöre es!«, notierte er unter seiner Adresse.

Sie warf einen Blick darauf, reichte ihm einen Zettel mit ihrer eigenen Telefonnummer und lachte. »Jetzt gebe ich mich zufrieden!«

Gern hätte er noch länger mit ihr dort gestanden und mehr über sie erfahren, dem unerfreulichen Anlass zum Trotz. Welcher Herkunft hatte sie ihr exotisches Aussehen zu verdanken? Doch zwei Tote und zwei Flüchtige drängten sich ihm zurück ins Bewusstsein. Er verabschiedete sich etwas wehmütig und setzte seine Fahrt zum Revier fort. Aber er kam nicht weit. Sein Gehirn ließ ihn nicht in Ruhe und forderte ungeteilte Aufmerksamkeit. In Höhe der HafenCity erspähte er einen Coffeeshop. Mit einem doppelten Espresso in der Hand schlenderte er in den angrenzenden Lohsepark, als sein Handy klingelte.

»Ich muss meine Androhung wahr machen. Es sei denn, Sie können mir den Täter präsentieren.«

Die Stimme seiner Vorgesetzten klang undurchdringlich wie eh und je.

»Das nicht, jedenfalls noch nicht. Aber ich bin da auf eine heiße Spur gestoßen, die ich gern weiterverfolgen würde. Eine Verschwörung …«

»Das kann ich leider nicht gestatten. Ich muss Ihnen den Fall entziehen. Kommissar Jensen wird die Ermittlungen vorübergehend leiten.«

Er glaubte, aufrichtiges Bedauern in ihrer Stimme zu hören. Dennoch konnte er nicht glauben, was er soeben erfahren hatte.

»Jensen? Ausgerechnet?« Der ist doch gar kein Hauptkommissar, wollte er noch hinzufügen, schluckte die Worte aber hinunter. Das wusste die Polizeipräsidentin schließlich selbst. Er schob aber aufmüpfig hinterher: »Warum nicht Kommissarin Meinhold?«

»Mir sind die Hände gebunden«, entgegnete sie.

»Und wie geht's jetzt weiter?«, fragte er, noch immer empört.

»Warum nehmen Sie sich nicht den Tag frei und kümmern sich um Ihre Mutter?« Natürlich hatte sie mitbekommen, was geschehen war. »Es sei denn, Sie haben zwischenzeitlich Wichtigeres zu erledigen«, fügte sie vielsagend hinzu. »Und zeitnah reden wir dann über Ihre berufliche Zukunft.«

Im nächsten Moment hatte sie aufgelegt. Er versuchte, das alles zu sortieren. Die Polizeipräsidentin entzog ihm einen Fall und übergab die Ermittlungen Jensen, offenbar auf Anordnung von oben – wo und wer auch immer »oben« war. Gleichzeitig rief die Bundeskanzlerin – vermutlich mit Beils Einverständnis – bei ihm an und forderte eine lückenlose Aufklärung nicht nur der Morde, sondern auch der politischen Verwicklungen. Gingen sie davon aus, dass andere Kollegen nicht daran interessiert waren? Sah er jetzt schon Gespenster?

Es sei denn, Sie haben Wichtigeres zu erledigen. War er gerade mehr oder weniger direkt dazu aufgefordert worden, auf eigene Faust weiterzuermitteln? Nicht, dass es dazu einer Aufforderung bedurft hätte. Es war nun einmal seine Art, sich in Ermittlungen festzubeißen, und davon würde er erst recht nicht bei seinem ersten Fall an neuer Wirkungsstätte abrücken. Schon gar nicht, wenn rechtsgesinnte Arschgeigen das friedliche Leben in seiner Heimat torpedierten. Folglich würde er so tun, als nähme er sich eine Auszeit, und einfach weitermachen. Er hatte schon zu viele Erkenntnisse zusammengetragen, um davon abzulassen.

Er würde so tun, als habe es das Telefonat mit Elvira Beil nie gegeben. Wo war er stehen geblieben? Worauf wollten ihn seine Hirnwindungen aufmerksam machen? Im knöchelhohen Gras ging er, einer alten Gewohnheit folgend, im Kreis spazieren. Körperliche Bewegung übertrug sich stets auch auf seinen Denkapparat. Und der exzellente Kaffee tat ein Übriges, die grauen Zellen in Fahrt zu bringen.

Ein Hund kam angelaufen und blieb schwanzwedelnd vor ihm stehen. Der Kopf des Rüden reichte ihm bis zur Hüfte, mit grau-schwarz geflecktem Fell. Seine Schnauze dagegen war hellbraun und weiß, und er sah aus, als trüge er eine Karnevalsmaske. Berlotti ging in die Hocke, das Tier schmiegte seinen Kopf an ihn. Selbst wenn er nie einen eigenen Hund besessen hatte, war er doch vernarrt in sie. Gedankenverloren kraulte er das Tier hinter den Ohren.

Was war das, das ihm eben noch als wichtiger Baustein auf dem Weg zur Lösung dieses Falles erschienen war? Das Puzzle, das er eben noch zusammengesetzt zu haben glaubte, war durch den Aufprall auseinandergerissen worden und ließ sich nicht wieder zusammenfügen. Stattdessen funkte ein neuer Gedanke dazwischen, der wie ein Störsender seine Hirnströme aus dem Konzept brachte.

Aus Mangel an Alternativen, aber auch, weil er noch nicht bereit war, seine Überlegungen aufzugeben, beschloss er, diesem neuen Impuls nachzugeben.

Er musste nicht lange durch seine Anrufliste scrollen, bis er fand, wonach er suchte.

»Ja?«

»Frau Engelmann? Hauptkommissar Berlotti noch einmal. Ich habe eine Frage zu einem ehemaligen Kommilitonen von der Journalistenschule, Frederik Lohheim.«

Sie gab einen Laut von sich, der irgendwo zwischen Seufzen und Stöhnen anzusiedeln war.

»Was ist mit Frederik?«

»Er war doch in Ihrem Jahrgang, oder?« Er redete weiter, ohne ihre Antwort abzuwarten. »Haben Sie die Ereignisse um seine Person mitbekommen?«

Sie lachte trocken auf. »Jeder hat das mitbekommen. Wochenlang gab es kein anderes Thema an der Schule.«

Berlotti holte Luft, um die nächsten Fragen zu stellen, doch Friederike Engelmann kam ihm zuvor.

»Und ich besonders, weil ich zu dem Zeitpunkt mit ihm zusammen war.«

Berlotti wäre fast das Handy aus der Hand gefallen. Er unterbrach seinen Rundgang für einen Moment. »Sie waren ... *was*? ›Zusammen‹ im Sinne von ›ein Paar‹?«

»Warum ist das wichtig?«

Hatte sie das wirklich gerade gefragt? Berlotti war fassungslos. Oder war sein Wertekanon einfach nur unzeitgemäß? Und zum ersten Mal fragte er sich, wie die Frau wohl aussehen mochte, die Lohheim und Scherff den Kopf verdreht hatte. Vorsichtig formulierte er seine nächste Frage.

»Waren Sie nicht zu jenem Zeitpunkt auch mit Wolfgang Scherff *zusammen*?« Er versah das letzte Wort mit verbalen Anführungszeichen.

»Ach so, das meinen Sie.« Sie schien tatsächlich erst jetzt zu verstehen, worauf er hinauswollte. »Nee, mit Frederik war ich zusammen, Wolfgang war eher eine vorübergehende Episode. Hatte ich Ihnen neulich doch gesagt.«

»Sind Sie noch mit Lohheim liiert?«

»Hab kurz danach mit ihm Schluss gemacht. Nach dem Rauswurf war er leider 'ne ziemliche Spaßbremse.«

Berlotti setzte seinen Rundgang durchs Gras fort. Er konnte sich lebhaft vorstellen, dass der mit einem Schulverweis einhergehende Gesichtsverlust Lohheims Laune nicht eben zuträglich gewesen war. Umso mehr überraschte es ihn, dass dessen Freundin – oder vielmehr Ex-Freundin – so offenherzig darüber redete. War die Affäre nicht unbemerkt geblieben, überlegte Berlotti, hätte Lohheim ein Motiv gehabt, Scherff umzubringen: Eifersucht.

»Könnte Ihr Freund von der Sache mit Scherff Wind bekommen haben?«

»Niemals!«, sagte sie entschieden. »Wir waren total vorsichtig. Außerdem hätte Frederik mir eine Riesenszene gemacht, wenn er es herausgefunden hätte. Er ist höllisch eifersüchtig.«

»Wissen Sie, wo Ihr Ex-Freund sich derzeit aufhält?«

»Keinen Schimmer, wir haben null Kontakt«, entgegnete sie, und es klang glaubwürdig.

Als er auflegte, merkte er, dass der bunt gefleckte Hund neben ihm herlief, die Zunge aus dem Maul gestreckt, und ihn unentwegt ansah. Berlotti musste lachen. War er die ganze Zeit neben ihm hergetrabt? Ein Pfiff ließ das Tier innehalten. Beinahe entschuldigend schien er zu seinem neuen Freund emporzublicken, ehe er davonlief.

Frederik und Friederike – das klang wie die beiden Ferkel aus der »Sendung mit der Maus«, dachte er kopfschüttelnd und hatte es jetzt eilig, zurück zum Auto zu kommen. Seine Gedanken fuhren Achterbahn, und er hatte nach wie vor Mühe, sich auf den Verkehr zu konzentrieren.

Auf den ersten Blick deutete wenig darauf hin, dass Lohheim Scherff aus Eifersucht umgebracht hatte. Warum sollte der sich ausgerechnet ein halbes Jahr nach seinem Rauswurf auf so archaische Weise an seinem Dozenten rächen, wo doch vieles auf eine Tat im Affekt schließen ließ? Trotzdem blieb die Frage, was es mit der Dreierbeziehung Lohheim-Scherff-Engelmann auf sich hatte. Und wie hingen dann Horn, Kowalsky und Frankenfeld da mit drin?

Scherff, der Vorzeigejournalist, hatte heimlich einer rechtspopulistischen Partei zugearbeitet. Horns Fernsehbeiträge über kriminelle Umtriebe von Ausländern, Muslimen und Geflüchteten in Deutschland waren allesamt erlogen. Weniger im Verborgenen hatten dagegen die beiden anderen operiert. Frankenfelds Bücher hetzten gezielt gegen Muslime und Journalisten, obwohl er insgeheim mit Letzteren kooperierte. Kowalskys Meinungswebsite hetzte ganz offen gegen alles Fremde und nahm gezielt Kritiker und Gegner der DNP ins Visier.

Dass sie zusammenarbeiteten und Krause, der Chef der DNP, mit drinhing, indem er heimlich Lügen über genau die Presse verbreitete, die er selbst als Lügenpresse verteufelte, stand für ihn mittlerweile außer Frage. Aber worum ging es hier? Was war das Motiv hinter den beiden Morden? Ging es um die journalistische Deutungshoheit über das politische Geschehen? Um politische Macht à la Donald Trump? Eine Beziehungstat? Aber was sollte das für eine Beziehung sein, in die eine Frau und mindestens fünf Männer involviert waren?

Selbst wenn Lohheim als Täter unwahrscheinlich erschien, konnte es doch kein Zufall sein, dass dieselbe Person gleich zweimal in verschiedenen Zusammenhängen bei den Ermittlungen einer Mordserie auftauchte. Oder doch? War es möglich, dass sich Lohheim selbst in Gefahr befand und deshalb untergetaucht war? Schließlich war sein journalistischer Hintergrund dem der bisherigen Opfer nicht unähnlich. Auch Lohheim hatte gewissermaßen Fake News verbreitet ...

Noch bevor er den Stellplatz in der Tiefgarage erreichte, kam Katharina Meinhold mit großen Schritten auf seinen Wagen zu.

»Wo haben Sie denn so lange gesteckt?«, fragte sie, als er die Fahrertür öffnete. Dann bemerkte sie die zerbeulte Motorhaube und sah ihn fragend an.

Er winkte ab. »Was gibt's denn so Dringendes?«

»Thies hat Neuigkeiten und nach Ihnen gefragt.« Als sie im Fahrstuhl standen, blickte sie finster vor sich auf den Boden und kräuselte die Lippen. »Übrigens leitet Bernd Jensen jetzt die Ermittlung. Das ist doch völlig beschissen und bescheuert!«

»Ich weiß«, erwiderte er mitfühlend.

»Das steh ich nicht durch. Ich lass mich in ein anderes Team versetzen.« Sie schaute ihn an, als hätte sie ihm gerade eine Frage gestellt.

Er ahnte, was sie von ihm hören wollte, konnte ihr den Wunsch aber nicht ruhigen Gewissens erfüllen. Eindringlich sah er ihr in die Augen. »Das könnte sich nachteilig auf Ihre Karriere auswirken. Wollen Sie ihm wirklich den Gefallen tun?«

»Na und?« Ihre Antwort kam ebenso schnell wie unwirsch.

Die Fahrstuhltür öffnete sich. Er berührte ihren Oberarm, ohne zu wissen, was er damit zum Ausdruck bringen wollte. Doch offenbar verstand seine Kollegin besser als er selbst. Auf dem Flur blieb sie abrupt stehen, blickte sich um, ob jemand in Hörweite war, und sah ihn mit einem arglistigen Lächeln an.

»Sie haben recht. Ich setze mich als Doppelagentin in Jensens Gruppe und versorge gleichzeitig Sie mit Informationen«, flüsterte sie. Vom Leuchten ihrer Augen zu schließen, hatte sie entweder plötzlich hohes Fieber bekommen, oder die Vorstellung einer Zukunft als Doppelagentin hatte ein neues Feuer in ihr entfacht.

»Passen Sie bloß auf, dass Sie sich keinen Ärger einhandeln«, sagte er leise und bedachte sie mit einem besorgten Blick.

Sie zuckte die Schultern und sagte lapidar: »Und die Moral von der Geschicht': Fuck the world, oder sie fickt dich!«

»He, Sprücheklopfen ist mir als Ihrem Chef vorbehalten!«, sagte er mit gespielter Entrüstung.

»Offiziell vorübergehender *Ex*-Chef, deshalb darf ich das jetzt«, antwortete sie.

Damit war der Pakt für sie besiegelt.

»Peter hat die Nacht durchgearbeitet und versucht, mit einem Trojaner Scherffs Laptop aus der Ferne zu hacken. Hat aber leider nicht geklappt«, erklärte sie, während sie den Flur zu Thies' Büro entlanggingen. Ihre Stimme war fest, ihr Schritt federnd. Katharina Meinhold war energiegeladener denn je. »Aber es ist ihm gelungen, eine Funktion zu programmieren, die ihn benachrichtigt, sobald der Rechner wieder in Betrieb genommen wird. Und – tadaa …« Sie breitete die Arme aus wie ein Zauberer nach einem erfolgreichen Kartentrick. »Das war vor einer halben Stunde der Fall, und seitdem versucht Peter, sich mit einem Remote Administration Tool Zugriff auf den Rechner zu verschaffen«, fasste Meinhold zusammen. »Aber ich weiß nicht, ob es ihm inzwischen gelungen ist.«

Berlotti erwog für einen Moment, sich nach diesem Remote-Dingsbums-Verfahren zu erkundigen, verwarf den Gedanken jedoch wieder. Das Ergebnis war entscheidend, nicht der Weg dorthin. Unnötig, seine mentale Festplatte mit überflüssigen Informationen zu verstopfen.

»Übrigens hat Jensen die Ermittlungen bereits *neu strukturiert*«, sagte sie und sprach die beiden letzten Worte aus, als wären sie gesundheitsschädigend. »Gefährder aus dem islamistischen und dem linken Umfeld sollen überprüft werden. Ich habe eine Liste bekommen und soll sie mit Peter zusammen abarbeiten.«

»Der Mann hat jedenfalls eine Mission«, sagte Berlotti stirnrunzelnd. »Die Rolle des schüchternen Leisetreters habe ich ihm glatt abgenommen.«

Als er die Tür zu Thies' Büro öffnete, raubte ihm der Geruch von Schweißfüßen den Atem. Er schlug unwillkürlich die Hand vor Mund und Nase. Bevor er sich aber um Thies' Körperhygiene sorgen konnte, fiel sein Blick auf den Schreibtisch. Dort lag eine geöffnete Packung italienischer Käse-Mais-Hörnchen, auf dem Fußboden zwei weitere zusammengeknüllte, leere Tüten. Der Geruch versetzte ihn schlagartig in seine Kindheit, als er während eines Urlaubs am Fuße des Ätna im Sand gebuddelt und sich fast ausschließlich davon ernährt hatte. So würzig sie schmeckten, so unangenehm rochen sie für jeden, der sich in der Nähe aufhielt. Vom Mundgeruch, den man davon bekam, ganz zu schweigen.

Thies sah nicht auf, sondern winkte sie wortlos mit zwei Fingern zu sich.

»Wie geht's meinem Vater?«, wollte Berlotti wissen, während er um den Schreibtisch herumging und sich neben Thies stellte.

»Wir haben gemeinsam gefrühstückt. Er hat uns italienische Milchbrotsuppe mit Bucaneve-Keksen und Espresso-Shots gemacht. Am Nachmittag will er zu Ihrer Mutter ins Krankenhaus, und heute Abend hat er mir Gnocchi al forno in Aussicht gestellt. Könnte ich mich glatt dran gewöhnen«, fasste er zusammen, ohne seine Augen vom Monitor zu nehmen, auf dem das Bild einer Webcam lief. »Und jetzt müsste er gerade in der Gelateria von Dino De Pieri zwei Häuser weiter sein, von der ich ihm vorgeschwärmt habe. Die beiden werden sich gut verstehen, ganz sicher.«

Eine Mischung aus Erleichterung und Dankbarkeit durchströmte Berlotti. Seinem Vater ging es gut. Vermutlich fühlte er sich in Thies' Wohnung mit lauter italienischen Produkten wie im Paradies. Und dass er nicht unablässig am Krankenbett seiner Frau saß, ließ darauf schließen, dass Alfio seine neue Freiheit genoss. Dass dafür erst ein Hausbrand und ein künstliches Koma vonnöten gewesen waren, gab Berlotti zu denken.

In wenigen Sätzen berichtete er vom Gespräch mit der Polizeipräsidentin und teilte Thies mit, dass er nun inoffiziell weiterermitteln werde. Ohne zu zögern sagte ihm Thies seine uneingeschränkte Unterstützung zu, die Berlotti dankbar annahm. Vom Krankenhaus hatte er nichts gehört, was er ebenfalls als gutes Zeichen wertete. Er versuchte sich auf die Bilder auf dem Laptop zu konzentrieren. Thies war es offenbar gelungen, die integrierte Kamera in Scherffs Notebook zu aktivieren. Allerdings waren kaum mehr als dunkle Schemen zu sehen. Die Übertragung war von miserabler Qualität, verwackelt und unscharf, der Hintergrund vollständig schwarz. Der Bildschirm spendete nicht genug Licht oder war zu sehr gedimmt, als dass Gesichtszüge zu erkennen gewesen wären. Die Person, die da vor dem Gerät saß, war unmöglich zu identifizieren. Berlotti bemühte sich, flacher zu atmen, als er seinen Kopf über Thies' Schulter näher an den Bildschirm schob.

»Ist da jemand komplett schwarz gekleidet, oder sieht das nur wegen der Bildqualität so aus?«

Meinholds Kopf tauchte neben seinem und dem von Peter Thies auf. Zu dritt kniffen sie die Augen zusammen und hielten die Köpfe schräg. Sie richtete sich als Erste wieder auf.

»Also ich erkenn da nix.«

Berlotti deutete auf Umrisse in der rechten oberen Ecke des Bildschirms.

»Ist das ein Basecap?«

Seine Kollegen versuchten, den Gedanken nachzuvollziehen. Schließlich sagte Thies: »Möglich, muss aber nicht.«

»Könnte Lohheim sein«, wagte Berlotti einen neuen Vorstoß.

»Möglich, muss aber nicht«, wiederholte Thies nach einem Moment konzentrierter Stille und reichte ihm die Tüte mit den Hörnchen.

»Die gute Nachricht zuerst«, sagte Berlotti, während er einige Schritte Abstand zwischen sich und die müffelnde Tüte brachte. »Wir haben eine Verbindung zum mutmaßlichen Mörder von Wolfgang Scherff.« Er zeigte auf das Bild der Webcam. »Im wahrsten Sinne des Wortes.« Er ließ sich auf einen Stuhl fallen und rieb sich die Augen. Die vergangene Nacht begann ihren Tribut zu fordern. »Jetzt müssen wir herausfinden, wer das ist und wo er steckt.«

»Geben Sie mir einen Moment.«

Berlotti, der gerade herzhaft gähnte, richtete sich ruckartig auf und blickte Thies aus müden Augen fragend an.

»Ach ja, LocateMe!«, entfuhr es Katharina Meinhold. Auch Berlotti dämmerte es jetzt.

Thies holte eine Faustvoll Hörnchen aus der Tüte und schob sie sich eines nach dem anderen in den Mund, ehe er krümelnd weiterredete. »Da ich uns Zugang zu Scherffs Mail-Account verschafft habe, erhalten wir in wenigen Augenblicken eine Mail mit allen wichtigen Daten.«

»Damit können wir ihn lokalisieren?«, hakte Meinhold nach. Ihr schien der Geruch nichts auszumachen, zumindest ließ sie sich nichts anmerken. Berlotti dagegen hielt es nicht mehr aus. Er kippte eines der schmalen Fenster und sog erleichtert die einströmende Luft ein.

»Sofern er nicht gleich wieder offline geht und seinen Standort wechselt«, entgegnete Thies.

Berlotti stellte sich erneut hinter Thies und musterte die Umrisse auf dem Bildschirm.

»Und er oder sie bekommt nicht mit, dass wir ihn lokalisieren?«

Thies wollte gerade antworten, als ein »Pling« das Eintreffen einer Mail bestätigte. Während Berlotti seinen Kopf emporreckte wie ein Jagdhund, der eine Fährte aufnahm, entfuhr Meinhold ein unterdrückter Laut, und Berlotti hätte nicht sagen können, ob vor Schreck, Überraschung oder Aufregung. Thies tippte einige Befehle in seine Tastatur und murmelte etwas, von dem Berlotti nur »IP-Adresse« und »Routing« identifizieren konnte. Dann lehnte er sich in seinem Bürostuhl zurück, der unter dem Gewicht protestierend quietschte, warf eine weitere Handvoll Käsewürmer ein und sagte: »Aha.«

»Aha?«, echote Meinhold mit kaum unterdrückter Anspannung.

»Bingo!«, brachte Thies mit vollem Mund hervor.

Berlotti sprang auf, obwohl jeder Muskel seines übermüdeten Körpers sich dagegen zu wehren versuchte.

Erneut ein kurzes Tippen in die Tastatur, dann ein Nicken. »Das Signal kommt aus dem Freihafen.«

Berlotti stellte sich wieder hinter Thies. »Wo genau?«

Thies zoomte den blauen Punkt heran. »Travehafen?« Er sah seine Kollegen ratlos an.

»Den kenne ich!« Berlotti klatschte euphorisch in die Hände. »Der liegt auf meinem Heimweg, unterhalb der Köhlbrandbrücke.«

»Steht da nicht einer dieser stillgelegten Hochbunker?«, fragte Katharina Meinhold nach einem kurzen Blick auf die Koordinaten.

»Hervorragende Arbeit, Kollege«, sagte Berlotti. »Halten Sie uns auf dem Laufenden, falls unser Laptopbesitzer sich doch noch zu erkennen geben sollte.« Dann fiel die Tür hinter ihnen zu.

Mit quietschenden Reifen jagte Berlotti den zerbeulten Dienst-Audi aus dem Parkhaus. Katharina Meinhold saß auf dem Beifahrersitz und suchte per Stadtkarte, die sie auf dem Smartphone geöffnet hatte, nach dem schnellsten Weg. Eine gewaltige dunkle Wolke hatte sich vor die Sonne geschoben.

»Mist!«, sagte Meinhold, während sie an den Großmarkthallen mit den geschwungenen Dächern vorbeifuhren.

»Was ist?«

»Stau auf den Elbbrücken stadtauswärts«, sagte sie.

Er trat auf die Bremse und rollte an die Tankstelle, die neben ihnen auftauchte.

»Blaulicht?«, schlug er vor.

Beharrlich kaute sie auf der Unterlippe, während sie auf dem Gerät hin und her wischte. Dann schüttelte sie den Kopf.

»Richtung Elbphilharmonie«, sagte sie entschieden. »Wir nehmen den Alten Elbtunnel, das geht am schnellsten.«

Er wendete und trat aufs Gas. Während er am Verlagsgebäude des Hamburger Tagesanzeigers vorbei Richtung Speicherstadt fuhr, klingelte Meinholds Mobiltelefon. Aus dem Augenwinkel bemerkte er, wie sie aufs Display sah und kurz das Gesicht verzog, bevor sie abnahm.

»Ja bitte, wie kann ich helfen?« Sie wirkte übertrieben freundlich.

Wortlos hörte sie zu. Er konnte förmlich spüren, wie sich ihr Körper anspannte. Trotzdem klang sie abgeklärt, als sie die Information mit einem knappen »Okay, unterwegs« bestätigte und auflegte.

»Das war Jensen«, sagte sie. »Er hat mir Namen und Adresse eines Kurden durchgegeben, für dessen Wohnung er einen Durchsuchungsbeschluss erwirkt hat. Der Mann soll Scherff am Telefon vor ein paar Monaten wegen eines Artikels bedroht haben, und ich soll dort jetzt nach Hinweisen für eine Verbindung in der Mordermittlung suchen.«

Er warf ihr einen Seitenblick zu, in dem Erstaunen und Besorgnis lagen. »Und Sie haben gesagt, Sie seien dorthin unterwegs, und haben Ihren Vorgesetzten angelogen?«

Sie schnaubte. »Ist doch eh 'ne tote Spur.«

In dem Moment erreichten sie die Landungsbrücken und bogen ab zur Einfahrt des Alten Elbtunnels. Wegen Renovierungsarbeiten stand nur einer der beiden Aufzüge zur Verfügung, entsprechend lang war die Autokolonne davor. Katharina Meinhold ließ das Fenster herunter, setzte das mobile Blaulicht aufs Autodach und schaltete es ein. Berlotti rollte an einem Dutzend Autos vorbei. Gerade hob sich das Tor, und Berlotti musste an eine Guillotine denken, die für die nächste Exekution in Stellung gebracht wurde, als er sich hinter einen Kleinwagen in die enge Kabine schob. Im Rückspiegel sah er, dass mehrere Personen aus ihren Autos ausgestiegen waren und mit ihren Handys filmten, wie sich das Tor hinter dem Einsatzfahrzeug mit dem Blaulicht schloss. Vermutlich dachten sie, sie würden gerade Zeugen einer Aufzeichnung von »Notruf Hafenkante«. Überraschend geräuschlos setzte sich die Kabine in Gang.

Durch einen verglasten Spalt konnte er die hellen Wandflie-sen sehen, die an ihm vorüberzogen, während sie mit einigem Tempo in die Tiefe sanken.

Hier war ich doch schon mal, durchfuhr es Berlotti, und er wunderte sich, dass er das vergessen hatte. Er sah sich mit der Klasse in einer der Tunnelröhren hocken. Einen Malblock auf dem Schoß, skizzierte er die Abbildungen auf den Steinreliefs mit Darstellungen der darüberliegenden Elbe: Fische, Muscheln, Ratten, ein alter Schuh. Dann war da dieses Gespräch seiner Klassenkameraden, die sich gegenseitig hochschaukelten, was passieren könnte, wenn der Kiel eines großen Schiffes den Tun-nel streifte. Wie die Röhre Risse bekäme, das Wasser erst lang-sam und immer stärker alles flutete und nur die besten Taucher unter ihnen die Katastrophe überleben würden.

Erst da war ihm bewusst geworden, dass er sich mehr als zwanzig Meter tief unter einem großen Fluss befand und Tau-sende Tonnen Wasser nur von ein paar Fliesen und etwas Beton daran gehindert wurden, seine Lungen zu sprengen. Schweiß war ihm ausgebrochen, seine Hände hatten so stark gezittert, dass er nicht weiterzeichnen konnte. Sein Herz raste, und rück-blickend realisierte er, dass er hier seine erste Panikattacke durchlebt hatte. Kein Wunder, dass er diesen Ort aus seinem Gedächtnis gelöscht hatte!

Gelegentlich stellte sich dieses Gefühl von damals noch ein, wobei die letzte Panikattacke schon einige Jahre her war. Von dem Alptraum vergangene Nacht einmal abgesehen.

Wieder klingelte Meinholds Telefon. Wieder war es ein kur-zes Telefonat. »Das war Peter«, sagte sie. »Wir bekommen Ge-sellschaft.«

Er blinzelte die dreißig Jahre alte Erinnerung weg und sah seine Kollegin erstaunt an. »Wen?«

»Er hat mehrmals versucht, Kowalsky zu erreichen. Weil der aber nicht an sein Telefon gegangen ist und in seiner Redaktion niemand wusste, wo er ist, hat er es orten lassen.«

Berlotti brauchte einen Moment, bis er ahnte, was seine Kol-legin ihm da klarzumachen versuchte.

»Kowalsky ist unser Mann im Bunker?«, platzte es aus ihm heraus.

Sie schüttelte den Kopf. »Peter zufolge hat das Laptopsignal den Bunker nicht verlassen, während Kowalskys Mobiltelefon sich konsequent darauf zubewegt.«

Der Fahrstuhl stoppte. Berlotti stieg aus dem Wagen, klopfte an das Fenster seines Vordermannes, wechselte ein paar Worte mit ihm und stieg dann wieder ein. Der Wagen fuhr zur Seite und ließ Berlotti passieren. Er ignorierte die Schilder, Schrittgeschwindigkeit zu fahren, und durchquerte die einen halben Kilometer lange Röhre so schnell es die enge Fahrspur zuließ. Vereinzelt wichen Fußgänger auf die schmalen Bürgersteige aus.

Sosehr er sich das Hirn zermarterte, er konnte sich keinen Reim auf die Situation machen. Er ahnte nur, dass er sich beeilen musste, um unbedingt vor Kowalsky bei dem Hochbunker anzukommen.

Am Ende des Tunnels setzte er zweimal zurück, weil er den Winkel nicht richtig einschätzte, um in die rechte der vier Kabinen auf der Elbinselseite zu fahren. Einer der Tunnelaufseher kam herbeigeeilt und lotste ihn in den Fahrstuhl. Berlotti gab ihm ein Handzeichen, und der Mann verstand sofort, schloss den Fahrstuhl, ohne auf ein zweites Fahrzeug zu warten.

»Ich werde daraus nicht schlau«, sagte Meinhold, nachdem sich die Konstruktion in Bewegung gesetzt hatte. »Wer hockt da in dem Bunker? Und was will Kowalsky von ihm?«

»Entweder stecken die beiden unter einer Decke. Oder …« Berlotti überlegte. Oder … was? Was wollte Kowalsky dort? Ging es um ein geheimes Treffen zwischen Komplizen? Oder war Kowalsky doch der Mann, nach dem sie fahndeten, und er war auf dem Weg zu einem weiteren Mord? Aber wie passte das zusammen, wo er doch ein Alibi für die Tat an Scherff hatte? Wollte Kowalsky einen Mörder ermorden, sofern sie davon ausgehen konnten, dass der Besitzer des Laptops Scherff auf dem Gewissen hatte? Aber warum sollte Kowalsky das tun?

»Oder einer hat es auf den anderen abgesehen«, vervollständigte Meinhold seinen Satz. »Und das würde Kowalsky wohl zum Jäger machen, da sich der Unbekannte mit dem Laptop in einem Bunker verschanzt.«

»Klingt logisch«, murmelte er, »ergibt aber keinen Sinn.«

»Immerhin können Sie später ein hübsches Hab-ich-doch-gesagt-Tänzchen in Frau Beils Büro aufführen, denn Kowalsky hängt da definitiv mit drin!«

Berlotti trat aufs Gas, sobald sich die Aufzugtür öffnete. An Reisebussen vorbei, die Straße und Vorplatz säumten, folgte er Meinholds Anweisungen zu dem nur noch wenige Kilometer entfernten Ort, an dem sich der mysteriöse Unbekannte aufhielt. Diesmal klingelte Berlottis Handy. Er gab es seiner Kollegin, die steckte es in die Halterung auf dem Armaturenbrett und stellte den Lautsprecher an.

»Kowalsky hat mit der Fähre die Elbe überquert. Er ist unterwegs zum Travehafen, es kann gar nicht anders sein«, hörten sie Peter Thies in den Hörer schnaufen, während im Hintergrund seine Tastatur klackerte.

Ehe sie etwas erwidern konnten, klingelte Meinholds Handy. Sie blickte auf das Display, schaltete Berlottis Handy mit einem knappen »Moment« auf stumm und nahm ab. Das Gebrüll konnte Berlotti hören, obwohl Meinhold nicht auf Lautsprecher gestellt hatte. Es war Jensen, der ins Telefon pöbelte.

»Unterwegs«, entgegnete sie lapidar, vermutlich auf die Frage, wo sie sich befand. Erneut ergoss sich ein längerer Wortschwall in hoher Lautstärke in den Hörer. »Die Verbindung ist miserabel«, sagte sie, während sie mit dem Daumen über das Mikrofon rieb. »Ich verstehe Sie richtig schlecht. Melde mich, sobald ich da bin.« Dann legte sie auf.

»Was war das denn?«, erkundigte sich Berlotti erstaunt. Kurz bevor sie die Köhlbrandbrücke erreichten, bog er rechts ab in den Travehafen.

»Hier sollten wir parken, sonst sieht er uns sofort«, entgegnete sie und blieb ihm eine Antwort vorerst schuldig. »Der Bunker liegt an der Spitze des Hafenbeckens.«

Er hielt zwischen zwei Sattelschleppern, die am Straßenrand standen, verabschiedete sich von Thies und nahm das Telefon aus der Halterung. Katharina Meinhold öffnete das Handschuhfach, gab ihm eine Walther P99 mit Gürtelholster und ein Paar Handschellen.

»Seit wann hab ich denn eine Dienstwaffe?«, fragte er erstaunt. Er stieg aus und zog das Holster durch die Schlaufen seiner Hose.

»Hab ich heute Morgen organisiert. Dachte mir, das brauchen Sie dringender als Visitenkarten«, entgegnete sie.

Der dicke tiefviolette Kumuluswolkenberg war nun direkt über ihnen und wurde sekündlich dunkler. Er wälzte sich über den Himmel, der vor einer Stunde noch strahlend blau gewesen war, und Berlotti hoffte inständig, dass es kein unheilverkündender Vorbote war. Schutzsuchend zwischen mit Containern beladenen Lastern, die am Straßenrand parkten, näherten sie sich dem verklinkerten Rundbunker mit dem roten Kegeldach. Vom vordersten der Lkws spurteten sie etwa hundert Meter zur Rückseite einer Lagerhalle, in der Hoffnung, dass ihr Erscheinen unbemerkt geblieben war. Auf der dem Bunker abgewandten Seite gingen sie im Eilschritt bis ans Ende des Gebäudes.

Auf einmal wurde es fast vollständig dunkel, als hätte jemand das Saallicht gedimmt und der Vorhang würde sich gleich öffnen. Berlotti blickte zum Himmel, wo sich die inzwischen rabenschwarze Wolke direkt über ihnen auftürmte. Mit der Dramatik konnte die Natur es manchmal auch übertreiben, dachte er und seufzte. Vorsichtig sah er um die Ecke. Aus dem Bunker drangen keine Geräusche. Überhaupt herrschte um sie herum eine für den Hafen eigenartige Stille, als hätte sich eine durchsichtige Glocke über sie gesenkt.

Er überlegte. Ihr Verdächtiger musste sich noch im Gebäude befinden, andernfalls hätte Thies sie informiert. Offenbar waren sie Kowalsky zuvorgekommen, da Thies sich nicht gemeldet hatte. Hinter den mit Betonplomben verschlossenen Fenstern war es unmöglich, etwas – oder jemanden – auszumachen. Sie würden das Portal zu Füßen des mächtigen Reichsadlers passieren und einen Überraschungsangriff wagen müssen.

Das massive Vorhängeschloss lag durchtrennt auf der Erde vor dem eisernen Portal. Es brauchte schon einen gewaltigen Bolzenschneider, um so ein Schloss zu knacken. Berlotti gab Meinhold mit Handzeichen zu verstehen, dass er allein hineingehen würde und sie sich Deckung suchen sollte, um sowohl den Eingang als auch den Rest des Areals im Blick zu behalten. Vorsichtig öffnete er die Tür. Das Quietschen, das sie von sich gab, ging ihm durch Mark und Bein.

»Verdammt!«, stieß er leise hervor. Damit war jedes Überraschungsmoment dahin.

Was er sah, als er in den Turm blickte, erstaunte ihn. Keine Stufen, sondern eine sanft ansteigende Rampe wand sich um einen Zylinderkern. Wie das Innere eines Schneckenhauses, dachte Berlotti, während er vorsichtig den Aufstieg begann. Die Waffe hielt er mit beiden Händen vor sich und drückte sich seitlich an die Wand, um die Trefferfläche bei einem Angriff zu verringern. Vorsichtig setzte er einen Fuß vor den anderen, bereit, auf jede Bewegung vor ihm zu reagieren. Kein Laut war zu hören, bis auf das Strömen seines Blutes, das er als pochendes Geräusch in seinen Ohren vernahm.

Da traf ihn aus dem Nichts ein Schlag in den Rücken, der ihn an die gegenüberliegende Wand schleuderte. Den harten Aufprall konnte er nur dadurch mit den Händen etwas abfedern, dass er die Waffe fallen ließ. Sie schlitterte einige Meter die Rampe hinunter. Kleine Lichtblitze zuckten in seinem Blickfeld, und so konnte er die Person nur hören, die sich schnell nach unten entfernte. Noch immer schwarz vor Augen, begannen die Sehzellen der Netzhaut allmählich wieder zu arbeiten. Wie hatte er die Tür nicht bemerken können? Er hatte sich so sehr auf das konzentriert, was vor ihm lag, dass er nicht darauf achtete, was im Zylinderkern des Turms in seinem Rücken geschah.

»So eine verfluchte ...«, murmelte er, noch immer benommen, und schrie dann, schlagartig hellwach: »Katharina!«

In diesem Augenblick hörte er unten die eisernen Türflügel krachend auffliegen. Berlotti spürte, wie das Adrenalin durch seinen Körper schoss. Er suchte nach der Waffe, aber die musste sein Gegner aufgehoben haben.

So schnell ihn seine Beine trugen, rannte er die Rampe hinunter. Als er das Portal erreichte, lugte er vorsichtig hinaus. Niemand war zu sehen. Wo war er – oder sie – hingelaufen? Und wo war seine Kollegin? Es gab nur einen Weg von der rund hundert Meter breiten Landzunge, und der führte über die Travehafenbrücke. Der größte Teil des Geländes war mit einem meterhohen Stacheldrahtzaun abgetrennt. Gab es irgendwo ein Loch im Zaun? Dann hätte er schlechte Karten, denn Tausende Container boten nahezu unbegrenzten Unterschlupf, und Berlotti sah sich schon einen Einsatztrupp des BKA anfordern. Ins Hafenbecken würde wohl niemand freiwillig springen, der auf der Flucht war. Und ein Motorboot hätte er gehört. Die Person musste noch auf dem Gelände sein – in unmittelbarer Nähe, denn so schnell konnte sie das Gelände nicht verlassen haben.

Erleichtert sah er in hundert Metern Entfernung Meinhold hinter einem Container hervorschauen, die Waffe mit beiden Händen im Anschlag. Sie entdeckte ihn und warf ihm einen fragenden Blick zu. Er deutete auf sich und reckte den Daumen in die Höhe. Dann zeigte er auf sie, und sie antwortete mit derselben Geste. Seinen fragenden Blick erwiderte sie mit einem Schulterzucken und einem Kopfschütteln, weshalb er ihr bedeutete, auf ihn zu warten.

Er überlegte kurz, ob er alle Vorsicht über Bord werfen sollte, entschied sich aber dagegen und wählte den Weg zurück im Schutz der Lagerhalle. So schnell er konnte, rannte er zum Ende des Gebäudes. Kurz bevor er wieder Sichtkontakt zu Meinhold aufnehmen konnte, spaltete ein Krachen die Stille wie ein dumpfer Kopfschmerz. Berlotti erwartete geradezu, im nächsten Moment zu Boden gerissen zu werden, niedergestreckt von einer Kugel aus seiner eigenen Waffe. Doch nichts geschah. Auf einen weiteren Knall folgte so etwas wie ein Schrei. Ihm gefror das Blut in den Adern.

»Katharina!« Seine Stimme zitterte, und das lag nicht allein daran, dass sein Atem von dem Spurt schneller ging. Für den

Bruchteil einer Sekunde erstarrte Berlotti, dann rannte er wie um sein Leben zu Katharina Meinhold, die mit schmerzverzerrtem Gesicht auf dem Boden lag und die Hände an den Hals presste. Wie schwer sie verletzt war, konnte er nicht erkennen. »Ich bin okay, ist nur ein Kratzer. Schnappen Sie sich den Penner«, stöhnte sie zwischen aufeinandergepressten Zähnen hindurch, als er sich neben sie knien wollte. »Los, machen Sie schon, ich rufe Verstärkung!«

Er zögerte nur kurz. Dann zog er sich das Sakko aus, legte es seitlich auf die Wunde, aus der besorgniserregend viel Blut floss, nahm ihre Hände in seine und drückte sie auf ihren Hals.

Er nahm ihre Waffe an sich und rannte los, um dem Schützen hinterherzujagen, blieb aber nach wenigen Metern stehen und drehte sich noch einmal um. Während Katharina mit einer Hand weiter sein Sakko auf die Wunde drückte, hantierte sie mit der anderen an ihrem Mobiltelefon herum. Sie begegnete seinem Blick, winkte ihm mit dem Handy zu und versuchte sich an einem aufmunternden Blick, der ihn allerdings alles andere als überzeugte.

Mit einem unguten Gefühl setzte er die Verfolgung fort. Als er um einen roten Container mit chinesischer Aufschrift bog, öffnete der Himmel alle Schleusen. Apokalyptisch laut prasselte das Wasser auf den trockenen Boden. Binnen Sekunden war er bis auf die Unterhose nass. Durch dicke Tropfen hindurch sah er in einiger Entfernung eine Person in Hoodie und Basecap auf die Travehafenbrücke zulaufen. Gerade als er dachte, dass der Abstand zwischen ihnen viel zu groß war, um ihn noch zu überwinden, glitt die Gestalt in einer Pfütze aus und schlug ungebremst auf dem harten Boden auf.

Berlotti setzte zu einem Spurt an, als er feststellte, dass sich der Niedergestreckte nicht bewegte. Instinktiv bremste Berlotti ab und wäre beinahe ebenfalls auf den nassen Schottersteinen ausgerutscht. Vorsichtig näherte er sich, die Person am Boden fest im Blick.

»Ich habe eine Waffe auf Sie gerichtet. Heben Sie vorsichtig die Hände und stehen Sie langsam auf!« Wohl jeder hätte das leise Zittern seiner Stimme dem Regen zugeschrieben, der wie ein stärker werdender Wasserfall alles mitzureißen drohte.

Er verharrte gut einen Meter von dem Körper entfernt, der auf dem Bauch in einer kleinen Kuhle lag, die sich schnell mit Wasser füllte. Nichts geschah. Mit einem großen Schritt war Berlotti bei dem Mann, dessen Identität nur noch von der Kapuze des schwarzen Pullovers verborgen wurde. Er trat gegen dessen Fuß. Keine Reaktion. Erst jetzt fiel ihm der schwarze Rucksack auf, dessen oberes Ende im Nacken ruhte. Stellte sich die Person nur bewusstlos? Nein, das war nicht sehr wahrscheinlich angesichts des Vorsprungs, die sie vor ihm gehabt hatte.

Mit der Schuhspitze bog er die Finger auseinander, die die Waffe umfassten, und trat den Revolver einige Meter ins Gebüsch. Der Mann schien tatsächlich k.o. zu sein. Berlotti hatte den seltenen Zustand totaler Fokussiertheit erreicht. Sein Geist funktionierte völlig unabhängig von seinem Körper und äußeren Einflüssen. Fast fühlte er sich ein wenig berauscht, jetzt so kurz davor zu stehen, seinen ersten Fall als Hauptkommissar abzuschließen. Die Waffe auf den Hinterkopf gerichtet, stellte er sich breitbeinig über den Mann und zog ihm mit der linken Hand die Kapuze vom Kopf.

Lohheim! Also doch!

Er war sich absolut sicher, den Mörder von Wolfgang Scherff vor sich zu haben. Wie um ihm den letzten Beweis zu liefern, rutschte in diesem Moment der Rucksack vom Rücken seitlich auf den Boden. Nachdem Berlotti sich vergewissert hatte, dass Lohheims Puls noch schlug, öffnete er den Reißverschluss und warf einen Blick hinein. Ein Laptop. Scherffs Laptop, es konnte gar nicht anders sein. Und als hätte der Dozent für seine Ermordung verspätet Rache üben wollen, war sein Laptop seinem mutmaßlichen Mörder bei dessen Sturz mit Wucht ins Genick geflogen und hatte ihn schachmatt gesetzt. Wir werden vom Schicksal hart oder weich geklopft, durchzuckte Berlotti ein Gedanke. Es kommt nur auf das Material an.

Während er überlegte, was als Nächstes zu tun war, vernahm

er durch das ohrenbetäubende Prasseln des Regens ein Stöhnen, das mangels alternativer Optionen nur dem Körper zu seinen Füßen entwichen sein konnte. Berlotti sah sich um. Er wollte den Mann so schnell wie möglich loswerden, um nach Katharina sehen zu können. Kurzerhand packte er einen Fußknöchel und schleifte die Gestalt Richtung Hafenbecken.

Kurz bevor Berlotti das Ziel erreichte, spürte er, wie Leben in den Fuß in seiner Hand zurückkehrte. Er biss die Zähne zusammen, versuchte, den noch stärker werdenden Regen zu ignorieren, und legte die letzten Meter zügig zurück, wobei er sich vorkam wie die muskelbepackten Türsteher in seinem Frankfurter Fitnessstudio, die Karren mit schweren Gewichten stöhnend vor sich herschoben.

Schließlich erreichte er den Hafenkran, und in dem Moment, in dem er den Fuß loslassen wollte, traf ihn ein Tritt unvorbereitet in die Magengrube. Berlotti ignorierte den Schmerz, ließ den Fuß los und packte das Handgelenk, während Lohheim wild um sich trat und schlug. Doch Berlotti hatte nicht nur die Hartnäckigkeit seiner Mutter geerbt, sondern auch ihren Schraubstockgriff. Und so konnte er ohne größeres Aufheben das Handgelenk mit einer Hand an eine Strebe des Krans pressen und mit der anderen die Handschellen aus seiner hinteren Hosentasche angeln.

Wie ein Fisch am Haken wollte Lohheim sich nicht mit seinem Schicksal abfinden und zappelte und schlug um sein Leben. Berlotti würdigte ihn keines Blickes. Er ging zurück zur Stelle, wo Lohheim ausgerutscht war, schnallte sich den Rucksack auf den Rücken und wählte Thies' Nummer.

»Wir sind im Travehafen«, informierte er seinen Kollegen. »Wo steckt Kowalsky?«

»Nur noch rund zweihundertfünfzig Meter vom Bunker entfernt. Verstärkung ist unterwegs, auch ein Krankenwagen für Katharina. Alles in Ordnung bei Ihnen?«

»Ich arbeite dran«, sagte er, legte auf und näherte sich im Schutz diverser Container der Travebrücke, um Kowalsky den Weg abzuschneiden.

Verborgen hinter zwei übereinandergestapelten Stahlbehältern, musste er nicht lange warten, bis der Journalist erschien, die Augen nicht mehr als schmale Schlitze, durch die hindurch er im Regen etwas zu erkennen versuchte. Berlotti konnte den Gegenstand in seiner Hand nicht zweifelsfrei identifizieren, schloss aber daraus, wie er ihn hielt, dass es sich dabei um eine Waffe handelte. Er wusste nicht, was schlimmer war: dass Kowalsky eine Waffe hatte oder dass er offenbar dazu entschlossen war, sie zu benutzen, obwohl die Sicht mit geschlossenen Augen nicht bedeutend schlechter gewesen wäre. Schlimmer als ein schlechter Schütze war ein unberechenbarer, der nichts zu verlieren hatte.

Berlotti richtete seinen Blick in den Himmel und forderte die Regenwolke stumm auf, ihre kalte Vergeltung nicht länger auf ihn niederprasseln zu lassen. Doch sie ignorierte ihn, ein Umstand, den er zu seinem Vorteil nutzen musste. Er ging in Gedanken seine Optionen durch. Einen Angriff von oben schloss er aus. Der beste Kletterer war er ohnehin nicht, und er wollte nicht riskieren, an der Containerwand abzurutschen. Eine realistischere Chance rechnete er sich dadurch aus, Kowalsky unbemerkt von hinten zu überwältigen. Seiner Intuition folgend entschied er sich für eine dritte Option.

»Polizei, stehen bleiben!«, rief er, als Kowalsky auf gleicher Höhe war, und musste einige Kraft aufwenden, um gegen das Prasseln des Regens anzuschreien.

Wie von einem Peitschenschlag getroffen fuhr Kowalsky herum. Im Schutze des Containers erkannte Berlotti den Revolver, den der Journalist mit beiden Händen weit von sich gestreckt vor sich hielt.

»Waffe fallen lassen, Kowalsky! Es gibt hier nichts mehr für Sie zu holen!«

Er konnte Kowalskys Gesichtsausdruck nicht erkennen, sah aber, dass der Mann hektisch mit dem Revolver in wechselnde Richtungen deutete.

»Ihre Mission ist gescheitert. Geben Sie auf, Kowalsky, und lassen Sie die Waffe fallen.«

Sollte er einen Warnschuss abgeben, um seinen Worten Nachdruck zu verleihen? Der Regen schien den Schall seiner Stimme derart zu zerstreuen, dass sie offenbar nur schwer zu lokalisieren war. Kowalsky jedenfalls schaute mit dem Rücken zu ihm in die entgegengesetzte Richtung. Dann setzte er sich in Bewegung und näherte sich rückwärts mit kleinen Schritten. Sollte heute doch noch mein Glückstag werden?, schoss es Berlotti in den Sinn.

Kowalsky war bis auf zwei Meter herangekommen. Berlotti trat hinter ihn, packte seine Handgelenke und brachte ihn durch einen Tritt in die Kniegelenke zu Fall. Mit einem empörten Aufschrei ging Kowalsky zu Boden und drückte instinktiv den Abzug, womit Berlotti gerechnet hatte. Einer Schraubklemme gleich hielt er mit einer Hand die Waffe in Kowalskys Händen in den Himmel. Ein kurzer Ruck Richtung Boden genügte, um ihm den Revolver zu entreißen.

Alles war so schnell gegangen, dass Kowalsky erst jetzt realisierte, wer ihn da zu Fall gebracht hatte.

»Sie!«, stieß er wütend aus.

Unbeeindruckt brachte Berlotti einen Schritt Abstand zwischen sich und seinen Kontrahenten. Er verstaute Kowalskys Waffe im Hosenbund, behielt seine eigene aber in der Hand und verschränkte die Arme vor dem Körper. »Ausgerechnet von Ihnen werde ich mich doch nicht erschießen lassen!«, rief er, um sich gegen das Prasseln des Regens durchzusetzen.

Kowalsky wollte aufstehen, doch es bedurfte nur eines kleinen Schrittes des Kommissars und eines angedeuteten Kopfschüttelns, damit er auf den Kieselsteinen sitzen blieb. Er rieb sich das rechte Handgelenk.

»Was wollten Sie hier?«

Fast trotzig versuchte Kowalsky, Berlottis Blick standzuhalten, was ihm aber nicht gelang, weil ihm der Regen in die Augen rann.

»Hatten Sie die Waffe dabei, um jemanden zu töten, der zu viel weiß? Oder wollten Sie sich damit nur Scherffs Laptop beschaffen?«

Kowalsky presste die Lippen aufeinander.

»Wir wissen von Ihrer kleinen Journalisten-Combo, und wir haben den Laptop. Aus der Nummer kommen Sie mit keinem Alibi der Welt wieder raus.«

In diesem Augenblick hielten zwei Einsatzfahrzeuge der Polizei und ein Krankenwagen hinter ihm. Das Blaulicht spiegelte sich in den Pfützen. Und dann tat Kowalsky etwas, das Berlotti in dieser Situation nicht erwartet hatte: Seine Lippen verzerrten sich zu einem Grinsen, das arrogant gemeint war, aber nur Unsicherheit verriet.

Berlotti konnte dem Impuls nicht wiederstehen und sagte: »Es gibt Kamele mit einem Höcker, und es gibt welche mit zwei Höckern, die größten Kamele aber haben keinen.«

Das Grinsen erlosch.

Berlotti wechselte einige Sätze mit den Polizeibeamten, worauf sie Kowalsky in einen Wagen setzten. Dann ging er zurück zu dem Hafenkran. Den Schlüssel für die Handschellen in den Fingern, baute er sich vor seinem Hauptverdächtigen auf.

»Jetzt zu Ihnen, Herr Lohheim.«

Benommen blickte der ihn an. Zunächst sah es so aus, als ob er weinte. Dann begriff Berlotti, dass es der Regen war, der Lohheim Tränen ins Gesicht warf.

»Was wird hier gespielt?«

»Lassen Sie mich gehen, ich habe nichts getan!«, schrie Lohheim und zerrte so wütend an den Handschellen, dass sich Haut abschürfte und die Handgelenke zu bluten anfingen. »Au! Scheiße«, sagte er mit zusammengepressten Zähnen und stellte seine Bemühungen ein. Nun war Berlotti nicht mehr so sicher, dass es Regentropfen waren, die Lohheims Gesicht hinunterliefen.

»Das Armband nehme ich Ihnen ab, sobald Sie mir verraten, warum Sie Scherff umgebracht haben.«

Lohheim streckte ihm mit der freien Hand den Mittelfinger entgegen. Berlotti nickte, als hätte er gerade etwas sehr Aufschlussreiches erfahren. Während er sich umdrehte und fortging, vernahm er, wie Lohheim empört um sich trat. Am liebsten hätte er dem Mann, der mit seiner eigenen Waffe auf seine Kollegin geschossen hatte, die Fresse poliert. Er war allerdings der Ansicht, dass Gewalt die letzte Zuflucht des Unfähigen war, weshalb er einem Polizeibeamten den Schlüssel für die Handschellen gab. Kurz darauf fuhr auch der zweite Verdächtige aufs Revier.

Katharina Meinhold lag auf einer Trage im Krankenwagen, die Augen geschlossen, das T-Shirt vom Hals bis zum Ärmel aufgeschnitten. Ein Sanitäter war an ihrer Wunde zugange. Berlotti stellte sich vor die geöffneten Hecktüren.

»Einen Antrag für diese Auszeit habe ich aber nicht unterschrieben, jedenfalls nicht, dass ich mich daran erinnern könnte«, versuchte er, ihr ein Lächeln zu entlocken, doch Katharina reagierte nicht, und der Sanitäter warf ihm einen verständnislosen Blick zu.

»Alles okay?«, erkundigte sich Berlotti ernst und machte Anstalten, in den Wagen zu steigen.

»Sie hat das Bewusstsein verloren. Wir bringen sie ins UKE«, erwiderte der Sanitäter und schob ihn von der Tür weg, damit er sie schließen konnte.

Berlotti fuhr der Schreck in die Knochen, er wurde weiß wie eine gekalkte Wand. »Aber eben hat sie doch noch ... Wie schlimm ist es?«

»Keine Ahnung, ob wichtige Blutgefäße verletzt wurden. Das festzustellen ist Aufgabe eines Arztes. Jedenfalls blutet Ihre Kollegin wie Sau.« Die letzten Worte sagte er bereits durch die geschlossene Tür.

Der Krankenwagen rollte über die Brücke und verschwand hinter einer Kurve. In diesem Moment hörte der Regen auf, und keine dreißig Sekunden später reckte die Sonne forsch ihre Strahlen durch die pechschwarze Wolke, als seien die vergangenen Minuten ein einziges Missverständnis gewesen. Berlotti wandte sein Gesicht zum Himmel. Die wärmenden Strahlen auf der Haut ließen ihn erschauern und neue Zuversicht in ihm aufkommen, auch wenn er die Zusammenhänge noch nicht verstand.

Hoffnung ist nicht die Überzeugung, dass etwas gut ausgeht, dachte er, sondern die Gewissheit, dass etwas Sinn hat, egal wie es ausgeht. Und wie um die über Jahrzehnte bewährte These seines Vaters zu untermauern, der unerschütterlich behauptete, dass auf jedes Flitterchen ein Gewitterchen folge, forderte im nächsten Moment das erlittene Schleudertrauma vom Vormittag seinen Tribut. Berlotti erbrach sich ausdauernd in die große Pfütze zu seinen Füßen und konnte nicht anders, als sich zu wundern, dass sein Körper dazu noch die Kraft gefunden hatte.

***

Eine Strategie hatte er sich nicht zurechtgelegt, sondern vage darauf gehofft, dass sich die richtigen Worte im entscheidenden Augenblick von selbst formten, doch als er in den Vernehmungsraum trat, musste er feststellen, dass sich dieser Wunsch nicht erfüllen würde. Er blieb vor dem Tisch stehen, hinter dem Kowalsky mit verschränkten Armen saß, und dachte erneut, wie seltsam der Mann aussah. Berlotti hätte schwören können, noch nie einen Mann mit solchen Haaren gesehen zu haben. Die rollengelockte Dauerwelle ließ ihn aussehen wie einen Pudel, der nach dem Besuch beim Hundefriseur in einen Regenschauer geraten war. Seine schwarzen Augen und das markante Kinn hingegen strahlten eine rohe Brutalität aus, von der Berlotti annahm, dass sie auf manche Menschen sogar anziehend wirkte.

Berlotti sah an sich herab und registrierte die Pfütze zu seinen Füßen. Mit Papierservietten und Geschirrtüchern hatte er versucht, etwas Feuchtigkeit aufzusaugen und den Tragekomfort von Hose und Hemd zu verbessern, war aber kläglich gescheitert. Er ließ sich auf dem Stuhl gegenüber nieder und ignorierte das schmatzende Geräusch, das Unterhose und Hose dabei machten. Kowalsky saß regungslos da. Die durchnässte Lederjacke hing wie ein erlegtes Tier an ihm. Aus unerfindlichen Gründen hatte er sie bislang nicht ausgezogen. Insgeheim hoffte

Berlotti, sein Verdächtiger würde etwas sagen, am besten gleich ein vollständiges Geständnis ablegen, aber den Gefallen tat ihm Kowalsky nicht.

Um das Schweigen zu durchbrechen, sagte Berlotti schließlich:»Das Sterben muss aufhören.«

In Kowalskys Gesicht regte sich nicht der kleinste Muskel, was an sich schon bemerkenswert war, da er sonst unentwegt die Lippen leckte, wenn er nervös war, unverschämt grinste oder sich mit der Hand durch die Mini-Löckchen fuhr. Nichts wies darauf hin, dass Kowalsky ihn überhaupt gehört hatte.

»Scherff ist tot, Horn ebenfalls. Sie wollten Lohheim töten und haben auf dem Weg dahin eine Waffe auf mich gerichtet. Wenn's dumm läuft, wird die Staatsanwaltschaft Sie wegen zweifachen Mordes und zweifacher versuchter Tötung belangen.«

Langsam begannen Kowalskys Kiefer zu mahlen. Berlotti ahnte, dass er weder Scherff noch Horn auf dem Gewissen hatte. Aber er hatte keine Ahnung, was wirklich vorgefallen war, weshalb jede Reaktion besser war als ein Schweigen, das nichts voranbrachte.

Berlotti hatte einige Artikel über den »Fall Kowalsky« gelesen, die veröffentlicht wurden, nachdem dessen erfundene Interviews aufgeflogen waren. Darin hatte sich der Journalist stets als Opfer dargestellt und seinen Auftraggebern die Schuld zugeschoben. Sie hätten die völlig überzogenen Aussagen von Hollywoodstars wie Catherine Zeta-Jones' lesbische Phantasien, Richard Geres Verständnis für Sex mit Haustieren oder von Dwayne Johnson, der sich angeblich Protein-Shakes aus Kakerlaken mixte, stillschweigend hingenommen und seinen Stil damit akzeptiert. Er inszenierte sich als unverstandenen Künstler, der das Showbiz unterwandern und so entlarven wollte. Ein Eingeständnis, einen Fehler begangen zu haben, suchte man ebenso vergeblich wie den Versuch, sich mit ehrlichem Journalismus zu rehabilitieren.

All diese Porträts und Analysen hatten bei Berlotti den Eindruck erweckt, dass Kowalsky um Anerkennung buhlte und, sobald er sie bekam, mit grenzenloser Ablehnung und Verachtung reagierte. Das wollte er für sich nutzen, auch wenn er noch nicht wusste, wie.

Im nächsten Moment vernahm er eine gepresste und um einiges zu hohe Stimme hinter sich: »Verlassen Sie sofort das Zimmer, damit ich mich mit meinem Mandanten beraten kann.«

***

Der Kaffee aus dem Vollautomaten in der kleinen Küche neben dem Vernehmungsraum schmeckte derart übel nach verbrannten Bohnen, dass er glatt als tätlicher Angriff durchgehen konnte. Aber Berlotti hätte auch ein Glas Hamburger Hafenwasser getrunken, wenn die Aussicht bestanden hätte, so die bleierne Müdigkeit abzuschütteln, die sich zunehmend seiner bemächtigte. Nach sechsunddreißig weitgehend schlaflosen Stunden war das jedoch nahezu aussichtslos.

»Hier sind Sie!« Peter Thies füllte die Tür zur schmalen Teeküche sowohl in der Höhe als auch in der Breite vollständig aus. »Für einen beurlaubten Hauptkommissar sind Sie aber ziemlich aktiv.« Er kaute an einem Schokoladen-Croissant und hatte ein weiteres, noch eingeschweißtes Exemplar in der Hand, das er Berlotti hinhielt, doch der lehnte dankend ab.

»Hirndoping«, entgegnete er stattdessen und deutete auf die Tasse in seiner Hand. »Oder eher: Selbstmordversuch.«

»Schon Neuigkeiten aus dem Krankenhaus?«

Berlotti schüttelte den Kopf. »Die Ärzte versuchen, Katharinas Blutung zu stoppen, meine Mutter liegt noch immer im Koma und wird beatmet.«

Thies sah ihn mitleidig an. »Dafür geht's Ihrem alten Herrn den Umständen entsprechend ziemlich großartig. Als ich vorhin kurz mit Dino telefoniert habe, trank er mit Ihrem Vater in seiner Gelateria Espresso und schimpfte auf die unfähige italienische Regierung, die sich ein Beispiel an der deutschen nehmen sollte.«

»Klingt wie Brüder im Geiste«, sagte Berlotti und nickte dankbar. »Hat Ihr neuer Ermittlungsleiter eigentlich schon mitbekommen, dass ich auf dem Revier bin und mit wem?«

»Ihr Plan, Vernehmungsräume auf einer anderen Etage zu belegen, scheint bislang aufzugehen. Jensen ahnt nichts von Ihrer Undercover-Mission.«

»Und Beil?«

»Bei mir hat sie sich nicht gemeldet. Aber Sie können davon ausgehen: Big Mother is watching you.«

Wie Thies war Berlotti überzeugt, dass sie genau wusste, was in ihrem Revier vor sich ging. Daher verhärtete sich sein Verdacht, dass es von Anfang an ihr Plan gewesen war, ihn offiziell von den Ermittlungen abzuziehen, damit er unbeobachtet den Fall lösen konnte.

Thies drückte ihm einige Papiere in die Hand und sagte im Hinausgehen: »Das könnte bei Ihrer nächsten Vernehmung nützlich sein.«

Er begann zu lesen und konnte sein Glück kaum fassen.

✳✳✳

Berlotti studierte das Foto, ehe er es über den Tisch schob. Als Lohheim erkannte, was darauf zu sehen war, wandte er abrupt den Blick ab.

Scherffs Kopf lag wie ein Fels in einem Teich aus Blut. Wo ehemals ein Hinterkopf gewesen war, hatte sich Hirnmasse mit zertrümmerten Schädelknochen vermischt. Die Brille lag zerbrochen in der roten Flüssigkeit.

Lohheim hatte sich seit Tagen nicht rasiert und wohl ebenso lange nicht geduscht. Der Geruch von muffigem Hafenbunker steckte ihm in Jeans und Kapuzenpullover. Tiefe Furchen hatten sich unter die Augen gegraben.

Er scheint zuletzt ebenso wenig Schlaf bekommen zu haben wie ich, dachte Berlotti ohne jede Genugtuung. Zu Beginn seiner Polizeiausbildung hatte er befürchtet, dass seine Empathie und die damit einhergehende Fähigkeit, manchmal noch für die schlimmsten Straftäter Mitgefühl zu haben, ihn daran hindern könnten, ein guter Ermittler zu werden. Doch schnell hatte sich gezeigt, dass das Gegenteil der Fall war. Indem er sich in das

Seelenleben eines Verbrechers einfühlte, kam er dessen Motiven meist schneller auf die Spur.

»Sie können mich nicht festhalten, ich habe nichts getan«, sagte Lohheim, klang dabei aber so, als glaube er sich selbst kein Wort.

»Verständlich, dass Sie nach Hause möchten. Sie können sich gar nicht vorstellen, wie sehr wir diesen Wunsch teilen. Ich habe nur eine einzige Frage. Sobald wir die geklärt haben, können wir alle gehen.«

Lohheim bedachte ihn mit einem skeptischen Blick.

»Woher haben Sie Scherffs Laptop?«

Berlotti hatte erwartet, dass Lohheim nervöser sein würde. Doch der saß nur da, die Hände in den Schoß gelegt, als hätte er seinen Frieden mit allem gemacht, was noch kommen sollte. Er wollte die Frage schon wiederholen, da zuckte Lohheim mit den Schultern. »Gefunden.«

Berlotti nickte verständnisvoll, als wäre das die einzige mögliche Erklärung. »Wo?«

»In der Hecke vorm Haus.«

»Wann?«

»Vergangenen Montag.«

»Bevor oder nachdem Scherff ermordet wurde?«

»Danach.«

»Woher wissen Sie, wann Scherff ermordet wurde?«

Lohheim atmete aus, wie um zu signalisieren, wie dämlich die Frage war. Berlotti nahm aber an, dass Lohheim Zeit gewinnen wollte. Schließlich sagte der: »Da waren so viele Polizisten vorm Haus, die hätten wohl kaum da gestanden, wenn nichts passiert wäre.«

»Um wie viel Uhr war das?«

Lohheim überlegte. »Keine Ahnung, hab nicht auf die Uhr gesehen.«

Wieder nickte Berlotti. »Und der Laptop lag im Gebüsch.«

Jetzt nickte auch Lohheim.

»Sie spazieren also zufällig am Haus Ihres ehemaligen Dozenten vorbei, der Sie vor Kurzem von der Akademie geworfen hat. Während Sie dort Polizisten stehen sehen und denken, dass etwas passiert sein muss, finden Sie einen Laptop im Gebüsch, packen den ein, gehen nach Hause und melden sich auch dann nicht bei der Polizei, als Sie aus der Zeitung von dem Mord an Ihrem Förderer erfahren, dessen Bild noch in Ihrer Wohnung hängt.«

Lohheim fiel nichts Besseres ein, als erneut mit den Schultern zu zucken.

Berlotti stand auf und stellte sich ans Fenster. Die Sonne knallte auf die Fensterscheiben, als hätte sie den ganzen Tag noch nichts anderes getan. Sein Blick fiel auf das Dach des Hamburger Rathauses, auf dem die Heiligenstatuen im Sonnenlicht schimmerten. Er kippte das einzige kippbare Fenster im Raum und setzte sich wieder.

»So funktioniert das nicht. Sie müssen mir schon helfen, wenn Sie nach Hause wollen. Wie sind Sie an dem Morgen zu Scherffs Wohnung gekommen?«

»Mit der U-Bahn«, antwortete Lohheim zögernd, und es klang mehr wie eine Frage.

»Die Fahrkarte haben Sie vermutlich nicht mehr?«

»Weggeworfen.«

»Nicht schlimm. Dann schauen wir uns die Überwachungsvideos der Haltestelle an, an der Sie ausgestiegen sind. Hallerstraße, nehme ich an?«

»Ich glaub, ich bin doch mit dem Rad gekommen.«

»Das haben Sie irgendwo abgestellt, um zu Fuß bei Scherff vorbeizulaufen?«

Äußerlich schien Lohheim noch gefasst. Doch auf seiner Stirn standen Schweißperlen, und Berlotti war überzeugt, dass es nicht nur an den Temperaturen im Raum lag.

»Lügen Sie doch bitte etwas klüger, Herr Lohheim«, bat Berlotti. »Meine Intelligenz fühlt sich verarscht.«

Lohheim stieß Luft durch die Nasenlöcher, was wohl als Lachen gemeint war, aber misslang, weshalb er hinterherschob: »Haha, sehr witzig.« Sein verunsicherter Blick und seine gerunzelte Stirn verrieten, dass er absolut nichts Komisches daran finden konnte. Endlich einmal etwas, in dem Berlotti mit ihm übereinstimmte.

»Ich verrate Ihnen etwas, Herr Lohheim. Man kann einen erfahrenen Polizisten nicht anlügen. Selbst wenn Sie äußerlich die Ruhe selbst sind, wird er es in Ihren Augen sehen, wenn Sie gerade nach einer überzeugenden Lüge suchen.«

Berlotti hatte einen jovialen Ton angeschlagen, aber seine Worte verfehlten ihre Wirkung nicht. Lohheims Gesicht hatte die gleiche Farbe angenommen wie Scherffs Hirnmasse auf dem Foto, das wie eine stumme Anklage zwischen ihnen lag.

»Ich will Sie nicht zu einem falschen Geständnis drängen. Ich will verstehen, warum Sie es getan haben. Nur dann kann ich Ihnen helfen.«

Lohheim, der starr vor sich auf die Tischplatte geblickt hatte, sah Berlotti in die Augen und verschränkte die Arme. »Ich weiß nicht, wovon Sie reden.«

Berlotti nickte erneut vielsagend. »Lassen wir Herrn Scherff vorübergehend in Frieden ruhen.«

In Lohheims Blick keimte Hoffnung auf, die mit Berlottis nächster Frage aber sofort wieder erlosch.

»Warum musste Markus Horn sterben?«

»Wer?«

»Für einen fast fertig ausgebildeten Journalisten sind Sie erschütternd schlecht informiert. Markus Horn ist ein Kollege von Ihnen, ein Journalist. Jemand ist in seiner Abwesenheit mit Spezialwerkzeug in seine Wohnung eingebrochen und hat ihn mit Blauem Eisenhut vergiftet.«

»Davon weiß ich nichts«, entgegnete Lohheim etwas zu schnell, was ihm auch selbst aufgefallen war, weshalb er entschuldigend hinzufügte: »Ich habe mir die vergangenen Tage eine Auszeit genommen und nicht viel mitgekriegt.«

»Auf Ihr vorübergehendes Domizil im Hafen kommen wir noch zu sprechen. Vorher möchte ich Ihnen aus zwei Artikeln eines vielversprechenden Nachwuchsjournalisten vorlesen, die vor nicht allzu langer Zeit in einem populärwissenschaftlichen Magazin erschienen sind«, entgegnete Berlotti, nahm die Papiere in die Hand, die mit der Rückseite nach oben auf dem Tisch gelegen hatten, und begann zu lesen.

»Rund hundertfünfzig der dreitausend in Deutschland existierenden Pflanzenarten sind zum Teil hochgiftig und stellen der Bundespolizei zufolge ein unterschätztes Risiko dar. Denn im Gegensatz zu chemischen Giften sind sie problemlos zu besorgen und ebenso effektiv.«

Bevor Berlotti weiterlas, musterte er Lohheim, der immer wieder über die Beule an seinem Hinterkopf strich.

»Ein Nadelbaum, der bei uns in jedem Park oder Friedhof steht, ist die Eibe. Das Gift steckt überall: in den Blüten und Nadeln, vor allem aber in den Samen. Eine Abkochung aus wenigen Dutzend Nadeln kann für einen Erwachsenen tödlich sein. Denn die für den Menschen lebensgefährliche Dosis liegt bei einem Milligramm Eibentoxin pro Kilogramm Körpergewicht. Nach einer Stunde hat sich das Gift im Körper verteilt, beginnt überall gleichzeitig zu wirken: heftige Bauchschmerzen, Schwindelgefühl, Herzstillstand – ein schneller Tod, wenn die Dosis stimmt. Das Toxin in der Eibe, ein Gemisch aus zwanzig Substanzen, wirkt lähmend auf das Herz und das zentrale Nervensystem. Aber sogar der bloße Kontakt mit dem Nadelbaum kann tödlich verlaufen: Ein Liebespaar schlief eine Nacht ausgerechnet unter einer Eibe. Am nächsten Morgen erwachten die beiden mit einem hässlichen Ausschlag – und bekamen hohes Fieber. Zwei Wochen später fielen sie nach einem Kreislaufkollaps ins Koma – und wachten nicht mehr auf.«

Berlotti ließ die Zettelsammlung sinken. »Hochinteressant, finden Sie nicht?«
»Spannend wie ein Krimi«, entgegnete Lohheim mit einem schiefen Grinsen. »Und was soll die Märchenstunde?«

Statt einer Antwort blätterte Berlotti um und las an anderer Stelle weiter.

»Kaum ein Gift tötet grausamer als Aconitin: Bereits in geringen Dosen lähmt es sämtliche Nerven im Körper. Der Tod erfolgt durch die daraus resultierende Atemlähmung und Herzstillstand – bei vollem Bewusstsein. Deshalb war Aconitin lange Zeit das beliebteste Mordgift: Eisenhut hat Papst Hadrian VI. ebenso auf dem Gewissen wie den römischen Kaiser Claudius und Experten zufolge auch den Propheten Mohammed. Ein Gartenbauingenieur hat sich das zunutze gemacht, um den jahrelangen Familienstreitigkeiten mit seinem Schwager ein Ende zu bereiten. Er grub Blauen Eisenhut in dessen Garten aus und mischte ihm zerstoßene Wurzeln ins Kaffeepulver. Das Ehepaar B. aus Tutzing am Starnberger See überlebte nur knapp.«

Berlotti sah sein Gegenüber an. »Ich wünschte, *ich* könnte alles, was ich in der Theorie lerne, sofort in der Praxis anwenden. Beneidenswert!«

Lohheim setzte eine verständnislose Miene auf. »Ich kann Ihnen nicht folgen.«

»Davon war ich ausgegangen«, sagte Berlotti mit einem wissenden Lächeln. »Deshalb habe ich uns einen zweiten Artikel von demselben Journalisten mitgebracht.«

Er griff nach dem zweiten Ausdruck, den Thies ihm eben in die Hand gedrückt hatte.

»Bei jedem zehnten Einbruch mit einem Schaden von über zehntausend Euro benutzen Einbrecher heute Werkzeuge, die keine sichtbaren Spuren mehr hinterlassen. Erst bei einer kriminaltechnischen Untersuchung unter dem Rasterelektronenmikroskop werden winzige Kratzspuren am Türschloss sichtbar. Mehmed Salma vertreibt über seine Hamburger Sicherheitsfirma mehr als vierhundert Hightech-Aufsperrwerkzeuge. Für nahezu jedes neue Schließsys-

tem weltweit besitzt er einen Gegenschlüssel, der es knacken kann. Meist, ohne ein Geräusch zu verursachen, oft, ohne Spuren zu hinterlassen. In Seminaren zeigt Salma jedem Interessierten, wie die Werkzeuge funktionieren. Und jeder kann sie bei ihm kaufen, sofern er einen Gewerbeschein besitzt, den es für dreißig Euro beim Ordnungsamt gibt.«

Berlotti stellte zufrieden fest, dass Lohheims Stirn inzwischen den Eindruck vermittelte, das Gespräch fände in einem tropischen Regenwald statt.

»Die beiden Artikel, die Sie verfasst haben, beschreiben detailliert den Mord an Markus Horn.«

Lohheim verschränkte die Arme hinter dem Kopf, zuckte aber vor Schmerz zusammen. Offenbar hatte er nicht an die Beule am Hinterkopf gedacht. »Ich kenne die genaue Auflage des Magazins nicht, aber sie liegt sicherlich im sechsstelligen Bereich. Ist Ihnen jemals der Gedanke gekommen, dass jeder, der die Artikel gelesen hat, verdächtig ist?«

Berlotti unterdrückte ein Gähnen und rieb sich die brennenden Augen.

»Der Vorteil von Klugheit besteht darin, dass man sich dumm stellen kann. Das Gegenteil ist schon schwieriger.« Er stand auf, streckte sich, um seine erschöpften Glieder am Einschlafen zu hindern, ging ein paar Schritte zum Fenster und wieder zurück zu seinem Stuhl. Er musste die letzten Reserven mobilisieren, wenn er das zu Ende bringen wollte. »Ehrlich gesagt ist mir dieser Gedanke noch nicht gekommen. Dagegen spricht nämlich, dass Sie den Laptop eines der beiden Mordopfer im Rucksack hatten. Und völlig grundlos werden Sie auch nicht auf meine Kollegin geschossen haben.«

Beim letzten Satz hatte Berlottis Stimme an Schärfe gewonnen. Er ließ die Worte nachwirken, ehe er hinzufügte: »Ich wäre im Gegenteil sogar zuversichtlich, dass die Artikel vor Gericht als Geständnis durchgehen könnten.«

Das stimmte zwar nicht, aber warum sollte Lohheim als Einziger die Unwahrheit sagen dürfen?

»Das können Sie nicht mit mir machen!« Lohheims Stimme überschlug sich wie die eines Teenagers. »Ich habe zwar nicht die Kohle für einen Anwalt, aber ein Pflichtverteidiger steht mir trotz allem zu. Und den will ich jetzt sprechen. Eher werden Sie kein Wort mehr von mir hören.«

Mit diesen Worten war Lohheim aufgestanden und hatte sich mit den Händen in den Hosentaschen vor das Fenster gestellt. Berlotti erhob sich ebenfalls.

»Ein guter Rat ist wie Schnee. Je sanfter er fällt, desto länger bleibt er liegen und umso tiefer dringt er ein. Deshalb möchte ich Ihnen einen verdammt sanften Rat geben: Sie überdenken noch einmal Ihre Geschichte, und wenn ich zurück bin, bekomme ich eine neue Version zu hören. Und ich bemühe mich im Gegenzug, aufgeschlossen zu bleiben. Je überzeugender Sie nachher sind, desto eher können wir nach Hause.«

∗∗∗

»Wenn alles auf Lohheim hindeutet, warum war dann Kowalsky hinter ihm her?« Peter Thies packte ein italienisches Industrie-Croissant aus der bedruckten Klarsichtfolie, diesmal ein mit Marmelade gefülltes, und biss beherzt hinein. Er bot Berlotti eins an, aber der winkte müde ab. Mit vollem Mund spekulierte Thies weiter. »Oder hat Kowalsky beide auf dem Gewissen und will es Lohheim in die Schuhe schieben?«

»Warum sollte Scherff unmittelbar vor seinem Tod eine SMS an Kowalsky schreiben, wenn der gerade vor ihm steht, um ihm den Schädel einzuschlagen?«, entgegnete Berlotti kopfschüttelnd, während er in Thies' winzigem Büro auf und ab ging, nur um sich nicht hinzusetzen und dabei Gefahr zu laufen, sofort einzuschlafen. »Außerdem hatte Lohheim Scherffs Laptop bei sich.«

Thies nickte und sah Berlotti aus geröteten Augen an. Gedankenverloren stopfte er sich das restliche halbe Hörnchen auf einmal in den Mund. Die nächsten Worte waren daher nur mit Mühe zu verstehen. »Und wenn Scherff auf Lohheims Konto geht und Horn auf Kowalskys?«

»Scherff, Horn und Kowalsky stecken unter einer Decke. Ich sehe keinen Grund, warum die sich gegenseitig aus dem Weg räumen sollten. Scherff dagegen wirft seinen besten Schüler ohne mit der Wimper zu zucken von der Schule, da kann man schon mal sauer werden.«

»Aber warum erst jetzt deshalb zum Mörder werden?«, gab Thies nachdenklich zurück. »Mir fällt doch nicht erst ein halbes Jahr später ein, dass ich 'ne Mordswut hab.«

Berlotti blieb stehen. Die beiden Sätze drehten eine Ehrenrunde in seinem Kopf. Und in Gedanken fügte er einen weiteren hinzu: Was war zwischen Lohheim und Scherff vorgefallen? Der Dozent hatte seinem ehemaligen Schüler die Tür geöffnet und ihn in seine Wohnung gelassen. War es um Geld gegangen? Hatte einer den anderen erpresst? Ging es doch um die Freundin, obwohl die überzeugt war, dass ihr Doppelspiel unbemerkt geblieben war? Er versuchte, darauf eine Antwort zu finden. Schließlich sah er Thies an und sagte mit einem seltenen Anflug von Mutlosigkeit: »Ach, ich weiß es doch auch nicht!«

In diesem Augenblick wurde die Tür aufgerissen, und Bernd Jensen stürmte ins Zimmer, ohne vorher anzuklopfen.

»Wie weit sind Sie mit den Identitäten der linksautonomen Hass...« Als wäre er gegen einen elektrischen Weidezaun gelaufen, stoppte er mitten in Satz und Bewegung. Eine ganze Bandbreite an Emotionen war in seinem Gesicht abzulesen, als es von Überraschung zu Erstaunen überging, dann die Erkenntnis einsickerte, was sich hier möglicherweise gerade abspielte, und schließlich krebsrot wurde. »Was machen *Sie* denn hier?«

Berlotti sah links und rechts hinter sich. »Wer, ich?«, fragte er unschuldig. »Ich trinke einen harmlosen Espresso mit einem Kollegen.« Die Lüge war umso dreister, da keiner von beiden etwas Kaffeeartiges in den Händen hielt. Doch Jensen schien zu aufgebracht, um es zu bemerken oder darauf einzugehen.

»Ex-Kollegen meinen Sie wohl!«, brachte Jensen mit mühsam unterdrückter Wut zwischen zusammengepressten Zähnen hervor. »Sie haben hier nichts verloren. Halten Sie ihn davon ab, seine Arbeit zu machen, kriege ich Sie dran wegen Behinderung laufender Ermittlungen!«

»Mit der Behinderung von Ermittlungen kennen Sie sich ja aus«, gab Berlotti aufs Geratewohl zurück, machte aber Anstalten, den Raum zu verlassen. Er war sich jetzt sicher, dass Jensen noch nichts von Katharinas Schusswunde gehört hatte, sonst hätte er es sich bestimmt nicht nehmen lassen, ihm diese Misere genüsslich unter die Nase zu reiben.

»Ich weiß nicht, wovon Sie reden«, erwiderte Jensen. »Außerdem muss ich einen Fall retten, den Sie verkackt haben. Das dürfte hier einigen Leuten eine Lehre sein. Ich sage nur: Augen auf bei der Personalauswahl!«

Unter anderen Umständen wäre ihm Jensens wippender Pferdeschwanz nicht unter die Haut gegangen. Aber der Schlafmangel und die Ereignisse hatten Berlotti dünnhäutig werden lassen. Deshalb wandte er sich an der Tür noch einmal an Thies, wobei alle Anwesenden wussten, an wen die Worte eigentlich gerichtet waren: »Dummheit und Stolz wachsen auf gleichem Holz.«

***

»Sie sind sich aber schon im Klaren darüber, dass mein Mandant unschuldig ist?«

Berlotti entfuhr ein trockenes Lachen. Anstatt etwas zu entgegnen, beschloss er, sich die Komödie, die sich Kowalsky und sein Hampelmann für ihn ausgedacht hatten, noch etwas länger anzusehen. Er hatte die beiden zweieinhalb Stunden im Vernehmungszimmer schmoren lassen.

Günter Hanisch hob eine Augenbraue, kommentierte den Ausbruch des Hauptkommissars aber mit keinem Wort. »Herr Kowalsky hat keine Straftat begangen und sich freiwillig ergeben. Entweder können Sie uns eine Straftat nachweisen, oder wir beenden umgehend dieses Gespräch.«

Er sagte tatsächlich »uns«.

»Wenn Sie wegen Behinderung polizeilicher Ermittlungen belangt werden wollen, kann ich diesen Schritt uneingeschränkt befürworten, Herr Hanisch. Aber jetzt mal unter uns: Ich habe so meine Zweifel, dass ein Richter das genauso entspannt sieht wie Sie. Herr Kowalsky war mit gezückter Waffe in der Hand auf dem Weg, ein Verbrechen zu begehen. Und er hat sie auch dann nicht heruntergenommen, als ich ihn dazu aufgefordert habe. Da steht wohl Aussage gegen Aussage. Und was glauben Sie, wem der Richter eher glauben wird?«

Und ohne eine Antwort abzuwarten, fügte er hinzu: »Es verhält sich doch vielmehr so: Herr Kowalsky hat Frederik Lohheim geortet, vermutlich auf die gleiche Weise wie wir, mit diesem Remote-Dingsbums-Zugriff, und wollte ihn zwingen, den Laptop von Herrn Scherff herauszugeben, auf dem sich kompromittierendes Material befand.«

Es war nicht mehr als eine Vermutung, eine Eingebung, die ihm in diesem Augenblick gekommen war. Solange Thies das Gerät nicht analysiert hatte und keiner der Verdächtigen sich äußerte, blieb ihm nichts anderes übrig, als mit Hypothesen zu arbeiten. Berlotti forschte im Gesicht seines Tatverdächtigen nach den leisesten Anzeichen eines Wiedererkennens. Oder dem Versuch, ein solches zu verbergen. Doch Kowalsky tat ihm diesen Gefallen nicht und zeigte keinerlei Reaktion. Stattdessen meldete sich erneut der Anwalt zu Wort.

»Herzlichen Glückwunsch, Herr Wachtmeister.« Offenbar hatte Günter Hanisch entschieden, Berlotti zu düpieren. »Sie haben den Fall gelöst. Wenn Sie mir nur noch die Beweise zeigen möchten, überantworte ich Ihnen sofort meinen Mandanten.«

Hanisch wartete auf eine Reaktion, die Berlotti ihm aber verwehrte. Daraufhin lehnte er sich nach vorn, stützte die Ellenbogen auf den Tisch und beugte sich, so nah es ihm möglich war, Berlotti entgegen.

»Ansonsten marschieren wir jetzt durch diese Tür«, zischte Hanisch, und sein Zeigefinger schoss neben Berlottis rechtem Ohr Richtung Ausgang.

Wie auf Bestellung klopfte es an ebenjener Tür, und ein Kopf mit wenigen Haaren bedeutete Berlotti mit einem Nicken, auf den Flur zu kommen. Nur zu gern folgte er der Aufforderung und verließ das kleine Vernehmungszimmer mit einem angedeuteten Schulterzucken, das ebenso als Entschuldigung verstanden werden konnte wie als Eingeständnis, dass es ihm herzlich egal war, wie lange seine Gesprächspartner noch dort festsaßen.

»Katharina wurde operiert. Die Blutung konnte nicht gestoppt werden. Über einen Liter hatte sie schon verloren, mehr wollten die Ärzte nicht riskieren«, sagte Thies, als die Tür sich hinter Berlotti geschlossen hatte. Seinem Gesicht war die Sorge deutlich anzusehen.

»War sie zwischenzeitlich wieder bei Bewusstsein?«, fragte Berlotti, die Stirn in Falten gelegt.

»Soweit ich weiß, nicht.« Thies gähnte beherzt, und Berlotti ließ sich davon anstecken. »Hoffentlich gibt's keine Komplikationen.«

Berlotti rieb sich die Augen und schlug sich mit flachen Händen ins Gesicht. »Hoffentlich trifft auch in Katharinas Fall zu, dass Unkraut nicht vergeht.«

Thies musterte Berlotti unverhohlen. »Ich weiß, das sollte man seinem Boss nicht sagen, aber Sie sehen echt fertig aus.«

Berlotti deutete eine wegwerfende Handbewegung an. »Schlafen kann ich, wenn ich tot bin, und –«

»Wird nicht mehr lange dauern, wenn Sie so weitermachen«, fiel Thies ihm ins Wort. »Wenn Sie sich schon keine Mütze Schlaf gönnen, dann wenigstens noch einen starken Espresso. Dieses Filterzeugs aus der Kaffeeküche taugt doch nichts.«

»Ich hab hier drei Schmierenkomödianten sitzen, die darauf warten, mich weiter für dumm zu verkaufen«, entgegnete Berlotti halbherzig, sah aber ein, dass sein Kollege recht hatte, und folgte ihm den Flur entlang.

»Ich weiß nicht, ob ich zu müde bin. Oder Scherff hat sich ein wirklich geniales Passwort ausgedacht. Ich habe noch keinen Zugang zu dem verdammten Ding«, schimpfte Thies, während er zwei Tassen mit schwarzem Gold füllte. Schweigend honorierten sie die perfekte Schaumkrone, ehe sie gleichzeitig die kleinen Tassen an die Lippen setzten.

Was dann geschah, bezeichnete ein Experte später als kofein-induzierten luziden Wachtraum. In jenem Moment, in dem die Bitterstoffe und mehr als achthundert Aromastoffe auf die Geschmacksknospen trafen, setzten sie einen Prozess in Gang, von dem Berlotti behaupten sollte, dass er den Weg der Flüssigkeit durch seinen Körper hatte nachverfolgen können. Er spürte, wie sie durch die Speiseröhre in seinen Magen rann. Er fühlte, wie sie sich durch seine Eingeweide wand, im Dünndarm resorbiert wurde und sich von dort aus im gesamten Körper verteilte. Dauerte dieser Vorgang normalerweise eine halbe Stunde, so war Berlotti überzeugt, dass er aufgrund seiner miserablen Verfassung um das Zwanzigfache beschleunigt worden war – sei es, weil sich nichts im Magen befand, das den Lauf des Wachmachers behinderte, oder dass sein übermüdeter Körper die dringend benötigte Droge mit Blaulicht zum Ziel beförderte, auf dass die abgrundtiefe Müdigkeit endlich ein Ende nähme.

Keine neunzig Sekunden nach dem ersten Schluck registrierte er, wie sich die Blut-Hirn-Schranke widerstandslos überwinden ließ und im Gehirn das Wunder des menschlichen Denkens in Gang setzte. Das Koffein brachte die Mitochondrien auf Touren, die es in Energie umsetzten. Dem Kognitionswissenschaftler, den Berlotti Wochen später auf diesen Moment ansprach, würde er erzählen, dass er spüren konnte, wie die Synapsen in seinem Gehirn Feuerwerke abbrannten. Er konnte fühlen, wie elektrische Signale in chemische umgesetzt und von einem Neuron zum anderen geleitet wurden. So klar wie nie zuvor in seinem Leben war er sich dieses magischen Spektakels in seinem Hirn bewusst und wurde Zeuge, wie sich aus dem Zusammenspiel vieler elektrischer Impulse eine Idee formte und die ersehnte Erinnerung wiederbrachte, die durch den Auffahrunfall so schnell verschüttet worden war, wie sie gekommen war. Wie vor wenigen Stunden befand er sich erneut im dunklen See der Unwissenheit, doch diesmal gelang es ihm, die Fläche zum Licht der Erkenntnis zu durchbrechen.

»Commissario?«

Eine Stimme holte ihn aus den Tiefen seines Bewusstseins

zurück in die Gegenwart. Er blinzelte und bemerkte, dass ihn Thies besorgt ansah.

»Alles okay? Sie waren nicht ansprechbar. Ich dachte schon, Sie hätten einen Schlaganfall!«

»Mich hat tatsächlich der Schlag getroffen, ein Schlag der Erkenntnis!« Er fischte sein Handy aus der Innentasche der inzwischen reichlich zerknitterten Cordhose und suchte in seiner Anrufliste nach der richtigen Nummer. Nach dreimaligem Klingeln wurde am anderen Ende der Leitung abgenommen, und Berlotti sagte: »Ich brauche Ihre Hilfe! Können Sie auf das Revier kommen? Jetzt sofort? Hervorragend!«

Seinem verwirrt dreinschauenden Kollegen erklärte er anschließend, was er vorhatte.

»Sie wollen *was*?« Thies sah ihn entgeistert an. »Sie wissen schon, dass die Vernehmungszimmer hier keine Einwegspiegel haben? Und der Raum mit den Monitoren, auf die die Bilder der Videokamera übertragen werden, ist am anderen Ende der Etage.«

Daran hatte Berlotti tatsächlich nicht gedacht. Verdammtes Gebäude! »Das Risiko müssen wir trotzdem eingehen«, entschied er.

»Sie setzen die Gesundheit einer Zivilistin aufs Spiel, das ist Ihnen bewusst?«, versuchte Thies, ihm ins Gewissen zu reden.

»Das bekommen wir bei der Präsidentin niemals durch. Zumal es offiziell nicht mehr Ihr Fall ist und Sie eigentlich gar nicht mehr ermitteln, geschweige denn Vernehmungen durchführen dürfen.«

»Sie kann mir ja schlecht zur Strafe einen Fall entziehen, den sie mir bereits entzogen hat, oder? Außerdem: Was sie nicht weiß …«, gab er mit einem Seufzer zurück, und als Thies den Mund öffnete, um zu protestieren, ergänzte er: »Man muss sich zwingen, jeden Tag etwas zu tun, was man ungern macht. Das ist die goldene Regel, die es dir ermöglicht, deine Pflicht zu erfüllen.«

Dass er diese Erkenntnis vor einigen Jahren von einer Zeugin zum ersten Mal gehört hatte, die als Prostituierte im Frankfurter

Rotlichtmilieu arbeitete, musste er seinem Kollegen ja nicht auf die Nase binden.

Als der Pförtner eine Stunde später Besuch ankündigte, hatten Berlotti und Thies alles vorbereitet – Berlotti mit neu gewonnener Zuversicht, sein Kollege deutlich verhaltener. Thies hatte zwischenzeitlich doch noch Scherffs Passwort geknackt und war dabei, die Festplatte zu durchsuchen.

Die Fahrstuhltüren glitten auseinander. Berlotti sah, wie Lohheims Ex-Freundin Friederike Engelmann ihr Lächeln anknipste und etwas verunsichert auf den Flur trat. Sie gaben sich die Hand. Beinahe enttäuscht musste er feststellen, dass die Studentin weder aussah wie ein Pin-up-Girl noch wie ein männermordender Vamp. Sie war attraktiv, aber auf eine zurückhaltende, fast unschuldige Weise. Während Berlotti ihr seinen Plan erklärte und was er sich davon versprach, hörte sie aufmerksam zu, blickte ihn aus grünen Augen an, strich sich gelegentlich eine blonde Strähne hinter das Ohr. Berlottis Menschenkenntnis sagte ihm, dass er es mit einer Frau zu tun hatte, die selbstbewusst und emanzipiert auftrat und gleichzeitig mit Blicken oder Gesten den Beschützerinstinkt vieler Männer wecken konnte.

Kein Wunder, dass wir heutzutage nicht mehr wissen, was von uns erwartet wird, dachte er und fragte sich unvermittelt, wie oft er innerhalb dieser Gedanken die Grenze zum Sexismus überschritten hatte.

Sie hielten vor der Tür, hinter der Frederik Lohheim saß. Berlotti hatte noch keinen Pflichtverteidiger gerufen, womit er sich ebenfalls auf strafrechtlich dünnem Eis bewegte.

»Sicher, dass Sie uns helfen und Ihrem Ex-Freund entgegentreten wollen?«

Sie blickte an sich herab, zupfte das pfirsichrote Trägershirt unter ihrer Jeansjacke zurecht. Berlottis Blick folgte ihrem, und er fragte sich kurz, ob sie ihr Dekolleté für ihn in Position brachte oder für ihren Ex-Freund. Egal wie die Antwort auf diese Frage lautete, schloss sich unweigerlich eine weitere Frage an: Warum?

»Ja, ich mache das für Sie!«

Berlotti erschrak und fürchtete schon, er hätte in völliger Übermüdung seine Gedanken laut geäußert. Doch als die Studentin weitersprach, merkte er, dass sie bloß seine Frage beantwortet hatte.

»Frederik ist ein Weichei. Der hat nicht den Mumm, mich zu schlagen, geschweige denn, Wolfgang zu töten.«

Als Berlotti ihr daraufhin erzählte, dass Lohheim auf eine Polizistin geschossen hatte, sah Friederike Engelmann ihn kurz zweifelnd an, straffte aber sogleich die Schultern.

»Mir wird er nichts tun. Ich glaub, er liebt mich noch.« Sie spielte mit der weißen Perle, die an einer Silberkette zwischen den Brustansätzen lag.

»Geliebt zu werden, kann eine Strafe sein. Nicht wissen, ob man geliebt wird, ist Folter«, redete er ihr ins Gewissen, aber sie schenkte ihm keine Beachtung. Friederike Engelmann schien es kaum erwarten zu können, ihrem Ex-Freund endlich entgegenzutreten. »Mein Kollege und ich lassen Sie nicht aus den Augen. Wir sind in Raum A1108, der sich auf dem gegenüberliegenden Flur befindet«, gab Berlotti ihr noch mit auf den Weg, doch sie hatte bereits die Klinke gedrückt. Als sich die Tür hinter ihr schloss, fiel ihm ein, dass er ihr nicht mehr hatte sagen können, dass die Klinke nur von außen funktionierte. Von innen gab es an der Stelle einen Griff, sodass sie nur mit einem Schlüssel zu öffnen war. Er spurtete über den Flur und stürmte zu Thies in den Kontrollraum.

»Hab ich was verpasst?«, fragte er etwas außer Atem.

Thies schüttelte den Kopf, ohne den Blick vom Monitor zu wenden. Lohheim saß nach wie vor auf seinem Stuhl, Friederike Engelmann stand an der Tür. Niemand redete.

»Er hat sie lediglich gefragt, was sie hier zu suchen hat.«

»Und was hat sie geantwortet?«

»Dass sie sich Sorgen macht.«

»Heult Lohheim?«, fragte Berlotti ungläubig.

Thies griff zur Maus und vergrößerte Lohheims Gesicht mit einigen Klicks. Tatsächlich, der breitbeinige Möchtegern-Ronaldo weinte lautlos. Dabei bewegte er sich nicht, schnaufte nur, als ringe er nach Luft. Seine Ex-Freundin blieb auf Abstand und begann ihn leise, aber beharrlich mit Fragen zu überhäufen.

»Wie kommen die auf die irrsinnige Idee, dass du Scherff umgebracht haben sollst? Stimmt es, dass du auf eine Polizistin geschossen hast? Wo hast du die letzten Tage denn gesteckt? Sergej hat mir erzählt, du wärst untergetaucht …?«

Ihr Wortschwall stoppte jäh, als Lohheims Lippen anfingen, sich zu bewegen. Sie blickte ihn ungläubig an.

»Was hat er gesagt?« Berlotti drehte die Lautstärke am Bildschirm bis zum Anschlag auf.

»Hat er denn was gesagt?«, erkundigte sich Thies, um sich die Antwort gleich selbst zu geben. »So wie sie dreinschaut, vermutlich schon.«

Lohheim tat ihnen den Gefallen, wiederholte den Satz mehrere Male hintereinander und wurde jedes Mal lauter, bis er ihn schließlich schrie: »Du bist an allem schuld, du hast ihn auf dem Gewissen!«

Sogar über die mittelmäßige Qualität des Bildschirms konnte man erkennen, dass aus ihrem Gesicht alle Farbe gewichen war.

»Wie meinst du das?«, flüsterte sie.

Sein Blick fixierte sie, noch immer liefen Lohheim Tränen übers Gesicht. Einige Augenblicke geschah nichts, und Berlotti befürchtete schon, dass die Kamera ihren Geist aufgegeben hatte und das Bild eingefroren war. Thies krümelte auf die Tastatur, während er sich einen Keks nach dem anderen in den Mund steckte. Berlotti fand den Geruch der Apfelkekse deutlich angenehmer als den der Schweißfuß-Hörnchen. Wie auf Kommando knurrte sein Magen, und Thies hielt ihm die Packung Cuor di Mela – Herz aus Apfel – hin, ohne vom Monitor zu blicken. Berlotti nahm sich einen, um seine Eingeweide zu besänftigen.

»Warum musstest du mit ihm schlafen?« Lohheims Worte waren nicht mehr als ein tränenersticktes Ausatmen.

»Aber ich habe nicht …« Friederike unterbrach sich. »Woher weißt du …?«

Berlotti und Peter Thies sahen sich an. Berlottis Herz schlug schneller, eine potente Mischung aus Koffein und Adrenalin strömte durch seinen Körper und versetzte ihn in Alarmbereitschaft. Als Lohheim nicht antwortete, wiederholte sie die Frage eindringlicher.

»Woher weißt du es? Ich dachte ...«

»Er hat es mir gesagt, du blöde Schlampe!« Er schrie nicht, was ihn nur noch bedrohlicher erscheinen ließ. Spucke begleitete die Worte auf ihrem Weg. »Ich wollte einen Job, eine Empfehlung. Schließlich ist er schuld, dass es mir so mies geht.« Lohheim fixierte sie zwar, sah aber dabei aus, als schaute er durch sie hindurch. Er schien die Szene mit Scherff in Gedanken noch einmal zu durchleben, redete mit monotoner Stimme. »Aber er hat mich verhöhnt, ich sei ein Schlappschwanz. Kein Wunder, dass ich es meiner Freundin nicht richtig besorgen könne. Da sind mir die Sicherungen durchgebrannt ...«

»Hast du ihn deshalb ...?« Sie wagte nicht, es auszusprechen, und griff erschrocken nach dem Anhänger, als müsste sie sich an etwas festhalten, um nicht die Fassung zu verlieren.

Lohheims Blick folgte ihrer Hand. Seine Augen wurden erst größer und verengten sich dann zu Schlitzen.

»Du wagst es ...? Du Hure!«

Ohne Vorwarnung und mit wütendem Gebrüll stürzte er sich auf sie. Mit seinem athletischen Körper presste er sie gegen die Wand, beide Hände an ihrer Kehle. Friederike Engelmann entfuhr ein erstickter Aufschrei, der mehr überrascht als schmerzvoll klang.

»Shit!«, riefen Berlotti und Thies wie aus einem Mund, stürzten aus dem Zimmer und über den Flur. Innerhalb von Sekunden ging Berlotti die Gefahren einer Strafanzeige durch. Er bedauerte kein bisschen, Friederike Engelmann mit ihrem Ex-Freund zusammengebracht zu haben. Schließlich hatte es wie erhofft zu einem Geständnis geführt, zumindest zu einem halben. Aber die Konsequenzen würde er tragen müssen.

Thies war einen Schritt vor ihm angekommen und riss die Tür auf. Berlotti warf sich auf Lohheim, der seiner Ex-Freundin weiter die Kehle zudrückte. Instinktiv schleuderte der Attackierte im Rückwärtsfallen seinen Kopf nach vorn, um sich vor dem harten Aufprall zu schützen. Dabei stieß er gegen Berlottis Schädel, sodass er sich selbst eine Kopfnuss verpasste. Sie stürzten zu Boden. Lohheim stöhnte und blieb benommen liegen. Berlottis Griff nach seinen Handschellen ging ins Leere. Wo hatte er die verdammten Dinger bloß wieder gelassen? Thies reichte ihm wortlos welche. Der IT-Experte hatte an alles gedacht, musste Berlotti anerkennend feststellen.

Er drehte Lohheim zur Seite, fixierte dessen Hände und ließ ihn auf dem Boden liegen, während er mit Thies und Friederike Engelmann den Raum verließ und die Tür hinter sich zuzog. Besorgt wandte er sich Engelmann zu. Abgesehen von den roten Abdrücken auf ihrem Hals, die ihn vorwurfsvoll anleuchteten, war sie leichenblass. Er packte sie sanft bei den Schultern und sah ihr in die Augen.

»Alles in Ordnung?«

Sie betastete ihren Hals, verzog das Gesicht, als sie versuchte zu schlucken, nickte aber.

»Ich verstehe gar nicht, was da gerade passiert ist«, sagte sie mit zittriger Stimme.

Kein Wunder, dachte Berlotti. Eine Frau braucht zwanzig Jahre, um aus ihrem Sohn einen Mann zu machen. Und eine andere macht in zwei Minuten einen Dummkopf aus ihm. Oder einen Mörder.

»Ist ihr Ex-Freund so ausgeflippt, weil der Anhänger um Ihren Hals ein Geschenk von Scherff ist?«, erkundigte sich Berlotti.

»Woher wissen Sie …? Woher konnte er das wissen?«

Sekundenbruchteile bevor es geschah, sah er es kommen. Er fing sie auf, als ihre Beine zur Seite sackten. Sie umschlang seinen Hals, richtete sich etwas auf und begann zu wimmern. Er wusste nicht, ob es der Schreck darüber war, dem sicher geglaubten Tod durch die Hände ihres Ex-Freundes noch einmal entkommen zu sein oder die Erkenntnis, dass sie gewissermaßen am Tod eines Menschen eine Teilschuld trug.

Ihre Erschütterung entlud sich in unaufhörlichem Schluchzen, und immer, wenn es schwächer wurde und Berlotti dachte, es sei bald überstanden, brach es nur umso heftiger erneut aus ihr heraus. Er fing Thies' fragenden Blick auf, schüttelte jedoch kaum merklich den Kopf. Wie bei so vielen Begegnungen zuvor, akzeptierte er auch diesmal die Rolle, den Kummer zu teilen, ihn zu absorbieren.

Anstatt seine Arme weiter nutzlos herabhängen zu lassen, legte er sie ihr auf die Schultern, und sie schien es ihm zu danken, indem sie ihn mit tränennassen Wimpern am Hals kitzelte. Während er den Duft ihres nach Frühsommerwiese riechenden Parfüms einatmete, gingen zwei männliche Kollegen an ihnen vorbei, sahen erst Berlotti irritiert an, stießen sich dann gegenseitig die Ellenbogen in die Seite und grinsten, als wären sie gerade Zeugen eines freizügigen Schauspiels geworden. Ihm war bewusst, dass er eine Nähe zuließ, die jedes dienstliche Maß überschritt. Doch im Gegensatz zu den Situationen, in denen er als Todesbote schlimme Nachrichten überbrachte, fand dies nicht im Wohnzimmer der Angehörigen statt, sondern in aller Öffentlichkeit, die zudem sein Arbeitsplatz war. Und so kam er, während sie beieinanderstanden wie Teenager beim Engtanz, nicht umhin festzustellen, dass nicht er es war, der Trost spendete. Vielmehr ging es ihm darum, öffentlich Buße zu tun und um ihre Absolution zu bitten für die gefährliche Situation, in die er sie gebracht hatte.

Aus den Augenwinkeln sah er Thies zunehmend ungeduldig von einem Bein aufs andere treten.

Im nächsten Moment glaubte er, endgültig überzuschnappen, als ein brünetter Haarschopf am Ende des Ganges auftauchte und erst zielstrebig, dann deutlich zögerlicher auf sie zukam. War das … Das konnte doch nicht …

»Katharina?«, entfuhr es Berlotti, und Thies stürmte auf seine Kollegin zu.

Irritiert schaute sie auf die intime Szene, bis sie bemerkte, dass Thies ihr um den Hals fallen wollte. Im letzten Moment wusste sie das mit einem Schritt rückwärts zu verhindern und zeigte auf das überdimensionierte Pflaster, das sich vom Kehlkopf bis zum Nacken zog und diverse Schichten Wundauflagen zu enthalten schien, so dick, wie es war.

»Umarmungen sind vorläufig gestrichen«, hörte Berlotti sie gedämpft entgegnen.

Thies entschuldigte sich gestenreich, nahm sie dann zur Seite und flüsterte ausführlich mit ihr. Berlotti formte wortlos Fragen in ihre Richtung, doch die beiden waren ins Gespräch vertieft und schenkten ihm keine Beachtung.

Aus leidvoller Erfahrung wusste er, dass es sinnlos war, dem Unvermeidlichen aus dem Weg zu gehen. Mit den Händen, die noch auf ihren Schultern lagen, drückte er Friederike Engelmann sanft von sich.

»Es tut mir leid, dass ich Sie in diese Situation gebracht habe. Das war fahrlässig von mir, und Sie sollten eine Dienstaufsichtsbeschwerde gegen mich einreichen.«

Sie sah ihn aus verheulten Augen verständnislos an, als hätte er ihr gerade vorgeschlagen, den vierzehn Jahre alten VW Jetta seiner Eltern für einen fünfstelligen Betrag zu erwerben, weshalb er einen erneuten Anlauf unternahm.

»Was eben passiert ist, war nicht Ihre Schuld. Ihnen hätte Schlimmes geschehen können, und ich übernehme dafür die Verantwortung.«

Doch sie schüttelte nur erschöpft den Kopf.

»Denken Sie noch einmal in Ruhe darüber nach und lassen Sie uns später darüber reden, Frau Engelmann.«

Sie überlegte kurz und versuchte sich an einem Lächeln, das ihr misslang.

»Ich muss mich wieder den Ermittlungen widmen. Darf ich Ihnen ein Taxi rufen oder jemanden informieren, der Sie abholen kommt?«, fragte er entschuldigend. »Oder möchten Sie einen Kollegen von der Notfallseelsorge sprechen?«

»Es geht schon«, entgegnete sie heiser, und es war ihr anzusehen, wie schwer ihr das Sprechen fiel. »Ich nehme die Bahn.«

Katharina schaltete sich ein. »Ein Sanitäter oder Arzt sollte überprüfen, ob keine schwereren Verletzungen vorliegen«, sagte sie mit einem Seitenblick auf Berlotti.

Engelmann nickte und wandte sich zum Gehen. Berlotti begleitete sie zum Fahrstuhl und rief ihr ein »Ich melde mich später!« hinterher, während sich die Tür hinter ihr schloss. Ihm war, als hätte ihm jemand den Stecker gezogen. Jede Energie verließ seinen Körper, und die Müdigkeit, die sich vorübergehend dem Koffein ergeben hatte, schlug mit voller Wucht zurück. Er zwang sich, sich nichts anmerken zu lassen.

»Katharina, was machst du denn hier?«, fragte er. Ohne nachzudenken hatte er sie geduzt. Am liebsten hätte er sie umarmt, aber das wäre unangebracht gewesen, zumal er ihrer Wunde nicht zu nah kommen wollte. Stattdessen zeigte er etwas ungelenk auf ihren Hals. Vorwurfsvoll schüttelte er den Kopf. »Wie ist das überhaupt möglich, dass du schon wieder raus bist, so kurz nach dem Eingriff? Bist du dem Oberarzt vom OP-Tisch gesprungen?«

Katharina musste grinsen. »Ich freue mich auch, dich zu sehen!«

»Im Ernst: Geht's dir gut?«, fragte er und zeigte auf den blauen Gurt, der um die heile Seite ihres Nackens herumführte und sowohl Ellbogen als auch Schulter und Hand fixierte. Ihre Klamotten, die sie im Hafen getragen hatte, waren schlammverkrustet.

Katharina deutete eine wegwerfende Handbewegung an, sah aber ein, dass ihr Chef sich damit nicht zufriedengeben würde. »Total dämlich die Schulter ausgekugelt beim Fallen.«

»Und der Hals?«

»Streifschuss, nix Wichtiges getroffen. Ich habe mich selbst aus dem Krankenhaus entlassen, nachdem der Kratzer desinfiziert, die Wunde genäht und meine Blutreserven wieder aufgefüllt worden sind«, schob sie nach und musste schmunzeln, als sie seinen zweifelnden Blick sah. »Außerdem werde ich dir wohl kaum den ganzen Spaß und Ruhm allein gönnen! Was das betrifft, bin ich nämlich egoistisch. Lohheim hat gestanden? Ich gratuliere, Commissario!«

»Aber welche Rolle spielt Kowalsky dabei?«, sagte Berlotti mehr zu sich selbst, um sich wach zu halten.

»Ich weiß nicht, inwiefern dir dabei hilft, was ich eben auf

Scherffs Laptop gefunden habe –« Thies war ebenfalls wie selbstverständlich zum »Du« übergegangen und wedelte mit einigen Papierausdrucken, die er aus der Hosentasche geholt hatte. »Hat dieses verfluchte Gebäude ein Dach oder einen Balkon?«, unterbrach er Thies, der ihn verdutzt ansah. Berlotti fühlte sich, als ob ganze Ameisenkolonien durch seinen Körper marschierten. »Ich brauche frische Luft. Sonst könnt ihr mich mit Musik von Tony Marshall foltern und werdet mich nicht wach halten.«

✳✳✳

Kurz darauf marschierten sie durch den nur wenige Schritte vom Emporio Tower entfernten botanischen Garten Planten un Blomen. Berlotti, der anfangs noch ein Tempo vorgelegt hatte, als wollte er der Müdigkeit davonlaufen, verlangsamte allmählich seine Schritte. Er gähnte, und je mehr Sauerstoff ins Gehirn gelangte, desto schneller kamen seine Lebensgeister zurück.

Er musterte seine Kollegen, auf deren Gesichtern die vergangenen Stunden ebenfalls ihre Spuren hinterlassen hatten. Katharinas sonst so rosige Gesichtsfarbe hatte einen gräulichen Stich, und selbst ihre Sommersprossen schienen vor Erschöpfung eine Pause eingelegt zu haben. Bei Thies war nicht nur das Gesicht eingefallen. Der Koloss schien geschrumpft, als hätte der Schlafmangel die Flüssigkeit aus den Bandscheiben gesogen. Erstaunt stellte Berlotti fest, wie vertraut ihm die beiden bereits waren und dass ihm in all den Jahren auf dem Revier in Frankfurt kein Kollege ans Herz gewachsen war wie Katharina und Thies in den wenigen Tagen seit seiner Rückkehr nach Hamburg.

Schon merkwürdig, dachte er. Da ist man seit einigen Jahrzehnten in Deutschland, war hier immer »der Italiener«, während man für die italienische Verwandtschaft immer »der Deutsche« war, und jetzt, hier, bei Katharina und Thies, schien es tatsächlich zum ersten Mal völlig egal zu sein, wer oder was er war und woher er kam. Oder, wie in Thies' Fall, wurde er gemocht, gerade *weil* er herkam, wo er herkam.

»… die Undercover-Arbeit für die DNP bestätigt.«

Berlotti fragte sich erschrocken, wie viel von Thies' Vortrag er bereits verpasst hatte. Er klatschte sich mit den flachen Händen ins Gesicht.

»Scherff hat diverse Konzepte für die Populisten erarbeitet, gemeinsam mit Kowalsky, Horn und Frankenfeld. Und da sind Pläne dabei, die sich durchaus mit denen der Nationalsozialisten vergleichen lassen, auch wenn man mit Nazi-Vergleichen vorsichtig sein sollte. Aber diesem Strategiepapier hier zufolge will die DNP Ausländer in Kategorien unterteilen. Franzosen, Briten, Skandinavier und US-Amerikaner bekämen als erwünschte Gäste in unserem Land umfassende Rechte und wären deutschen Staatsbürgern fast gleichgestellt. Südeuropäer immerhin geduldet, sofern sie keine Muslime sind.« Thies schaute von den Papieren in seiner Hand auf und warf Berlotti einen Seitenblick zu. »Osteuropäer würden nur noch ins Land gelassen, wenn sie Aufgaben übernehmen, für die sich deutsche Staatsbürger zu schade sind. Sie erhalten keine Sozialleistungen und sind auszuweisen, sobald sie ihren Arbeitsplatz verlieren.«

Berlotti tippte sich mit dem Zeigefinger an die Stirn. »Haben die sie nicht mehr alle?«

Thies sparte sich eine Antwort und las weiter. »Afrikaner sollen nicht mehr ins Land gelassen werden, es sei denn, sie bestehen einen Deutsch- und Einbürgerungstest und können eine in Aussicht stehende Arbeitsstelle nachweisen. Geflüchtete sind ungeachtet ihres Status auszuweisen, wenn sie in den vergangenen drei Jahren angekommen sind und weder eine Arbeitsstelle noch ausreichende Deutschkenntnisse vorweisen können. Alle Muslime werden – ungeachtet ihrer Herkunft – unter Beobachtung gestellt. Moscheen unterliegen permanenter Überwachung. Mails und Smartphones von Menschen muslimischen Glaubens dürfen grundsätzlich gelesen und abgehört werden. Bei Anzeichen demokratiefeindlicher Tendenzen wird ausgewiesen und ein Einreiseverbot verhängt. Nur wer ein unauffälliges Leben führt und sich rückhaltlos integriert, ist geduldet und darf die Vorzüge von Demokratie und Rechtsstaat genießen.«

»Demokratie und Rechtsstaat? Das ist pervers!«, rief Katharina fassungslos. »Und wann werden die ersten Konzentrationslager errichtet?«

»Der feuchte Traum eines jeden rechten Populisten«, sagte Berlotti, der zwar ebenso fassungslos war wie seine Kollegin, es aber weniger zeigte, weil es in seinem Kopf schon wieder arbeitete. Entweder wusste die Bundeskanzlerin von diesen Plänen, oder sie ahnte zumindest davon. Denn ansonsten würde ihr Anruf keinen Sinn ergeben. Und er verstand ihre eindringliche Botschaft: *Es geht um die Zukunft unseres Landes und die unserer Nachkommen.* Was die DNP plante, war eine Kriegserklärung an mehr als fünf Millionen Muslime, an mehr als zwanzig Millionen Menschen in Deutschland mit ausländischen Wurzeln – ein Viertel der Bevölkerung. Und vermutlich war es wirklich so: Sollte die DNP bei der Hamburger Bürgerschaftswahl gewinnen, wäre die demokratiefeindliche Partei in der Mitte der Gesellschaft angekommen. Sie wäre »wählbar« und würde vielen Menschen in Deutschland, die mit der Angst vor dem und den Fremden kämpften, eine Heimat geben. Ein heftiger Schauer jagte Berlotti über den Rücken.

»Dass wir jetzt von deren Strategie wissen, heißt nicht, dass es nicht trotzdem dazu kommt«, meinte Katharina und fügte hinzu: »Wir müssen den Wahnsinn stoppen!«

»Die politischen Dimensionen aufzuarbeiten ist nicht unsere Aufgabe«, erwiderte Berlotti, auch wenn er Katharinas Ansicht teilte. Deutschland war in seinen Augen eines der glücklichsten Länder der Erde und schaffte es seit Jahren, diese Tatsache beharrlich zu ignorieren. Nie war es den Menschen hier besser gegangen. Und nie hatten sie sich mehr beschwert. »Unsere Aufgabe ist die Strafverfolgung. Jetzt, wo wir ein Geständnis für den Mord an Scherff haben, müssen wir wissen, wie Horn und die beiden anderen Journalisten da mit drinstecken.«

Sie gingen auf schmaler werdenden Wegen vorbei an blühenden Staudenbeeten und Liegestühlen aus Holz. Berlotti, der nur zu gern darauf seinen Rausch ausgeschlafen hätte – denn genau so fühlte sich sein Zustand an –, riss sich von der verlockenden

Idylle los. Sie folgten dem Wasserlauf bis zu einer Kaskade, die sich plätschernd in einen kleinen See ergoss. In dessen Mitte entdeckte er ein reetgedecktes japanisches Teehaus. Während sie ihren Blick schweifen ließen, sagte niemand ein Wort. Alle drei hatten sich für einen kurzen Moment in den Standby-Modus versetzt, bis Thies sich räusperte.

»Bist du noch aufnahmefähig, Commissario? Denn da ist noch etwas …«

»Fit wie ein junges Reh – mit Schusswunde.« Berlotti unterdrückte ein Gähnen.

Thies berichtete, dass er die Log-Dateien und andere Protokollierungen von Scherffs Laptop ausgewertet und mit forensisch zertifizierter Software analysiert hatte. Dabei hatte er entdeckt, dass sich bereits vor ihm jemand Zugang zu dem Gerät verschafft hatte. »Offenbar bin ich nicht der Einzige, der sich mit Remote Administration Tools auskennt.«

»Jemand hat also Scherff gehackt und seine Festplatte durchsucht.« Katharina war in Gedanken versunken.

»Und wie wir jetzt wissen, gab es da ordentlich Kompromittierendes zu entdecken«, ergänzte Berlotti.

»Um ihn zu erpressen?« Katharina hatte ihre Stirn in Falten gelegt. »War bei ihm denn so viel zu holen?«

»Ich habe da so eine Idee …«, begann Berlotti, wohl wissend, dass nichts gefährlicher war als eine Idee, wenn man nur eine einzige hatte. Aber er würde auch weiterhin den Mut aufbringen und sich seines eigenen Verstandes bedienen. Schließlich konnte eine Idee, wenn sie gut war, nicht nur ein einzelnes, sondern mehrere Probleme gleichzeitig lösen.

***

Kaum waren sie aus dem Fahrstuhl getreten, kam Hanisch auf sie zugestürmt. Die Gesichtsfarbe des Anwalts war zu einem derart kräftigen Rotton gewechselt, dass er in Kombination mit den weißen Haaren beim nächsten Karneval als Tomate-Mozzarella hätte mitlaufen können.

»Sie halten meinen Mandanten unbegründet hier fest, ohne dass Anklage erhoben wurde. Das ist illegal. Ich mach Sie fertig!«

Seine ohnehin schon gepresst-hohe Stimme hatte Dimensionen erreicht, die jedem Chorknaben Ehre gemacht hätten.

Berlotti ließ sich nicht beirren, drängelte sich an dem Mann vorbei und nahm Kurs auf den Raum, in dem Lohheim saß. Währenddessen ratterte er den Gesetzestext herunter, von dem er selbstverständlich wusste, dass Hanisch ihn kannte: »›Wenn die Ermittlungsbehörde triftige Gründe hat, eine Person der Tat zu verdächtigen, kann sie bis zu achtundvierzig Stunden als Verdächtiger festgehalten werden.‹ Tatbestand erfüllt. ›Wird er festgenommen, muss er sofort von einer Ermittlungsbehörde vernommen werden.‹ Auch hier: Tatbestand erfüllt. Innerhalb von achtundvierzig Stunden ab der Festnahme muss Ihr Mandant einem Richter vorgeführt werden. Vorher habe ich eine Ermittlung zu leiten. Aber ich kümmere mich um Sie, sobald die Zeit es mir erlaubt.«

Den letzten Satz sagte er im Ton einer Mutter, die einem bockigen Kind einen Besuch im Freizeitpark verspricht, wenn es artig ist. Hanisch, der neben Berlotti herstolperte, setzte zu einer Ich-zeige-Sie-an-Tirade an.

»Wenn Sie mich meine Arbeit jetzt nicht machen lassen, haben Sie morgen auch eine Strafanzeige auf dem Tisch«, konterte Berlotti und ließ den Anwalt einfach stehen.

Mit Katharina betrat er den kleinen Vernehmungsraum. Lohheim stand am Fenster, die Stirn an die Scheibe gelegt. Berlotti stellte sich wortlos neben ihn.

Es dauerte, bis Lohheim sich ihnen mit roten, verheulten Augen zuwandte. Auf seiner Stirn schickte sich eine Schwellung an, der Beule auf der Hinterseite seines Schädels den Rang abzulaufen. Lohheim war nicht nur anzusehen, dass er innerhalb weniger Stunden zweimal k.o. gegangen war. Er sah zudem aus wie ein Mann, der alles verloren hatte. In seinem Blick hatte sich pechschwarze Hoffnungslosigkeit eingenistet.

Berlottis Handy vibrierte. Er warf einen Blick darauf. Die Erkenntnis traf ihn unvermittelt hart, dass er die Polizeipräsidentin über die Ereignisse der vergangenen Stunden nicht unterrichtet hatte. Auch wenn er ohnehin undercover ermittelt hatte, hoffte er, dass irgendjemand Elvira Beil auf den aktuellen Ermittlungsstand gebracht hatte, und machte etwas, das er noch nie getan hatte: Er drückte den Anruf einer Vorgesetzten weg. Er musste mit Lohheim reden, die letzten Teile des Puzzles zusammenfügen und dann drei Tage am Stück durchschlafen.

In diesem Moment vibrierte Katharinas Handy. Er fing ihren Blick auf, als sie aufs Display schaute, und deutete ein Kopfschütteln an. Sie verstand und steckte das Gerät wieder in die Hosentasche.

»Lassen Sie uns zwei, drei Dinge klarkriegen«, begann Berlotti. »Bevor Sie Montagmorgen zu Wolfgang Scherff gegangen sind, haben Sie seinen Laptop hacken lassen und die Festplatte nach kompromittierendem Material durchsucht. Mit Ihren Funden, seiner heimlichen Tätigkeit für die DNP und der Fake-News-Arbeit der Journalisten-Combo, haben Sie Scherff konfrontiert, aber der hat nicht reagiert wie erwartet. Sie wollten eine Gegenleistung für Ihr Schweigen. Aufträge oder zumindest eine Empfehlung. Aber er hat Sie verhöhnt. Ausgerechnet Ihr Mentor, der Sie noch vor Kurzem so protegiert hat und wie ein Vater für Sie war. Der Sie von der Schule geworfen hat, wegen eines kleinen Fehlers in Ihrer Reportage, obwohl er der weitaus unmoralischere Journalist war. Wahrscheinlich haben Sie auch das Strategiepapier entdeckt, das Menschen in gute und böse Rassen unterteilt. Ein lügender, betrügender Journalist, der undercover für eine rechte Partei arbeitet und ganz nebenbei einen Umsturz des Rechtsstaates plant, wirft Sie, einen gewissenhaften Studenten, von der Akademie. Ausgerechnet er, der auf die journalistisch-ethischen Grundregeln des Pressekodex scheißt.«

Berlotti war im Laufe seines Vortrags immer lauter geworden. Er ließ seine Worte sacken, dann fuhr er leiser, aber nicht minder eindringlich fort. »Mit einigen schlechten Scherzen auf Ihre Kosten war es noch nicht getan. Er wollte Sie zerstören, als Strafe dafür, dass Sie es gewagt hatten, ihm zu drohen. Deshalb hat er Ihnen von seiner Liaison mit Friederike erzählt. Vielleicht hat er Ihnen gesagt, wie teuer die Perlenkette mit dem Anhänger war, die er ihr gekauft hat, damit Sie sich noch mieser fühlen. Da sind Ihnen die Sicherungen durchgebrannt. Ob Sie ausgerechnet mit der Trophäe zugeschlagen haben, um ein Zeichen zu setzen, oder der Pokal nur der erstbeste griffbereite Gegenstand war, ist dabei unerheblich.«

Berlotti legte eine kurze Pause ein. Lohheim stand am Fenster, den Blick ausdruckslos auf den Boden vor sich geheftet.

»Wollen Sie etwas trinken?«

Ohne den Blick zu heben, verneinte Lohheim.

»Dann kommen wir zu Horn. Wir wissen, dass Sie ihn vergiftet haben. Wir wissen, wie Sie sich Zugang zur Wohnung verschafft und dann das Kaffeepulver präpariert haben. Was ich nicht verstehe ...« Als Berlotti nicht weiterredete, reagierte Lohheim wie erhofft. Er hob den Blick und sah Berlotti mit einer Mischung aus Resignation und Neugier an. »... ist: Warum? Warum Horn? Warum musste er sterben?«

Lohheim ließ sich Zeit mit einer Antwort. »Was ich nicht verstehe ...«, griff er schließlich Berlottis Formulierung und Tonfall auf, »... ist: Warum? Warum sollte ich Ihnen helfen und Ihren Job für Sie erledigen, wenn ich sowieso in den Knast muss?«

Berlotti entgegnete ruhig: »Wissen Sie, was den Unterschied ausmachen kann zwischen, sagen wir, fünfzehn Jahren Gefängnis und lebenslänglich?«

Lohheim schien äußerlich unbeeindruckt, hatte angesichts der düsteren Perspektive aber schwer schlucken müssen.

»Wenn wir verstehen, ob Sie aus Notwehr gehandelt haben, im Affekt oder von langer Hand geplant, kann das Ihre Zeit in der Justizvollzugsanstalt Fuhlsbüttel entscheidend beeinflussen. Oder in der deutlich netteren JVA Hahnöfersand im Alten Land, wenn Sie ganz viel Glück haben und jemand ein gutes Wort für Sie einlegt.«

Wieder schwieg Lohheim lange, und Berlotti spürte ein

hartnäckiges Kribbeln in den Eingeweiden. Der Schlafmangel forderte immer vehementer seinen Tribut, und er konnte beim besten Willen nicht sagen, wie lange er noch durchhielt.

»Ich hätte jetzt doch gern etwas zu trinken«, ließ Lohheim schließlich verlauten.

Katharina verschwand, kam kurz darauf zurück und stellte ein Glas Wasser auf den Tisch. Dann nahm sie ihm die Handschellen ab. In einem Zug trank er das Glas aus. »Ich will, dass Sie sich vor Gericht für mich starkmachen, sonst sage ich kein Wort«, sagte er dann.

»Wir sind hier nicht auf dem Basar!«, konterte Berlotti, worauf Lohheim die Arme vor der Brust verschränkte.

Katharina legte ihre Hand auf Berlottis Unterarm und drückte ihn leicht. Berlotti verstand: *Lass mich mal.*

Sie fischte eine Fernbedienung aus der Tasche ihrer Jeans, richtete sie auf die Videokamera an der Zimmereckendecke, drückte die Pausentaste und wandte sich an Lohheim.

»Richter sehen es gar nicht gern, wenn auf Polizeibeamte geschossen wird. Je nachdem, wie emotional meine Aussage ausfällt, kann das einen Unterschied von einigen Jahren ausmachen. Wussten Sie, dass ich auf Kommando heulen kann?«

Lohheim schaute sie ungläubig an. »Das ist Erpressung«, brachte er einen schwachen Protest zustande.

»Nein, nur Diplomatie«, erwiderte Katharina und sah ihn herausfordernd an. »Also?«

Lohheim schaute den beiden Ermittlern abwechselnd in die Augen. Sein Blick hatte sich verändert. Die Resignation darin war nicht verschwunden, aber einer neuen Entschlossenheit gewichen. Katharina und Berlotti waren sich später einig, dass sie in diesem Augenblick etwas von dem hätten ahnen können, was später passieren würde, den Gesichtsausdruck aber komplett falsch aufgefasst hatten.

Stockend begann Lohheim zu erzählen, nachdem Katharina die Kamera wieder eingeschaltet hatte.

»Mein Kumpel Sergej hat sich auf Scherffs Laptop gehackt. Er sollte was finden, mit dem ich das Arschgesicht erpressen konnte.

Ich wollte doch nur mein Leben zurück. Sie wissen ja nicht, wie das ist. Erst war ich der Held, Jahrgangsbester. Dann plötzlich der Depp. Keine Aufträge, geschweige denn 'ne Festanstellung.« Allmählich kam Lohheim in Fahrt, erzählte immer hastiger, als wäre er froh, es sich endlich von der Seele reden zu können. »Als ich dann feststellen musste, dass Scherff wegen 'ner verschissenen Porzellanfigurensammlung meine Karriere gekillt hat, aber er selbst die Grundpfeiler des Journalismus so krass im Klo runterspült, bin ich zu ihm.«

»Warum so früh?«, wollte Katharina wissen.

»Ich war gerade bei Sergej, der die Nacht durchgearbeitet hat. Sobald er mir Scherffs Mails an die DNP gezeigt hat, bin ich sofort los. Ich war stinksauer!«

»Und er hat Sie reingelassen?«

»Erst wollte er nicht, aber ich hab gedroht, vor dem Haus rumzubrüllen und bei allen Nachbarn zu klingeln, da musste er aufmachen.« Für einen kurzen Moment zeigte sich eine wütende Genugtuung auf seinem Gesicht, als er daran zurückdachte. Berlotti konnte für Lohheims Empörung in diesem Moment sogar Verständnis aufbringen.

»Nach dem, was ich bisher über Scherff erfahren habe, vermute ich, er war nicht sehr begeistert, von einem Schüler erpresst zu werden?«

»Der hat mich ausgelacht!«

»Und da haben Sie zugeschlagen?«, schlug Katharina vor, doch Lohheim schüttelte den Kopf.

»Hat mich 'ne armselige Wurst genannt, weil ich angeblich nix im Leben richtig auf die Reihe kriege. Und dann hat er mir plötzlich erzählt, wie er es Friederike besorgt hat.«

»Sie erpressen ihn, und er provoziert Sie auch noch?« Katharina legte ungläubig die Stirn in Falten.

»Voll eklig ins Detail gegangen ist der. Ich konnte gar nicht anders, als mir vorzustellen, was der alte Sack mit Friederike anstellt.« Lohheims Redefluss verebbte, und er sah starr vor sich auf die Tischplatte. Vermutlich durchlebte er die traumatische Szene erneut.

»Und dann?«, erkundigte sich Katharina behutsam. Doch Lohheim war noch immer in seinen Erinnerungen gefangen und tauchte erst wieder daraus hervor, als sie ihre Frage wiederholte.

»Ich glaub, dann hab ich mit dem Erstbesten zugeschlagen, das ich gefunden habe. Aber ich kann mich nicht daran erinnern, so wütend war ich.«

Berlotti war überzeugt, dass Lohheim die Wahrheit sagte. Immer wieder hatte er erlebt, dass Menschen buchstäblich blind vor Zorn zuschlugen und sich an diesen konkreten Moment später nur verschwommen erinnern konnten. Scherff hatte seinen ehemaligen Zögling leichtsinnigerweise mit farbenfrohen Schilderungen seines Liebesspiels provoziert und Lohheim daraufhin alle Demütigung und allen Hass in einem einzigen Schlag vereint, der Scherff für immer verstummen ließ.

»Dann haben Sie sein Handy und seinen Laptop eingepackt und sind abgehauen?«, erkundigte er sich.

Lohheim nickte zögerlich. »Sergej meinte, falls was falschläuft, soll ich die Hardware mitnehmen. Dann kann niemand unseren Hack zurückverfolgen. Trotzdem hat sich ziemlich bald jemand bei mir gemeldet und 'nen Deal vorgeschlagen.«

»Einen Deal? Wer war das?« Katharina hielt es kaum noch auf ihrem Stuhl. Berlotti ahnte dagegen schon, wie Lohheims Erzählung weiterging.

»Namen hat er nicht gesagt. Nur, dass sie mich nicht bei der Polizei anschwärzen, wenn ich ihnen Scherffs Laptop gebe.«

»*Sie?* Mehrere?« Wieder fuhr Katharina aufgeregt dazwischen.

Berlotti legte seine Hand sanft auf ihre Schulter. Der Unbekannte, ahnte er, konnte nur Kowalsky sein, dem Scherff während Lohheims Besuch noch eine Nachricht geschickt hatte. Obwohl Lohheim auf den Deal einging, waren die Männer in seine Wohnung eingebrochen. Da nichts gestohlen wurde, konnte es nur darum gegangen sein, das Beweismaterial wieder an sich zu nehmen und ihn zum Schweigen zu bringen.

»Ich kann von Glück sagen, dass ich an dem Abend bei Sergej übernachtet und Scherffs Laptop mitgenommen habe. Sonst ...«

Lohheim beendete den Satz nicht, aber der Blick, den er den beiden Ermittlern zuwarf, sprach Bände. »Ab dem Zeitpunkt wusste ich, dass ich nie wieder sicher sein würde. Ich hätte die Karrieren von einflussreichen Männern zerstören können, wenn ich deren Pläne öffentlich gemacht hätte. Ich bin überzeugt, dass die mich beschattet haben. Und dass sie nur auf den richtigen Moment gewartet haben, mich zum Schweigen zu bringen. Immer wieder sind mir Typen gefolgt, manchmal auch Autos. Also hatte ich drei Optionen: Entweder ich stelle mich und gehe 'ne lange Zeit wegen Scherff ins Gefängnis. Oder ich werde von den Mitwissern gekillt, egal ob ich ihnen den Laptop gebe oder nicht. Oder aber ich kille die Penner, bevor sie mich erwischen.«

Ohne Zweifel hatte sich Lohheim für letztere Option entschieden. Er war abgetaucht und hatte zunächst Horn aus dem Weg geräumt. Ob Lohheim tatsächlich verfolgt wurde oder bloß paranoid geworden war, fiel jetzt nicht mehr ins Gewicht.

»Kowalsky und Frankenfeld wären die Nächsten auf Ihrer Liste gewesen.« Berlotti ließ es wie eine Feststellung klingen.

»Auch wenn Sie das anders sehen werden – es war Notwehr«, sagte Lohheim, keinesfalls flehend, sondern wie eine unumstößliche Tatsache.

Berlotti zweifelte nicht daran, dass der Richter die Bedrohung, mit der sich Lohheim konfrontiert sah, berücksichtigen würde, was nichts an der Tatsache änderte, dass der Mann zwei Morde begangen hatte.

»Notwehr hin oder her, Herr Lohheim.« Berlottis Stimme hatte an Schärfe zugenommen, während er auf Katharina zeigte. »Aber Sie haben auf meine Kollegin geschossen. Allein dafür müsste ich Ihnen schon Ihren selbstgerechten Hals umdrehen.«

Lohheim öffnete den Mund, um etwas zu erwidern. Doch Berlotti war noch nicht fertig. »Wenn Sie mir jetzt erzählen wollen, dass das auch Notwehr war, vergesse ich mich – obwohl ich vor Müdigkeit kaum noch die Augen aufhalten kann. Allein für den Mordversuch an einer Polizistin könnten Sie schon so lange ins Gefängnis wandern, bis Sie einen Rollator brauchen, um den Knast wieder zu verlassen.«

Lohheim blickte halb zerknirscht, halb betroffen zu Boden. Katharina warf Berlotti einen Blick zu und deutete ein Kopfschütteln an, weshalb er beschloss, sich den Rest seiner Gardinenpredigt zu sparen. Der Mann war dumm genug gewesen, auf Katharina zu schießen. Aber er war klug genug, die Konsequenzen dafür zu kennen. Deshalb schlug Berlotti einen nachsichtigeren Ton an.

»Mein Kollege hat Ihren Kumpel Sergej online gestalkt. Ganz interessanter Junge! Solche Leute könnten wir bei der Polizei gut gebrauchen«, sagte er, während er seinen Stuhl zurückschob und aufstand. »Falls es ihm irgendwann zu langweilig wird, sich auf die Laptops von Journalisten zu hacken, um Material zur Erpressung zu besorgen, kann er sich gern bei uns melden.«

Lohheim schnaubte verächtlich. »Das können Sie vergessen. Sergej steht auf der richtigen Seite der Geschichte.«

Diese Äußerung kommentierte Katharina wiederum mit einem Schnauben.

»Viele meiner Kollegen würden wohl nicht mit Ihnen übereinstimmen«, fuhr Berlotti unbeeindruckt fort. »Zumal das Anonyme Komitee, dem er angehört, mindestens ebenso sagenumwoben ist und kritisch beäugt wird wie der Schwarze Block. Aber wenn meine Informationen richtig sind, war Sergej an vielen guten Aktionen beteiligt. An Angriffen gegen Ku-Klux-Klan-Zellen in Deutschland ebenso wie an der Löschung von mehr als eintausend Internetseiten mit kinderpornografischem Inhalt. Eine Art moderner Robin Hood.«

Lohheim verschränkte die Arme und presste die Lippen aufeinander, sah Berlotti aber abwartend an. Offenbar war er daran interessiert zu erfahren, warum ihm der Hauptkommissar Dinge erzählte, die er längst wusste. Und Berlotti tat ihm den Gefallen. Er setzte sich wieder, zog den Stuhl an den Tisch, um so die Distanz zu Lohheim zu verringern. Er senkte die Stimme, sodass sie einen beinahe verschwörerischen Ton bekam.

»Und da habe ich mich gefragt: Was, wenn nicht nur Sergej ein bekennender Linker mit radikalen Tendenzen ist? Was, wenn das auch auf Sie zutrifft? Was macht das mit so einem, wenn er plötzlich feststellt, dass derjenige, der einen von der Schule wirft und einem die Karriere versaut, auch noch heimlich eine populistische Partei mit eindeutig rechtsradikalen Tendenzen unterstützt? Vielleicht war das Fass schon übergelaufen, bevor er zu den unappetitlichen Details mit Friederike gekommen ist? Was, wenn Sie als bekennender Linker Scherffs Machenschaften mit der DNP so widerwärtig fanden, dass sie nicht anders konnten, als denen ein Bein zu stellen?«

Berlotti machte eine Pause. Katharina, die von Thies' Erkenntnissen nichts gewusst hatte, war schweigend neben Berlotti getreten. Ihr Blick lag nun weicher auf Lohheim, zumindest war das Berlottis Eindruck, der aber auch täuschen konnte. Lohheim schwieg weiter, allerdings schimmerten seine Augen verdächtig.

»Dann wäre Ihre Tat«, fuhr er fort, »nicht mehr nur der Racheakt eines Mannes, dem die Freundin Hörner aufgesetzt hat, wie man in Italien so bildhaft sagt. Scherffs Tod hätte dann eine politische Dimension.«

Lohheim schien weder widersprechen noch etwas hinzufügen zu wollen. Er knetete seine Hände mit einer Intensität, als müssten sie noch dringend einen Pizzateig fertig bearbeiten. Tränen füllten seine Augen, ohne ihm übers Gesicht zu laufen. Ob aus Wut auf seinen Mentor Scherff, über die Ungerechtigkeit der Welt, aus Scham oder Reue vermochte Berlotti nicht zu sagen.

Sie traten auf den Flur, ebenso erschöpft wie erleichtert. Katharina fuhr mit dem Aufzug in die Kantine, um Lohheim ein Sandwich zu holen. Dabei versprach sie Berlotti, sich und ihm Frühstück mitzubringen – oder wie man die erste Mahlzeit des Tages nachmittags um fünf auch immer bezeichnen konnte, wie sie betonte. »'ne Schusswunde und so 'ne Narkose können einem schon mal vorübergehend den Appetit verhageln«, hatte sie noch gesagt und dabei versucht, das laute Knurren ihres Magens zu übertönen.

Gerade als er Elvira Beil zurückrufen wollte, bog Thies um die Ecke und kam entschlossen auf ihn zugeschnauft.

»Ich hab erst gedacht, die Schlaflosigkeit spielt mir einen Streich und ich halluziniere ...«, begann er. Anstatt weiterzureden, drückte er Berlotti einen Stapel Blätter in die Hand. Auf dem obersten Zettel standen unter einem Datum und einer Uhrzeit nur zwei Wörter.

Berlotti sah seinen Kollegen erstaunt an. »Woher hast du das?«

Thies schaffte es vor Erschöpfung nicht einmal, ordentlich mit den Schultern zu zucken. »Ich kenne jemanden beim Bundesnachrichtendienst, der jemanden kennt, der jemanden kennt ...«, entgegnete er, brachte aber immerhin ein schelmisches Grinsen zustande.

Berlotti konnte kaum glauben, dass er tatsächlich den Inhalt jener SMS in den Händen hielt, die Scherff unmittelbar vor seiner Ermordung an Kowalsky abgesetzt hatte: *aufgeflgn loheim*.

»Scheint es eilig gehabt zu haben, sonst würde ein Journalist wohl kaum bei zwei Wörtern drei Rechtschreibfehler reinhauen«, mutmaßte Berlotti. Er bedankte sich bei Thies und schickte ihn nach Hause, aber der winkte nur müde ab, was Berlotti einleuchtete: Sie waren so kurz davor, den Fall abzuschließen, dass keiner der Beteiligten etwas verpassen wollte.

Verpasst hätte Berlotti dagegen gern Jensens wütende Visage, die in diesem Moment auf ihn zustürmte und erst im letzten Augenblick kurz vor Berlottis bremste, bevor ihre Köpfe wie die zweier Stiere gegeneinandergeprallt wären. Jensens Augenbrauen erschienen fast wie ein einziger Balken, so heftig hatte er sie zusammengezogen. Mit nach vorn geschobenem Unterkiefer stand er vor Berlotti, und in seinem stechenden Blick konnte Berlotti unschwer den Wunsch erkennen, dem Italiener ordentlich die Fresse zu polieren. Berlotti vermisste nur noch den Dampf, der seitlich aus beiden Ohren strömte, wie bei einem Vulkan kurz vor dem Ausbruch. Vom scheuen Reh zum HB-Männchen in Rekordzeit, dachte Berlotti. So konnte man sich in Kollegen täuschen.

»Macht man das so, da wo Sie herkommen?«, brachte Jensen zwischen aufeinandergepressten Zähnen hervor.

Während Berlotti nicht zum ersten Mal überlegte, wovon sein Gegenüber ausging, dass er herkam, sprach der auch schon weiter.

»Sie haben sich in meine Ermittlungen eingemischt. Dafür kriege ich Sie dran!« Ihre Nasenspitzen berührten sich beinahe.

»Von dem Ärger, der Sie erwartet, weil eine Kommissarin bei einem nicht genehmigten Einsatz angeschossen wurde, ganz zu schweigen!«

Das Grinsen, das folgte, ließ keine Zweifel daran, dass Katharinas Streifschuss gleich eine doppelte Genugtuung für ihn darstellte.

Ohne äußerliche Regung entgegnete Berlotti so leise, dass es kaum zu verstehen war: »Immerhin habe ich ein Geständnis unseres Täters, während Sie noch Unschuldige schikanieren.«

Berlotti konnte regelrecht dabei zusehen, wie Jensen die Gesichtszüge entglitten. Die Kinnlade klappte ihm nach unten, und in seine Pupillen traten Fragezeichen.

»Die Tage einfach mal 'ne Tageszeitung kaufen«, ergänzte Berlotti. »Da erfahren Sie dann die Details. Kleiner Tipp: Beim Topfschlagen wäre es da, wo Sie ermitteln, verdammt kalt.«

Jensen, offenbar unschlüssig, ob er Berlotti bedrohen, beschimpfen oder ihn bedrängen sollte, mit einer Erklärung herauszurücken, entschied sich schließlich, wortlos abzudrehen. Ihm musste ziemlich schnell klar geworden sein, dass er von Berlotti nichts erfahren würde, und er wollte sich wohl zunächst auf den aktuellen Stand bringen, bevor er eine neue Strategie erarbeiten konnte, um Berlotti loszuwerden.

Kaum war Jensen um die nächste Ecke verschwunden, rief Berlotti Elvira Beil zurück.

»Ach«, war alles, was sie sagte, als sie abnahm.

Berlotti konnte ihr nicht verdenken, dass sie so schmallippig reagierte. Sie war es wohl nicht gewohnt, weggedrückt zu werden. Er musste seine letzten Energiereserven anzapfen, um die Konzentration aufzubringen, seiner Vorgesetzten die Ereignisse so knapp wie möglich und so detailliert wie nötig zu schildern. Vor seinem geistigen Auge setzte sich ein Kaleidoskop in Gang, das mit jeder Information den Zylinder ein Stück weiter drehte und so die bunten Glasstückchen schrittweise zu einem Muster zusammenfügte. Als er zu Lohheims Geständnis gelangte und seinen Bericht mit Scherffs SMS beendete, die Kowalskys Mitwisserschaft bewies, war das Muster komplett, und er musste den Kopf schütteln, um die Glasmuster-Halluzination wieder loszuwerden.

»Wie kommen Sie dazu, sich meiner Anweisung zu widersetzen und auf eigene Faust zu ermitteln?«, war das Erste, was Elvira Beil sagte. Allerdings erschien ihm die Empörung unaufrichtig, so als würde sie ihre Entrüstung nur der Form halber zu Protokoll geben wollen.

Berlotti verzichtete, sie darauf hinzuweisen. Ohnehin würde sie alles abstreiten, sowohl ihr eigenes Zutun als auch, dass sie etwas von dem Anruf der Bundeskanzlerin wusste. Also entgegnete er nur lapidar: »Ich dachte, Sie hätten mich gerade wegen meiner Renitenz eingestellt.«

»Darauf werden wir noch zu sprechen kommen«, erwiderte Elvira Beil halbherzig. »Ich gebe den Kollegen von der Öffentlichkeitsarbeit gleich den Auftrag, die Pressekonferenz zu organisieren.«

Sie hielt sich nicht damit auf, ihm zu gratulieren. Doch er hörte Erleichterung in ihrer Stimme. Offenbar waren die Rückschläge während der Ermittlungen, die öffentliche Diskussion um einen »mafiösen Hauptkommissar« und der Druck durch den Innensenator an ihr nicht spurlos vorübergegangen. Deshalb wollte sie die Kritiker schnellstmöglich mundtot machen und die Konferenz noch am selben Abend stattfinden lassen.

»Heute noch?«, entfuhr es Berlotti, und er konnte ein Stöhnen nicht unterdrücken. Ein Meer aus Mikrofonen, Fernsehkameras und überdrehten Reportern drängte sich erschütternd plastisch in seine Vorstellung. Die Herausforderung, sich dem medialen Tauziehen stellen zu müssen, erschien ihm in seinem Zustand als absolut unmöglich zu bewältigen.

Ein ohrenbetäubendes Krachen aus dem Zimmer, in dem Lohheim saß, ließ ihn zusammenzucken und bereitete seinen Grübeleien ein jähes Ende.

»Was war das?«, erkundigte sich Elvira Beil alarmiert.

Berlotti ließ das Smartphone fallen. Mit zwei Schritten war er an der Tür, drückte die Klinke. Ein heftiger Windstoß riss ihm den Griff aus der Hand. Die Tür flog krachend an die Wand. Lohheim stand am Fenster. Die Scheibe war zerborsten. Einer der beiden Stühle fehlte. Der Wind blies heftig durch die Öffnung im sechzehnten Stock.

Lohheim trat an die Kante.

»Frederik!«

Berlotti fuhr der Schrecken heiß durch die Rückenwirbel.

»Wir können über alles ...«

Lohheim kippte vornüber.

Innerhalb weniger, endloser Augenblicke stürmte Berlotti mit einem lang gezogenen Schrei durch den Raum. Er griff nach Lohheims Hoodie. Seine Hand streifte die Kapuze, konnte sie aber nicht fassen. Sein Unterarm blieb an der zertrümmerten Scheibe hängen. Blut schoss aus dem Schnitt.

Berlottis Blick folgte Lohheims Körper sechzig Meter in die Tiefe. Er schrie noch immer. Und hörte auch dann nicht auf, als er ihn unten aufschlagen sah. Unauslöschbar brannte sich dieses Bild in seiner Netzhaut ein. Er kannte sich gut genug, um zu wissen, dass es ihn in seinen Träumen in Endlosschleife heimsuchen würde.

Montag

Ich brauche keine Therapie,
ich muss nur nach Italien.

»Unverändert, Babbo. Mama ist noch nicht wieder aufgewacht. Aber die Ärzte sagen, ihr Zustand sei stabil.« Berlotti stand mit einem Becher Filterkaffee in der einen und seinem Smartphone in der anderen Hand vor der Tür zur Intensivstation.

»Wie ich deine Mutta kenne, verandelte sie gerade mit Schutzengel, zu welche Preis sie zurücke darf«, entgegnete Alfio heiter.

Sein Vater klang wie ausgewechselt.

Keine zweiundsiebzig Stunden waren vergangen seit dem Brandanschlag. Berlotti hatte seitdem die Tage im Krankenhaus verbracht, umgeben von piependen Überwachungsmonitoren, und in den Nächten eine kaum nennenswerte Menge Schlaf gefunden.

»Peta bringte mich nacker ins Krankeaus zu deine Mutta. Vorher kocke ich ihme nock eine Pasta puttanesca.«

»Auf keinen Fall spielt Thies auch noch deinen Chauffeur! Ich hole dich ab«, intervenierte Berlotti.

Einen Moment war es still in der Leitung. »Na gut.« Alfio klang enttäuscht.

Na gut? Na toll!

»Aba sagste du vorher Bescheide, bevor du kommste, ja? Vielleickte besuckema wieda Dino in seine Gelateria«, fügte Alfio eifrig hinzu.

Berlotti rollte mit den Augen. »Ja, selbstverständlich melde ich mich an, bevor ich meinen Vater bei meinem Kollegen abhole.«

»Supa!«

War klar, dass Alfio den Sarkasmus nicht erkannte. Hatte er noch nie.

Als Berlotti gestern Abend angerufen hatte, war Alfio noch kürzer angebunden gewesen, weil er und Thies gerade gemeinsam mit dessen italienischer Langzeitfreundin in Bologna skypten. Sein Vater skypte. Er konnte nicht einmal ein Smartphone bedienen. Alfio hatte das Telefon immer mal wieder an Thies weitergereicht, damit er selbst zwischendurch mit der offenbar sehr sympathischen Freundin scherzen konnte. Berlotti hätte nicht gewusst, wann er seinen Vater zuletzt so gelöst, fast befreit erlebt hatte. Ob Carmela womöglich doch eine zu große Bürde war? Andererseits: War sie das nicht schon immer gewesen, von den Ereignissen der vergangenen Tage einmal abgesehen?

Die Zeit bei Thies schien Alfio gutzutun, wie ein Urlaub vom Alltag. Niemand, der einen unaufhörlich mit Aufgaben versorgte oder Anweisungen zurief, wenn man sich nach einem arbeitsreichen Tag kurz im Liegestuhl im Garten niederließ, um zu verschnaufen. Für Carmela war jede Pause gleichbedeutend mit Faulheit. Alfio hätte nur zu gern gelegentlich die Früchte seiner harten Arbeit in Form eines Urlaubs, eines Cappuccinos in einem netten Café oder auch nur eines kurzen Mittagsschläfchens in der Junisonne genossen. Ein Leben voller Pustekuchen.

Berlotti ging zurück ins Krankenzimmer und tauchte erneut ein in das monotone Blinken und Piepen der Maschinen, die Blutdruck und Herzrhythmus, Körpertemperatur und Sauerstoffgehalt maßen und Schmerzmittel über elektronisch gesteuerte Spritzpumpen verabreichten.

Während er die grünen und violetten Ausschlagskurven auf dem Überwachungsmonitor beobachtete, die eine hypnotische Wirkung auf ihn hatten, machte sich die Wunde an seinem Unterarm mit einem heftigen Stich bemerkbar. Vollgepumpt mit Adrenalin, hatte er den Schnitt anfangs gar nicht wahrgenommen. Erst als Katharina aus der Kantine gekommen war und ihn vom zersplitterten Fenster zurück ins Zimmer gezogen hatte, wo sich der Teppich vom vielen Blut sofort dunkel färbte, hatte ihn der Schmerz mit der Wucht einer Abrissbirne getroffen.

Er warf eine Schmerztablette ein, die zwar das Pochen in seinem mit neun Stichen genähten Arm zu betäuben vermochte, nicht aber die Bilder in seinem Kopf. Seine Gedanken wanderten zurück zur Pressekonferenz am Samstagabend. Anstatt Details über seinen ersten Fahndungserfolg preiszugeben, hatte er vor allem Fragen zu Lohheims Fenstersturz beantworten müssen.

Einige Stunden später waren Berichte im Internet erschienen, die darüber spekulierten, dass Berlotti sich des Verdächtigen entledigt hatte – »auf Mafia-Art«, wie »Faktenreport« es nannte. Elvira Beil hatte daraufhin das Video von der Vernehmung veröffentlichen lassen, das Lohheims Sturz zeigte, um ihren Hauptkommissar zu entlasten. Er konnte von Glück sagen, dass sie vor Übermüdung vergessen hatten, die Aufnahme zu stoppen, und die Aktion deshalb komplett aufgezeichnet worden war. Aber Berlotti hatte begriffen, dass die Leute nur glaubten, was sie glauben wollten. Und so fühlte sich sein erster Fall wie eine Niederlage an, obwohl er den Täter überführt hatte.

Kowalsky war freigelassen worden, sah aber einer Anklage wegen unerlaubten Waffenbesitzes und Bedrohung eines Kriminalbeamten entgegen. Mittlerweile war auch Ulf Frankenfeld wieder aufgetaucht. In einem stümperhaften Versuch unterzutauchen hatte er sich unter richtigem Namen in einem Hotel in Zürich eingemietet. Von Horns Tod aufgeschreckt, hatte er sich Lohheims Rache entziehen wollen.

Ein Stöhnen ließ Berlotti Richtung Krankenbett blicken. Sein Puls beschleunigte sich. Er griff nach der Hand und drückte sie. »Lohheim?« Keine Reaktion. »Frederik?«

Die Antwort war ein erneutes Stöhnen. Mit zittrigen Lidern schlug Lohheim die Augen auf. Sein Blick irrte umher, noch sichtlich benebelt vom Morphium. Schließlich blieb er an Berlotti hängen, und es dauerte diverse Sekunden, bis die Pupillen so fokussieren konnten, dass Berlotti Anzeichen des Erkennens darin entdeckte.

»Frederik, Sie leben!«, versuchte er, das schier Unglaubliche in simple Worte zu fassen, und drückte erneut dessen Hand, wie um ihm zu gratulieren.

Wie durch ein Wunder hatte Lohheim sich bei dem Aufprall weder Schädel noch Becken gebrochen. Aber alles an ihm blutete, als er ins Krankenhaus eingeliefert wurde – auch sein Gehirn. Die Ärzte glichen das aus, indem sie doppelt so viel Blut durch seinen Körper pumpten, wie dort normalerweise floss.

Sie gaben ihm Medikamente zur Blutgerinnung und schnitten ihm den Bauch auf, um den Druck auf die inneren Organe zu verringern. Sie versetzten ihn in Narkose, um die Knochen in Armen und Beinen wieder zusammenzuflicken, die durch die Gewalt des Sturzes in lauter kleine Stücke zerborsten waren. Im anschließenden künstlichen Koma hatte Lohheim mehrfach an die Pforte zum Jenseits geklopft, aber offenbar hatte man dort noch keine Verwendung für ihn gehabt.

Berlotti drückte die Klingel, um die Pflegekraft zu rufen. Dann griff er wieder nach Lohheims Hand. Mehr als einmal hatte er in den vergangenen Stunden befürchtet, nach dem Verschwinden seiner Schwester Santina sich nun auch für Lohheims Tod verantwortlich fühlen zu müssen. So froh war er über den missglückten Selbstmord, dass er Lohheim am liebsten nie wieder loslassen wollte.

Während er schon die Schritte des Pflegers näher kommen hörte, beugte er sich zu Lohheim herab und flüsterte ihm ins Ohr: »Es war vielleicht nicht alles vergebens. Der Verfassungsschutz überprüft bereits, ob die DNP unter Beobachtung gestellt wird. Wenn's günstig läuft, haben Sie mit Ihrer Tat nicht nur Scherff, sondern auch den Rechten das Handwerk gelegt.«

Hätte es ihm zu schaffen machen müssen, dass er weder das Mitgefühl noch den Zorn aufbrachte, die er sonst für jene empfand, denen das Leben genommen worden war, und stattdessen deren Mörder die Hand hielt? Berlotti konnte nicht aus seiner Haut. Auf die eine oder andere Weise hatte Scherff den eigenen Tod heraufbeschworen. Und er selbst hatte schließlich seine Pflicht getan und den Täter überführt. Konnte ihm doch wirklich keiner einen Vorwurf machen. Allerdings würde der heimtückische Mord an Horn nur schwer als Notwehr vor Gericht durchgehen. Zumal Lohheim mit Horns Freundin billigend den Tod einer dritten Person in Kauf genommen hatte. Den Schuss auf eine Polizistin nicht zu vergessen. Aber es lag nicht an ihm, das alles zu beurteilen.

Lohheim wollte seinen Kopf Berlotti zuwenden, kniff jedoch schmerzverzerrt die Augen zusammen. Als er sie wieder öffnete, meinte Berlotti darin Dankbarkeit oder Erleichterung zu erkennen. Oder war es einfach nur Erschöpfung, und er redete sich bloß etwas ein?

Zwei Pfleger schoben Berlotti beiseite und begannen mit Tests, um Lohheims Zustand zu ermitteln. Berlotti räumte das Feld und machte sich auf den Weg zum Gebäudeflügel, in dem seine Mutter lag.

Als er am Nachmittag die Stufen zu Thies' Puppenstube hochstieg, hörte er ihn und seinen Vater schon im Treppenhaus lauthals lachen. Die Wohnungstür war angelehnt, niemand nahm ihn in Empfang. Er folgte den Stimmen, die gerade in der Küche darüber fachsimpelten, ob Marsala oder Amaretto für das bessere Aroma sorgte.

Alfio trug eine grün-weiß-rote Schürze, die ihm viel zu groß war, bis zum Boden reichte und auf der stand: »Ich brauche keine Therapie, ich muss nur nach Italien«. Vor ihnen auf dem Tisch thronte ein gewaltiges Tiramisu, das es in seinen Dimensionen locker mit einem amerikanischen Thanksgiving-Truthahn aufnehmen konnte. Ein gutes Viertel fehlte schon von dem Mascarpone-Biskuit-Ungetüm.

»Auk?«, fragte Alfio, als Berlotti in die Küche kam, und zeigte auf seine Kreation.

»Moingiorno, Capitano! Team Marsala oder Team Amaretto?«, wollte Thies wissen.

Die ziemlich besten Freunde sahen ihn erwartungsvoll an.

»Team egal, Hauptsache lecker«, entgegnete Berlotti, der sich in sein Schicksal ergab und fortan den Capitano spielen würde.

Während Alfio ihm ein mehr als gut gemeintes Stück auf den Teller schaufelte, erzählte Berlotti von Lohheims unwahrscheinlicher Wiedergeburt.

»Gut, dass deina Mutta das nick ört.« Alfios Miene verdunkelte sich. »Würde gleich wieda von Wunda Gottes sprecke und Madonna auf die Knie danke.« Er verdrehte die Augen.

In diesem Augenblick begriff Berlotti endgültig, dass es mit seinen Eltern so nicht weitergehen konnte. Er musste eine

Lösung finden, seinen Vater vor den schlimmer werdenden Anfällen Carmelas zu schützen. Dafür musste die allerdings erst wieder aufwachen, wobei Berlotti nach wie vor überzeugt davon war, dass seine hartgesottene Mutter schneller wieder bei Kräften war, als ihnen lieb sein konnte.

So etwas in der Art schien auch seinem Vater durch den Kopf gegangen zu sein, denn er sagte: »Unkraute vergehte nix. Un deine Mutta is wie Unkraute: Je mehr die Leute auf sie rumtrampele, desto stärka kommte sie tsuruck.«

»Lohheim ist also wieder unter den Lebenden«, brummelte Thies mit vollem Mund. »Mehr Glück als Verstand, nach so einem Sturz!«

Als Berlotti sich eine erste Gabel in den Mund schob, setzte sein Herz einen Moment aus und machte dann einen Freudensprung. Tiramisu war Glück, das man essen konnte, dachte er. Unglaublich, dass ein Haufen aus Espresso, Löffelbiskuit und Mascarpone es vermochte, alle Sorgen für einen Moment beiseitezudrängen.

»Wenn deine Mutta nack Ause kommte …«

Berlotti registrierte, dass sein Vater »wenn« gesagt hatte und nicht »falls«.

»… wo werdema wohne?«

Berlotti fing einen mitfühlenden Blick von Peter Thies auf. Es war das gute Recht seines Vaters, so eine nicht ganz unwichtige Frage zu stellen. Dass er keine Antwort darauf hatte, stand allerdings auf einem anderen Blatt.

»Folgender Plan: Ich bringe dich zu Mama ins Krankenhaus und fahre dann nach Neu Wulmstorf, wo ich mich mit einem Brandschadensanierer treffe.«

»Brandschadesahne …?«

»Ein Fachmann, der uns sagt, wann wir wieder zurückkönnen. Oder ob überhaupt.«

Alfios leicht fassungsloser Blick bewegte Berlotti dazu, doch noch etwas hinzuzufügen. »Wir finden eine Lösung, mach dir keine Sorgen. Und, Babbo?«

Ein skeptischer Blick.

»Es tut mir wirklich leid, dass ich … Also ich meine, dass es meine Schuld –«

»Nein!«, fielen ihm Alfio und Thies gleichzeitig ins Wort.

»Aste du keine Feuerflasche geworfe. Aste nua deine Schobb gemack«, insistierte Alfio und drückte mit seiner fleischigen Hand Berlottis Schulter.

Dennoch graute ihm vor dem, was ihn an der Stelle erwartete, an der vor wenigen Tagen noch sein Elternhaus gestanden hatte. Dagegen konnte kein Tiramisu der Welt ankommen. Nicht einmal das seines Vaters.

Mittwoch

Man kann einen Garten nicht düngen,
indem man durch den Zaun furzt.

Ein strahlender Sommertag lag hinter ihm, und obwohl die Sonne schon tief stand, waren die Radwege noch voller Menschen. Er lenkte seinen Fiat über die Elbbrücken in Richtung HafenCity. Seinen Locken hatte er ausreichend Haarschaum verpasst, damit sie die Fahrt bei offenem Verdeck schadlos überstanden.

Während er auf dem höchsten Punkt der Köhlbrandbrücke einen Gang höher einlegte, um seinen frisch bereiften Fiat die zwei Kilometer lange Abfahrt rollen zu lassen, machte er das Radio an, um sich auf das bevorstehende Treffen einzustimmen. An die letzten Klänge einer Bach-Klaviersuite schloss sich der Nachrichten-Jingle an. Berlotti wollte umschalten, entschied sich nach dem ersten Satz aber dagegen.

»Hamburg«, sagte die Sprecherin. »Vier Tage vor der Bürgerschaftswahl sind sowohl der amtierende Erste Bürgermeister der Hansestadt, Roland van der Heide, als auch sein Herausforderer Bernd Krause von der Demokratischen Nationalpartei in den Fokus von Ermittlungen der Kriminalpolizei geraten. Beide sollen morgen vor einem Untersuchungsausschuss der Hamburgischen Bürgerschaft aussagen. Van der Heide wird zur Last gelegt, Ehefrau und Tochter im Rathaus beschäftigt zu haben. Der Bürgermeister hat bereits ausgesagt, dass die Abrechnungen seiner Familie der wirklich geleisteten Arbeit entsprochen hätten. Allerdings sind neue Hinweise auf dem Laptop eines ermordeten Journalisten aufgetaucht, dass sich einer der Kurzzeitverträge der Tochter mit einem Praktikum überschnitten hat. Und auch die Ehefrau könnte mehr Geld erhalten haben, als ihr laut Vertrag zugestanden hat. In der Anhörung soll van der Heide die Widersprüche aufklären und weitere Fragen beantworten. Außerdem soll er sich zu Vorwürfen äußern, er habe einen Journalisten mit vertraulichen

Informationen versorgt, im Gegenzug für eine wohlwollende Berichterstattung. Seinem Herausforderer Krause wiederum wird die heimliche Zusammenarbeit mit einem Journalisten des Hamburger Tagesanzeigers vorgeworfen, obwohl er die Zeitung mehrfach öffentlich als ›Lügenpresse‹ bezeichnet hatte. Einer aktuellen Umfrage zufolge haben beide Parteien Wählerstimmen verloren, liegen aber nach wie vor fast gleichauf. Noch steht nicht fest, ob die Bürgerschaftswahl am Sonntag wie geplant stattfinden kann. Hören Sie im Anschluss an diese Nachrichten eine Diskussionsrunde über die journalistische Bewertung der ›Akte Scherff‹: Wie gefährlich sind sogenannte Fake News für den Rechtsstaat? Und wie tendenziös ist die Berichterstattung in analogen und digitalen Medien wirklich?«

Als die Sprecherin zur nächsten Nachricht überging, schaltete Berlotti das Radio aus. Am Ende der Banksstraße tauchten die Deichtorhallen auf. Wie nahezu überall im Innenstadtbereich waren auch hier Parkplätze Mangelware. Er warf einen besorgten Blick auf die Uhr im Armaturenbrett und stellte erleichtert fest, dass er ausreichend Zeit eingeplant hatte.

Nach mehreren erfolglosen Runden bog er ab auf Hamburgs eigentümlichste Brücke. Während er die Oberhafenbrücke überquerte, hörte er über sich einen ICE über die Gleise rumpeln. Das Obergeschoss war so nah über der Straße gebaut, dass man hier besser keine Platzangst hatte. Neben Hamburgs buchstäblich schrägstem Lokal, der Oberhafen-Kantine, die durch die regelmäßigen Gezeiten und diverse Sturmfluten stark unterspült wurde und deshalb absackte, was den Aufenthalt in dem Gebäude zu einem Test für jeden Gleichgewichtssinn werden ließ, parkte er schließlich.

Das Faltdach schloss sich über ihm, und er warf einen Blick in den Rückspiegel. Dieser bestärkte ihn darin, dass sein sommerlicher Look – das pinkfarbene T-Shirt, der blaue Leinenanzug, die weißen Sneakers – nicht über den erschöpften Körper desjenigen hinwegtäuschen konnte, der ihn trug. Die Nacht nach Lohheims Wiederauferstehung hatte er im kleinen Fiat verbracht, geparkt zwischen Bäumen einer Apfelplantage, und immerhin ein paar Stunden Schlaf gefunden, wenn auch wenig erholsamen. Vergangene Nacht hatte er es besser machen wollen und sich ein Fremdenzimmer im Jorker Ortsteil Königreich genommen, was er sich ebenso gut hätte sparen können. Sobald er die Augen schloss, sah er Lohheim aus dem Fenster springen und wieder und wieder auf dem Boden aufschlagen. Die Bilder stiegen in ihm hoch wie ein Brechreiz.

Das sind keine Augenringe, redete er sich nach einem weiteren Blick in den Rückspiegel selbst Mut zu, das sind die Schatten großer Taten.

Weil er noch Zeit hatte und in den letzten achtundvierzig Stunden nur einmal kurz mit Katharina gesprochen hatte, wählte er kurzerhand ihre Nummer.

»Chef, du machst mir Angst!«

»Ich weiß, dass ich sehr furchteinflößend bin. Vor allem meinen Mitarbeitern gegenüber.«

»Im Ernst: Hast du telepathische Fähigkeiten? Ich wollte dich gerade anrufen.«

»Vielleicht funken wir einfach nur auf derselben Wellenlänge?«, schlug Berlotti vor, während er sich aus seinem Wagen schälte. Die Sonne schien ihm ins Gesicht, und er kniff die Augen zusammen. »Wie geht's meiner angeschossenen Kollegin?«

»Meine Familie war schon lange der Ansicht, dass ich 'nen Schuss habe. Jetzt ist es endlich so weit.« Katharina ächzte, und merkwürdige Geräusche drangen an sein Ohr.

»Wo steckst du eigentlich? Und wie geht's meiner Lieblingskollegin denn nun?«

Im Hintergrund krachte etwas zu Boden, das klang, als stürzte ein Fass Bier aus dem dritten Stock auf die Straße.

»Ich bin deine *einzige* Kollegin. Falls das ein Kompliment gewesen sein soll, war es also keins. Das üben wir noch mal«, sagte sie mit einem gespielten Nasenschnauber. »Ich sitze im Sportstudio auf einem Fitnessfahrrad. Sex und Joggen fallen auf absehbare Zeit ja flach. Deshalb muss ich meine überschüssige Energie anderweitig loswerden.«

Gut, dass Katharina ihn nicht sehen konnte. Er hatte rote

Ohren bekommen. Die katholisch-sizilianische Prüderie seiner Mutter war wohl tiefer in ihm verankert, als ihm lieb war. Nichtsdestoweniger war er froh, dass es Katharina besser ging.

»Apropos Schuss: Hat sich dein Vater zu den letzten Ereignissen geäußert?«

Für einen kurzen Moment war es still in der Leitung. »Weißt du, was für mich der Sinn des Lebens ist?«, überraschte Katharina ihn mit einer Gegenfrage.

Er überlegte kurz. »Sex und Joggen?«, schlug er schließlich vor.

»Das auch!« Katharinas Grinsen war deutlich zu hören. »Aber vor allem: Egal wie sehr unsere Eltern uns vermurkst haben, das Beste daraus zu machen.«

»Amen!«, sagte er mit Nachdruck.

»Gibt's bei Lohheim was Neues?«, erkundigte sich Katharina und ließ der Frage Trinkgeräusche folgen.

Berlotti setzte sich die Sonnenbrille auf und schlenderte zu seinem Treffpunkt. »Der hat nach dem Skandal um seine gefakte Reportage zum zweiten Mal unfreiwillig Berühmtheit erlangt, diesmal sogar weltweite«, sagte er.

»Ist ja auch ein Hammer! Ein Mann, der einen Sturz aus sechzig Metern Höhe überlebt.« In Katharinas Stimme schwang neben Verwunderung auch enorme Erleichterung mit, die Berlotti uneingeschränkt teilte. »Die Presse spricht schon vom ›Wunder von Hamburg‹.«

Auch Berlotti hatte die Diskussion in den Boulevardblättern verfolgt. Zahlreiche sogenannte Experten diskutierten seit Tagen, wie so etwas möglich sein konnte, und hatten vergleichbare Stürze aus noch größeren Höhen aufgelistet, die überlebt worden waren.

»Wer nicht an Wunder glaubt, ist kein Realist«, erwiderte er. »Außerdem ist es leichter, ein Wunder zu wiederholen, als es zu erklären.«

»Du wieder!« Katharina lachte. »Ein aktueller Erklärungsansatz ist, dass Lohheim günstigen Aufwind erwischt hat.«

Eine Wespe versuchte hartnäckig, sein pinkfarbenes T-Shirt

zu befruchten, und er hielt inne, bis sie schließlich entnervt abdrehte. »Dass Lohheim auf einen Kabelhaufen gefallen ist, der seinen Aufprall abgefedert hat, wird auch nicht von Nachteil gewesen sein. Wie dem auch sei: Lohheim lebt, und das ist die beste Nachricht des Jahres.«

»Amen!«

Einvernehmliche Stille breitete sich zwischen ihnen aus. Für einige Sekunden waren nur Katharinas angestrengte Atemzüge zu hören. »Warum hat deine neue beste Freundin eigentlich das Strategiepapier der DNP noch nicht veröffentlicht?«, erkundigte sie sich schließlich.

Berlotti lachte auf. »Ja, stimmt, die Bundeskanzlerin und ich sind jetzt ganz dicke!« Auch Katharina musste lachen. »Im Ernst: Keine Ahnung, was da in Berlin vor sich geht. Vermutlich warten sie den richtigen Zeitpunkt ab, um die Bombe platzen zu lassen.«

»Diese Verschwörung könnte die DNP entscheidende Stimmen kosten.« Aus ihrer Stimme klang Zuversicht.

»Oder ihr die entscheidenden Prozentpunkte einbringen«, widersprach Berlotti.

»Das glaubst du doch nicht ernsthaft?«

»Falls es so kommt, werden du und ich es nicht allein ändern können.« Dann schob er noch nach: »Alle Menschen sind klug, die einen vorher, die anderen hinterher.«

»Na, dann sei mal so klug und genieß die letzten Tage deiner Suspendierung. Wir sehen uns Montag auf dem Revier.«

Sie verabschiedeten sich, und als er das Telefon in die Innentasche gesteckt hatte, vibrierte es erneut. Er verfluchte sich allmählich dafür, dass er es nicht im Auto gelassen hatte.

»Warum hast du dich denn vorhin nicht verabschiedet?« Seine Mutter kam direkt zur Sache, kaum dass er abnahm. Ihr Tonfall klang eher nach Verhör als nach fürsorglichem Interesse.

»Du wolltest nicht, dass ich frage, wohin du fährst und wen du triffst, stimmt's?«

Im Hintergrund war Alfios vergeblicher Versuch zu vernehmen, seine Ehefrau auf die seit Längerem bestehende Volljährigkeit ihres Sohnes hinzuweisen, und Berlotti musste unwillkürlich an den Spruch seines Vaters denken, den er jedes Mal anbrachte, wenn er sich wieder über seine gläubige Ehefrau ärgerte:»Wenn Frauen wirklich so toll sind, warum hatte Gott dann keine?«

Carmela verfügte zweifelsohne über die Gabe, etwas wahrzunehmen, das zwar vorhanden war, aber mit keinem der fünf herkömmlichen Sinne wahrgenommen werden konnte. Und Berlotti kam zum ersten Mal der Gedanke, ob es der nicht von der Hand zu weisende sechste Sinn seiner Mutter war, der auch in seinen Genen steckte und ihn gelegentlich Zusammenhänge bemerken und begreifen ließ, die für andere nicht nachvollziehbar waren.

»War der Arzt schon bei dir?«, unternahm er einen schwachen Versuch, vom Thema abzulenken. Am gegenüberliegenden Ende der Oberhafenbrücke drehte ein Kamerateam von Arte mit zwei jungen schönen Menschen, die sich fortwährend umarmten, offenbar einen Trailer.

»Führst du Faustina zum Essen aus?« Und ohne eine Antwort abzuwarten, schob sie nachdenklich hinterher:»Davon hat mir ihre Mutter gar nichts erzählt, als ich vorhin mit ihr telefoniert habe.«

»Hat die Krankenschwester deinen Fußverband gewechselt? Bekommst du besser Luft?«, erkundigte sich Berlotti, der nicht glauben konnte, dass seine Mutter aus dem Krankenhaus weiter an ihrem Schwiegertochter-Projekt arbeitete, kaum dass sie dem Sensenmann von der Schaufel gestolpert war. Andererseits wunderte er sich, dass er sich überhaupt noch wunderte.

»Er sagt, ich soll mich schonen und ab und zu hochkonzentrierten Sauerstoff inhalieren, dann wird das schon wieder in ein paar Tagen. Aber mit wem –«

»Mutter!«

»Genau, mein Sohn, ich bin deine Mutter, die dich sehr liebt und nur dein Bestes will!«

»Ich liebe dich doch auch, aber –«

»Un ich liebe euk beide«, unterbrach zur Abwechslung nun

Alfio, und Berlotti konnte hören, wie er Carmela einen schmatzenden Kuss aufdrückte. Alte Liebe rostet nicht, dachte Berlotti, egal wie sehr sie einem manchmal auch auf die Nerven ging. »Aber«, war nun wieder Carmela zu hören, »mit wem triffst du dich de–«

»Mama, die Verbindung ist miserabel. Ich muss los. Wir sehen uns morgen. Ciao!« Berlotti plagte zwar nach wie vor ein unheimlich schlechtes Gewissen, was das zerstörte Haus seiner Eltern und die Verletzungen seiner Mutter betraf. Das Untergeschoss in beiden Haushälften würde aufwendig saniert werden, und er und seine Eltern würden sich für mehrere Monate eine neue Bleibe suchen müssen. Aber so groß die Gewissensbisse auch waren, er würde dieses zarte Pflänzchen Hoffnung nicht endloser Überdüngung durch seine Mutter und somit dem sicheren Eingehen aussetzen.

Dass seine Kollegen die Idioten vermutlich nicht ausfindig machen würden, die die Brandsätze auf das Haus seiner Eltern geworfen hatten, hatte seiner Mutter nur ein Schulterzucken entlockt. Sie sah es als Glaubensprüfung Gottes an, die sie zu bestehen gedachte. Manchmal wünschte Berlotti sich den Fatalismus und die Zuversicht seiner Mutter. Denn davon würden sie künftig mehr als genug benötigen. Der Schaden am Haus war zwar nicht so katastrophal wie zunächst angenommen. Allerdings war Brandstiftung durch die Wohngebäudeversicherung seiner Eltern nur unzureichend abgedeckt. Um die Entscheidung, was mit Alfios Lebenswerk geschehen sollte, hatten sie sich gemeinschaftlich bislang erfolgreich gedrückt.

Vor Hamburgs ältestem japanischen Restaurant lehnte er sich an eine Mauer, hinter der der Zollkanal und der Ericusgraben ineinanderflossen.

Während sein Blick über hohe Schlickwälle, hellen Sand und schmale Wasserrinnen glitt, schweiften seine Gedanken zurück zu dem gestrigen Gespräch mit Bernd Jensen. Getreu dem Motto seines Vaters – »Wennste nur durch die Zaune furzte, kannste du Garte nix dünge.« – hatte er den Kollegen in dessen Büro direkt konfrontiert. Jensen hatte empört auf Berlottis Vorwurf reagiert, dass er die Ermittlungen eindeutig sabotiert habe. Doch Berlotti hatte nicht lange nachforschen müssen, um zu erfahren, dass Elvira Beils Vorgänger nicht ohne Grund früher in Rente geschickt worden war. Er hatte ein weit verzweigtes Netz an Günstlingswirtschaft aufgebaut und Bernd Jensen das Amt des Hauptkommissars in Aussicht gestellt. Die neue Polizeichefin hatte bei Amtsantritt unmittelbar damit begonnen, den Klüngel zu beenden und fortan nach Leistungsprinzip zu handeln, was Jensens Ambitionen auf unbestimmte Zeit auf Eis legte. Doch die Vetternwirtschaft funktionierte noch immer hervorragend, sodass der Innensenator die Polizeipräsidentin unter Druck gesetzt und dafür gesorgt hatte, dass Jensen vorübergehend zum Leiter der Ermittlungen befördert worden war.

»Außerdem haben Sie ermittlungsinterne Informationen an ›Faktenreport‹ herausgegeben, dafür habe ich Beweise. Wenn's nach mir geht, dürfen Sie Ihre Karriere bei der Kripo an den Nagel hängen und bei Ihren Freunden von ›Faktenreport‹ anheuern.«

Thies hatte mehrere Telefonate zwischen Jensen und der »Faktenreport«-Redaktion dokumentiert.

Mit Pokermiene hatte Jensen die Standpauke über sich ergehen lassen. Offenbar ging er davon aus, dauerhaft Ermittlungen leiten zu können, und Berlotti nahm an, dass es auch vom Ergebnis der Bürgerschaftswahl abhing, ob das Dezernat für Interne Ermittlungen gegen Jensen tätig wurde und wie das Ergebnis letztlich ausfiel.

Gerade herrschte Ebbe, was den Blick freigab auf Tausende Eichenpfähle, auf denen die Speicherstadt und große Teile der HafenCity gründeten. Nicht zum ersten Mal faszinierte Berlotti der Gedanke, dass die tonnenschweren Bauten seit mehr als einem Jahrhundert von durchnässtem Holz getragen wurden.

»Bemerkenswert, dass so viel Beton und Backstein von nichts als Holz getragen wird. Finden Sie nicht auch?«, meldete sich eine Stimme neben ihm zu Wort.

Er sah in zwei kastanienbraune Augen, die ihn interessiert

musterten. Seit ihrer ersten und bisher einzigen Begegnung war Benicia de la Cruz beim Friseur gewesen. Die Haare waren ein ganzes Stück kürzer und fielen ihr in hellbraunen Locken auf die Schultern. Sie steckte in einem schlichten schwarzen Etuikleid, das ihren Körper makellos erscheinen ließ.

Berlotti wollte antworten, scheiterte aber kläglich, weil ihm bei ihrem Anblick buchstäblich die Stimme versagte. Beide mussten lachen. Er räusperte sich, bot ihr seinen Arm an, und untergehakt überquerten sie die Straße.

»Führen Sie eigentlich alle Auffahrunfälle anschließend zum Essen aus?«, erkundigte sie sich und warf ihm einen amüsierten Blick zu.

»Ausnahmslos alle«, entgegnete er. »Und wer sich weigert, wird einbetoniert und im Fleet versenkt. Das bin ich meinen Ahnen einfach schuldig.«

Sie lachte und betrat das Lokal, zu dem er ihr die Tür aufhielt.

Manches im Leben wandelt sich vom Schlechten zum Schlimmsten, dachte Berlotti. Manches aber auch nicht. Man kann nur auf seine innere Stimme hören, wenn man die äußere ein wenig leiser stellt. Vor allem, wenn sie seiner Mutter gehört ...

Nachbemerkung und Danksagung

Dies ist eine erfundene Geschichte. Personen und Ereignisse, die ich darin beschreibe, entspringen meiner Phantasie, auch wenn einige Situationen ihren Ursprung im wirklichen Leben haben. Sie gaben den Anstoß für diese Geschichte. Da ich Journalist bin und mich bei Romanen oft frage, wie viel Realität in der Fiktion steckt, möchte ich Ihnen, liebe Leserinnen und Leser, die Fakten nicht vorenthalten.

Zwei Wochen nachdem ich im Dezember 2018 mein Manuskript fertiggestellt hatte, wurde bekannt, dass der Journalist Claas Relotius zahlreiche Reportagen für das Nachrichtenmagazin Der Spiegel in Teilen oder zur Gänze erfunden hatte. Auch wenn mindestens 99,99 Prozent aller Journalisten in Deutschland ihre Arbeit sorgfältig – und objektiv! – verrichten, befindet sich Relotius in illustrer Gesellschaft:

Die Pulitzerpreis-Trägerin Janet Cooke aus meinem Krimi gibt es tatsächlich, ebenso den Journalisten Stephen Glass, von dem ein lesenswertes Buch über seine Fälschungen existiert (»The Fabulist«) sowie eine nicht minder sehenswerte Verfilmung (»Shattered Glass«) mit Starbesetzung.

Gut dokumentiert ist auch der Fall des Michael Born, der zwischen 1990 und 1995 gefälschte Dokumentationen an verschiedene TV-Programme und -Magazine verkauft hat (unter anderem an Stern TV und Spiegel TV). In den Beiträgen trat er als Regisseur und Undercover-Schauspieler in Erscheinung: Von schräg hinten und maskiert ließ er sich unter anderem als Schlepper filmen. Born, dem zweiunddreißig Fälschungen vorgeworfen wurden und sechzehn nachgewiesen werden konnten, wurde zu einer Haftstrafe verurteilt. Sein Vorgehen hat er in einem Buch dokumentiert (»Wer einmal fälscht ...«).

Der Reporter Tom Kummer fälschte jahrelang Interviews mit Hollywoodstars für seriöse deutsche Magazine. Seine Geschichte dokumentiert er zum einen selbst im Buch »Good Morning, Los Angeles«, zum anderen gewährt die Dokumentation »Bad Boy Kummer« Einblicke in Mensch und Arbeit.

Aus dem unerschöpflichen Fundus an gesellschaftlichen Absurditäten habe ich mich auch von diesen Ereignissen und Personen inspirieren lassen:

Einen Bericht der Dortmunder Ruhr Nachrichten über eine in den Dachstuhl einer Kirche verirrte Silvesterrakete dichtete das rechte US-Nachrichtenportal Breitbart.com im Januar 2017 einfach um. Aus den USA gelangte die Nachricht über Österreich zurück nach Deutschland – und plötzlich hieß es auch in hiesigen Medien: »1.000-Mann-Mob zündet Kirche an«. Daraufhin gab es in den sozialen Medien kein Halten mehr – inklusive Mordaufrufe an Angela Merkel. Dieses Lehrstück, wie aus Fake News, Hass und Propaganda ein Aufruf zu Lynchjustiz wird, habe ich in abgewandelter Form in meinem Krimi aufgegriffen.

2016 wurde bekannt, dass ein für die AfD zuständiger Redakteur der Tageszeitung Die Welt der rechtspopulistischen Partei angeboten haben soll, für sie als Berater zu arbeiten. Mails belegen, dass er der Partei vorgeschlagen hat, die AfD zu einer »Partei der verantwortungsvollen Demokratie zu entwickeln«. Dafür verfasste er ein Konzept für ein Manifest, das er mitschickte. Die AfD lehnte das Angebot des Journalisten ab. Dessen Arbeitgeber, der Axel-Springer-Verlag, entließ den Journalisten.

2011 schrieb der Spiegel-Journalist René Pfister in einem Porträt über Horst Seehofer über dessen Modelleisenbahn im Keller. Dafür sollte er den renommierten Henri-Nannen-Preis erhalten. Bei der Verleihung gab der Reporter offenherzig zu, dass er selbst nie dort gewesen sei und die Eisenbahnlandschaft nur aus Erzählungen kenne. Daraufhin wurde ihm die Auszeichnung wieder aberkannt.

Udo Ulfkotte (1960–2017) war ein deutscher Journalist und unter anderem politischer Redakteur bei der Frankfurter Allgemeinen Zeitung (FAZ). Ab Ende der 1990er Jahre schrieb er

mehrere Bestseller, in denen er rechtspopulistische, islamfeindliche und verschwörungstheoretische Positionen vertrat.

Ein Artikel über zwei politische Affären in Frankreich war
schlicht zu verlockend, um ihn nicht für meinen Krimi zu ad-
aptieren. Im Frühjahr 2017 geriet der konservative französische
Präsidentschaftskandidat François Fillon wegen einer Scheinbe-
schäftigungsaffäre um seine Ehefrau und zwei seiner Kinder in
Bedrängnis. Frankreichs Innenminister Bruno Le Roux trat aus
ähnlichen Gründen sogar zurück. Le Roux hatte beide Töch-
ter mit Zeitverträgen im Parlament beschäftigt. Zudem kamen
Zweifel auf, dass Verträge und Bezahlung immer der erbrachten
Arbeitsleistung entsprochen hätten.

Schweinsköpfe werden immer wieder vor Moscheen auf
Holzpflöcke gespießt. Unter anderem kam das in Leipzig,
Schwelm und Mönchengladbach vor.

Wer es für unrealistisch hält, dass der Sturz aus einem Hoch-
haus überlebt werden kann, dem sei gesagt, dass Stürze aus
deutlich größeren Höhen überlebt wurden. Zwei von zahllosen
Beispielen: 2010 fiel ein zweiundzwanzigjähriger Schauspieler
vom Balkon des neununddreißigsten Stocks eines New Yorker
Gebäudes hundertzwanzig Meter in die Tiefe, landete auf dem
Dach eines Autos – und brach sich lediglich beide Beine. 2007
überlebte ein Fallschirmspringer den freien Fall aus dreitausend-
sechshundert Metern Höhe, landete mit hundertdreiundneun-
zig Kilometern pro Stunde in einem Brombeerstrauch – und
brach sich dabei nur einen Knöchel und verletzte sich leicht an
der Lunge.

Jeder, der noch einen Beweis dafür benötigte, dass die Realität
noch verrückter, besorgniserregender und mitunter auch bedrohlicher ist als die Fiktion, hat ihn hiermit hoffentlich gefunden.

***

In den zehn Jahren, die ich gebraucht habe, um einen Weg zu
finden, wie diese Geschichte am besten zu erzählen sei, haben
mich viele Menschen unterstützt.

Erster und größter Dank geht an die umwerfende Meike Werkmeister, die mich erst dazu gebracht hat, dem Krimischreiben eine Chance zu geben, für ihre inspirierende Kritik, ihre Ideen und den unerschütterlichen Glauben an Berlotti und Palu.

Ein herzliches Dankeschön an das heroische Emons-Team für die vielen freundlichen Rückmeldungen, aufmunternden Mails und Telefonate, vor allem an Stefanie Rahnfeld, Hannah Naumann und Sophie Olk vom Lektorat, Dominic Hettgen vom Presseteam sowie Art Directorin Nina Schäfer für das spektakuläre Cover.

Ebenso danke ich meinem Lektor Carlos Westerkamp für seine scharfsinnigen Textvorschläge und das besondere Verhältnis von Berlotti und Meinhold, das vor allem auf sein Konto geht.

Knuth Cornils von der Presse- und Öffentlichkeitsarbeit der Polizei Hamburg half mir mehrfach unbürokratisch und anschaulich weiter, wenn ich Fragen zu Polizeiarbeit, Zuständigkeiten oder Schusswunden hatte.

Dr. Monika Rulle und Andrea Flötotto vom Tourismusverband »Urlaubsregion Altes Land« haben mir geduldig auf all meine Fragen geantwortet. Das war hilfreich und weiß ich sehr zu schätzen.

Sollten mir dennoch sachliche Fehler unterlaufen sein, sind diese nur auf mich und nicht auf meine Auskunftgeber zurückzuführen.

Bedanken möchte ich mich bei Claudia Wolf für die private Führung durch den Emporio Tower und bei Friedrich Dönhoff für die inspirierenden Gespräche über die Bedeutung von Figurennamen sowie gute und schlechte Zutaten eines Kriminalromans.

Man kann es in diesen Zeiten nicht oft genug betonen: Dank an die überwältigende Mehrheit von 99,99 Prozent aller Journalistenkollegen, die gute, gewissenhafte Arbeit verrichten. Und den anderen 0,01 Prozent, ohne die Berlottis erster Fall höchstwahrscheinlich ein anderer geworden wäre.

Nicht vergessen möchte ich meine Agentin Bettina Querfurth, die von Anfang an ein Fan meines Ermittlers war.

Ein herzlicher Dank geht an Ralf Grobe für seine klugen Anmerkungen und seinen Rückhalt.

Und an Laurent Kratzenberg fürs Lesen und für wichtige Tipps im richtigen Moment.

Meinen fabelhaften Freunden Enrico, Martin, Arne, Uta, Gerald, Jana, Hanna und Michael, meinem Bruder Stefano und meinen Eltern: Danke fürs Cheerleaden, ihr seid die Besten!